*Sur l'auteure*

Katy Watson a grandi dans une famille d'addicts aux romans policiers. Après des études à l'université de Lancaster, elle a publié des ouvrages destinés aux enfants. *Meurtres à Aldermere House* est son premier polar.

# KATY WATSON

## MEURTRES À ALDERMERE HOUSE

Les Trois Dahlia – Tome 1

Traduit de l'anglais
par Fabrice Corbin

**10/18**

**LE CHERCHE MIDI**

Tous les personnages et événements de ce livre,
autres que ceux qui relèvent clairement du domaine public,
sont fictifs et toute ressemblance avec des personnes réelles,
vivantes ou décédées, est purement fortuite.

Titre original :
*The Three Dahlias*
Éditeur original : Constable – Little, Brown Book Group
Illustrations : Liane Payne

© Katy Watson, 2022
© Le Cherche Midi, 2023

ISBN 978-2-264-08415-6
Dépôt légal : septembre 2024

*Pour mon docteur Watson, tendrement*

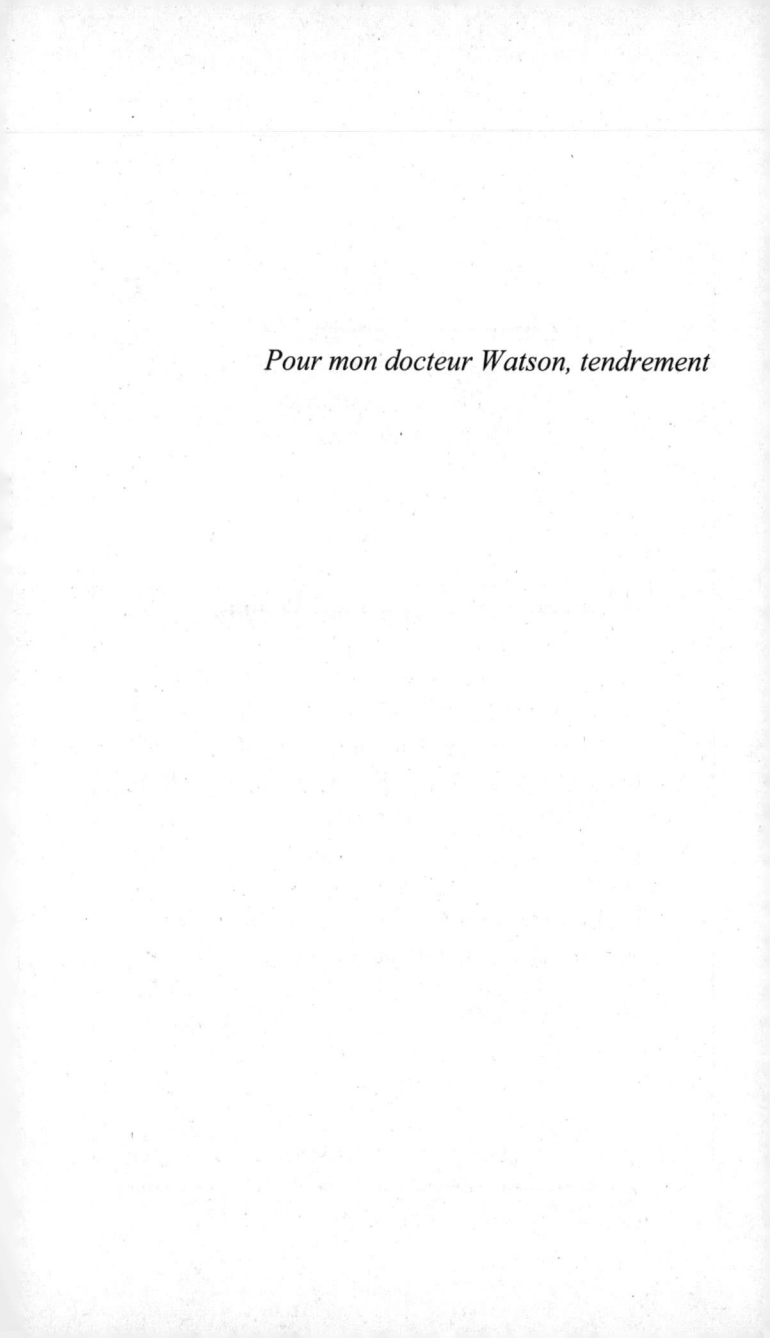

**Les Rencontres d'Aldermere House**
célébrant la vie et l'œuvre
de la Princesse du poison
**Lettice Davenport**

et son enquêtrice
**Dahlia Lively**

**Samedi 28 août – lundi 30 août**

**Invités de la convention**
Rosalind King, actrice (Dahlia Lively, 1980-1985)
Caro Hooper, actrice (Dahlia Lively, 2003-2015)
Posy Starling, actrice (Dahlia Lively, *L'Enquêtrice*,
tournage à venir)
Kit Lewis, acteur (inspecteur principal John Swain,
*L'Enquêtrice*)
Libby McKinley, écrivaine (*L'Enquêtrice*)
Anton Martinez, réalisateur (*L'Enquêtrice*)

**Délégués VIP**
Heather et Harry Wilson
Ashok Gupta
Felicity Hill

**Organisateurs de la convention**
Marcus Fisher
Clementine Jones

**La famille de Lettice Davenport,
et les conservateurs d'Aldermere House**
Hugh Davenport,
*neveu de Lettice Davenport,*
*et son épouse* Isobel Davenport,
*ainsi que leur petite-fille*
Juliette Davenport

**Bienvenue à vous tous pour un week-end
de mystère et de meurtre !**

# Rez-de-chaussée

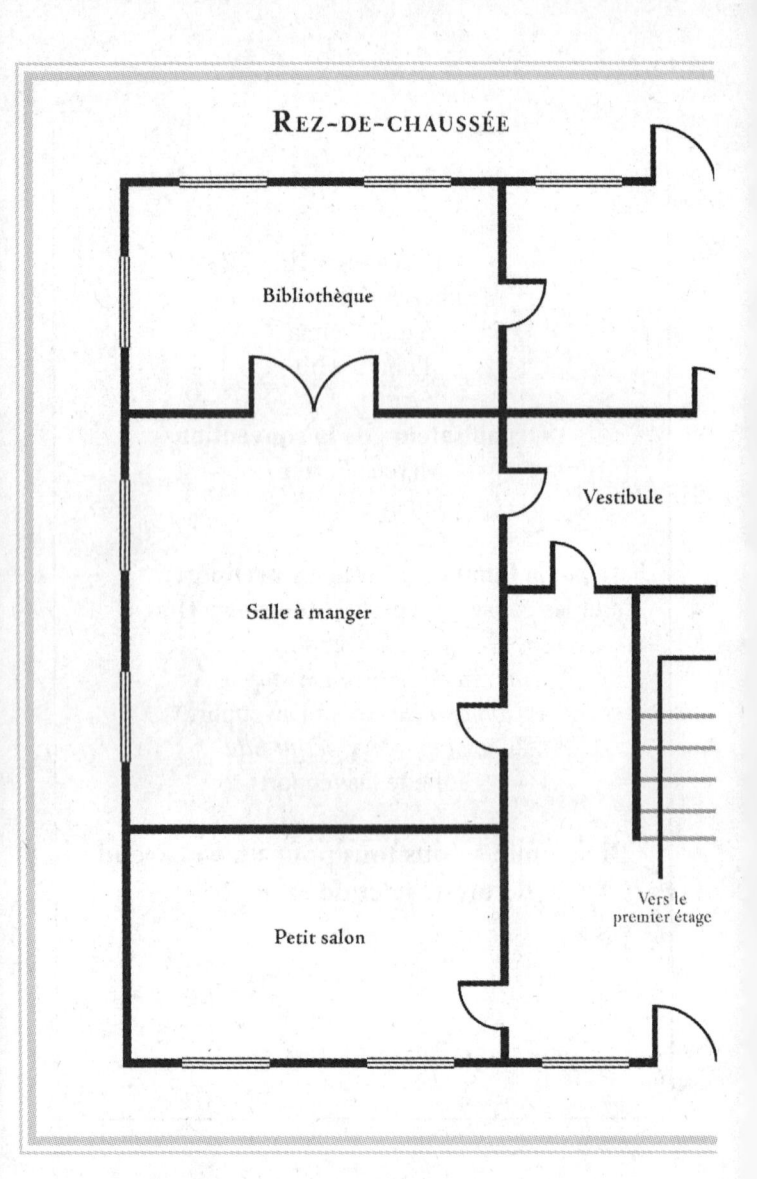

Bibliothèque

Vestibule

Salle à manger

Vers le premier étage

Petit salon

Véranda

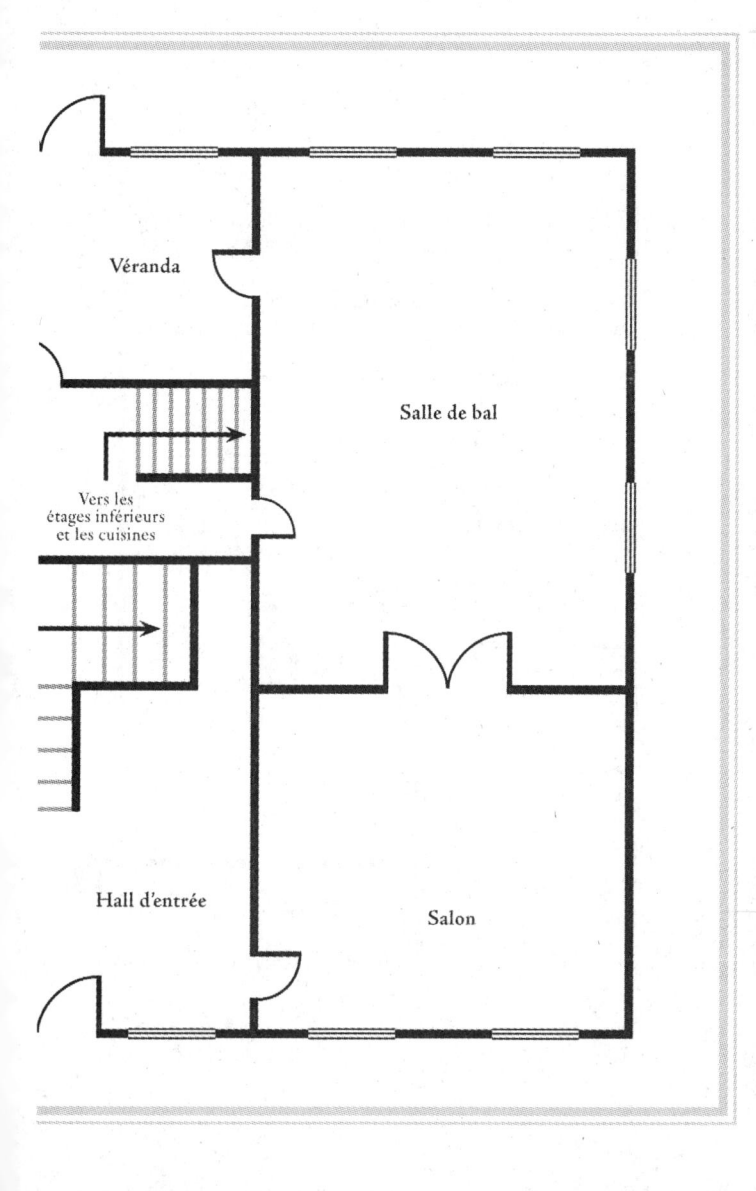

Salle de bal

Vers les
étages inférieurs
et les cuisines

Hall d'entrée

Salon

## Premier étage

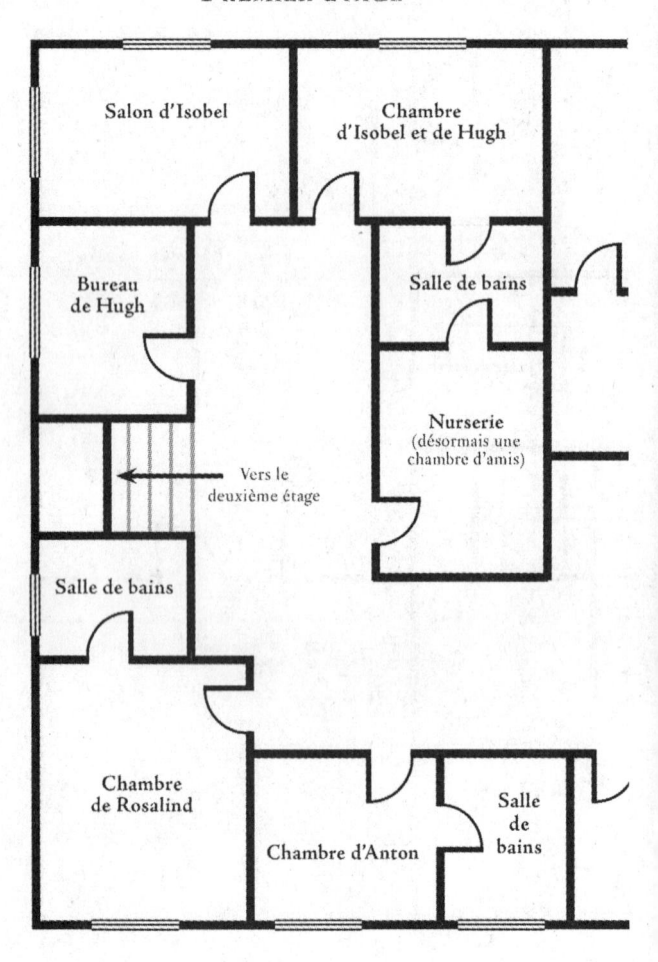

- Salon d'Isobel
- Chambre d'Isobel et de Hugh
- Bureau de Hugh
- Salle de bains
- Nurserie (désormais une chambre d'amis)
- ← Vers le deuxième étage
- Salle de bains
- Chambre de Rosalind
- Chambre d'Anton
- Salle de bains

Chambre de Marcus

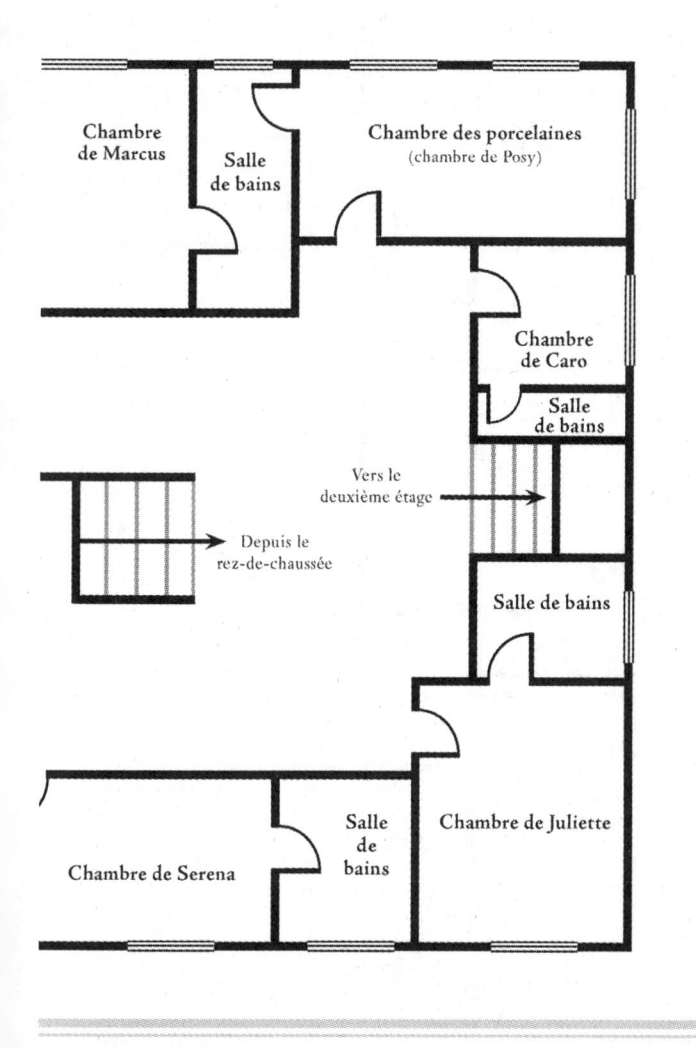

Salle de bains

Chambre des porcelaines
(chambre de Posy)

Chambre de Caro

Salle de bains

Vers le deuxième étage →

→ Depuis le rez-de-chaussée

Salle de bains

Chambre de Serena

Salle de bains

Chambre de Juliette

# Deuxième étage (combles)

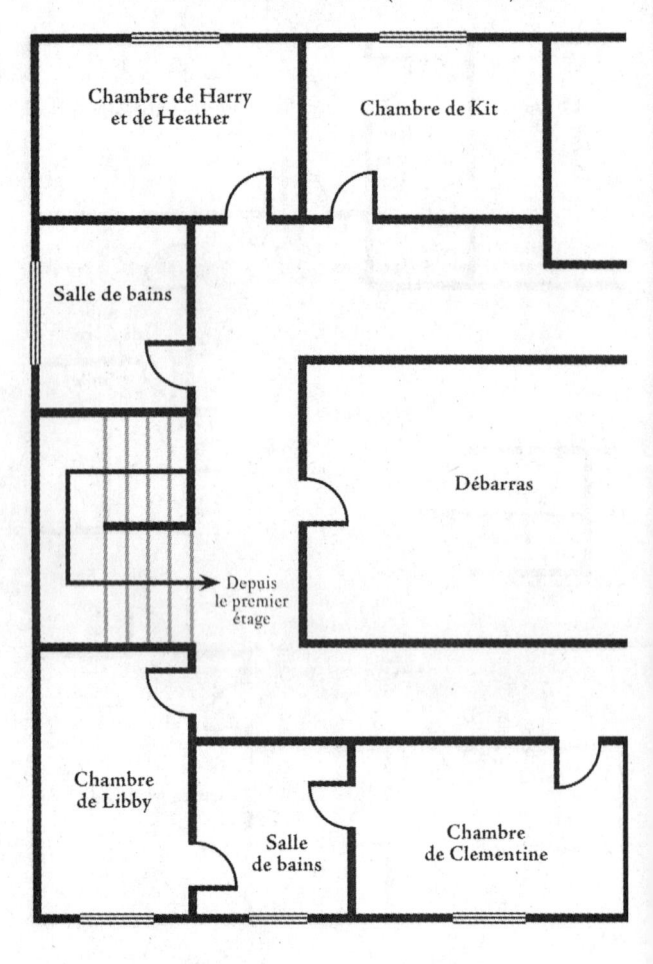

Bureau de Lettice

Salle de bains

Débarras

Depuis le premier étage

Chambre d'Ashok

Salle de bains

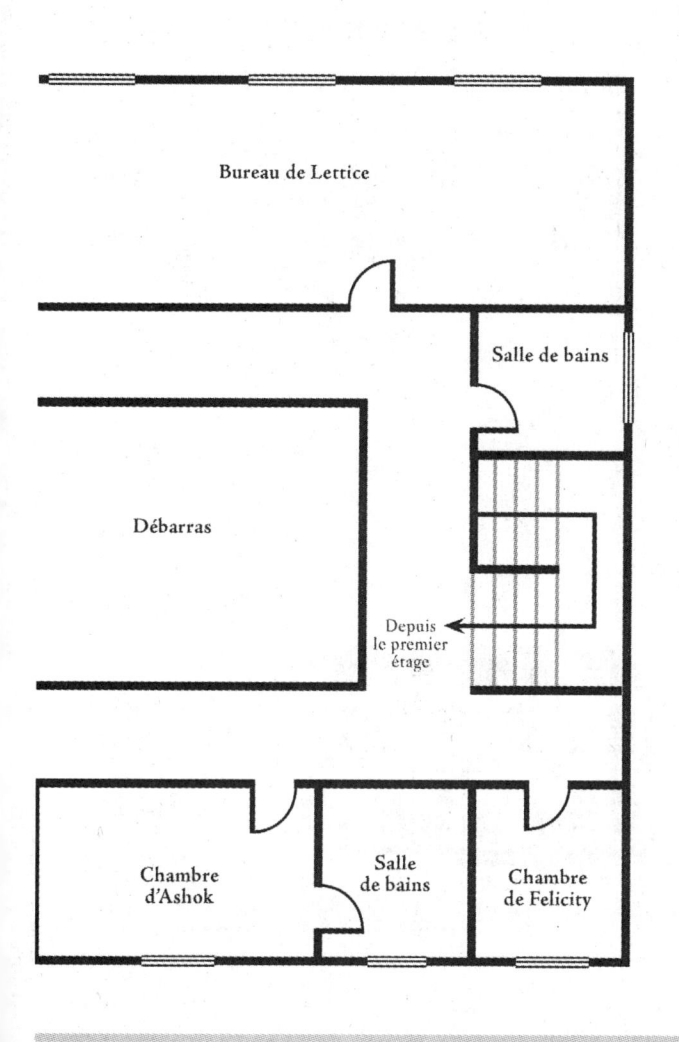

Chambre de Felicity

# ALDERMERE HOUSE
## ET LE PARC

Pelouse sud

Grand chapiteau

Jardin à la française

Spirale meurtrière

Pelouse ouest et stands de la convention

Tourelle ornementale

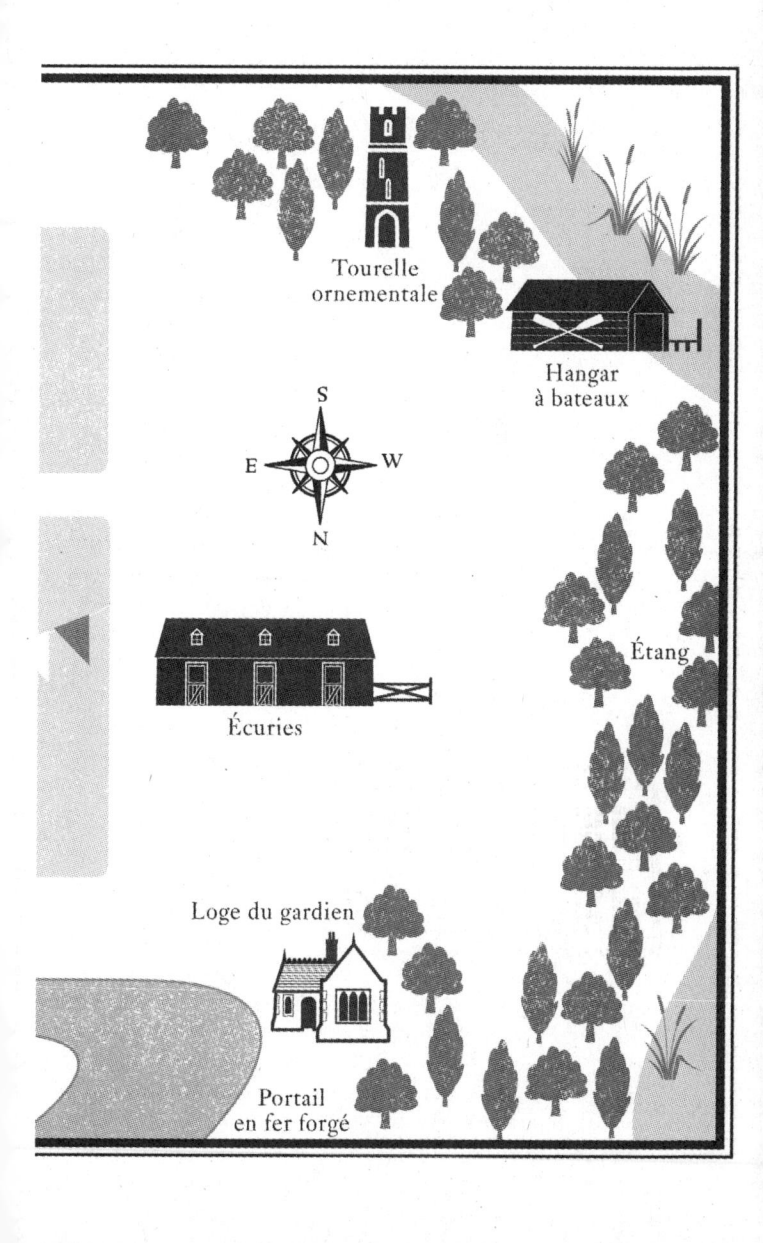

Hangar à bateaux

Étang

Écuries

Loge du gardien

Portail en fer forgé

# VENDREDI
# 27 AOÛT

# ROSALIND

## Chapitre un

*« La maison peut être un sanctuaire ou une prison, un havre ou une horreur, prononça Dahlia en sirotant pensivement son White Lady. Tout dépend* des personnes *avec qui vous devez la partager. »*

Dahlia Lively dans La Maison d'une femme<br>Par Lettice Davenport, 1934

Le soleil de la fin août descendait derrière les aulnes qui bordaient la rivière tandis que Rosalind regardait à l'extérieur, un amaretto à la main, appuyée contre le rebord de fenêtre pour soulager son genou douloureux. Dehors, des grillons striduaient dans la pénombre et une brise fraîche soufflait depuis l'est. Ses yeux étaient lourds ; la route depuis Londres l'avait épuisée comme jamais.

Aldermere House n'était pas encore prête à dormir, même si elle-même l'était. Derrière les haies de buis miniatures, la lavande qui fanait et – évidemment – les dahlias aux couleurs vives du jardin à la française, la pelouse sud accueillait déjà un gigantesque chapiteau blanc qui brillait dans la lumière déclinante.

Le lendemain, il y aurait des stands, des gens et de l'activité partout.

Même alors, la maison était plus animée que d'habitude. Mais ceci dit, Rosalind n'était pas revenue depuis quelque temps. Quand avait-elle logé pour la dernière fois chez Isobel et Hugh ? Elle secoua la tête. Trop longtemps pour qu'elle s'en souvienne.

Alors pourquoi se souvenait-elle de sa *première* visite, presque quarante ans plus tôt, comme si c'était hier ? Elle ressentait toujours l'excitation qui avait palpité dans sa poitrine quand la Rolls Royce Silver Spirit de Hugh s'était engagée dans l'allée de la propriété familiale, consciente qu'elle allait rencontrer non seulement ses parents, mais aussi sa célèbre tante Letty.

Tout avait semblé si nouveau, à l'époque. Le tournage de *L'Enquêtrice* venait tout juste de commencer, et interpréter Dahlia Lively, l'enquêtrice du titre, ressemblait toujours plus à un rêve qu'à la réalité. Rencontrer Hugh sur le plateau, qui était présent en tant que représentant de la famille pour s'assurer que les livres de sa tante étaient traités fidèlement, avait également fait partie du conte de fées. Tomber amoureuse de lui ? Inévitable.

Surtout après qu'il l'avait emmenée à Aldermere.

Car pour Rosalind, Aldermere avait été plus qu'un vieux manoir anglais. C'était un endroit plein d'histoires, de mystère et de possibilités, et elle avait eu la sensation des plus étrange qu'un monde secret lui avait été ouvert, et qu'elle avait dû se précipiter à l'intérieur avant que la porte se referme derrière elle.

Elle était venue à Aldermere House en d'innombrables occasions au cours des décennies qui avaient suivi, mais elle n'avait pas éprouvé cette sensation depuis très, très longtemps.

Derrière elle, Isobel s'affairait dans la bibliothèque, sa robe bleu pastel et son gilet assorti brillant presque dans la lumière qui filtrait par la fenêtre, son rouge à lèvres rose pâle toujours parfait tandis qu'elle faisait la moue, examinant le bocal en verre entre ses mains avant de le placer sur une étagère en hauteur. Rosalind la regarda refermer le bar et empocher la petite clé en argent.

« Tu as peur que la populace se serve ? » plaisanta-t-elle.

Isobel avait endossé le rôle de maîtresse de maison au moment où elle était passée de colocataire et amie de Rosalind à épouse de Hugh. Et elle avait désormais eu des décennies pour le perfectionner.

Isobel leva les yeux au ciel et grogna avec bonhomie.

« Quand nous avons commencé à parler de cette histoire de convention, c'était seulement dans le parc. Mais tout à coup, Marcus – c'est l'organisateur, est-ce que tu l'as déjà rencontré ? Il est ici quelque part. » Rosalind secoua la tête, et Isabel poursuivit : « Bref, soudain il s'est mis à vendre des billets VIP pour que les gens *logent* ici, et je me suis retrouvée à organiser des dîners et des buffets et ainsi de suite. Honnêtement, je ne sais pas pourquoi Hugh a accepté. Il déteste ce genre de choses !

— Probablement parce qu'il sait qu'il peut se terrer dans son bureau pendant que tu gères tous les fans de Lettice Davenport qui débarquent ici.

— Vrai. »

Isobel soupira mais parvint tout de même à esquisser un sourire. Tandis que Rosalind avait une de ces expressions qui poussaient les gens à se demander pourquoi elle les regardait d'un mauvais œil, les lèvres d'Isobel semblaient dessiner un sourire ravi sans qu'elle y pense.

« Cependant, ça a au moins été une bonne excuse pour que tu nous rendes visite, enfin ! Juliette demandait depuis une éternité quand tu reviendrais.

— Juliette aime me cuisiner pour avoir des ragots sur les célébrités », déclara Rosalind avec un geste dédaigneux de la main.

Sinon, à dix-huit ans – non, dix-neuf désormais, n'est-ce pas ? –, Rosalind était certaine que la petite-fille d'Isobel avait des choses plus importantes à faire que traîner avec les amies de sa grand-mère.

« Les dangers d'être un "trésor national", je suppose. » Isobel lui adressa un sourire taquin tout en citant ce satané article de magazine paru le mois précédent. Pendant un moment, elles auraient pu être quarante ans plus tôt, dans leur caravane lors du tournage de *L'Enquêtrice*, Rosalind portant son plus beau pantalon ample de Dahlia Lively, son chemisier ajusté et ses colliers de perles, et Isobel habillée en sa fidèle domestique et acolyte, Bess.

Le film avait fait d'elles des amies. Il leur avait valu de rencontrer Hugh. Il avait lancé la carrière de Rosalind – et entraîné le mariage d'Isobel.

Mais ce n'était plus le début des années 1980 – ni même les années 1930, quoi qu'ait semblé suggérer la décoration d'Aldermere. Elles étaient désormais fermement ancrées dans le XXIe siècle, et leurs vies suivaient depuis longtemps des chemins séparés.

« Et de toute manière, je préférerais que Juliette cancane avec toi plutôt qu'au téléphone avec son horrible petit ami. » Isobel frémit. « *Pas* le bon genre, j'en ai peur.

— Tu penses qu'il a quelque chose à voir avec le fait qu'elle a laissé tomber ses études ? demanda Rosalind.

— Probablement. Elle dit qu'elle a arrêté parce que ça ne lui enseignait rien d'utile, et qu'elle préférait revenir à Aldermere pour s'occuper des affaires de la famille. Elle tanne Hugh depuis des mois pour qu'il la laisse travailler plus sur le patrimoine de Letty – en compilant ses vieux carnets, ce genre de chose. Il y a un éditeur qui est intéressé, mais les notes sont tellement éparpillées… Enfin bref, je soupçonne plutôt que c'est juste une excuse, et qu'elle est revenue pour ce garçon, même si elle *prétend* qu'ils ne sont pas vraiment ensemble. Mais qu'est-ce que je peux y faire ? Elle pense être trop adulte pour écouter sa grand-mère, et sa mère… »

Isobel s'interrompit, et un silence flotta dans l'air.

« Comment va Serena ? » Toujours un sujet délicat. Mais Rosalind était une des rares personnes à pouvoir aborder impunément la question. Pas simplement en tant que marraine de Serena, mais en tant qu'amie qui avait vu Isobel avoir des nausées matinales sur le plateau, et que colocataire qui l'avait aidée avec les repas en milieu de nuit, le lit pour enfant et toutes les autres choses liées au bébé dans le petit appartement qu'elles partageaient, avant que Hugh et Isobel se rencontrent et tombent amoureux, puis se marient alors que Serena avait deux ans.

Le gros soupir d'Isobel en dit plus long que ne pouvait le faire sa réponse. « Elle est là où elle doit être, au moins. »

Encore en cure de désintoxication, supposa Rosalind. Peut-être que cette fois ça fonctionnerait.

« Hugh et toi avez fait tout ce que vous pouviez pour elle. » Rosalind n'était pas sûre que ce soit vrai, mais ça semblait être le genre de chose que dirait une amie. « Vous lui avez trouvé de l'aide. Maintenant, elle doit juste l'accepter. »

Isobel esquissa un sourire tremblotant et reconnaissant. Elle essuya quelques poussières sur le buste en bronze le plus proche, et Rosalind comprit que la conversation était terminée. Cherchant un nouveau sujet de discussion, elle examina à nouveau la pièce. Elle avait passé tellement d'heures dans la bibliothèque et la véranda qui la jouxtait à Aldermere – son endroit préféré pour boire un verre après le dîner – que sa mémoire les remplissait presque mieux que son regard.

Mais maintenant qu'elle regardait réellement, elle remarquait les changements. Le tableau d'un impressionniste moyennement célèbre, dont le père de Hugh avait toujours été si fier, avait été remplacé par le paysage local qui était auparavant accroché dans le bureau de Hugh. Les fauteuils à ailettes en cuir étaient fatigués et usés, le tapis presque élimé jusqu'à la trame.

Isobel avait-elle déplacé les objets les plus précieux pour qu'ils ne soient pas abîmés par les invités ? Sauf que Rosalind était certaine que le tapis était celui sur lequel elle marchait depuis sa première visite. Les fauteuils aussi étaient de vieux amis familiers.

Une cure de désintoxication, Rosalind le savait d'après l'expérience d'amis, n'était pas bon marché.

« Pourquoi Hugh a-t-il accepté de tenir cette convention ici, à Aldermere ? Il ignore normalement toutes les demandes de manifestations provenant des fans, n'est-ce pas ? » Rosalind l'avait vu déchirer des demandes de visite de la maison à la table du petit déjeuner, laissant tomber les bouts de papier à côté de la marmelade. Mais s'ils avaient besoin d'argent...

« Oh, va savoir. Marcus a été plus convaincant que les autres, je suppose. Il est à la tête du fan-club de Lettice Davenport, tu sais ? Bien sûr que tu le sais. Enfin bref, nous avons travaillé avec lui sur quelques petits projets par le passé. Rien de semblable à ce week-end, cependant. Et puis il y a le nouveau film – Hugh est en négociation pour les laisser *tourner* ici, tu imagines ? » Fronçant les sourcils, Isobel observa la pièce avec ses objets de famille inestimables et son bar bien approvisionné. « Peut-être que nous interdirons l'accès à tout le monde hormis aux personnes qui logent dans la maison. Nous pouvons servir le café dans le salon. Il est à côté de la salle de bal pour le déjeuner, ce sera plus simple pour tout le monde. Je peux fermer cette pièce à clé pendant la journée. Oui, ce serait mieux. » Le salon abritait également les meubles de la famille de Hugh qu'Isobel n'avait jamais trop appréciés, si Rosalind se souvenait bien. « En tout cas, Marcus est *excité* de vous avoir toutes les trois ici pour le week-end, poursuivit Isobel. Trois Dahlia à la même convention ! Les ventes de tickets de dernière minute ont explosé quand ça a été annoncé, je crois.

— Va savoir pourquoi, grommela Rosalind en jetant un coup d'œil par la fenêtre en direction du chapiteau géant qui trônait sur la pelouse sud. Je n'ai pas interprété Dahlia depuis trente-cinq ans, et même la série télé n'est plus diffusée depuis trois ou quatre ans. Le tournage du nouveau film n'a même pas commencé. Et puis, on pourrait croire que les fans viendraient voir l'endroit où Letty écrivait ses livres, pas nous. »

Isobel lui fit un sourire affectueux.

« Je suis sûre que c'est ce qu'ils font. Mais pour tant de fans, toi, et Caro Hooper, et la nouvelle fille aussi, vous êtes l'incarnation de Dahlia Lively. *Évidemment* qu'ils veulent vous voir. Et toutes les trois ensemble ? C'est un véritable coup de maître de la part de Marcus.

— Je suppose. »

Rosalind n'aimait pas trop qu'on lui rappelle qu'elle n'était pas l'unique Dahlia, pour être honnête. Pendant tellement longtemps elle avait été la seule à l'écran, assénant ces critiques parfaitement ciselées, arquant ce sourcil solitaire face à un meurtrier jusqu'à ce qu'il craque et passe aux aveux.

Elle avait cependant toujours essayé d'être honnête avec elle-même, même quand les autres ne l'étaient pas. Elle savait qu'elle représentait la vieille garde. Qu'il y avait des actrices plus nouvelles et plus jeunes prêtes à prendre sa place.

Mais elles ne lui prendraient jamais sa couronne. Elle serait à jamais la *première* Dahlia Lively sur le grand écran, et ça n'était pas rien. La seule actrice que Lettice Davenport avait vu interpréter sa plus grande création. Et Letty l'avait adorée dans ce rôle.

« Bon, et maintenant ? » Isobel plaça les mains sur ses hanches fines et examina la pièce, une de ses chaussures à talons bas tapotant le parquet à l'endroit où le tapis usé ne le recouvrait pas. Le pli entre ses sourcils parfaitement arqués s'approfondit. « Ce week-end *doit* se dérouler à la perfection. »

Son intonation surprit Rosalind. Elle semblait... stressée. Elle n'avait jamais vu Isobel stressée jusqu'alors. Même en tant que mère célibataire au début des années 1980 elle avait été le calme incarné.

« Isobel ? dit-elle doucement. Est-ce que tout va bien ? Est-ce que c'est juste la convention de demain qui te… rend un peu nerveuse ? »

Elle ne pouvait pas la questionner directement à propos de l'argent, naturellement. Isobel aurait été horrifiée par le sous-entendu et se serait fermée comme une huître. Cependant, si elle avait besoin de parler…

Les épaules d'Isobel se raidirent encore plus.

« Ce n'est rien. Enfin, pas rien. Mais rien dont nous ayons besoin de parler. » Ses mots étaient secs, presque comme si elle s'adressait à une inconnue et non à sa plus ancienne amie.

« Tu es sûre ? » Rosalind s'approcha, plaçant maladroitement une main sur son épaule. Elles n'étaient pas du genre tactile, ne l'avaient jamais été. Mais elle n'avait jamais vu Isobel comme ça non plus. Ni quand elle avait découvert sa grossesse, ni quand le père de Serena s'était enfui en apprenant la nouvelle. Ni même quand Hugh avait rompu ses fiançailles avec Rosalind pour épouser Isobel à la place. Jamais. « Tu sais que tu peux tout me dire. » C'était l'avantage d'une longue histoire commune. Le contexte et la compréhension.

Isobel lâcha un éclat de rire qui était presque un sanglot.

« Tu vas dire que je n'ai que ce que je mérite.

— Je ne ferais jamais ça. »

Mais Rosalind admit intérieurement qu'il était possible qu'elle le *pense*, si les circonstances s'y prêtaient. Elle ne le dirait cependant pas. Si leur amitié avait survécu si longtemps, c'était parce qu'elles n'avaient *pas* dit les choses qu'elles avaient pensées quand c'était important.

« Je crois… non, je suis sûre. » Isobel jeta un coup d'œil par-dessus son épaule en direction de la porte de la bibliothèque, puis ses grands yeux bleus et humides croisèrent le regard de Rosalind, et cette dernière sentit le temps ralentir, mais pas suffisamment pour empêcher ce qui allait arriver. « Hugh a une liaison. »

Le cœur de Rosalind s'arrêta de battre, le tic-tac apathique de l'horloge sur la cheminée remplaçant son cognement régulier. Aucune des horloges d'Aldermere n'était jamais à l'heure, se rappela Rosalind, comme si ça avait la moindre importance. Le temps ne comptait pas dans une maison coincée à jamais dans l'âge d'or du crime.

Elle retrouva soudain ses sens, en même temps que son cœur se remit à battre.

« Je suis sûre que tu te trompes, dit-elle en secouant la tête comme pour se débarrasser de cette idée. En plus, ne sommes-nous pas trop âgés pour toutes ces absurdités ? »

Isobel grogna. « Toi et moi, peut-être, mais tu sais que c'est toujours différent pour les hommes. »

Tout l'était, dans l'expérience de Rosalind. Mais surtout ça.

« Hugh t'aime. Il t'a *choisie*. » Rosalind ravala la douleur que charriaient ses paroles. Isobel était son amie, et ce depuis désormais près de quarante ans. « Vous avez une vie parfaite ensemble. Pourquoi te tromperait-il ? »

Isobel ne répondit pas immédiatement, et avant que Rosalind puisse la relancer, on frappa à la porte de la bibliothèque.

« Madame Davenport ? » Une jolie jeune femme d'une vingtaine d'années portant un jean et un tee-shirt apparut dans l'entrebâillement, ses cheveux noués en une simple queue-de-cheval. Elle avait un porte-bloc entre les mains, et l'air débordé. Rosalind reconnut l'assistante que Marcus avait envoyée pour la convaincre de participer à la convention, au printemps précédent.

« Oui, Clementine ? » Isobel se retourna, arborant de nouveau son sourire, même si ses yeux étaient toujours tristes. « Qu'est-ce qu'il y a ?

— Vraiment désolée de vous déranger, mais le personnel de service aimerait passer en revue avec vous les menus pour le dîner de demain soir, si vous avez le temps ? Il y a eu quelques changements de dernière minute, je crois, et il y a quelques questions concernant les accords mets-vin, en particulier. »

Elle avait un doux accent écossais et parlait d'une voix confuse, mais insistante.

Isobel soupira, son sourire ne chancelant à aucun moment.

« Naturellement. J'arrive tout de suite. Désolée, Rosalind, je n'en ai pas pour longtemps. Tu pourrais peut-être aller déranger Hugh dans son bureau ? Si c'est des accords mets-vin qu'ils veulent parler, il sera bien plus utile que moi.

— Bien sûr. »

Rosalind regarda son amie s'éloigner avec la jeune femme avant de la suivre hors de la pièce, franchissant les portes qui menaient à la salle à manger.

Aldermere semblait soudain moins accueillante. Elle avait beau savoir qu'il y avait beaucoup d'activité à l'extérieur et dans les cuisines au sous-sol, tandis qu'elle traversait la salle à manger déserte – sa table déjà dressée pour seize personnes –, elle avait l'impression d'être seule dans la maison. Un fantôme piégé dans sa propre histoire.

Elle se souvenait de tant de journées ici.

Ce premier dîner, quand Hugh l'avait présentée à sa famille comme la femme qu'il comptait épouser. Ou le jour, moins d'un an plus tard, où ils avaient mis un terme à leur relation près de la tour ornementale, et où elle avait ensuite dû tout de même prendre place à cette satanée table en acajou pour le dîner.

Avait-il vraiment une liaison avec quelqu'un ? Rosalind n'était pas certaine de vouloir savoir.

Elle sortit de la salle à manger et traversa le hall d'entrée avec son grand escalier et ses imposants portraits de famille. Le gong doré qui annonçait le dîner, niché dans un renfoncement près de la porte, trembla un peu lorsqu'elle laissa la porte se refermer, et elle tendit la main pour l'immobiliser. En dessous, sur la tablette du téléphone, se trouvait une enveloppe adressée à Hugh. Elle la souleva pour la lui porter à son bureau.

La lumière était faible, les lampes aux murs servant plus à créer une atmosphère qu'à éclairer, et dans la semi-pénombre elle pouvait presque s'imaginer qu'elle voyait Lettice Davenport – pas la vieille tante espiègle qu'elle avait rencontrée dans les années 1980, mais la jeune femme qu'elle avait été – descendre l'escalier incurvé. Une chemise d'homme blanche enfoncée sous sa jupe, des cheveux courts coupés au carré et ce sempiternel feutre gris qu'elle portait sur les photos. L'incarnation de la femme des années 1930 qui obéissait à ses propres lois.

Ou bien était-ce Dahlia Lively, et non Lettice ? Rosalind lui avait demandé un jour si Dahlia faisait toutes les choses que Letty elle-même n'était pas autorisée à faire. Letty avait esquissé un grand sourire et répondu : « Peut-être. Ou peut-être que les choses que j'ai faites étaient trop scandaleuses même pour Dahlia. »

Rosalind espérait que c'était vrai. Tout le monde avait besoin d'une *pointe* de scandale dans sa vie, n'est-ce pas ?

Au pied de l'escalier se trouvait une réplique d'Aldermere House semblable à une maison de poupée, et Rosalind s'attarda pour l'examiner. C'était comme plonger le regard dans un monde miniature. Les pièces se succédaient tout comme elles le faisaient dans la vraie maison, et Rosalind se pencha sur le bureau de Letty dans les combles, la chambre d'amis qui lui avait été attribuée et qui donnait sur l'allée principale. Il y avait même le minuscule gong à côté de la table de la salle à manger, couverte de couteaux et de fourchettes minuscules. Et là, à côté de la réplique de l'escalier, se trouvait une autre maison de poupée, avec des pièces et des détails encore plus petits.

« Lettice était une écrivaine très visuelle, vous savez. »

Rosalind sursauta en entendant la voix inattendue et inconnue.

« Elle se servait de cette maison de poupée pour élaborer ses romans – qui était où quand le meurtre a été commis, et avec qui. Ce genre de choses. Chaque livre qu'elle a écrit a commencé ici, avec cette maquette. »

Tentant de calmer sa respiration, Rosalind se redressa, mais ne se détourna pas de la maison de poupée.

« À part ceux qui ne se déroulaient *pas* dans un manoir », dit-elle. Vraiment, y avait-il quelque chose de plus irritant qu'un homme qui supposait qu'il en savait plus que vous ? « Pour ceux-là, elle utilisait des cartes. C'est Letty elle-même qui me l'a dit, il y a de nombreuses années. La maison de poupée était dans son bureau à l'époque, bien entendu. »

Elle se retourna finalement et se retrouva à lancer un regard noir à un homme grand et rougeaud qui portait un blazer par-dessus une chemise blanche tachée et qui semblait arriver du salon. Le visage de celui-ci s'empourpra un peu plus lorsqu'il la reconnut.

« Ah, évidemment. La célèbre Dahlia en personne, Rosalind King. Tellement content que vous ayez pu vous joindre à nous ce week-end. Bien sûr, vous êtes une vieille amie de la famille, n'est-ce pas ? Vous devez venir ici souvent. » Avec un sourire aimable, il s'approcha pour se poster à côté d'elle devant la maquette.

« Parfois », répondit Rosalind, sèchement.

Son intonation ne le découragea pas ni n'empêcha un large sourire suffisant et entendu d'apparaître sur son visage. « C'est un honneur de vous rencontrer. »

Il tendit la main et, à contrecœur, Rosalind la serra – mais il porta la main de cette dernière à ses lèvres pour la baiser à la place. Elle réprima un frisson et la retira vivement.

Elle n'aurait pas fait ça à l'époque. Mais les temps avaient changé. Et en plus, il fallait bien qu'il y ait *quelques* avantages à vieillir. Moins se soucier de vexer les autres en était un.

« Je suis Marcus. L'organisateur de ce carnaval ! » Il écarta les bras en grand comme si Aldermere était son domaine, son fief. « En fait, nous nous sommes déjà rencontrés, même si je ne pense pas que vous vous en souveniez. J'ai joué un des ados du gang de criminels dans le troisième film de la série Dahlia Lively avec vous ! »

Il lui lança un regard plein d'espoir, même s'il prétendait ne pas s'attendre à ce qu'elle le reconnaisse. Ce qu'elle ne fit pas.

« Vraiment ? Ça alors.

— C'était il y a longtemps. Bref, j'ai hâte de faire plus ample connaissance avec vous ce week-end. J'ai le sentiment que ça va être le genre de manifestation qui restera dans l'histoire de Dahlia Lively.

— Pour les bonnes raisons, j'espère. »

Après plus de quarante ans dans l'industrie du divertissement, Rosalind aimait penser qu'elle avait développé un bon instinct avec les gens. Et Marcus dégageait le genre d'énergie qu'elle évitait à tout prix. Il avait fait un bon choix en envoyant Clementine pour la persuader de venir, décida-t-elle tandis qu'il se dirigeait vers l'escalier. S'il était venu lui-même, elle était sûre qu'elle aurait refusé, même si on avait besoin d'elle.

Presque sûre, du moins. Aldermere avait le don étrange de l'attirer, même quand elle souhaitait garder ses distances.

« Bien sûr, bien sûr. » Marcus ricana à part lui tandis qu'il gravissait l'escalier, un pas lourd après l'autre, sa main potelée agrippant la rampe. « Je suis certain que Lettice elle-même approuverait tout ce que j'ai préparé. »

Rosalind n'était pas certaine que ce soit totalement rassurant.

Tandis que les pas de Marcus s'estompaient, elle regarda autour d'elle pour vérifier que cette fois elle était bien seule et que personne ne l'observait. Ses genoux craquèrent quand elle se pencha de nouveau devant la maison de poupée – le yoga quotidien ne pouvait pas tout résoudre – et regarda à l'intérieur.

Étendue sur la table de la salle à manger, il y avait une minuscule figurine, dont elle était certaine qu'elle ne se trouvait pas là avant. Un plissement lui barra le front lorsqu'elle tendit la main pour la saisir. On aurait dit une des poupées de Letty dans le bureau, celles qu'elle utilisait pour concocter ses romans. Mais Rosalind n'avait jamais remarqué celle-ci lors de ses précédentes visites.

Peau pâle cireuse. Yeux clos.

Serrant dans sa main une minuscule bouteille sur laquelle était inscrit « Poison ».

# SAMEDI
# 28 AOÛT

# POSY

## Chapitre deux

*« En règle générale, monsieur l'inspecteur principal, je suppose que tout le monde me ment jusqu'à ce qu'ils puissent prouver le contraire. »*

Dahlia Lively dans *L'Enquêtrice*
Par Lettice Davenport, 1929

Posy Starling attrapa la rampe à côté du porte-bagages tandis que le train quittait la gare de King's Cross, ses roues grinçant sur les rails comme s'il regrettait de devoir quitter Londres.

Elle connaissait ce sentiment.

Londres avait été sa bouée de sauvetage depuis qu'elle avait laissé Los Angeles – et ses parents – derrière elle. Désormais elle se rendait dans le fin fond de la campagne anglaise, sans savoir à quoi s'attendre.

Elle avait officiellement été choisie pour être la nouvelle Dahlia Lively moins de vingt-quatre heures plus tôt, et elle était déjà dépassée.

Posy s'écarta tandis que les autres posaient leurs sacs et s'asseyaient. C'est Anton, le réalisateur, qui mit le plus longtemps à le faire, ce qui ne la surprit pas car il transportait une énorme valise. Elle ne l'avait rencontré qu'à quelques reprises, mais il avait grosso modo porté la même tenue à chacune de ses auditions – jean éraflé et chemise à col ouvert. Elle avait l'impression qu'il était trop occupé à penser à des choses plus importantes pour se soucier de son apparence.

Mais tandis qu'elle le regardait essayer de hisser l'énorme valise sur le porte-bagages, elle observa le pantalon gris bien taillé qu'il arborait ce jour-là et se demanda si elle avait pu se tromper.

« Je l'ai. » Kit Lewis, la nouvelle star avec qui elle partagerait l'affiche, tendit le bras en arrière et prit l'anse de la valise des mains d'Anton, la balançant sur le porte-bagages avec une aisance surprenante pour une personne aussi mince. Mais il n'en fit pas tout un plat, ce qui plut à Posy. Il adressa un large sourire à Anton, puis alla ranger ses propres affaires et chercher son siège.

Il y avait eu beaucoup d'articles écrits à propos du casting de Kit – l'habituelle brigade du « politiquement correct devenu fou » indiquant que comme chaque incarnation de l'inspecteur principal Johnnie Swain publiée ou à l'écran avait été blanche, celle-ci devrait l'être également. Mais en regardant Kit prendre place face à Libby, leur scénariste, Posy songea qu'il dégageait exactement la bonne impression. Les policiers étaient censés être utiles et vous faire vous sentir en sécurité. Elle ne connaissait pas bien Kit – hormis la lecture qu'ils avaient faite ensemble, ils s'étaient à peine rencontrés –, mais elle sentait déjà qu'il s'en sortirait bien.

Devant elle, Anton ouvrit la sacoche en cuir cabossée qu'il portait en bandoulière et parcourut son contenu avant d'en tirer son téléphone portable. Posy le regarda distraitement, l'épaisse liasse de papiers qui remplissait le sac attirant son attention. Est-ce que ça pouvait être le nouveau scénario ?

Elle détourna les yeux quand la tête d'Anton se releva brusquement, et le rabat de la sacoche se referma. Ce ne serait pas bon de se faire surprendre à espionner le patron. Posy glissa son vieux sac en toile sur le porte-bagages à côté de la valise d'Anton.

« Alors, tout le monde est prêt pour notre week-end de meurtre et de chaos ? » Anton se frotta les mains, une lueur mauvaise dans ses yeux sombres tandis qu'il prenait place à côté de Libby. Le couple âgé assis sur les sièges de l'autre côté de l'allée centrale leur lança un regard inquiet. De toute évidence, ils n'avaient pas vu Kit dans le drame historique du dimanche soir dans lequel il jouait en ce moment. Ou peut-être qu'ils ne l'avaient pas reconnu en tenue de ville. Sans leur costume, les acteurs paraissaient toujours différents. Depuis qu'elle avait emménagé à Londres, Posy pouvait compter sur les doigts de ses mains le nombre de fois où on l'avait reconnue.

Peut-être que c'était le signe qu'il s'était écoulé beaucoup trop de temps depuis qu'elle avait eu un rôle qui comptait.

Mais de fait, maintenant que Kit avait ôté sa veste – même en août, le petit matin était froid à Londres –, Posy pouvait voir qu'il s'était mis sur son trente et un pour l'occasion. Pantalon en velours côtelé marron, bretelles et chemise, contrairement au jean miteux qu'il avait porté quand elle avait passé son audition face à lui.

« Toujours prêt, dit-il en adressant un grand sourire à Anton. Rien ne vaut un peu de chaos pendant un week-end prolongé, pas vrai ? »

Posy prit le siège à côté de lui.

« Ça dépend du genre de chaos, je suppose.

— Rabat-joie, la taquina Kit en inclinant la tête vers la sienne, et Posy ne put s'empêcher de sourire. Et vous, Libby ?

— Vous me connaissez, Kit. Je suis à fond dans le meurtre, pas dans le chaos. »

La voix de Libby était aussi sèche que le chapeau de paille qu'elle tenait sur ses cuisses.

« C'est vrai. » Kit se pencha par-dessus l'espace entre les sièges, les bras posés sur ses genoux. « Et est-ce que ça signifie que vous avez fini de nous écrire tous nos meurtres et notre chaos ? Parce que nous approchons des dates de tournage et tout… »

Anton tendit le bras pour taper sur l'épaule de Kit avec le roman qu'il avait à la main – *pas* un Lettice Davenport, remarqua Posy.

« Ayez foi, mon vieux ! Ne savez-vous pas que cette femme a sauvé plus de scénarios que vous avez bu de pintes hors de prix dans les pubs de Londres ?

— Oui, c'est la reine des scénaristes, je sais. » Kit adressa à Libby un sourire d'excuse. « C'est juste… vous savez. On parle encore beaucoup de…

— De la malédiction. » Anton poussa un grognement et se pencha en arrière contre l'appuie-tête en levant désespérément les yeux au ciel. « Kit, sur combien de projets avons-nous travaillé ensemble ?

— Trois.

— Et de combien d'entre eux les gens ont dit qu'ils étaient maudits ?

— Juste celui-ci, à vrai dire. » Posy dissimula son sourire en voyant l'expression espiègle sur le visage de Kit. « Et vous devez admettre qu'ils ne manquent pas exactement de preuves. »

La soi-disant malédiction était une chose que Posy ne connaissait que grâce aux rumeurs sur Internet, quand elle avait effectué des recherches sur Google le jour de son audition, mais les indices étaient nombreux. À commencer par la raison qui lui avait valu d'être choisie pour interpréter Dahlia Lively. Sans un accident de la circulation qui avait envoyé l'actrice originale à l'hôpital – dans le plâtre et avec de la kiné pour les mois à venir –, l'agent de Posy n'aurait jamais reçu l'appel concernant l'audition.

Puis il y avait eu l'investisseur qui s'était retiré après qu'une enquête pour fraude avait été ouverte contre lui, l'incendie du manoir dans lequel ils avaient à l'origine prévu de tourner…

Et enfin il y avait le scénario.

Le premier scénario, d'après ce qu'avait compris Posy, avait déclenché une dispute entre l'équipe de production et la famille Davenport. L'équipe l'adorait, la famille estimait que c'était « une parodie de tout ce que représentait Lettice Davenport », à en croire un compte rendu.

Pour ne rien arranger, il avait été divulgué par une personne liée au film – les hypothèses variaient quant à l'identité de celle-ci – et publié sur Internet. Les fans purs et durs de Dahlia Lively ainsi que les nouveaux venus l'avaient tellement éreinté que l'auteur original avait quitté le business et disparu à jamais dans le désert d'une quelconque retraite – *après* avoir été sommairement licencié.

C'est alors qu'Anton avait engagé Libby pour le retravailler. Ou, supposait Posy, pour le réécrire intégralement.

Elle n'avait jamais entendu parler de Libby McKinley jusqu'à présent, malgré toutes ses années dans le milieu, mais quand elle avait tapé son nom dans Google le soir précédent, après qu'Anton lui avait parlé du week-end et dit qui y participerait avec elle, il était devenu clair que c'était parce qu'elle n'avait pas été attentive. Libby n'en faisait peut-être pas des tonnes, ni ne recherchait la lumière des projecteurs ou les interviews dans les médias, mais elle avait été scénariste-conseil pour sept des dix plus gros films qui étaient sortis au cours de la dernière décennie. Elle n'apparaissait généralement pas au générique, mais Internet savait tout.

« Écoutez, si tout se passe bien ce week-end, le scénario sera approuvé *et* nous serons en mesure de tourner à Aldermere House. La maison de Lettice Davenport, les amis. » Anton les regarda tour à tour, scrutant apparemment leur visage à la recherche du niveau d'excitation approprié. Posy sourit et lui adressa un hochement de tête, et elle vit les autres faire de même.

« Il n'y a pas de malédiction ! Nous sommes sur la bonne voie. OK ?

— D'accord, patron », dit Kit, toujours manifestement sceptique, tandis que Posy hochait de nouveau la tête.

Elle avait besoin de ce film. Maudit ou non. Mais elle aurait vraiment préféré qu'il ne le soit pas, tout bien considéré.

« Évidemment que nous sommes sur la bonne voie, ajouta Libby. Le scénario est achevé, Kit. C'est Hugh

Davenport qui l'a en ce moment. C'est pourquoi je suis ici… pour régler les derniers problèmes avec la famille afin que nous puissions commencer à tourner. Ne vous en faites pas tant. J'ai déjà fait ça, vous savez.

— Oui, je sais. »

Kit semblait plus rassuré par les paroles de Libby que par celles d'Anton.

Au moins, ça élucidait un mystère pour Posy. Ça faisait quelque temps qu'elle n'avait pas participé à une telle manifestation, certes, mais elle savait tout de même qu'ils auraient normalement voyagé avec un responsable des relations publiques. Étant donné toute la presse négative qui entourait le film, elle avait trouvé encore plus étrange en arrivant à la gare de découvrir qu'ils n'étaient que tous les quatre à faire face seuls aux hordes de fans enragés.

Elle avait tenté de questionner Anton à ce sujet, mais il avait haussé les épaules et répondu qu'il n'y avait que quatre chambres disponibles à Aldermere House pour les loger, et Libby avait tenu à venir. Et comme il n'allait pas laisser ses deux stars chez elles, il n'y avait pas de place pour un responsable des relations publiques.

Ça avait paru invraisemblable, sur le moment. Mais s'il avait besoin que Libby soit là pour faire approuver le scénario, eh bien, ça avait du sens. Et Anton lui avait dit que la présence à la convention d'une nouvelle Dahlia Lively avait été confirmée des semaines avant qu'elle ait de fait été choisie pour le rôle. Elle espérait que personne ne serait trop déçu de découvrir que c'était elle.

Posy jeta un nouveau coup d'œil à Libby. Elle devait avoir le même âge qu'Anton, presque quarante ans, supposait-elle, et malgré son calme, son attitude réservée, elle était de toute évidence capable de se défendre aussi bien face aux réalisateurs et aux acteurs qu'aux membres de la famille Davenport. Même si elle avait l'air de se rendre à un goûter entre femmes avec sa robe à manches courtes à fleurs et son gilet.

Attends.

Tandis que l'appréhension montait en elle, le regard de Posy passa de Libby à Kit, puis à Anton avant de revenir à Libby.

Le pantalon gris foncé et le blazer d'Anton pouvaient signifier qu'il faisait un effort. *Idem* pour le pantalon en velours côtelé marron légèrement ample et les bretelles de Kit. Mais associés au chic de fête de village de Libby ? Posy fixa ses genoux engoncés dans son jean et sentit le poids du blouson de moto en daim pâle sur ses épaules tandis qu'elle s'imaginait les critiques sur les blogs de mode.

*Posy Starling a commis une nouvelle faute vestimentaire durant le week-end prolongé du mois d'août, presque aussi affreuse que la robe qu'elle portait à la cérémonie des Oscars de 2014 (son film, vous vous en souviendrez, n'a pas gagné, ce qui était tout aussi bien car elle n'aurait jamais réussi à monter les marches avec ces chaussures en verre. Ou peut-être était-ce autre chose qui altérait son équilibre...).*

« Est-ce que j'ai raté un mémo concernant le code vestimentaire ? » demanda-t-elle franchement.

Anton lui fit un sourire légèrement condescendant. « Pas du tout. Mais oui, la convention d'Aldermere aura, eh bien, un thème historique, donc nous nous sommes tous habillés en conséquence. »

Elle aussi se serait habillée en conséquence si quelqu'un avait pris la peine de la prévenir. Anton lui avait à peine révélé plus que le nom de l'endroit où ils allaient quand il l'avait appelée la veille au soir pour lui offrir officiellement le rôle et l'inviter. « Aldermere House, demeure de Lettice Davenport en personne ! Aucune raison de stresser, c'est juste une sorte de séance photos pour les fans », lui avait-il dit.

« Ne vous en faites pas, répétait-il désormais, continuant de sourire malgré la moue qu'elle savait qu'elle arborait. J'ai apporté quelques affaires pour vous, au cas où vous voudriez être plus dans l'esprit de la chose.

— Ce serait... bien », répondit-elle en le regardant d'un air dubitatif tandis qu'il se levait d'un bond et tendait la main vers le porte-bagages.

Pourquoi avait-il supposé qu'elle ne voudrait *pas* jouer le jeu ?

OK, elle pouvait probablement deviner pourquoi. Même si elle avait espéré que le monde, et elle, étaient passés outre tout ça quand elle avait quitté LA, Posy savait que ce n'était pas vraiment le cas. Quand les gens la regardaient, ils ne voyaient pas une actrice de vingt-neuf ans qui prenait sa carrière au sérieux. Certains d'entre eux voyaient l'enfant star ignorante, ou la jeune ado maladroite qui ne parvenait pas tout à fait à faire son âge.

Mais ça, c'était quand elle avait de la chance. La plupart du temps, si vous prononciez le nom de Posy Starling, les gens n'avaient qu'une seule image en tête – et elle ne provenait d'aucun de ses films.

Quand ils pensaient à Posy Starling, les gens voyaient instantanément cette affreuse photo intrusive d'elle gisant inconsciente sur le trottoir devant le Magpie Club à LA, attendant l'ambulance et les secouristes qui lui sauveraient la vie. Ils voyaient ses cheveux couverts de vomi et sa peau grise, la minuscule robe à imprimé peau de serpent remontée trop haut sur ses cuisses. Ses épaules dénudées, capturées en plein tremblement tandis que la drogue faisait des ravages dans son corps.

Qu'importait que ça se soit produit cinq ans plus tôt. Qu'elle ait fait une cure de désintox et s'en soit sortie. Qu'elle ait changé de continent, changé de vie, changé *tout*.

Elle ne pouvait pas changer la manière dont les autres la voyaient.

Jusqu'à maintenant. Ce film était sa chance de montrer à tout le monde une autre facette d'elle. La facette adulte, professionnelle.

Elle aurait aimé avoir eu plus de temps pour se préparer.

Posy regarda Anton osciller, suivant le mouvement du train tandis qu'il parcourait le contenu de sa valise. Il en sortit une robe à manches courtes à motif floral, d'un style comparable à celle de Libby, mais avec de pâles fleurs pastel quand celles de Libby étaient d'un marron et d'un rouge francs.

« Qu'est-ce que vous en dites ? » Il secoua légèrement la robe afin qu'elle puisse pleinement en apprécier la laideur. À côté d'elle, Kit haussa les sourcils, puis se tourna pour regarder par la fenêtre.

« Elle n'est pas très… moi, si ? » C'était à peu près toute la diplomatie qu'elle avait en elle à cette heure de la matinée.

« Eh bien, vous n'êtes pas censée être *vous* ce week-end, Posy. C'est ça, le métier d'actrice. » Anton se rassit, posant la robe sur les cuisses de Posy, ainsi qu'une paire de chaussures rétros à sa taille. « Ce week-end, vous êtes Dahlia Lively, l'Enquêtrice. »

Elle regarda de nouveau la robe. Elle ne ressemblait pas tellement à Dahlia non plus, selon elle. Mais ceci dit, qu'est-ce qu'elle en savait? Elle avait emporté le premier livre de la série pour le lire, mais n'avait toujours pas eu l'occasion de l'ouvrir. Tout ce sur quoi elle pouvait se reposer, c'étaient les rediffusions de la vieille série télé avec Caro Hooper, qu'elle regardait chez sa grand-mère le dimanche après-midi.

Et cette Dahlia-là n'était que vêtements d'homme, porte-cigarettes et impudence. Pas de robe à manches courtes à fleurs.

« Posy… écoutez. » Anton se pencha en avant, les coudes posés sur les genoux, sa voix tellement basse qu'elle aussi dut se pencher pour écouter. Kit détourna son attention de la fenêtre, et même Libby leva les yeux de son téléphone. « Je sais que vous êtes nouvelle dans le projet, que vous n'avez pas eu beaucoup de temps pour vous imprégner du rôle. Mais s'il y a une chose que je veux que vous sachiez avant que ce week-end commence, c'est ceci : ce film va être précurseur. Important. »

De près, Posy voyait les pattes-d'oie qui se formaient autour de ses yeux sur son visage hâlé, et les lignes qui partaient des bords de son nez et disparaissaient dans les poils sombres de sa barbe. Elle augmenta mentalement son âge de quelques années. La petite quarantaine, décida-t-elle, à coup sûr. Les médias décrivaient toujours Anton Martinez comme un jeune réalisateur prometteur, mais elle supposa que ça faisait désormais un moment qu'il était prometteur. N'aurait-il pas déjà dû, eh bien, concrétiser ses promesses?

Posy tordit le tissu de la robe entre ses doigts et resta silencieuse.

« Nous faisons quelque chose de *nouveau* avec les romans de Lettice Davenport, poursuivit Anton. Nous les faisons entrer dans le XXIe siècle ! Il ne s'agit pas simplement du casting non traditionnel, ni des techniques de tournage – ni même du nouveau scénario de Libby. Il s'agit de *l'impression* générale. Et les fans ne le comprendront pas tant qu'ils n'auront pas vu le produit fini.

— Ce qu'ils ne feront pas ce week-end. » Kit croisa les bras derrière sa tête et s'enfonça dans son siège, une cheville posée sur son genou. « Je suppose donc que nous devrons nous reposer sur notre charme naturel et notre esprit. Une bonne chose que vous m'ayez emmené. »

Anton leva les yeux au ciel. « Ce que vous devez faire, tous autant que vous êtes, c'est cesser de vous inquiéter pour le scénario, ou de parler de malédictions, ou de ce que les autres pensent, et faire confiance au processus. »

La bouche de Kit se courba pour former un demi-sourire ironique.

« Ah, mais c'est la croix de l'acteur, n'est-ce pas ? Nous ne valons jamais que ce que les autres pensent de nous.

— Dahlia Lively s'est toujours moqué de ce que pensaient les autres, déclara Libby d'une voix pensive. Elle se soucie de la vérité. »

Ce qui de fait mit un terme à la conversation.

Posy se leva d'un bond puis agrippa la barre tandis que le train négociait un virage, le monde soudain instable sous ses pieds. « Je ferais bien d'aller passer ça. »

Ôter son jean et enfiler une robe dans les minuscules toilettes infectes du train n'est pas une expérience qu'elle recommanderait. Et, étrangement, la robe elle-même était encore plus affreuse sur elle. Comme le miroir était crasseux, elle tira son téléphone de sa poche de jean et prit un selfie en plongée, puis s'examina dans la lumière faible.

*Damon m'adorerait dans cette robe.*

Cette idée lui traversa la tête avant qu'elle puisse l'en empêcher. Elle essayait de ne pas penser à lui ces temps-ci. Pourtant, quand il survenait et commençait à lui occuper l'esprit, elle faisait ce que lui avait recommandé son psy et se demandait si ce qu'il disait ou faisait dans sa tête était vrai.

Damon ne l'aimerait pas parce que, pour autant qu'elle sache, il était incapable d'amour. Il *approuverait* la robe, cependant, parce que c'était exactement ce qu'il avait toujours espéré qu'elle porterait. Féminine, douce, malléable.

Tout ce que Posy n'était pas.

Et Dahlia Lively non plus, aux dires de tous.

C'était au moins une chose qu'elles avaient en commun.

Avec un soupir, Posy déverrouilla la porte et regagna le wagon.

« Qu'est-ce que vous en dites ? » Elle prit la pose. « Je ferai l'affaire ? »

Kit fit la moue. Libby eut l'air de se dire que la créatrice de Dahlia se retournait probablement dans sa tombe.

« Dahlia tout craché ! » Anton fit un large sourire. « Les fans vont vous adorer. »

# Chapitre trois

*« Le manoir de Hazelwood a été mon sanctuaire pendant toutes ces années. » Dahlia leva les yeux vers la demeure, ouvrant de larges yeux. « Mon havre de paix. Et maintenant... » Désormais plus rien ne semblait sûr.*

Dahlia Lively dans *La mort vient à Hazelwood*
Par Lettice Davenport, 1944

Aldermere House se détachait sur le bleu d'un matin anglais parfait, sa façade géorgienne en briques solide et imposante, ses nombreuses fenêtres observant. Assise en hauteur sur la banquette arrière d'une voiture ancienne qui était venue les chercher à la gare, Posy regardait les nuages blancs replets filer dans le ciel d'août tandis qu'ils longeaient dans un bruit de ferraille l'allée gravillonnée.

Elle aurait presque pu croire qu'ils étaient remontés dans le temps, jusqu'à un monde depuis longtemps disparu. Les gens vivaient-ils encore dans de telles demeures au XXI$^e$ siècle ?

Eh bien, s'ils avaient les royalties de Lettice Davenport pour la payer, manifestement oui.

« La voici, mesdames et messieurs, déclara Anton en s'accrochant à son siège devant elle tandis que les fines roues et la suspension inadaptée négociaient une nouvelle bosse. Aldermere House. Demeure de la Reine du crime.

— Ça, c'était Agatha Christie. » C'était la première fois que Libby parlait depuis plusieurs heures. « Lettice Davenport était la Princesse du poison.

— Bien sûr, bien sûr. »

Anton écarta sa correction, parlant comme d'habitude avec ses mains maintenant que l'allée était moins cahoteuse.

« C'est vraiment ici qu'elle vivait. » Kit semblait légèrement impressionné à l'idée de visiter Aldermere. « Vous savez, j'ai lu chacun de ses romans policiers quand j'étais plus jeune, et je crois les avoir tous relus depuis que mon agent m'a parlé de mon audition. »

Anton se tortilla sur le siège avant pour pointer le doigt vers lui. « Et c'est le genre de dévouement qui fera que *notre* film sera meilleur que tous les précédents. »

La nouvelle version de Dahlia Lively n'avait pas été sur le radar de Posy avant que son agent l'appelle, manifestement aussi déconcerté qu'elle par la nouvelle, pour l'informer qu'on lui demandait d'auditionner pour le rôle. Elle passa le doigt sur le contour des livres qu'elle transportait dans son sac. *L'Enquêtrice*, le premier roman de la série Dahlia Lively que Lettice avait écrit, et *La Princesse du poison*, une biographie posthume de la romancière elle-même.

Les livres lui décriraient la personnalité du personnage, mais c'était cette convention qui lui montrerait ce que les fans *attendaient* qu'elle soit. Et c'était ça qui comptait. Si les fans purs et durs détestaient le film, ils l'exprimeraient si fort que personne d'autre ne prendrait la peine d'aller le voir.

Les critiques potentielles défilaient malgré elle dans sa tête tandis qu'ils s'arrêtaient dans l'allée. *Posy Starling en tant que Dahlia Lively est le choix le plus improbable – et, ce qui ne surprendra personne, une totale erreur.*

Dans son esprit, son critique cinéma était toujours Sol Hutchins, l'auteur acerbe qui avait écrit le livre – littéralement – sur son ascension vers la célébrité et la chute qui avait suivi. Il avait été aux premières loges, évidemment, puisque c'était le meilleur ami de son père. Ces temps-ci, elle pensait se souvenir plus clairement de la voix de l'oncle Sol que de celle de ce dernier, même si elle n'avait vu ni l'un ni l'autre depuis le jour où elle avait quitté LA.

La voiture s'immobilisa dans un soubresaut à une certaine distance de la maison. En regardant au-delà d'Anton, Posy vit que c'était parce que la large allée gravillonnée était bondée. Elle attendit que le chauffeur ouvre la portière, puis passa les jambes à l'extérieur, les genoux serrés pour permettre à l'affreuse robe à manches courtes de passer, et descendit du marchepied.

Le gravier craqua sous ses pas lorsqu'ils se dirigèrent vers la maison, observant le cirque qui les entourait. Aldermere House, manifestement, n'était que la toile de fond de la manifestation – une cacophonie d'activité et de bruit qui enveloppait la vaste pelouse sur la droite de la demeure, au-delà de la fontaine richement décorée au centre de l'allée.

Des files de personnes serpentaient et zigzaguaient entre les banderoles disposées sur la pelouse, et d'autres arrivaient tandis qu'elle regardait, bondissant de l'arrière d'un bus à impériale, ou se déversant de voitures décapotables. Plus loin dans le parc et faisant le tour jusqu'à l'arrière de la maison, des guirlandes de fanions et des lumières étaient suspendues entre les arbres, et des stands avaient été installés pour vendre de la confiture, des gâteaux et des tasses de thé. La scène rappelait une fête de village, du genre de celles dont Posy se souvenait vaguement de son enfance en Angleterre, avant que la famille déménage à LA pour sa carrière.

Elle n'était plus ici chez elle. Mais elle y était tout de même.

À côté d'elle, Libby s'arrêta en trébuchant.

« Ça va ? demanda Posy en tendant la main pour la retenir.

— Oui. » Libby fixa la scène devant eux. « Désolée. C'est juste… cette fontaine. Elle n'était pas sur les plans du parc, ni sur les photos que j'ai vues. Je vais devoir retravailler quelques scènes devant la maison pour lui trouver une place, si nous tournons ici. Ce serait dommage de la rater. »

Elle écarta la main de Posy et continua d'avancer vers la demeure, laissant celle-ci l'observer derrière elle.

Peut-être que ce week-end rendait Libby aussi nerveuse que les autres, après tout. Si la famille n'approuvait pas le scénario, tout pourrait être terminé avant même d'avoir débuté. Ça faisait beaucoup de pression pour une seule femme.

« Posy ! lança Anton par-dessus son épaule, et elle hâta le pas pour les rejoindre.

— N'oubliez pas d'éteindre vos téléphones avant de les laisser à la porte, annonça une jeune femme en tailleur vert olive, avec des *victory rolls* parfaits dans ses cheveux d'un auburn pâle et un porte-bloc entre les mains, tandis qu'elle guidait un petit groupe de personnes vers l'entrée principale d'Aldermere House. C'est une expérience *immersive*, après tout – et Dahlia Lively n'a jamais profité de la technologie mobile !

— Nous devons laisser nos téléphones ? » demanda Kit, horrifié par cette idée.

Posy éprouva en silence la même chose, mais préféra ne pas le montrer.

« Comme elle a dit, c'est une immersion. » Anton agita la main vers la femme en tailleur vert olive. « Hé, Clementine ! Où est le patron ? »

Clementine regarda dans sa direction et adressa un large sourire à Anton. Elle entraîna le petit groupe de participants – deux femmes et deux hommes, tous dans d'impeccables costumes d'époque – vers l'entrée, puis elle se hâta vers Posy et les autres, griffonnant quelque chose sur son porte-bloc tout en marchant, ses hanches minces ondoyant dans sa jupe droite.

« Vous êtes arrivés. » Clementine se pencha pour embrasser Anton sur les joues. « Je croyais que les gens du cinéma étaient toujours en retard.

— Nous avions hâte de commencer, répondit Anton. Bon, laissez-moi vous présenter tout le monde. »

Clementine s'esclaffa.

« Je crois pouvoir identifier seule au moins deux personnes. » Elle se tourna vers Kit et tendit la main, ses yeux bleus étincelant. « Kit Lewis, exact ? Je vous ai vu dans cette pièce que vous avez récemment tournée pour la BBC. Vous devez être notre nouveau Johnnie Swain.

— Content que quelqu'un l'ait regardée, plaisanta Kit avec son habituel sourire chaleureux. Et oui, l'inspecteur principal loyal et aimant de Dahlia, c'est moi.

— Et Posy Starling. Notre nouvelle Dahlia en personne. » Clementine tourna ses grands yeux vers elle, et Posy répondit automatiquement avec le sourire qu'elle réservait aux fans. « Je n'en revenais pas quand j'ai lu l'e-mail d'Anton ce matin ! Je vous regardais à la télé et au cinéma quand j'étais petite. Je crois avoir vu tous les films que vous avez tournés. C'est tellement chouette de vous voir, enfin… je veux dire que c'est formidable que vous soyez ici ce week-end. »

Posy ignora le lapsus. Elle savait ce que voulait dire Clementine – de même que toutes les autres personnes présentes. C'était agréable de la voir travailler de nouveau, après tout ce qui s'était passé. Il s'avérait qu'une carrière d'enfant star ne garantissait pas de travailler une fois adulte. Surtout quand votre réputation vous précédait à chaque audition.

« C'est formidable d'être ici. » Posy leva de nouveau les yeux vers la maison qui se dressait au-dessus d'eux, et tenta d'insuffler un peu d'enthousiasme dans ses propos.

Clementine jeta un coup d'œil à son porte-bloc.

« Bon, je ne sais pas ce qu'Anton vous a dit à propos de ce week-end…

— Pas grand-chose, admit Posy avec un sourire. Tout ça s'est fait à la dernière minute – pour moi, du moins.

— Je voulais conserver un élément de surprise. »

Anton fit bouger ses épais sourcils sombres comme si c'était une merveilleuse plaisanterie.

Peut-être que ça l'était. Peut-être que la choisir pour le rôle de Dahlia était un canular de sa part.

Non. Posy redressa les épaules, rejetant ses cheveux en arrière. Elle méritait ce rôle, elle serait *géniale* dans ce rôle, et elle le prouverait pendant le week-end.

*Posy Starling fait de son mieux en tant que Dahlia Lively, mais... Oh, ferme-la, oncle Sol.*

Lorsque le critique dans sa tête se fut tu, Posy se concentra sur les explications de Clementine concernant le week-end qui les attendait.

« Donc, ce week-end est une expérience immersive de retour dans les années 1930 pour les fans de l'âge d'or du roman policier en général – et de Lettice Davenport en particulier, bien entendu. C'est une chance pour eux de revisiter le monde de Dahlia Lively. Des temps plus heureux où le seul souci qu'avaient les gens étaient les meurtres. » Les yeux de Clementine étincelèrent lorsque Kit rit à sa plaisanterie. « C'est pourquoi les voitures modernes ne sont pas autorisées sur le site – tout le monde a été amené de la gare de la même manière que vous, dans des véhicules d'époque.

— Et les téléphones portables sont interdits ? demanda Kit, espérant de toute évidence qu'on ferait peut-être exception pour lui.

— Ça ne concerne que les personnes qui logent à Aldermere House, expliqua Clementine. C'est-à-dire vous quatre, et ce que nous appelons les délégués VIP. »

Avant que Kit puisse tenter de l'amadouer, un homme vêtu d'un smoking noir fendit la foule en portant un plateau chargé dans une main, ce qui lui restait de cheveux plaqué en arrière depuis son visage rond et rouge.

« Ah, voici Marcus, dit Clementine en lui faisant signe d'approcher.

— Est-ce que c'est le majordome ? demanda Kit. Parce que je boirais bien un verre de ce qu'il y a sur ce plateau.

— C'est le patron, du moins ce week-end, le corrigea Anton. Mais moi aussi, je boirais bien quelque chose.

— Marcus est à la tête du fan-club de Lettice Davenport, déclara Clementine. Et l'organisateur de cette convention, ce qui fait de lui *mon* patron, au moins. Mais il aime jouer au majordome à ce genre de manifestation, parfois.

— C'est un fervent amateur de Dahlia Lively, vous savez, il a même dirigé la convention de l'année dernière quelques semaines après son pontage cardiaque, ajouta Anton. *Ça*, c'est du dévouement.

— Anton! Vous êtes arrivé. »

Marcus abaissa le plateau qu'il tenait au-dessus de son épaule pour leur permettre de prendre un verre. Les autres tendirent la main vers le cocktail mimosa pendant que Posy restait en retrait.

« Et vous avez amené vos vedettes avec vous. Parfait!

— Marcus, je vous présente Kit Lewis et Posy Starling – notre Johnnie et notre Dahlia. » Anton les désigna tour à tour, avant de se tourner vers Libby. « Et voici notre Lettice Davenport, notre scénariste Libby McKinley.

— Ravi de tous vous rencontrer! tonna Marcus. J'ai moi-même été une sorte d'acteur, vous savez. De fait, je suis le *seul* acteur à être apparu à la fois dans les films originaux *et* dans la série télé avec Caro Hooper. Vous savez, Anton, une brève apparition dans le nouveau film parachèverait le coup du chapeau... »

Le sourire d'Anton sembla un peu forcé.

« Voyons d'abord comment nous nous entendrons pendant le week-end, d'accord?

— Bien sûr, bien sûr. » Marcus tapa sur l'épaule d'Anton. « Pourtant, ce serait quelque chose à promouvoir auprès des médias – autre chose que cette satanée malédiction en tout cas ! C'est si malheureux que ce scénario ait fuité de la sorte. »

La bouche d'Anton formait une ligne serrée, et c'est Kit qui prit la parole, son sourire fermement en place. « Ah, mais sans ça nous n'aurions pas l'adorable Libby avec nous, et ce serait une parodie ! » D'une manière ou d'une autre, il s'était arrangé pour se poster entre Marcus et Anton sans sembler bouger le moins du monde. Impressionnant. « Bon, ce que je veux savoir, c'est qui sont ces délégués VIP. Je commence à me sentir vexé, Marcus. » L'étincelle dans ses yeux montrait clairement qu'il plaisantait, et ce dernier éclata de rire.

« Oh, vous quatre, vous êtes nos hôtes les plus importants, évidemment. » Marcus semblait néanmoins toujours légèrement obséquieux. « Les délégués VIP sont les quelques participants spécialement sélectionnés qui ont payé un petit supplément…

— Un *gros* supplément, murmura Clementine à côté de Posy.

— … pour avoir quelques privilèges pendant le week-end. Comme la chance de pouvoir loger à Aldermere House, avec vous tous ! » termina Marcus.

Anton et Kit semblaient à peu près aussi excités par cette perspective que l'était Posy.

« Ils auront aussi accès en premier aux manifestations qu'ils choisiront, aux séances photo avec tous les intervenants, et ils pourront participer à tous les déjeuners et les dîners, expliqua Clementine. Les délégués de jour sont uniquement autorisés dans le parc, à moins qu'ils aient réservé un ticket pour l'un des repas, ou l'un des événements en intérieur, comme la visite de la maison. La famille a insisté.

– Comment faites-vous pour savoir où est, ou devrait être, tout le monde ? »

Posy supposait que le fait que la maison soit envahie par les fans de Lettice Davenport ne serait pas très drôle pour la famille. Peut-être que les royalties que rapportait Dahlia Lively n'étaient pas aussi élevées qu'autrefois.

Clementine leva un poignet mince et laissa la manche de sa veste en lin clair retomber afin de montrer le bracelet de couleur criarde qui l'encerclait. « Tout le monde ici en a un. Nous avons différentes couleurs pour les délégués de jour, plus des bracelets spéciaux pour les VIP et les intervenants, les invités et la famille. De fait, vous feriez bien de mettre les vôtres. »

Elle détacha une bande de bracelets de son porte-bloc et en tendit un à chacun avant de les regarder les attacher fermement. Posy fixa le sien, argenté sur sa peau pâle. Curieusement, il lui donnait l'impression d'être menottée.

« Notre Clementine prend *bien* soin de tout le monde. » Marcus se pencha vers sa jeune assistante. La proximité de son patron sembla mettre celle-ci un peu mal à l'aise, mais elle n'était pas non plus suffisamment sûre de sa place, ou de son poste, pour s'écarter. Posy connaissait cette sensation. Quelque chose chez cet homme lui rappelait l'oncle Sol, mais peut-être que c'était son teint rougeaud.

« Je fais juste mon travail, déclara doucement Clementine.

— Ah ! Voici une autre invitée de marque qui vient vous accueillir. Quelle chance ! »

Marcus posa son plateau en équilibre sur le capot de la voiture ancienne la plus proche et agita la main en direction d'une grande femme élégante aux cheveux blancs, qui se tenait sur les marches menant à la porte d'Aldermere House.

Elle ne sourit pas ni ne lui retourna son geste, mais elle se mit à marcher vers eux. C'est alors que Posy comprit qui c'était.

Rosalind King.

# Chapitre quatre

*« Un texte, ce sont juste des mots sur une page. C'est la manière dont les gens les interprètent, leur façon de jouer, qui fait toute la différence. Et dans ce cas, il semblerait que quelqu'un ait choisi de transporter l'action hors de la scène – et à la morgue. »*

Dahlia Lively dans *Le monde entier est une scène*
Par Lettice Davenport, 1938

« Rosalind, très chère ! C'est merveilleux que vous soyez ici ! » Anton lui embrassa les joues avec beaucoup d'enthousiasme, si l'on considérait qu'elle était assez âgée pour être sa mère. Mais peut-être que l'âge ne comptait pas quand la femme en question était Rosalind King.

Anton avait fait des pieds et des mains pour lui assurer un rôle dans le film, Posy le savait. Une manière de relier les nouvelles versions et les originales, et d'attirer les fans traditionnels qui auraient autrement pu se montrer réticents. En regardant Rosalind, Posy comprenait pourquoi.

Ses cheveux blancs étaient élégamment coupés court, maintenus en arrière par une barrette d'une façon qui évoquait un style ancien, sans pour autant ressembler à un déguisement. De la même manière, son pantalon ample en lin et son chemisier blanc étaient intemporels, son maquillage, classique. On aurait dit qu'elle s'habillait de la sorte tous les jours, tout en s'adaptant avec aisance à l'atmosphère de la convention.

L'oncle Sol revint de plus belle : *Rosalind King passe ses scènes trop brèves du film à avoir l'air de ne pas tout à fait en revenir que son agent l'ait poussée à accepter le rôle. Et moi non plus.*

Anton désigna Posy.

« Laissez-moi vous présenter la nouvelle venue à votre club de Dahlia, Posy Starling.

— C'est un plaisir de vous rencontrer », dit cette dernière d'une voix qui semblait étrangement rouillée.

Le regard de Rosalind passa de son carré blond désordonné à son affreuse robe à manches courtes, puis remonta.

« Je n'appellerais pas vraiment ça un club, Anton, dit-elle, ignorant Posy. Nous ne sommes que deux, après tout. » Son regard se posa de nouveau sur Posy pendant une seconde. « Enfin, bientôt trois, je suppose.

— Et voici l'autre membre ! » Marcus tapa dans ses mains avec ravissement. « C'est magnifique d'avoir les trois Dahlia à notre petite convention. Les fans vont adorer ! »

Ils se tournèrent pour voir une moto ancienne couplée à un side-car s'arrêter en décrivant une grande courbe à côté d'eux. Passant les jambes par-dessus la machine, la conductrice ôta son casque, révélant un foulard de couleur vive et un rouge à lèvres rouge sang assorti.

Encore un visage que Posy reconnut instantanément, ne serait-ce que parce qu'elle l'avait vu à l'écran. Caro Hooper – l'actrice synonyme de Dahlia Lively d'une manière à laquelle même Rosalind King ne pouvait prétendre. Cette dernière avait seulement interprété l'Enquêtrice dans trois films ; Caro l'avait jouée dans cinq séries d'adaptations télévisées, couvrant intégralement chacun des romans de Lettice Davenport.

D'ailleurs, Posy ne savait pas si Caro Hooper avait interprété quelqu'un d'autre. Elle *était* Dahlia.

*On s'étonne que le réalisateur Anton Martinez ne se soit pas arrangé pour glisser également Caro Hooper dans son film. Ou peut-être aurait-il pu demander qu'elle reprenne son rôle de Dahlia à la place de Mlle Starling. Ça n'aurait pu qu'arranger les choses.*

« Oh, n'est-ce pas merveilleux ! » Caro détacha le foulard de ses cheveux, secouant les boucles en dessous. Avec sa veste en tweed, son chemisier tout simple et son pantalon bleu marine, elle était exactement semblable à ce qu'elle était à l'écran lorsqu'elle interprétait Dahlia. « Tous les amoureux de Dahlia réunis. Marcus ! Toujours un plaisir. » Elle lui attrapa le haut des bras et lui planta un baiser ferme sur les joues. « Et Rosalind, évidemment. »

Pas de baiser cette fois, remarqua Posy.

Marcus se chargea de faire les présentations, et Caro eut un commentaire pour chacun.

« Ah, notre illustre réalisateur, dit-elle à Anton. Vous savez, trois Dahlia dans un seul film, ce serait vraiment quelque chose. Juste une idée. »

Posy dissimula une grimace irritée. Évidemment qu'elle aussi voulait en être. Avec à la fois Rosalind *et* Caro dans le film, il était possible que personne ne remarque que Posy était la vedette.

Caro adressa à Anton un sourire effronté puis se tourna tandis que Marcus présentait Kit comme « le nouveau Johnnie ». Posy avait suffisamment vu les vieux feuilletons à la télé les dimanches après-midi pluvieux pour savoir que Johnnie – l'inspecteur principal John Swain – était l'amant occasionnel de Dahlia dans les histoires.

Caro tapota la joue de Kit et dit :

« Une bonne mâchoire puissante – c'est parfait. Johnnie a besoin d'être le genre d'homme sur qui on peut se reposer, dans et hors de la chambre, ne pensez-vous pas, Rosalind ? » Baissant la voix comme si elle parlait en aparté, elle ajouta : « Et elle devrait le savoir. Elle a épousé le sien !

— Vous n'étiez pas tentée par le vôtre, madame Hooper ? » la taquina Kit.

Les yeux de Caro s'élargirent, horrifiés. « Oh, je vous en prie, appelez-moi Caro. Mme Hooper me fait penser à ma mère. Et *mon* Johnnie était déjà marié, donc aucun risque. Mais sa femme était divine. »

Quel âge avait Caro ? se demandait Posy. Elle avait interprété Dahlia pendant plus d'une décennie mais semblait toujours ne pas avoir plus de quarante ans. Ce qui signifiait qu'elle avait pu être plus jeune que Posy quand elle avait eu le rôle – et maintenant c'était la seule chose pour laquelle elle était connue.

Enfin, pas tout à fait. Hors écran, Caro était célèbre pour un des divorces les plus difficiles de l'histoire de la télé britannique. Posy vivait alors toujours aux États-Unis, affrontant les conséquences de sa disgrâce, donc elle en avait raté l'essentiel, mais elle se rappelait avoir lu que Caro avait mis le feu à la cravate de son ex-mari. Alors qu'il la portait encore.

Elle avait fini par épouser une femme, se souvenait vaguement Posy, même si elle n'en parlait pas beaucoup. Il y avait un article qu'elle avait lu, dans lequel Caro avait dit à l'intervieweur : « Je ne sais pas pour vous, mon petit, mais je tombe amoureuse de la personne, pas des rôles. »

Caro eut un sourire et une poignée de main pour Libby, lui disant qu'elle avait hâte de voir ce qu'elle avait fait du scénario. Puis elle se tourna vers Posy.

« Et vous devez être la nouvelle Dahlia. » Son regard appuyé n'était pas si ouvertement critique que celui de Rosalind, mais Posy ressentit une impression générale de désapprobation. « Eh bien, les temps changent, je suppose. Mais vous rejoignez une tradition illustre, vous vous en rendez compte ? » Elle n'ajouta pas « Vous feriez mieux d'être à la hauteur », mais Posy vit les mots flotter dans l'air comme des guirlandes de fanions.

« Bon, où puis-je garer Susie ? » Caro tapota la moto à côté d'elle comme si c'était un animal de compagnie.

« Les écuries seront le meilleur endroit, répondit Marcus. Nous avons déplacé les chevaux pour que les visiteurs puissent s'extasier devant les autres véhicules de collection, et vous savez que les fans voudront voir Susie. Venez, je vais vous montrer où la mettre. »

Clementine prit le relais, entraînant les autres dans la bonne direction, prête à leur montrer leurs chambres, sans jamais cesser de parler. Mais Posy n'écoutait pas.

À la place, son attention oscillait entre Caro et Rosalind, chacune partant dans une direction différente, mais toutes deux lui semblant plus avancées sur le chemin sur lequel elle se tenait désormais. Toutes deux montrant ce que l'avenir pouvait réserver, en tant que membre du club de Dahlia.

« Posy ? » lança Clementine depuis les marches qui menaient à la porte. Les autres avaient disparu à l'intérieur.

Elle secoua la tête. « J'arrive. »

Ce n'était pas son avenir. C'était sa compétition. Ici, à Aldermere House, elle devrait convaincre des hordes de fans – et l'oncle Sol dans sa tête – qu'elle était plus digne de Dahlia que Rosalind King et Caro Hooper, alors même qu'elles se tiendraient à côté d'elle.

Le dos droit, Posy se hâta vers la porte. Elle était prête pour le défi.

Le style grandiose du hall d'entrée d'Aldermere House, avec ses portraits de famille aux cadres dorés et ses rideaux de brocart rouge, n'allait pas avec le guichet de réception fonctionnel qui avait été installé derrière les portes. Ce n'était guère plus qu'une table à tréteaux pliante, couverte d'enveloppes remplies de tickets, de brochures pour les activités prévues pour le week-end, plus quelques livres de la série Dahlia Lively. Aucun signe d'ordinateur, ni de quelque autre technologie hormis une radio à l'air rétro.

Il y avait de nombreux volontaires qui portaient le gilet officiel de la convention, et Posy regarda Clementine habilement coupler chaque membre du groupe avec l'un d'eux – mais pas avant d'avoir confisqué les téléphones.

« Vous les récupérerez lundi, promit-elle.

— Et s'il y a une urgence ? » demanda Kit, refusant de renoncer si vite à son iPhone dernier cri.

Clementine haussa un sourcil.

« Urgence de réseaux sociaux ou urgence du monde réel ?

— L'une ou l'autre. »

Kit détourna le regard et Clementine lui adressa un sourire entendu.

« Pour une urgence du monde réel, venez me trouver, dit-elle. Je garde le contact avec le monde extérieur, au besoin – tout comme Marcus et la famille Davenport. Il n'y a que les délégués qui payent pour l'expérience immersive de se faire prendre leurs appareils technologiques. Et vous autres, évidemment. »

Elle ne répondit pas à la question concernant ce qui se passerait pour une urgence des réseaux sociaux.

Tandis qu'Anton, Libby et Kit étaient entraînés par des volontaires afin de découvrir leur chambre pour le week-end, Posy ne put s'empêcher de la poser.

« J'aurais cru que la convention *voudrait* que les réseaux sociaux couvrent l'événement ? »

Clementine, penchée au-dessus du guichet de réception tandis qu'elle feuilletait les papiers sur son porte-bloc, soupira.

« La convention, oui. La famille, non.

— Donc, c'est toujours la famille de Lettice Davenport qui vit ici ? demanda Posy.

— Oui. Son neveu, Hugh, sa femme Isobel et leur petite-fille. » Elle se redressa, serrant son porte-bloc contre sa poitrine, la pince en métal cliquetant contre le lourd médaillon démodé qu'elle portait autour du cou. « Ils ont demandé qu'il n'y ait pas de photos à l'intérieur de la maison, donc Marcus a imaginé l'excuse de "l'expérience immersive". Les délégués de jour à l'extérieur peuvent prendre autant de photos qu'ils veulent, cependant, donc avec un peu de chance nous aurons de la pub grâce à eux.

— Je suis sûre que oui. Ça a l'air génial, dehors. »

Clementine fit un sourire radieux. « Oui, n'est-ce pas ? Bon, venez, allons à votre chambre. »

Posy suivit Clementine tandis qu'elle se dirigeait vers l'escalier et la maison de poupée surdimensionnée qui dominait le hall d'entrée. La maison était incongrue, un objet puéril dans une pièce si raffinée et traditionnelle, et Posy la fixa jusqu'à ce qu'elle se rende compte que c'était une réplique d'Aldermere House.

Clementine dut la voir froncer les sourcils car elle dit :

« Oui, c'est la vraie, l'originale. N'est-ce pas incroyable de l'avoir ici, où nous pouvons tous en profiter ?

— Oh, absolument », répondit Posy, bien qu'elle n'eût aucune idée de ce dont elle parlait.

Rosalind le saurait ; Caro le saurait. Toutes les autres personnes présentes à Aldermere ce week-end-là le sauraient probablement. Impossible pour Posy d'admettre son ignorance. Elle regarda plus attentivement la miniature, espérant une plaque explicative ou quelque chose. « Attendez, est-ce que c'est un cadavre à l'intérieur ? »

Là, dans les combles de la maison de poupée, se trouvait une petite figurine avec un couteau fermement planté à l'endroit où aurait dû se trouver son cœur.

Riant, Clementine plaça la figurine bien en vue.

« Je crois que c'est Marcus qui l'a mise là. Il a un sens de l'humour assez tordu, parfois.

— Je suppose que c'est une convention autour du roman policier, observa Posy d'un air hésitant.

— Et ça, ce sera moi plus tard dans la matinée, répondit Clementine. Enfin, pas dans les combles avec un poignard, mais dans les écuries avec l'écharpe en soie, je pense. »

Posy cligna des yeux d'incompréhension, et Clementine lui tendit un exemplaire de la brochure qui comportait le programme de la journée. « Le jeu d'enquête de la convention, expliqua-t-elle gaiement. Je suis la victime. Ça pourrait être ma seule chance de m'asseoir ou de m'allonger aujourd'hui, alors je la prends ! »

Un couple plus âgé apparut sur l'escalier, les deux personnes portant des vestes en tweed assorties. Des délégués VIP, reconnut Posy.

« Clementine, ma chère, avez-vous un moment ? demanda la femme. C'est à propos des… sanitaires à côté de notre chambre.

— Bien sûr. » Le sourire de Clementine sembla un peu forcé. « Excusez-moi, Posy. »

Pendant que Clementine s'occupait des problèmes de plomberie du couple, Posy se pencha pour regarder de nouveau la sinistre maison de poupée. Elle était tellement occupée à chercher d'autres cadavres qu'elle n'entendit pas l'homme approcher derrière elle jusqu'à ce qu'il parle.

« Extraordinaire, n'est-ce pas ? »

Posy se redressa d'un bond et pivota pour découvrir un homme grand et bronzé qui se tenait derrière elle, les mains dans les poches de son pantalon. Il aurait pu avoir n'importe quel âge entre cinquante-cinq et plus de soixante-dix ans, songea Posy, avec ses cheveux grisonnants élégamment coiffés et les lignes autour de ses yeux qui ajoutaient de la chaleur à son sourire. Il lui rappelait plus que tout certains des acteurs plus âgés qu'elle avait rencontrés à Hollywood. Ceux qui jouaient des premiers rôles romantiques face à des filles d'une vingtaine d'années, même s'ils étaient assez vieux pour être leur grand-père.

« Désolé, je ne voulais pas vous faire peur. » Il tendit la main. « Hugh Davenport. Bienvenue à Aldermere.

— C'est votre maison. Je veux dire, vous êtes le neveu de Lettice Davenport. » Avec un peu de retard, elle tendit la main pour serrer la sienne. « Heu, merci de me recevoir. »

Son rire était aussi amical que son sourire. « Vous êtes la bienvenue. Même si techniquement elle était ma cousine issue de germains – la cousine germaine de mon père. » Il désigna l'arbre généalogique. « Mais je l'ai toujours appelée tatie. Vous admiriez sa maison de poupée. Connaissez-vous l'histoire ? »

Un coup d'œil en direction de l'escalier confirma que Clementine était toujours occupée avec les autres invités.

« J'adorerais en entendre votre version.

— Pas autant que j'aime la raconter, je suis sûr. » Hugh appuya sa hanche contre la table. « La maison de poupée est un cadeau que mon grand-père a fait à tatie Letty quand elle était enfant. Elle restait souvent ici pendant les vacances d'été et autres, et puisque grand-mère et grand-père n'avaient que des garçons, il voulait qu'elle ait quelque chose à elle pour jouer.

— C'était gentil, murmura Posy.

— Hmm. Enfin bref, elle est devenue trop grande pour s'amuser avec et la maison a été oubliée et a pris la poussière, jusqu'à ce qu'elle revienne ici un été quand elle avait une vingtaine d'années, je crois. Elle était déjà publiée à l'époque, et elle travaillait à un roman policier qui se déroulait dans un manoir. Un soir, pendant le dîner, elle s'est plainte que les courants d'air qui passaient par la fenêtre de sa chambre faisaient s'envoler ses notes de son bureau, et qu'elle n'arrivait plus à savoir qui se trouvait où et quand. Mon père a exhumé la vieille maison de poupée et l'a nettoyée pour qu'elle l'utilise.

— Elle a dû adorer ça. »

Hugh éclata de rire. « En fait, je crois qu'elle a dit qu'elle aurait préféré qu'il répare la fenêtre de sa chambre. Mais elle l'a bien utilisée pour élaborer les intrigues de tous les autres romans qu'elle a écrits qui se déroulaient dans une vieille demeure majestueuse comme celle-ci. »

Posy baissa les yeux vers la maison de poupée puis tendit la main pour attraper la minuscule figurine assassinée.

« En se servant de ceci ?

— C'est exact. » Il lui prit la figurine des mains, la tenant entre deux doigts. « Elle devrait être dans le bureau. Je vais la rapporter. Et on dirait que vous avez également à faire, ajouta-t-il en regardant par-dessus son épaule. Bonjour, Clementine. Tout se passe bien jusqu'à maintenant ?

— À la perfection, merci, monsieur Davenport. » La voix de Clementine était douce. « Posy, si vous êtes prête ?

— D'accord. Oui, allons-y. »

Clementine passa devant la maison de poupée et gravit le grand escalier avec son tapis d'un vert forêt profond parsemé d'emblèmes dorés. Ses doigts enveloppèrent la lourde rampe en bois, Posy commença à la suivre, mais elle marqua une pause pour observer le hall d'entrée et le toit de la réplique d'Aldermere, ainsi que Hugh Davenport accroupi devant, tenant toujours la petite figurine poignardée.

Posy n'avait jamais joué dans un film historique, mais peut-être que c'était à ça que ça ressemblerait.

Comme si elle vivait dans deux époques à la fois, quittant le monde moderne pour s'enfoncer dans celui de Lettice Davenport, avant d'en revenir.

Avec n'importe quel film vous aviez le monde du film et le monde réel, la frontière entre les deux jamais aussi clairement définie qu'on pourrait le penser à la vue du produit fini. Il y avait toujours des membres de l'équipe qui se baissaient pour ne pas être visibles, des câbles et du matériel sur lesquels il fallait éviter de trébucher, des rappels constants que la vie qu'elle vivait pour les caméras était un simulacre.

Mais ici, ce week-end, il n'y avait pas de caméras. Pas de téléphones ni de technologie moderne.

Juste elle ; une jeune femme du XXIe siècle dans un monde qu'elle ne comprenait pas tout à fait.

*Posy Starling en tant que Dahlia Lively ressemble à quelqu'un qui a accidentellement voyagé dans le temps pour se retrouver dans les années 1930 et qui ne sait pas trop ce qu'il fait là.* Posy lança un regard noir au critique dans sa tête et se hâta de rattraper Clementine.

En haut des marches, un palier s'ouvrait des deux côtés, avec un autre escalier en face, qui menait à l'étage au-dessus. Clementine tourna à gauche et la mena à une chambre située dans le coin de la maison.

« Nous vous avons installée dans la Chambre des porcelaines, si ça vous va ? déclara Clementine, comme si le nom aurait dû signifier quoi que ce soit pour Posy. Elle offre une vue charmante sur la rivière, par-dessus les aulnes. En plus, évidemment, c'est la pièce que

Lettice a intégrée à son deuxième roman de la série Dahlia Lively, *Ne sous-estimez jamais une femme*. »

Posy sourit et ajouta mentalement le livre numéro deux à sa liste de lecture. « C'est parfait, merci. »

Elle faillit cependant revenir sur ses propos lorsque Clementine ouvrit la porte. À l'intérieur, les murs étaient couverts du genre de motifs bleu et blanc que la grand-mère anglaise de Posy avait collés dans son vaisselier. Autour des tasses à thé, ils étaient plutôt inoffensifs. Mais l'entourant sur quatre murs, les motifs kitsch étaient presque étouffants.

Elle n'avait peut-être pas encore lu *Ne sous-estimez jamais une femme*, mais elle voyait pourquoi cette pièce pourrait donner à quelqu'un des envies de meurtre.

Posy laissa tomber son sac sur le dessus-de-lit bleu et blanc aux couleurs passées et se tourna pour regarder par la fenêtre. Dehors, le parc d'Aldermere House semblait s'étirer sur des kilomètres. Jardin à la française, dépendances dont Posy supposa que c'étaient les écuries, puis une prairie et des bois, une structure en pierre dont elle n'avait absolument aucune idée de l'utilité, puis des arbres et finalement la rivière.

« La salle de bains est derrière cette porte, là-bas. » Posy se retourna pour voir la direction qu'indiquait Clementine. « C'est une salle de bains partagée avec la chambre de l'autre côté, alors assurez-vous de verrouiller les deux portes quand vous y serez ! Il y a aussi un verrou de votre côté de cette porte, si vous voulez vous enfermer pendant la nuit.

— Qui dort dans l'autre chambre ? »

Clementine consulta son porte-bloc. « Hum, Marcus, à vrai dire. »

Posy tenta de ne pas frémir.

« Je ne manquerai pas de fermer à clé.

— Bonne idée.

— Alors, heu, qu'est-ce que je fais maintenant ? demanda Posy avec sur les lèvres un sourire naïf qu'elle espérait attendrissant. Je veux dire, est-ce que j'ai un programme ? Pour être honnête, Anton m'a un peu annoncé tout ça hier soir, et je ne sais pas vraiment ce que je suis censée faire. »

En désignant la brochure que Posy serrait toujours dans sa main, Clementine sourit d'un air rassurant. « Tout est là-dedans, ne vous en faites pas. Il y a le jeu de l'enquête après le déjeuner, puis vous avez un débat sur le film sous le chapiteau qui abritera les principales manifestations avant le dîner. En attendant, vous pouvez juste vous mettre à l'aise. Ou alors il y a la visite de la maison avant le déjeuner, si vous souhaitez vous familiariser avec Aldermere. »

Si la Chambre des porcelaines était représentative, Posy aurait volontiers passé son tour. Mais c'était l'endroit où Lettice Davenport avait vécu et écrit et où elle était morte. Ce serait donc presque aussi profitable que la lecture de la biographie dans son sac.

« La visite de la maison semble une bonne idée.

— Formidable ! » Clementine fit un grand sourire tout en reculant vers la porte. « Dans ce cas, nous nous retrouvons près de la maison de poupée dans vingt minutes. À tout à l'heure !

— Attendez ! lança Posy, sourcils arqués. Êtes-vous *sûre* que je ne peux pas récupérer mon téléphone ? Si je promets, promets, promets de ne pas poster de photos de la maison ? »

Elle se fichait de publier des choses sur les réseaux sociaux. Elle avait juste besoin d'être certaine que personne ne postait rien à son sujet. Surtout depuis que la nouvelle avait été annoncée qu'elle interpréterait Dahlia Lively. Si quelqu'un devait poster des saletés déterrées à son sujet, ce serait assurément le bon moment.

Non qu'il y ait de raisons pour qu'il y ait des saletés, espérait-elle.

En jetant un coup d'œil par-dessus son épaule, Clementine lui décocha un sourire complice. « Je vais voir ce que je peux faire. Venez me voir cet après-midi, d'accord ? »

Le soulagement se répandit à travers les épaules et le dos de Posy. « Merci, Clementine. »

Celle-ci referma la porte derrière elle, et Posy entreprit de vider son sac et de se rafraîchir. Sac à linge sale dans la salle de bains, pyjama sous l'oreiller, tenues accrochées dans la penderie. Exactement comme elle avait fait dans les chambres d'hôtel à travers le Royaume-Uni et l'Amérique depuis qu'elle était assez grande pour atteindre la tringle.

C'était agréable de recommencer. Agréable de *travailler* de nouveau.

Une fois ses derniers vêtements rangés, Posy fit un brin de toilette, puis elle retoucha son maquillage face au miroir de la salle de bains après s'être assurée que la deuxième porte était verrouillée. Les robinets étaient durs et ils gémirent quand elle essaya de les tourner. La douche, au-dessus de la baignoire hors d'âge, semblait avoir été installée à l'époque où la plomberie intérieure avait été inventée.

Dans la chambre, la lumière du jour qui ruisselait par les fenêtres révélait les pans décolorés du papier peint qui se décollait, et la moquette sous ses pieds était presque usée jusqu'à la trame. Posy songea qu'elle avait vu juste ; les royalties n'affluaient plus.

Avec un peu de chance, ça signifiait que Hugh accepterait le scénario de Libby, quoi qu'il en pense, juste pour avoir l'argent.

« Tout le monde est gagnant », murmura-t-elle tout en se dirigeant vers la porte. Elle espérait retrouver son chemin sans se perdre. Peut-être qu'on leur fournirait un plan pendant la visite de la maison…

L'enveloppe par terre la fit s'arrêter net. Elle avait dû être glissée sous sa porte pendant qu'elle était dans la salle de bains. Elle fronça les sourcils et la ramassa.

Probablement de nouvelles informations liées à la convention laissées par Clementine, ou peut-être un mot d'Anton. Mais ni l'un ni l'autre n'expliquaient pourquoi son cœur s'emballa lorsqu'elle l'ouvrit. Ni sa bouche sèche lorsqu'elle enfonça la main dedans pour en sortir…

Des photos. D'elle.

Pendant un moment, elle crut presque que c'étaient ces clichés classiques de paparazzi qui recouvraient tous les sites Internet qui la mentionnaient – une Posy beaucoup plus jeune évanouie sur le trottoir devant le Magpie Club.

Mais non. C'étaient des photos d'elle maintenant – ou du moins, il y avait moins longtemps qu'elle ne l'aurait aimé. La date imprimée dans le coin indiquait qu'elles ne dataient que de deux semaines. Mais même sans ça, elle aurait su exactement quand et où elles avaient été prises.

Devant l'appartement londonien de son ex-petit ami, Damon, le soir qu'elle aurait voulu oublier plus que tout. Le soir où elle avait tout risqué – sa sobriété, sa réputation qui se redorait lentement, son cœur – et était allée le voir quand il l'avait appelée pour lui dire qu'elle lui manquait. Et la preuve était là. Une preuve photographique qui la montrait tellement ivre qu'elle était pratiquement inconsciente, avachie contre la grille de l'appartement de Damon après qu'il l'avait virée de son lit en lui disant que c'était juste un coup d'un soir.

Elle avait cru pouvoir faire comme si ça n'était jamais arrivé. Elle était allée à des réunions, s'était tenue à l'écart des tentations, elle avait essayé d'oublier.

Mais quelqu'un ne comptait pas la laisser faire.

Les photos, glissantes et brillantes, lui échappèrent des mains et tombèrent sur la moquette, la laissant avec une unique feuille de papier. Une page d'un scénario avec la mention *L'Enquêtrice – 25 août* imprimée en haut.

Et au dos du texte étaient griffonnés les mots :
*Rencontrez-moi à la tourelle ornementale à 15 heures.*

# Chapitre cinq

*« Les gens veulent toujours vous montrer leurs biens les plus précieux quand vous leur rendez visite. »* Dahlia souleva un bibelot sur le manteau de la cheminée et le frotta contre son chemisier. *« Je préférerais de loin voir les cadavres dans le placard. Pas vous ? »*

Dahlia Lively dans *Meurtre à la maison*
Par Lettice Davenport, 1956

*Comment l'auteur de la photo avait-il découvert ça ?*
Posy ouvrit la porte en grand, parcourut le palier du regard, mais il n'y avait aucun signe de la personne qui avait glissé le mot sous sa porte. Elle le fixa de nouveau, la réalité lui apparaissant clairement. Il y avait eu un photographe dans la rue ce soir-là, et il l'avait reconnue. Elle aurait dû être reconnaissante que les clichés ne soient pas encore apparus sur Internet.

Sauf que le fait qu'ils n'avaient pas été publiés signifiait que quelqu'un les gardait dans un but précis.
*Chantage.*
Ce mot la fit frissonner. Ses embarras publics étaient innombrables, mais ils étaient anciens. Elle avait eu un

comportement exemplaire depuis qu'elle avait quitté LA pour Londres deux ans plus tôt.

Sauf cette nuit-là.

Avant-hier, ça n'aurait pas eu d'importance. Le monde aurait levé les yeux au ciel et eu la satisfaction d'avoir eu raison. Chassez le naturel et il revient au galop et ainsi de suite.

Mais elle était désormais Dahlia Lively. Le premier rôle en vue d'un film en apparence maudit. Et si quelqu'un le disait à *Anton*... Il avait pris un risque en lui confiant ce rôle. Son agent avait été clair. Elle ne devait lui donner aucune raison de regretter de l'avoir fait. Ou de croire qu'elle risquait d'ajouter à la malédiction qui semblait planer sur son film, au lieu de l'aider à arranger les choses.

Obtenir des auditions avait été suffisamment difficile avec son passé. Elle avait besoin de ce film, elle devait donc être irréprochable. Ce qui signifiait qu'elle devait découvrir qui avait rédigé ce mot, où il s'était procuré les photos et ce qu'il comptait en tirer.

Évidemment, elle devait d'abord déterminer où se trouvait cette satanée tourelle ornementale. Peut-être qu'on leur fournirait un plan pendant la visite de la maison. Tout ce qu'elle avait à faire, c'était se comporter comme si tout était normal, jusqu'à ce qu'elle résolve tout ça. Même si elle n'avait aucune idée de la manière de procéder.

*Agis, Posy. Tu es censée être douée pour ça.*

Une foule s'était déjà massée autour de la maison de poupée, attendant que la visite d'Aldermere House commence. Posy la regarda depuis l'escalier, isolant les personnes qu'elle reconnaissait avant de se tourner vers les autres, se demandant si c'était l'une d'elles qui avait glissé cette enveloppe sous sa porte.

Caro se tenait dos à la réplique de la maison, discutant avec le couple qui avait abordé Clementine plus tôt. Tous deux en vestes de tweed assorties, bien trop lourdes pour la chaleur de la journée d'août, ils avaient chacun une loupe miniature ornée de pierres précieuses accrochée à leur boutonnière. *Des fans purs et durs*, décida mentalement Posy. Et ils étaient clairement dans le camp de Caro – de même que le jeune Indien vêtu d'un incongru pull festif, qui traînait à proximité de leur conversation.

Elle trouva Rosalind à l'écart du groupe, debout dans l'entrebâillement de la porte qui menait à la pièce voisine. Marcus, pendant ce temps, était invisible – tout comme Anton ou Kit. Mais Libby se tenait à côté de la maison de poupée, près d'une femme aux cheveux bleu vif avec des tatouages sur les deux bras. Elle était *assurément* avec les délégués VIP ; les cheveux bleus n'étaient pas une affectation de l'âge d'or commune, même avec ses *victory rolls* parfaits. Mais sa jupe de style années 1930, son rouge à lèvres et ses bas à couture apparente signifiaient que, même avec ses cheveux, elle semblait plus ici à sa place que Posy.

L'attention de cette dernière se porta de nouveau sur Libby tandis qu'une pensée lui venait à l'esprit. Celle-ci saurait qui possédait un exemplaire du scénario – avant même les acteurs. Elle en aurait un elle-même. Libby pouvait avoir envoyé le mot… et si ce n'était pas elle, elle pourrait l'aider à mieux déterminer qui avait pu le faire.

Posy était sur le point de descendre pour aller lui parler quand un mouvement d'air soudain l'informa qu'elle n'était pas seule dans l'escalier. Lorsqu'elle se retourna pour voir qui était là, une jeune femme aux longs cheveux blond vénitien vêtue de ce qui n'était assurément *pas* un costume d'époque lui percuta l'épaule en passant.

« Désolée ! » lança-t-elle en agitant un poignet dénué de bracelet en signe d'excuse, mais sans s'arrêter. Posy supposa qu'elle devait faire partie de la famille. Clementine n'avait-elle pas mentionné une petite-fille ?

À cet instant, cette dernière émergea de la pièce derrière Rosalind, avec à ses côtés une femme âgée, souriante, portant une jupe parfaitement coupée et un collier de perles.

La jeune femme de l'escalier s'approcha d'elle, mais se fit rabrouer d'un regard accompagné de quelques mots que Posy n'entendit pas. Ils étaient cependant assez faciles à lire sur les lèvres, même si le sourire de la femme était resté fermement en place. *Pas maintenant.* Oui, ça ressemblait à ses yeux à une relation grand-mère petite-fille.

« Nous sommes tous là ? demanda Clementine, son regard oscillant entre la foule assemblée et son sempiternel porte-bloc. Parfait. Alors je vous passe le relais, Isobel. »

La femme âgée sourit patiemment pendant que les discussions cessaient et que les gens se tournaient vers elle. « Bienvenue à vous tous à Aldermere Hall. Je suis Isobel Davenport, l'épouse de Hugh Davenport, le neveu de la romancière Lettice Davenport. Et au cas où vous trouveriez tout cela un peu déroutant… (un rire cristallin, repris par le petit groupe)… nous allons commencer notre visite par l'arbre généalogique qui se trouve sur le mur là-bas. »

Posy se retourna consciencieusement, en même temps que tous les autres, pour observer la tapisserie imitant un parchemin, couverte de lettres élégantes, qui avait une place de choix à côté de la porte du salon. Il était difficile de distinguer tous les détails en hauteur, mais elle parvint à reconnaître le nom de Lettice, ainsi que celui de son neveu, juste en bas de la tapisserie.

« L'arbre généalogique a originellement été créé il y a plus de deux cents ans, déclara Isobel tandis qu'ils l'admiraient. On y a ajouté chaque nouvelle génération de Davenport, parmi lesquelles Lettice n'est qu'un membre de ce qui est depuis longtemps une famille anglaise très illustre…

— Et la maison de poupée ? interrompit la femme aux cheveux bleus, qui ne s'intéressait clairement pas aux Davenport qui n'étaient pas auteurs de romans policiers. Vous pouvez nous en dire plus à son sujet ? C'est celle que Lettice utilisait, n'est-ce pas ? Celle qu'elle a insérée dans *Un Noël pour Lively* ?

— C'est exact ! intervint Caro. Quand nous avons filmé cette histoire, nous avons fait faire une réplique, mais elle était loin d'être aussi jolie que celle-ci. » Elle caressa le toit d'un geste possessif. « Mais c'était tout aussi bien. Un des caméramans est passé à travers le dernier jour du tournage. Il l'a réduite en morceaux. »

Tout le monde éclata de rire. Tout le monde sauf leur guide.

« Je crois, oui, dit Isobel, répondant à la question de la femme aux cheveux bleus comme si Caro n'avait rien dit. Jusqu'à sa mort, la maison de poupée a été dans son bureau – oui, nous le verrons plus tard au cours de notre visite –, et elle s'en servait pour élaborer des romans policiers qui se déroulaient dans de grandes demeures, utilisant des petites figurines pour représenter les différents personnages et l'endroit où ils se trouvaient au moment du meurtre.

— Letty m'a dit un jour que tous ses meurtres dans des maisons de campagne se déroulaient en réalité à Aldermere. » Rosalind s'approcha pour passer nonchalamment la main sur le haut de la maquette. « Même ceux qui semblaient avoir été commis ailleurs, à l'étranger ou je ne sais quoi. Elle commençait toujours par la configuration d'Aldermere et partait de là. »

La façon décontractée qu'elle avait de parler de la défunte romancière surprit Posy.

« Oui, très bien. » Il y avait désormais une pointe d'irritation dans la voix d'Isobel. « Ces temps-ci, nous la conservons ici dans le hall d'entrée pour que les visiteurs puissent l'apprécier. Maintenant, passons au bureau de Lettice. »

Ensemble, ils montèrent l'escalier à la suite d'Isobel. Posy leur emboîta le pas à côté de la petite-fille de cette dernière tandis qu'elles se dirigeaient vers le premier étage.

« Vous êtes Posy Starling, n'est-ce pas ? Clementine m'a dit que vous étiez la nouvelle Dahlia. Je suis Juliette Davenport. » Elle était joyeuse, comme Posy se rappelait vaguement l'avoir été autrefois. Elle était presque impressionnée que la jeune femme ait réussi à traverser l'adolescence en s'accrochant à ce genre d'enthousiasme pour la vie.

Posy s'efforça de sourire.

« Ravie de vous rencontrer, Juliette.

— Alors, dites-moi. » Elle se pencha un peu plus près. « Kit Lewis. Célibataire ?

— Honnêtement, je ne sais pas ! » Posy éclata de rire. « Mais je lui dirai que vous avez posé la question.

— J'ai parié avec une amie que je réussirais à avoir un selfie avec lui ce week-end, admit Juliette.

— Oh, ça, c'est assurément faisable. Il adore les appareils photo. »

Le jour de leur lecture, elle l'avait vu prendre des selfies avec au moins deux des assistantes.

Juliette fit un sourire radieux.

« Ce serait génial ! Merci.

— Pas de problème, répondit Posy. Donc, c'est pour ça que vous faites la visite de votre propre maison ? Vous cherchez Kit ?

— Pas grand-chose d'autre à faire ici avec tout ce cirque, vous savez ? Et j'ai promis à grand-mère de me montrer. » Juliette fusilla du regard le dos de cette dernière. « Elle espérait cependant probablement que je porterais quelque chose comme ça. »

Elle agita vaguement la main en direction de la robe à manches courtes de Posy. « Croyez-moi, ce n'était pas mon choix non plus. »

Elles échangèrent un sourire tandis qu'en haut de l'escalier Isobel reprenait son laïus sur l'histoire de la maison.

« Vous êtes dans la Chambre des porcelaines, exact ? dit Juliette. Faites-moi savoir si vous avez besoin de comprimés contre la migraine. Grand-mère en a toute une réserve à l'étage.

— Deux nuits avec ce papier peint et je risque bien, admit Posy. Qu'est-ce qui est passé par la tête de la personne qui l'a décorée ainsi ? »

Juliette haussa les épaules.

« Elle a *toujours* été comme ça. Et après que Letty l'a mise dans son livre, elle ne pouvait plus la changer, je suppose.

— Cet endroit est tellement *bizarre*.

— Essayez de vivre ici. »

Isobel les guida sur le palier, passant devant la chambre de Posy avant de gravir le deuxième escalier, qui menait à l'étage supérieur. Ici, les plafonds étaient plus bas, inclinés vers l'intérieur à mesure que le toit penchait, presque un grenier plus qu'un autre étage.

« Bien sûr, c'étaient les quartiers des domestiques, à l'origine », expliqua Isobel, comme si le fait de posséder une demeure suffisamment grande pour avoir besoin de domestiques était parfaitement normal.

À un moment, Posy avait vécu dans une maison aussi grande. Peut-être que ses parents y habitaient toujours, même s'ils avaient probablement dû la revendre pour éponger leurs dettes. Elle ne voulait pas savoir.

« La maison possède-t-elle, genre, des passages secrets et tout ? demanda-t-elle à Juliette à la place, repensant une fois de plus au mot qui était apparu sous sa porte.

— Pourquoi ? » Juliette sembla surprise par la question. « Les portraits qui vous fixent à n'en plus finir, la maison de poupée meurtrière et les mansardes sinistres ne vous suffisent pas ? »

Posy s'esclaffa.

« Ça semblait juste être le genre de choses qu'on trouverait dans une telle bâtisse.

— Oui, je vois. Si vous espérez un moyen d'échapper rapidement à vos fans, il y a un million d'endroits où se cacher à Aldermere, mais je n'ai jamais trouvé de passages secrets, malgré tous les étés passés à chercher quand j'étais petite. »

Les mansardes sinuaient jusqu'à une porte à l'arrière de la maison qui donnait sur une grande pièce, qui avait dû abriter les chambres de plusieurs domestiques. Des livres bordaient les murs qui penchaient en même temps que les avant-toits. Au centre se trouvait un lourd bureau cabossé – surmonté d'une machine à écrire ancienne avec une pile de feuilles à côté, comme un manuscrit.

Les fans VIP semblèrent s'exclamer en chœur, stupéfaits de se trouver dans la pièce où le génie s'était exprimé. De son côté, Caro passait les doigts sur les livres des étagères, murmurant à part elle tandis qu'elle touchait les couvertures.

Les étagères n'abritaient pas que des livres. Chacune était également couverte de bibelots et de souvenirs, tous exempts de poussière et en parfait état. Quelqu'un entretenait soigneusement cet endroit.

« C'est le bureau où Lettice a écrit l'essentiel de ses soixante-dix-neuf romans et nouvelles, déclara Isobel tandis qu'ils examinaient tous la pièce où la magie s'était opérée. Sur les étagères se trouvent les éditions originales de la plupart de ses livres, ainsi que certains souvenirs importants liés à sa carrière. » On aurait dit qu'elle récitait un script. Posy supposa qu'elle avait dû faire cette visite de nombreuses fois par le passé.

À en croire la quatrième de couverture de la biographie dans son sac, Lettice Davenport était morte en 1990, deux ans avant la naissance de Posy, et elle avait écrit presque jusqu'à la fin. Ce qui, étant donné qu'elle était une autrice de l'âge d'or du roman policier dans les années 1930, signifiait qu'elle avait travaillé bien après l'âge de la retraite.

Rosalind traversa d'un pas léger la pièce pour prendre place sur la chaise derrière le bureau, la faisant pivoter pour faire face à la fenêtre au lieu d'Isobel et du groupe. Depuis l'endroit où elle se tenait, cependant, Posy vit l'expression de soulagement qui traversa son visage lorsqu'elle s'assit. Il avait fallu monter beaucoup de marches pour arriver jusqu'aux combles, et Rosalind commençait à se faire vieille…

Les acteurs et les écrivains. Deux professions où vous preniez uniquement votre retraite quand plus personne ne voulait de vous.

Quel était le dernier film dans lequel elle avait vu Rosalind King?

Elle était un peu vache. Rosalind ne pouvait avoir qu'environ soixante ans. Mais tout de même…

Posy écouta de nouveau ce qu'Isobel disait – quelque chose de lié à ce qui avait inspiré le premier livre de Lettice, croyait-elle. Mais elle ne pouvait empêcher son attention de se porter de nouveau sur Rosalind, et sur Caro.

Les deux autres Dahlia. Un club exclusif, certes, mais un club dont elle savait qu'elle devait gagner sa carte de membre. Les observer, les étudier l'aiderait.

C'était ainsi qu'elle avait toujours abordé ses personnages – en regardant les gens. Son rôle le plus célèbre – celui d'une princesse adolescente, Marissa, dans trois films, chacun plus épouvantable que le précédent – avait été basé sur une femme qu'elle avait observée dans un café à Paris, en train de siroter un café et de discuter avec des amis.

Elle consignait désormais dans sa mémoire la manière qu'avait Caro de discuter à voix basse avec la femme aux cheveux bleus, de toute évidence certaine que ses anecdotes étaient plus intéressantes.

La manière qu'avait Rosalind de poser la main sur le rebord de la fenêtre tandis qu'elle regardait en direction des jardins derrière la maison. Posy inclina sa propre main et la posa sur l'étagère la plus proche, se tordant le cou pour regarder à moitié par-dessus son épaule.

Elle sourit en s'apercevant qu'elle n'était pas la seule à imiter Rosalind. Juliette s'était éloignée d'elle pour se tenir à une fenêtre proche de l'actrice, posant également une main sur le rebord tandis qu'elle regardait à travers la vitre. Posy se demanda ce qu'il y avait de si fascinant dehors.

« Hugh et moi avons essayé de conserver ce bureau tel qu'il devait être quand Lettice écrivait ici, même si je dois admettre que parfois je crois que Hugh vient ici en douce pour travailler – ou pour avoir un peu de paix et de calme. » Isobel lâcha un petit rire. « Mais nous avons aussi exposé certains des souvenirs les plus significatifs de Lettice sur les étagères pour que les visiteurs puissent les voir. Comme le prix Diamond Dagger pour l'ensemble de son œuvre, qu'on lui a décerné juste avant sa mort. Et, évidemment, la loupe de joaillier que le studio lui a offerte – ornée de rubis et de diamants authentiques – à la fin du tournage du dernier des films originaux de la série Dahlia Lively.

— Avant ça, elle était à vous, n'est-ce pas, Rosalind ? dit Caro. Ça a dû faire sacrément mal de la rendre. »

Rosalind ne répondit pas, et Caro rejoignit les fans VIP tandis qu'ils s'approchaient pour observer la loupe qu'Isobel avait tirée de sa vitrine. Posy les suivit, fronçant les sourcils.

« Elle est exactement comme les nôtres, pas vrai, Harry ? » La femme à la veste en tweed donna un petit coup de coude à son mari, et ils soulevèrent tous deux leurs loupes miniatures.

« Sauf que les nôtres n'ont pas de rubis ni de diamants. » Harry souleva la véritable loupe pour la regarder de plus près.

« Mais elles font tout à fait illusion, dit Caro en les observant toutes les deux. Quand j'étais Dahlia, j'avais ce truc en plastique qui n'avait pas du tout l'air authentique.

— Les budgets sont plus limités à la télé qu'au cinéma, je suppose, déclara Rosalind, prouvant qu'elle était *un peu* attentive à la visite. En plus, n'y avait-il pas énormément de vols sur le plateau de ce feuilleton ?

— Des figurants qui emportaient des souvenirs, dit Caro. C'était inévitable pour un feuilleton aussi populaire que le mien.

— Il doit y avoir beaucoup d'objets de valeur dans ce bureau, commenta le type en pull de Noël tout en regardant autour de lui. Je parie que votre prime d'assurance pour cet endroit doit être exorbitante.

— Oui, ça doit faire un joli pactole, tous ces trucs », ajouta Harry tout en échangeant avec sa femme un regard que Posy ne sut interpréter.

Toutes ces histoires d'argent la poussaient à s'interroger. Dans son expérience, les gens en parlaient soit quand ils voulaient que les autres croient qu'ils en avaient, soit quand ils en avaient besoin. Si l'un de ces fans avait besoin d'argent, jusqu'où irait-il pour en obtenir ?

Elle supposa qu'elle le saurait si l'un d'eux la rejoignait à la tourelle ornementale à quinze heures.

« Mais évidemment nous ne les vendrions jamais, dit Isobel, mettant un terme à la discussion. Les objets dans cette pièce sont l'héritage de la famille de mon mari, et c'est ce qui compte le plus.

— Bien sûr, bien sûr, dit Harry d'un ton apaisant.

— C'est un privilège de les voir », ajouta sa femme.

Amadouée, Isobel poursuivit : « Bon, sur cette étagère nous avons certaines des figurines qu'elle utilisait dans la maison de poupée au rez-de-chaussée. »

Les figurines étaient sinistres, décida Posy en s'éloignant pour examiner les autres étagères. Il y avait des livres jaunis sur les poisons et l'anatomie, ce qui ressemblait à un nœud coulant, un petit flacon avec un autocollant qui disait « Poison » sur le devant, et même un alignement de balles à l'avant d'une étagère couverte de romans policiers.

« Oh ! Est-ce que c'est le chapeau ? » demanda Caro. En levant les yeux Posy vit la deuxième Dahlia placer un chapeau cloche gris sur sa tête à un angle canaille et prendre la pose avec ses lèvres qui formaient un baiser, avant d'éclater de rire. « Lettice le portait sur chacune de ses photos en tant que romancière, n'est-ce pas ? » Caro passa le chapeau à la femme en tweed pour qu'elle l'essaie, qui le passa ensuite consciencieusement au reste du groupe tandis qu'Isobel tentait désespérément de le récupérer pour le remettre à sa place sur la bibliothèque.

Posy poursuivit sa propre inspection de la pièce. Il y avait également une étagère couverte des livres de Lettice. S'assurant que personne ne l'observait, elle tira le deuxième volume sur l'étagère, *Ne sous-estimez jamais une femme*, celui dans lequel, à en croire Clementine, figurait la Chambre des porcelaines. Elle le feuilleta, mais ne trouva pas immédiatement la référence – cependant, la quatrième de couverture était ornée d'une photo de la romancière portant le chapeau que Caro faisait circuler si négligemment.

Quand Isobel commença à entraîner tout le monde hors de la pièce, Posy glissa le livre dans son sac pour l'étudier quand elle serait seule. Elle reviendrait discrètement le remettre en place plus tard.

Elle se hâta pour rattraper les autres et s'aperçut qu'elle n'était pas la seule à être à la traîne. Rosalind se tenait toujours devant la fenêtre, fixant le parc.

« Tu viens, Rosalind ? » demanda Isobel depuis la porte.

Cette dernière cligna des yeux et secoua légèrement la tête. « Bien entendu. »

Curieuse, Posy jeta un coup d'œil par la fenêtre tandis qu'elle suivait Rosalind hors de la pièce et vit un petit jardin isolé, éloigné de l'atmosphère festive des pelouses de devant. Les fleurs et la végétation étaient plantées en un motif circulaire, avec un banc au centre, sur lequel étaient assises deux personnes.

Elle reconnut Clementine à son tailleur vert olive et l'écharpe jaune moutarde autour de son cou – étrange, elle ne s'était pas rendu compte que l'organisatrice ne s'était pas jointe à eux pour la visite. Elle mit un peu plus longtemps à prendre conscience que l'homme plus âgé qui était assis avec elle était Hugh Davenport.

Elle ne voyait pas son visage mais, à la manière qu'il avait de fixer ses mains, la tête baissée et ses cheveux poivre et sel brillant d'un éclat argenté dans la lumière du soleil, elle devina qu'ils avaient une discussion sérieuse.

Elle se demanda si Rosalind savait de quoi ils parlaient.

# Chapitre six

*Dahlia lui sourit tandis qu'elle signait un nouvel autographe à l'une des jeunes filles vêtues d'une imitation flatteuse de sa propre apparence. « Oh, Johnnie. Ne soyez pas jaloux, allons. Je ne crois pas que les policiers aient vraiment des "fans", si ? »*

Dahlia Lively dans *Gloire et Malheur*
Par Lettice Davenport, 1967

Le déjeuner serait servi dans la salle de bal qui, leur expliqua joyeusement Isobel tandis qu'elle les laissait au pied de l'escalier, se trouvait après le salon. Le groupe se dispersa, principalement dans la même direction, mais Posy resta en arrière et regarda les participants s'éloigner, continuant de se demander si l'un d'eux était son maître chanteur.

C'étaient les photos qui la rendaient nerveuse. L'idée que quelqu'un l'avait observée quand elle était totalement vulnérable. Capturant ce moment dans le but de le partager, potentiellement, avec le monde.

L'idée que la personne pouvait continuer de l'épier, en ce moment même, sans qu'elle le sache.

Ça lui glaçait le sang.

Posy s'arrêta à côté du guichet de réception au niveau de la porte d'entrée dans l'espoir de voir Clementine – et peut-être son téléphone –, mais il n'y avait pas trace d'elle non plus. À la place, elle souleva un plan d'Aldermere House et du parc et l'examina.

Là, au bord du papier, à côté des lignes bleues ondoyantes qui semblaient représenter une rivière et des arbres dessinés d'un trait enfantin, se trouvait un cercle désigné comme la « tourelle ornementale ». C'était donc là que son maître chanteur voulait la rencontrer.

Posy enfonça le plan dans son sac et se dirigea vers le déjeuner.

La salle de bal était bondée. Posy supposa que les convives étaient des intervenants et des invités de la convention, ou des gens qui avaient acheté un ticket pour manger avec eux. Marcus ne semblait pas avoir de scrupule à faire payer l'accès à la maison, ou aux vedettes qu'il avait invitées, sans leur avoir préalablement demandé l'autorisation. Ce qui effrayait un peu Posy, surtout après qu'elle avait vu ces photos.

Dans un coin, à une table circulaire joliment dressée, Caro tenait salon avec certains des fans VIP qui avaient participé à la visite dans la matinée. Aux rires qui fusaient et aux coups de poing frappés sur la table, Posy supposa qu'elle racontait d'autres anecdotes de son temps en tant que Dahlia Lively.

Rosalind était assise à une table plus petite, avec Isobel et Juliette, dont Posy remarqua qu'elle était en train d'envoyer des textos sur son téléphone sous la table. Anton et Kit étaient invisibles, mais elle repéra alors Libby à l'autre extrémité de la pièce. La scénariste avait une tasse de café contre sa poitrine et se tenait près de la grande fenêtre panoramique donnant sur les pelouses et les stands qui bordaient Aldermere House. Évitant pour le moment les files au buffet, Posy attrapa une tasse de café et se dirigea vers elle, répétant mentalement ses questions en chemin. Elle aimait bien Libby et ne voulait pas qu'elle soit le maître chanteur. Mais si c'était le cas, elle comptait bien le découvrir.

« Comment ça va ? » demanda Posy en s'appuyant au rebord de fenêtre à côté d'elle.

Libby cligna des yeux, surprise par son apparition, puis esquissa un sourire hésitant.

« Oh, OK. C'est… étrange d'être ici, c'est tout.
— Oui. »

Posy examina la pièce autour d'elles. Même au-delà de toutes les personnes vêtues de tenues des années 1930 et 1940 – sans oublier le type en pantalon et pull de Noël –, elle avait l'impression d'avoir voyagé dans le temps.

Elle baissa la voix.

« Je vais être honnête, cet endroit me file la chair de poule. Cette maison de poupée dans l'entrée… » Elle frémit, arrachant un petit rire à Libby. « Ça ne me dérange pas tant que ça. Mais bon, j'ai passé les derniers mois à écrire sur des meurtres, et ainsi de suite, dans ce genre d'endroits, alors peut-être que je m'y suis habituée.

— Évidemment. » Posy chercha une manière inoffensive d'aborder les questions qu'elle voulait vraiment poser. « Mais vous êtes arrivée tard sur le projet, comme moi, n'est-ce pas ? Aviez-vous déjà travaillé avec Anton, avant ? Est-ce que c'est pour ça qu'il a fait appel à vous ? »

Libby secoua la tête. « Non, mais mon agent, si, à quelques reprises. Et elle sait que je suis une grande fan de Lettice Davenport, donc quand Anton l'a contactée en disant qu'il cherchait un scénariste, je suppose que j'étais le choix évident. »

Toutes les personnes impliquées semblaient être des fans de longue date de Dahlia, à l'exception de Posy. « Qu'est-ce que vous préférez dans ses livres ? »

La tête inclinée, Libby réfléchit à la question. « Je suppose qu'ils ont toujours fait partie de ma vie – ma grand-mère m'en a donné un à lire quand j'avais environ onze ans, et je n'ai jamais regretté. Pendant mon enfance, nous vivions un peu au milieu de nulle part, donc les livres et les films étaient mon échappatoire. Ma manière de voir le monde. Je suppose qu'ils le sont toujours. » Elle adressa à Posy un petit sourire embarrassé. « Enfin bref, être ici à Aldermere House, où Lettice a écrit tant de ses livres, est une expérience incroyable pour moi. J'avais l'impression de connaître cet endroit avant même d'y avoir mis les pieds. »

N'avait-elle pas mentionné quelque chose à propos de plans d'Aldermere quand ils étaient arrivés ?

« Vous devez aussi très bien connaître la maison, après toutes vos recherches. Est-ce qu'il y a une tourelle ornementale quelque part ?

— Heu, oui, je crois. Je ne sais pas trop où. Près de la rivière, peut-être ? » Le visage de Libby se chiffonna comme si elle essayait de se souvenir. « Elle ne figure pas dans le scénario, donc je n'ai pas vraiment passé beaucoup de temps dessus. »

Sa confusion pouvait être du cinéma, mais Posy ne le pensait pas. Elle continua avec sa deuxième question.

« Vous avez dit dans le train que le scénario était terminé. Vous pensez que nous aurons bientôt la version définitive ? »

Libby haussa les épaules.

« Anton l'a transmis aux "parties intéressées d'importance" il y a quelques jours. » Les mots d'Anton, supposa Posy, vu la manière qu'avait eue Libby de mimer des guillemets autour de l'expression. « Mais je ne sais pas qui il considère comme important.

— Pas l'actrice principale, apparemment. »

Mais Libby, Anton ou l'une de ses « parties intéressées » avait arraché une page au scénario et s'en était servi pour faire du chantage. Une manière de lui dire qu'elle devait faire attention, que la personne qui avait ses photos avait également l'oreille de son réalisateur.

Peut-être que Libby était un suspect trop évident. Si elle avait voulu faire chanter Posy, utiliser des pages du scénario aurait été aussi flagrant que signer le foutu mot. Non, Posy ne pensait pas que Libby soit derrière tout ça. Ce qui signifiait qu'elle devrait ensuite parler à Anton et découvrir qui d'autre avait le scénario – ou s'il était lui-même derrière cette histoire. Elle ne voyait pas pourquoi un réalisateur essaierait de faire chanter son actrice principale, mais pour le moment elle n'excluait rien.

Et puis, où était Anton ? Et Kit, d'ailleurs ? Elle ne les avait pas vus depuis le matin. Si elle devait participer à cette convention, pourquoi pas eux ?

Libby regardait par-dessus l'épaule de Posy, mais quand celle-ci se retourna elle ne vit rien que la fenêtre, et le type en pull de Noël qui racontait des blagues à la table du dessert.

« Je suis sûre que vous l'aurez bientôt », déclara Libby, mais elle semblait distraite. Elle termina son café, posa la tasse trop près du rebord de fenêtre, et celle-ci tomba par terre, ce qui restait à l'intérieur éclaboussant sa jupe. « Oh, bon sang ! »

Consciente que les gens se retournaient pour les regarder, Posy se mit à genoux à côté de Libby, poussant vers elle une serviette prise sur une autre table. Ensemble, elles essuyèrent les quelques gouttes qui étaient tombées sur la moquette et redressèrent la tasse à café à côté de la soucoupe, qui s'était brisée en plusieurs morceaux quand la tasse avait atterri dessus. Puis Isobel arriva.

« Ça va ? Où est le personnel ? » Une main sur la hanche, elle leur tendit quelques serviettes en papier, mais ne se baissa pas pour les aider. « C'est précisément pour ça que Hugh a dit à Marcus que nous ne voulions pas que les événements de la journée aient lieu dans la maison.

— C'est bon, lui dit Posy en se relevant. Je crois que Libby a rattrapé l'essentiel.

— Oh, ma pauvre. Vous êtes-vous brûlée ? J'ai de la crème quelque part… »

Isobel, avec un sourire inquiet, était aux petits soins pour Libby.

Une membre du personnel, vêtue comme une domestique des années 1930, traversa à la hâte la pièce dans leur direction, et Isobel lui tendit une boule de serviettes en papier tachées de café.

« Ah, vous voici ! Vous pouvez finir de nettoyer ceci, s'il vous plaît ?

— Bien sûr, madame. » La domestique connaissait bien son rôle, semblait-il. « Je suis désolée de ne pas avoir été là. Je préparais un thé à la camomille et au gingembre pour M. Fisher. »

Isobel émit avec bonhomie un petit bruit désapprobateur.

« Évidemment. Marcus et son thé. Savez-vous, murmura-t-elle en se penchant vers Posy, que la première fois qu'il est venu ici pour une réunion à propos de la convention, il n'en revenait pas que je n'aie pas son thé préféré dans les cuisines. Il a envoyé son assistante... vous savez, Clementine ? Il l'a envoyée à la boutique la plus proche, à huit kilomètres, pour en acheter. Franchement ! J'étais désolée pour la pauvre jeune femme. On pourrait croire qu'il en apporterait avec lui, s'il est si difficile, n'est-ce pas ?

— Revoulez-vous du café, mademoiselle ? demanda la domestique, et Posy secoua la tête.

— Ce n'était pas le mien. C'était... (elle se tourna pour désigner Libby, mais celle-ci était partie)... celui de Libby. Je suppose qu'elle a dû aller se changer.

— Ah, Isobel ! » Marcus s'approcha d'elles, buvant dans une tasse en porcelaine blanche semblable à toutes les autres. « Content de voir que vous avez mon thé spécial. Mais je dois le boire vite. C'est presque l'heure de l'enquête !

— Ça a l'air amusant », dit Posy.

À vrai dire, ça avait l'air d'une véritable corvée. Des centaines d'aspirants enquêteurs faisant la course dans le parc tandis qu'ils tenteraient d'élucider un meurtre imaginaire avant les autres.

« J'ai hâte de regarder ça.

— Oh, vous ferez plus que regarder, ma chère ! » Avec une gaieté extrême qui semblait à Posy dénuée de fondement, Marcus fit un grand sourire et se pencha suffisamment près pour qu'elle puisse sentir l'odeur du thé au gingembre dans son haleine. « Vous allez participer. Nous avons chacun notre rôle à jouer dans l'enquête !

— Vraiment ? demanda faiblement Posy. Qu'est-ce que je vais devoir faire, exactement ? »

En se tapotant le côté du nez, Marcus fit un nouveau large sourire, montrant ses dents jaunies au milieu de son visage rougeaud.

« Attendez un peu ! Tout sera révélé…

— J'ai hâte, mentit Posy. Heu… je voulais vous demander. Savez-vous où se trouve Clementine ? J'ai besoin de lui parler de… quelque chose », acheva-t-elle maladroitement, se rendant compte que ce n'était probablement pas une bonne idée de mentionner devant Marcus et Isobel le fait qu'elle voulait récupérer son téléphone.

Mais Clementine avait dit de la retrouver « cet après-midi », et il était désormais officiellement plus de midi, et les doigts de Posy commençaient à la démanger.

« Oh, j'imagine qu'elle est déjà aux écuries. » Marcus enfonça la main dans sa poche de veste et en tira un fin pilulier dont il ouvrit la bonne section avant de verser deux comprimés dans sa paume. Il les goba et les fit passer avec une gorgée de thé.

« Les écuries ? » demanda Posy. Peut-être qu'elle pourrait la trouver là-bas…

« Oui ! Elle doit se préparer pour son grand rôle en tant que victime de notre enquête, à l'heure qu'il est. »

Ou pas. Les épaules de Posy retombèrent. « Je suppose que je la verrai après, alors. »

De l'autre côté, elle vit Anton et Kit qui entraient dans la salle de bal. « Désolée, il faut juste que je… » Elle sourit pour s'excuser et laissa Marcus à Isobel.

Comme Anton et Kit avaient rejoint la plus petite des deux files, Posy se glissa derrière eux et lança un bonjour enjoué avant de remarquer l'expression inhabituellement renfrognée sur le visage de Kit, et la tension dans les yeux d'Anton.

« Vous avez raté une chouette visite de la maison », dit-elle, principalement pour combler le silence gêné qui flottait autour d'eux. Elle voulait demander où ils étaient, mais les ondes qu'ils dégageaient n'encourageaient pas les questions. S'étaient-ils disputés ?

« Nous avons vu le bureau de Lettice et ses souvenirs, et tout.

— Ça devait être sympa. » Le sourire de Kit réapparut en partie lorsqu'il parla, et il avait une lueur hardie dans les yeux. « Peut-être que je devrais y monter en douce et jeter un coup d'œil par moi-même. Pour voir si je trouve quelque chose qui me hurle "inspecteur principal Johnnie Swain". Pour m'inspirer, vous voyez ?

— Nous ne cherchons pas d'objets anciens pour ce film, déclara sèchement Anton. Nous regardons vers l'avant. Vous ne trouverez nulle part dans cette maison un Johnnie qui vous ressemble. »

Avant que Posy trouve quoi que ce soit pour combler le silence stupéfait qui s'ensuivit, les fans VIP arrivèrent. Trois d'entre eux, du moins – Harry et son épouse, plus la femme aux cheveux bleus. Le type au pull de Noël attendait toujours son dessert, manifestement.

Caro semblait avoir disparu et, en son absence, les fans purs et durs avaient décidé de se jeter sur leur seconde option la plus célèbre. Comme Rosalind était toujours en pleine conversation avec Juliette, ça laissait Posy et Kit.

Anton, probablement avec sagesse, décida de filer vers une autre table avec son assiette.

« Bonjour ! lança Harry, jonglant avec sa tasse de café et son assiette de gâteau dans une main afin de pouvoir serrer de l'autre celle de Posy et de Kit.

Nous nous sommes rencontrés ce matin, n'est-ce pas ? Je suis Harry, et voici ma femme, Heather. Et, bien sûr, nous vous avons vu à la télé, jeune homme, donc pas besoin de présentations.

— Nous sommes de grands fans, interrompit Heather, et Kit pavoisa, juste un petit peu. De Lettice, s'entend. Enfin, c'est une évidence, sinon nous ne serions pas ici ! »

Posy dissimula un sourire tandis que l'enthousiasme de Kit retombait.

« Avec un peu de chance, à la fin de ce week-end, nous vous aurons également convaincus, dit-il.

— Le thème de notre mariage était Dahlia Lively, vous savez, déclara Harry, ignorant le commentaire de Kit. L'idée de Heather, évidemment, mais j'ai adoré !

— Chacune des tables était baptisée d'après un de ses livres. J'avais fabriqué des décorations individuelles pour chacune, y compris l'arme du crime. »

Heather sourit fièrement tandis que Harry acquiesçait.

« C'est Dahlia qui nous a réunis, vous voyez, expliqua-t-il. Nous avons fait connaissance lors d'une rencontre dans une bibliothèque où Lettice était venue parler…

— C'était deux ans avant sa mort, ajouta Heather.

— Et ça a été le coup de foudre ! Nous savions que nous étions faits l'un pour l'autre. » Harry adressa un sourire radieux à sa femme. « Trente ans que nous sommes mariés, et ce week-end, c'est le cadeau d'anniversaire que nous nous offrons.

— Normalement, nous devrions passer l'été dans la maison de nos amis au bord de la mer, en Floride, confia Heather du ton de quelqu'un qui tente de ne pas se vanter. Vu que Harry a pu prendre sa retraite si tôt. Mais nous ne pouvions pas laisser passer une opportunité de visiter Aldermere.

— Mais assez parlé de nous, dit Harry. Avez-vous rencontré notre Fliss ?

— Felicity Hill. »

La femme aux cheveux bleus jaugea Posy du regard en tendant la main, un peu comme l'avait fait Rosalind quand elle était arrivée. Elle semblait n'avoir que cinq ou six ans de plus que Posy, mais elle avait tout de même la même expression condescendante.

« Je suis la secrétaire du fan-club de Lettice Davenport.

— Vous travaillez avec Marcus ? » demanda Kit.

Felicity secoua la tête.

« Aussi peu que possible, à vrai dire. Marcus ne s'intéresse qu'aux grosses manifestations, aux grandes occasions, ce genre de choses. Mais il me laisse la paperasse – enfin, le travail sur Internet, principalement. Je gère le site du groupe, j'envoie les newsletters, je maintiens le blog à jour avec les dernières nouvelles, je m'occupe de tous les réseaux sociaux. Toutes les choses qui comptent pour la majorité de nos membres.

— C'est étrange de se dire que toute cette technologie moderne est utilisée pour célébrer une romancière dont l'esprit est ancré dans les années 1930, observa Posy, estimant sa remarque suffisamment sûre et avisée.

— Pas plus étrange qu'utiliser des caméras et de la technologie pour tourner un film », indiqua Felicity.

Posy fit la moue.

« Certes.

— Qu'est-ce que vous en pensez ? demanda Kit. Du nouveau film, j'entends.

— Eh bien, c'est toujours une bonne chose d'encourager une nouvelle génération de fans. » Heather semblait avoir des doutes alors même qu'elle disait ça. « Toutes ces histoires de malédiction, cependant… »

Felicity leva les yeux au ciel. « Ce sont des absurdités, Heather. Ou peut-être une stratégie promotionnelle… » Elle lança à Kit et à Posy un regard interrogateur, qu'ils ignorèrent.

« Pas de fumée sans feu, c'est ce que je dis tout le temps. » Harry croisa les bras sur son torse. « C'était pareil quand je faisais du business. Je devais surveiller le moindre relent de fumée. Je vous le dis, si votre réalisateur ne se ressaisit pas bientôt, tout sera fini avant d'avoir commencé. Les fans ne le toléreront pas, même si la famille le fait. »

Posy ne savait pas quelles informations confidentielles Harry pensait avoir pour faire une telle déclaration. Ceci dit, dans son expérience, les hommes comme Harry avaient rarement besoin de savoir quoi que ce soit pour se croire experts sur un sujet.

Heather, sentant qu'ils étaient en train de perdre leur public, ramena la conversation au week-end à venir.

« Harry et moi venons à ces conventions depuis le début, pas vrai, chéri ?

— Bien sûr ! Marcus nous a contactés dès qu'il a eu l'idée de les organiser. Nous sommes un peu célèbres dans le milieu des amateurs de Dahlia, vous voyez. Un peu comme lui, à vrai dire, déclara Harry.

— Nous collectionnons les souvenirs, nous avons tous les autographes – il nous faut les vôtres. » Heather tira un petit carnet noir et un stylo de son sac et les tendit à Kit, désignant la page vierge pour qu'il signe. « Et nous ne manquons jamais une convention. Mais c'est la première année où Marcus s'arrange pour qu'elle ait lieu ici, à Aldermere. »

Le regard de Harry parcourut avec convoitise la salle de bal, comme s'il étiquetait mentalement tous les objets de l'inventaire de Lettice qu'il aimerait emporter avec lui pour sa collection.

Kit tendit le carnet à Posy, qui passa à la page suivante pour signer de son nom. Après un moment d'hésitation, elle inscrivit « DAHLIA LIVELY » en dessous, avant de le rendre à Heather.

« Impossible de laisser passer une opportunité d'être ici, où elle a écrit toutes ces histoires merveilleuses ! ajouta cette dernière. Saviez-vous que tellement de ses romans se déroulent dans des maisons semblables à Aldermere que certaines personnes ont commencé à être soupçonneuses ? Et quand la femme de chambre de Lettice a disparu, vers la fin de la guerre, il y a eu toutes sortes de rumeurs. Certaines personnes du coin voulaient draguer l'étang pour chercher son cadavre !

— Comme si les autorités n'avaient pas assez de pain sur la planche comme ça, avec l'effort de guerre et tout », souffla Harry.

Posy soupçonna que c'était un de ces hommes qui parlaient des années de guerre comme s'ils avaient eux-mêmes été là, alors qu'il n'avait pas pu naître avant qu'elle soit terminée.

« Alors, qu'est-ce qui s'est passé ? » demanda-t-elle à Heather, curieuse. Il semblait y avoir des mystères partout à Aldermere.

« Oh, la femme de chambre a envoyé une lettre d'Écosse quelques mois plus tard, expliquant qu'elle avait rencontré un homme et s'était enfuie pour se marier. Mais les gens ont continué de parler, jusqu'à ce qu'elle revienne pour une visite et que l'affaire retombe.

— Elle n'avait pas du tout disparu ?

— Apparemment pas. »

Le jeune type au pull de Noël leva les yeux au ciel tandis qu'il les rejoignait au moment de la fin décevante de l'anecdote, et il s'avança pour tendre la main à Posy. Son sourire était chaleureux et il paraissait plus jeune qu'elle – la seule personne dans la pièce qui l'était, à l'exception de Juliette –, et Posy se détendit presque. Jusqu'à ce qu'il dise : « Je m'appelle Ashok, au fait. Ashok Gupta. Même si de toute évidence je suis aujourd'hui ici en tant que... » Il recula légèrement pour désigner à deux mains son pull, attendant que Posy devine.

Les yeux de cette dernière s'élargirent et elle regarda Kit pour qu'il l'aide. Celui-ci haussa les épaules, incapable de lui venir à la rescousse.

« Heu, un épisode spécial Noël ? » tenta Posy.

Ashok soupira.

« Quelqu'un d'autre ?

— Vous êtes l'inspecteur principal Johnnie Swain, qui enquête clandestinement dans *Un Noël pour Lively*, quand il donne les cadeaux aux enfants à la fin », répondit promptement Felicity.

Le pull de Noël semblait plutôt rétro, maintenant que Posy le regardait vraiment. Si elle avait lu les livres, elle l'aurait su.

Trop tard.

« Donc, Posy, reprit Heather, tentant de toute évidence de venir à son secours, dites-nous, quelle est *votre* enquête de Dahlia préférée ?

— Oh, heu...

— Allez, Heather, laisse-la tranquille, dit Harry. Elle n'est peut-être même pas fan. Pas encore.

— Non, non, non, intervint Ashok. Elle doit l'être, parce qu'Anton l'a promis – vous vous souvenez? Dans cette interview qu'il a donnée quand il a annoncé qu'il ferait les nouveaux films. L'année dernière? Il a dit que, "en tant que fan pur et dur lui-même, il ne pouvait pas imaginer d'engager ou de travailler avec des gens qui n'aimaient pas autant que lui les romans de Lettice Davenport". »

Il semblait citer un article, ce qui était un peu terrifiant, décida Posy.

« Et je les aime, mentit-elle. Enfin quoi, qui n'a pas vu Caro en Dahlia le dimanche après-midi avec ses grands-parents, pas vrai? » La meilleure façon de raconter un mensonge était d'y ajouter un peu de vérité. Elle avait regardé les épisodes – ou du moins, elle était dans la pièce quand ils passaient.

« Mais vous avez aussi lu les livres, n'est-ce pas? demanda Felicity. Les feuilletons étaient bien, je suppose. Mais les livres... c'est là que les personnages prennent vraiment vie. Dahlia, elle jaillit quasiment de la page!

— Bien sûr! » Oh, ce n'étaient que mensonges, désormais. « C'était il y a quelque temps, cependant, donc mon souvenir des détails n'est pas toujours exact. Mais je suis en train de les relire – je viens de recommencer, heu, *Ne sous-estimez jamais une femme*. Puisque je loge dans la Chambre des porcelaines pendant que nous sommes ici, à Aldermere. »

Cela suffit à les distraire quelques secondes, pendant qu'ils s'émerveillaient tous des descriptions sinistres de la chambre dans le livre – et lui gâchaient joyeusement la fin. Non qu'elle en eût quelque chose à faire.

Mais elle examinerait à coup sûr le motif sur les murs à la recherche de différences entre le livre et la réalité avant de se coucher.

« Alors, lequel est votre préféré ? insista Ashok. De tous les romans de la série Dahlia Lively ?

— Je ne crois pas que je pourrais en choisir un.

— Oh, mais tout le monde en préfère secrètement un, dit Heather. C'est comme les enfants ! Nous prétendons tous que non, mais… »

Tout le monde rit en entendant ça.

« Je crois que mon préféré doit être *L'Enquêtrice*, décida Kit tandis que les rires retombaient. Ce moment où Dahlia arrive et réduit à néant l'enquête de Johnnie Swain.

— Exact ! s'exclama Felicity en lui adressant un grand sourire. J'adore ce moment. Quand elle ouvre la porte en grand et dit… » Elle attendit un instant qu'ils se joignent en chœur à elle. « "C'est parce que seul un idiot penserait qu'il s'agit d'un suicide, entonnèrent les autres. Vous n'êtes pas un idiot, n'est-ce pas, monsieur l'inspecteur principal ? Car je ne *supporte* pas les idiots." »

Ils rirent tous, et Posy sourit également, totalement perdue et espérant malgré tout que personne ne le remarquerait.

Évidemment, c'est le contraire qui se produisit.

Elle vit leur expression, les hochements de tête, les regards en coin, et elle sut. On la jugeait et elle n'était pas à la hauteur. Encore une fois.

« Qui récite ma réplique ? » Caro réapparut dans la pièce, tout en rouge à lèvres rouge et regards entendus, et fondit sur le groupe. « J'ai tellement *aimé* dire cette phrase. D'ailleurs, quand nous l'avons filmée, je me tenais intentionnellement au mauvais endroit, ou alors je bloquais la caméra ou je ne sais quoi, juste pour pouvoir la répéter ! »

Posy était presque certaine qu'elle n'avait rien fait de tel – pas pour le premier épisode d'une nouvelle série avec un nouveau réalisateur, quand elle n'avait pas encore fait ses preuves et pouvait encore se faire renvoyer. Elle n'aurait pas couru ce risque.

Mais ça collait avec le mythe qu'elle avait bâti autour du personnage. *Dahlia* aurait fait ça, peut-être, donc dans le récit de Caro, elle aussi l'avait fait. Les deux s'étaient tellement fondues l'une dans l'autre au fil des années que Posy n'était pas sûre que l'actrice fasse encore la différence.

Maintenant que Caro lui avait clairement volé la vedette, personne ne s'intéressait plus vraiment à Posy. Elle était sur le point de s'éclipser en direction de l'escalier quand le tintement d'une fourchette en argent tapant contre un verre résonna dans la salle de bal. Tout le monde devint silencieux et se tourna vers Marcus, qui se tenait sur une chaise qui gémissait sous son poids à l'avant de la pièce.

« Mesdames et messieurs, chers fans de Dahlia Lively. Je crains de devoir annoncer qu'un meurtre a été commis. »

# Chapitre sept

*« Comme c'est amusant ! » Dahlia tapa dans ses mains de joie, ignorant le regard désapprobateur de Johnnie. « Un jeu de meurtre ! Ce que je préfère ! »*

Dahlia Lively dans *Un meurtre plutôt gai*
Par Lettice Davenport, 1932

« Pas un *vrai* meurtre, évidemment, annonça Marcus depuis son perchoir sur la chaise manifestement hors d'âge, déclenchant des rires soulagés. Mais un jeu de meurtre, comme dans *Un Meurtre plutôt gai*. L'objet de l'exercice d'aujourd'hui est de résoudre un meurtre *et* d'appréhender l'assassin avant que l'horloge de la cour des écuries sonne cinq heures de l'après-midi – ce qui vous laisse trois heures pour faire de votre mieux. »

Un murmure d'excitation monta parmi la compagnie assemblée. La chaise branlant légèrement sous lui tandis qu'il gesticulait, Marcus continua d'expliquer :

« Comme toutes les bonnes enquêtes, la nôtre commencera par la découverte d'un corps, ici dans les écuries.

— Ah, évidemment, comme dans *Le Marteau et l'Enclume*, expliqua Caro à toutes les personnes qui la regardaient désormais en lieu et place de Marcus. C'est celui où Dahlia acquiert sa moto – avec un side-car, bien entendu.

— J'ai entendu dire que vous aviez la moto originale du feuilleton ? demanda Ashok avec enthousiasme. *J'adorerais* la conduire ! »

Marcus s'éclaircit la voix et l'essentiel de la pièce se tourna vers lui, même si Posy vit que Caro et Ashok continuaient de murmurer tels deux gamins au fond de la classe. Ou ainsi que le faisaient les enfants qui jouaient dans des feuilletons. Comme elle avait été éduquée seule dans des caravanes sur les lieux de tournage, Posy n'avait pas vraiment vu de salle de classe après la primaire.

« Donc, à deux heures précises, je tirerai avec ce pistolet… » Il sortit une minuscule arme de sa veste et l'agita théâtralement. « Et vous vous précipiterez tous vers les écuries. Avec le corps, il y aura quatre indices qui vous mèneront à nos suspects, qui seront éparpillés à travers le parc. Chaque suspect que vous questionnerez réduira votre liste de possibilités – ou vous enverra en quête d'autres indices, comme l'Enquêtrice elle-même ! Mais souvenez-vous, vous ne serez pas les seuls à rechercher la vérité cet après-midi – ni à espérer remporter le prix, à savoir des tickets gratuits pour la convention de l'année prochaine. Quelque part dans le parc, un autre groupe est en train de recevoir ses instructions d'un volontaire en ce moment même. En tant que délégués VIP et clients de la première heure, vous aurez quinze minutes d'avance sur eux, mais c'est tout. »

L'horloge sur la cheminée sonna, et Marcus leva son pistolet.

« Si tout le monde est prêt... » Il tira, le bruit du coup de feu faisant vibrer le lustre et les fenêtres.

Avant que Posy ait pu réagir, la pièce sembla s'être vidée. Elle voulut suivre les autres, mais Marcus l'arrêta.

« Pas vous. Ni vous trois, ajouta-t-il en faisant un signe à Caro, Rosalind et Kit. Vous quatre, vous êtes les suspects !

— Suspects ? » Rosalind semblait insultée par cette suggestion. « Je ne crois pas. »

Anton s'esclaffa. Bien que Marcus ne l'ait pas désigné pour participer, il ne semblait pas non plus pressé d'aller découvrir le coupable. « Ah, vous allez devoir vous habituer à ne plus être la légendaire Enquêtrice, Rosalind. Il y a une nouvelle Dahlia, en ville. »

Rosalind eut une expression amère. À côté d'elle, Caro ne semblait pas plus enchantée par ce rappel.

Elles allaient devoir s'y faire. Posy ne partirait pas, chantage ou non.

Cette dernière se tourna vers Marcus et demanda :

« Qu'est-ce que vous voulez que nous fassions ?

— Juste un peu de comédie », répondit-il d'un ton léger. Des enveloppes couleur crème apparurent soudain de la poche intérieure de sa veste – sa tenue de majordome semblait avoir été conçue pour dissimuler des choses sur lui –, et il les tint en éventail devant eux. « À l'intérieur se trouvent vos instructions – dans quelles zones du parc vous devrez être, que dire quand les enquêteurs vous aborderont, et dans quelle direction les envoyer ensuite.

— Pendant combien de temps on va devoir faire ça ? demanda Kit en prenant l'enveloppe portant son nom. Certains d'entre nous ont une importante sieste de prévue avant notre débat.

— Oh, vous êtes l'un des premiers arrêts, donc tous ceux qui souhaitent sérieusement gagner vous auront trouvé dans l'heure. »

Marcus tendit le reste des enveloppes. Celle de Posy était lourde entre ses mains. « Ne vous en faites pas, ce sera terminé en un rien de temps. Bon, je ferais bien d'aller vérifier que notre victime de meurtre est bel et bien morte, et que nos enquêteurs découvrent les indices. Acteurs, en place, s'il vous plaît ! »

En faisant tourbillonner sa queue-de-pie, il se dirigea vers la porte, les laissant examiner le contenu de leurs enveloppes.

La première carte que Posy tira de la sienne disait : *Vous êtes la meurtrière. Ne le dites à personne !*

Elle leva les yeux au ciel et plaça la carte au dos du paquet pour lire les instructions.

*Asseyez-vous sur le banc de la Spirale meurtrière et attendez qu'on vous aborde. Quand les enquêteurs demanderont où vous vous trouviez au moment du meurtre, dites-leur que vous étiez avec votre fiancé, et embrassez-le fermement en guise de preuve !*

« Apparemment, je dois aller attendre près de la loge du gardien », déclara Rosalind d'un ton rendu sec par l'irritation. De toute évidence, elle estimait qu'un trésor national de son statut était au-dessus de telles activités.

« Eh bien, je suis au stand de gâteaux, dit joyeusement Caro. Donc ça me va. Amusez-vous bien ! » Elle partit en agitant légèrement l'épaule, ses gants blancs étincelant dans la lumière qui ruisselait de la fenêtre. Rosalind attendit un moment, puis la suivit.

« C'est quoi la Spirale meurtrière ? demanda Kit, qui regardait sa carte en fronçant les sourcils. Parce que ça n'a pas l'air d'être l'endroit idéal pour un rendez-vous romantique avec ma fiancée.

— Je ne sais pas, mais étant la fiancée fictive susmentionnée, au moins nous risquerons notre vie ensemble. » Posy tira le plan de sa poche et l'examina, estimant mentalement le temps qu'il lui faudrait pour parcourir la distance entre la Spirale meurtrière et la tourelle ornementale. « Apparemment, c'est dans le parc, derrière la maison.

— Alors je suppose qu'on ferait bien d'y aller. » Il lui fit un clin d'œil. « Pour voir si c'est aussi douillet que ça en a l'air. »

La Spirale meurtrière fut assez facile à trouver ; un grand panneau imprimé, avec le logo de la convention et « Spirale meurtrière » inscrit dessus, avait été fixé à un mur incurvé qui séparait un jardin circulaire du reste du parc. Sous ce panneau se trouvait une plaque plus ancienne et plus officielle, que Kit s'arrêta pour lire.

« Ça dit pourquoi ça s'appelle la Spirale meurtrière ? » demanda Posy.

Kit tapota du doigt le bord du panneau.

« Apparemment, c'est un jardin circulaire planté en spirale, comme on faisait autrefois avec les jardins d'herbes aromatiques.

— J'avais plus ou moins deviné pour la spirale. Et le meurtre ? »

Il fit une grimace.

« Cette spirale comporte toutes les plantes toxiques que Lettice Davenport a utilisées dans ses livres.

— Évidemment. »

Pourtant, elle vérifia par-dessus l'épaule de Kit pour s'assurer qu'il ne se moquait pas d'elle. Non, il était sérieux.

*Planté en 1976 pour célébrer la parution de son quinzième livre, le Jardin en spirale est une commémoration de la place de Lettice en tant que Princesse du poison dans le canon des écrivains de l'âge d'or du roman policier.*

Elle remarqua qu'ils ne l'avaient pas appelé la Spirale meurtrière. C'était probablement Marcus qui avait noté ça sur les plans pour ajouter un peu plus de mort et de danger.

« Les enquêteurs seront bientôt ici. » S'abritant les yeux de la main, Kit regarda en direction de la maison, mais le sentier qu'ils avaient emprunté était toujours désert. « Je suppose que nous ferions mieux de prendre position.

— Je suppose.

— Mais ne touchez aucune des plantes, ajouta-t-il avec un large sourire. On a déjà perdu une Dahlia sur ce film. Deux pourrait être considéré comme de la négligence. »

Une sensation de malaise s'insinua en elle au souvenir de tout ce qui était allé de travers avec le film jusqu'alors. Son maître chanteur cherchait-il à enterrer une fois pour toutes le tournage ?

Le sentier parmi les plantes tournait en rond en dessinant une courbe serrée, décrivant une spirale jusqu'à la zone plus dégagée en son centre, où les attendait un banc en métal richement décoré. Posy, les mains jointes devant elle, restait au milieu du sentier pour que nulle feuille ni fleur ne puisse l'effleurer. Il fallait probablement les avaler pour s'empoisonner, mais dans un endroit comme Aldermere, elle ne prendrait aucun risque.

Elle s'assit, étalant sa jupe autour de ses jambes, et Kit prit place à côté d'elle. Le banc était trop petit pour deux personnes, mais Posy supposa que c'était le but. Elle et Kit étaient censés être amoureux, après tout.

Eh bien, s'ils devaient être Dahlia et Johnnie, il faudrait bien qu'elle s'y habitue. Surtout s'il y avait plusieurs films, ainsi que tout le monde l'espérait, et qu'ils continuaient de revenir aux années 1930 pour du meurtre et du romantisme.

Elle fronça les sourcils.

« Si Lettice publiait toujours des romans policiers avec Dahlia Lively dans les années 1970, pourquoi tout le monde ici est-il habillé comme s'il attendait que son chéri revienne de la guerre ?

— J'en déduis donc que tu n'as pas encore lu les livres ? »

Sa voix était douce au lieu de condescendante, ce qui la mit un peu plus à l'aise avec son ignorance.

« Pas *tous*. » Aucun, à vrai dire, pour le moment. Mais elle le ferait.

« Les livres n'ont jamais avancé dans le temps, expliqua Kit avec un haussement d'épaules décontracté. Ils se déroulent tous à cette époque, pendant l'entre-deux-guerres. Certains sont situés dans les années 1940, et un se passe aux alentours de la victoire, mais c'est à peu près tout. »

Posy pencha la tête en arrière pour regarder la forme volumineuse et carrée d'Aldermere House. Les fenêtres couraient, à intervalles réguliers, en travers de l'arrière du bâtiment, au-dessus d'une grande terrasse extérieure. Le toit était couvert de cheminées, dont aucune ne crachait de fumée dans le doux ciel d'été, même si elle s'imaginait qu'elles le feraient en hiver.

Sous les avant-toits se trouvaient des fenêtres plus petites – une pièce mansardée. Elle cligna des yeux lorsqu'elle se rendit compte que c'était le banc sur lequel avait été assise Clementine dans la matinée, quand Posy l'avait vue parler avec Hugh. Ce qui signifiait que ces fenêtres devaient être celles du bureau de Lettice Davenport, depuis lequel elle avait vu l'assistante.

À côté d'elle, Kit était inhabituellement silencieux.

« Alors, comment es-tu devenu un tel fan de Dahlia Lively ? »

Kit lui lança un regard de biais.

« Réponse pour la presse ou réponse sincère ?

— Sincère. »

Elle savait comment c'était d'avoir une réponse à partager avec le monde en général et une autre que seules quelques rares personnes entendaient. Kit offrirait la réponse pour la presse à quiconque demanderait pendant la table ronde plus tard, elle en était certaine. Mais s'ils devaient travailler ensemble, ils devaient se faire confiance, et partager une vérité était le moyen le plus rapide qu'elle connaissait pour y parvenir.

Peut-être Kit en avait-il également conscience, car il acquiesça.

« Bon, OK. Quand j'avais environ douze ans, ma mère avait deux emplois pour payer le loyer puisque mon père était parti. Elle ne voulait cependant pas que je reste seul à la maison, alors tous les jours après l'école j'allais à la bibliothèque du quartier pour attendre qu'elle vienne me chercher.

— Tu ne traînais pas avec tes copains ? demanda Posy.

— Malheureusement, à douze ans, je n'étais pas l'âme charmante et avenante que tu connais aujourd'hui, répondit-il. Les copains n'étaient pas une chose dont j'avais à me soucier. »

Posy repensa à ses propres douze ans. Elle venait d'avoir la vedette dans son premier gros film, après quelques années comme personnage récurrent dans un feuilleton télévisé. Elle avait fait la couverture de tous les magazines pour adolescentes, mais ses amis étaient principalement le personnel de restauration sur le tournage, et un des chiens du réalisateur.

« Je comprends. Continue.

— La bibliothécaire a remarqué que je passais beaucoup de temps là-bas, et elle m'a plus ou moins pris sous son aile. Je l'aidais à ranger les livres au lieu de faire mes devoirs, et elle me laissait lire des ouvrages de la section pour adultes en échange. Elle savait que j'avais lu tous les romans policiers pour enfants, alors un jour elle m'a tendu *L'Enquêtrice* et m'a dit de voir si je pouvais trouver le coupable.

— Et tu y es arrivé ?

— Non. Mais j'ai été accro à partir de ce moment-là. Même si le monde que les romans décrivaient ne ressemblait en rien au mien, les personnages étaient tout de même des gens auxquels je pouvais croire. Et les énigmes me fascinaient. »

Posy pouvait imaginer un Kit plus petit, plus maigre, recroquevillé dans un coin d'une bibliothèque de Londres, dévorant une pile de vieux livres de poche. Peut-être que Lettice n'avait pas écrit pour leur génération, qui n'était même pas née quand elle était morte, mais d'une manière ou d'une autre ses livres lui parlaient tout de même. Dahlia Lively appartenait autant à Kit Lewis qu'aux gens tels que Marcus, Harry et Heather.

Kit leva de nouveau les yeux vers Aldermere, et Posy devina finalement ce qui le turlupinait.

« Tu sais, ce qu'Anton a dit plus tôt, au déjeuner… c'était déplacé, dit-elle.

— Il n'avait cependant pas tort, si ? » Kit avait un sourire mélancolique. « Enfin quoi, cet endroit n'a vraiment pas de précédent pour un inspecteur principal Johnnie Swain comme moi, pas vrai ?

— Et c'est pour ça que le nouveau film doit le remettre au goût du jour, lui dit Posy.

— D'accord. Oui. C'est l'idée. »

Mais il ne semblait pas convaincu.

« Kit, à quel sujet Anton et toi vous êtes-vous disputés avant le déjeuner ?

— On ne se disputait pas, répondit-il trop rapidement. On était juste… en désaccord.

— À propos de ? »

Il soupira.

« Écoute, Anton est un super réalisateur. J'ai travaillé avec lui à quelques reprises, et il fait toujours du bon boulot. C'est juste… cette malédiction.

— Tu crois qu'il y en a vraiment une ? »

Posy ne l'aurait pas pris pour quelqu'un de superstitieux.

« Pas comme ça. » Il leva les yeux au ciel avec un sourire amusé. « On n'a pas eu de chance, c'est tout. L'accident de voiture qui a mis Layla hors service avant le tournage, même l'enquête pour fraude, c'étaient des événements imprévisibles. Un timing malheureux, c'est tout.

— Mais ? » insista Posy, sentant qu'il y avait quelque chose qu'il ne disait pas.

Kit se leva du banc et se mit à faire les cent pas sur la petite zone herbeuse à l'intérieur de la spirale. « Le scénario. Quelqu'un l'a fait fuiter, quelqu'un de mêlé au film. Ce n'était pas un accident. »

Posy songea à la page de scénario dans son sac, aux photos et à la personne qui l'attendrait à la tourelle ornementale.

« Non. Je suppose que non.

— J'essayais de convaincre Anton qu'il devrait prendre ça plus au sérieux, je suppose. Mais il m'a dit d'arrêter de m'en faire. » Kit regarda en dehors de la spirale, en direction de la pelouse qu'ils avaient traversée. « Attention, les enquêteurs arrivent. »

Il s'arrangea pour se rasseoir sur le banc à côté d'elle avant qu'ils entendent un « Ah, ah ! » sonore.

Harry et Heather apparurent dans le centre de la spirale, levant tous deux devant leurs yeux leurs répliques de loupe ornée de pierres précieuses tandis qu'ils découvraient Posy et Kit assis ensemble.

En un instant, Kit se transforma en une autre personne – une personne qu'elle avait déjà vue une ou deux fois à l'écran. Passant un bras autour des épaules de Posy, il l'attira contre lui. Sa chemise était chaude contre la peau de celle-ci sous le soleil d'août.

« Hé ! On ne peut pas être seul un moment avec sa petite amie, ici ? » Il n'alla pas jusqu'à adresser un clin d'œil aux enquêteurs qui les avaient découverts, mais il jouait pour son public.

« Je suis désolée, jeune homme, déclara Heather avec un grand sourire radieux. Mais un meurtre a été commis aux écuries ! » Elle marqua une pause, et Posy émit le cri de surprise horrifié de rigueur. « Nous allons devoir vous poser quelques questions.

— Bien sûr, répondit-elle, se souvenant de son rôle dans le jeu. Nous ferons tout pour vous aider. »

C'était ce qu'un assassin dirait, pas vrai ? Il tenterait d'éloigner le soupçon de sa personne en se montrant aussi coopératif que possible.

« Où étiez-vous au moment du meurtre ? » demanda Harry d'une voix sérieuse.

Posy était sur le point de donner la réponse qui figurait sur sa carte, mais Kit la devança.

« Eh bien, quand le crime a-t-il été commis ? » demanda-t-il.

Heather et Harry semblèrent pris de court. Cette question n'avait jusqu'à présent clairement pas été évoquée.

« Heu, je crois que c'était il y a environ vingt minutes ? dit Heather après un long silence. J'ai vu Clementine – enfin, la victime – par la fenêtre, en train de parler à une autre jeune femme, peu avant ça, donc ça devait être dans ces eaux-là.

— Dans ce cas, j'étais ici avec mon fiancé », répondit Posy. Puis, se tournant vers Kit avec son sourire le plus beau, le plus éblouissant de star du cinéma, elle planta un baiser sur ses lèvres stupéfaites. « N'est-ce pas, chéri ? »

Kit la regarda en clignant des yeux. « Heu... oui ? »

Posy sentit que Heather et Harry attendaient toujours autre chose, mais elle n'avait pas plus d'informations sur sa carte. Elle donna un petit coup de coude dans les côtes de Kit, et il se rappela le jeu.

« Oh, oui. Hmm, j'ai vu quelqu'un d'autre s'éloigner des écuries en venant ici. Un homme avec un chapeau rouge.

— Avez-vous vu dans quelle direction il allait ? demanda Heather avec enthousiasme.

— En direction du stand de gâteaux », répondit Kit.

Posy attendit que Heather et Harry soient hors de portée de voix pour dire :

« Je croyais que c'était *Caro* qui était près du stand de gâteaux ?

— Qu'est-ce que j'en sais ? La carte disait de les envoyer après un homme avec un chapeau rouge. » Le regard de Kit glissa sur le côté pour se poser sur elle. « Je suppose que la tienne disait de m'embrasser ?

— J'en ai peur.

— Hé, je ne vas certainement pas m'en plaindre. » Il lui adressa un clin d'œil. « Et Anton sera ravi d'avoir trouvé une actrice qui obéit aux indications sans discuter.

— Ces temps-ci, je suis surtout heureuse d'avoir du travail », admit-elle.

La découverte qu'être une enfant mondialement célèbre ne signifiait pas automatiquement être une femme employable avait été un coup rude. Celle-ci étant survenue juste après la révélation du fait que ses parents avaient dépensé tout l'argent qu'elle avait gagné grâce aux films qu'elle avait tournés quand elle était mineure, ça avait presque été la fin de sa carrière de comédienne.

Même maintenant, les paroles de l'oncle Sol résonnaient dans ses oreilles à chaque refus. *Tu étais une gamine mignonne, mais tu n'es plus assez sexy pour les rôles principaux. En plus, certains types trouvent bizarre de désirer des filles qu'ils ont vues grandir. Laisse passer quelques années. Travaille un peu. Peut-être que tu seras prête à faire ton retour quand tu auras vingt-cinq ans.*

Dahlia était son retour. Elle l'avait fait sans ses parents, sans son célèbre critique cinéma de parrain, sans même se faire refaire le nez – même si ça avait pris quelques années de plus que ce qu'avait prédit Sol. Et elle n'allait pas tout perdre à cause de quelques photos idiotes et d'un maître chanteur à la noix.

Kit se tourna légèrement pour croiser son regard. « Eh bien, moi, je suis ravi que tu aies eu ce job, dit-il. Je crois que nous allons bien nous amuser, Posy Starling. »

Elle sourit. Au moins quelqu'un était content qu'elle soit là.

« On arrive », murmura-t-elle à Kit en entendant une voix qui lisait la plaque à l'extérieur de la Spirale meurtrière. Ça ressemblait au type au pull de Noël – Ashok.

« Tu vas encore m'embrasser ? demanda Kit.

— C'est un problème ?

— Bon Dieu, non. Je veux juste être préparé. Je peux assurément faire mieux que la première fois, maintenant que je sais à quoi m'attendre. »

※

Huit séries d'enquêteurs – et huit baisers – plus tard, l'horloge au-dessus des écuries sonna quatorze heures quarante-cinq, et Posy sut que le moment était venu de passer à l'action. Elle dut trouver un moyen de le faire sans que Kit la suive.

« Où tu vas ? demanda-t-il quand elle attrapa son sac.

— Tu crois que j'ai le temps de filer aux toilettes mobiles avant que la nouvelle série d'enquêteurs arrive ? Nous devons en avoir presque fini, non ?

— J'attendrais, si j'étais toi. Ces toilettes ont l'air cradingues. Au moins, dans la maison, elles sont propres. »

Posy haussa les épaules et se dirigea lentement vers la sortie. « Quand faut y aller. »

Les yeux de Kit se plissèrent d'un air soupçonneux et elle sortit de la spirale avant qu'il puisse la retenir, passant à la hâte devant les fleurs mortelles avec les mains de nouveau jointes contre sa poitrine.

« Attends ! » Sa voix résonna derrière elle, mais elle l'ignora, agrippant à la place un fan enquêteur et hurlant : « Il est là-dedans ! »

Le fan se précipita dans la spirale, suivi par toutes les personnes qui étaient à portée de voix. Posy sourit intérieurement et tira le plan de son sac, repérant le chemin vers la tourelle ornementale. Celui-ci traversait la pelouse ouest sur le côté de la maison, où de nombreux stands avaient été installés, puis passait devant les écuries avant de prendre en direction de la rivière et des aulnes[1] qui avaient dû donner leur nom à la demeure.

Elle se mit en route, gardant un œil sur les personnes autour d'elle. Elle repéra un homme avec un chapeau rouge un peu plus loin, entouré d'autres aspirants enquêteurs. Elle vit Marcus qui marchait vers la Spirale meurtrière et se cacha au cas où il essaierait de l'y renvoyer. Et elle vit Caro, qui continuait de divertir les derniers fans enquêteurs près du stand de gâteaux,

---

1. Aulne, *alder* en anglais. *(N.d.T.)*

probablement avec d'autres anecdotes datant de sa vieille série télé.

Loin de la principale zone de la convention, Posy passa devant le bâtiment des écuries, autour duquel étaient exposés des véhicules anciens. Elle s'arrêta une seconde, regardant les visiteurs de jour qui inspectaient les voitures impeccablement entretenues, ainsi que la moto de Caro.

Clementine était dans les écuries, faisant semblant d'être morte ; si Posy y passait maintenant elle pourrait supplier de récupérer son téléphone. Appeler... quelqu'un pour qu'il l'aide avec cette histoire de chantage. Mais qui ? Ses parents ? L'oncle Sol ? Son agent ? Damon ?

*Bon Dieu, non.*

Malgré l'anxiété qui lui rongeait les entrailles, elle n'était pas encore à ce point désespérée.

Elle traversa cependant la cour des écuries et vit Clementine étendue à plat ventre sur une balle de foin, faisant semblant d'être morte. L'illusion fut gâchée quand Posy s'aperçut qu'elle murmurait à l'intention d'un couple d'enquêteurs, leur disant de se diriger vers la Spirale meurtrière.

« Le cadavre le plus aimable de tous les temps », dit joyeusement l'un d'eux aux enquêteurs qui arrivèrent après eux. L'idée de Marcus que ce serait terminé dans environ une heure semblait optimiste, s'il y avait encore des gens qui ne faisaient que commencer leur enquête.

Posy leva les yeux vers l'horloge des écuries. Presque quinze heures. Pas le temps de parler à Clementine.

Passé les écuries, les pelouses parfaitement entretenues et les allées gravillonnées soignées laissaient place à de l'herbe plus haute et à des sentiers qui étaient plus terre que pierre à mesure qu'elle s'éloignait de la maison. Elle ne marchait que depuis environ dix minutes mais semblait déjà à des mondes du chaos de la convention. Le bruit de l'eau qui léchait paresseusement les berges du ruisseau et les roseaux qui bruissaient dans la brise recouvraient les rires et les discussions des stands et des participants à la convention. Quand elle atteignit le chemin de la rivière, la tourelle de pierre se détacha sur les arbres et le ciel bleu.

La nausée lui monta à la gorge lorsqu'elle se demanda qui pouvait bien l'attendre. Mais que pouvait-elle faire d'autre que le découvrir ?

Elle parcourut les derniers mètres à grandes enjambées et ouvrit la porte en bois sans hésiter. Puis elle battit des paupières.

« Vous ? » demanda-t-elle, stupéfaite, alors même que Rosalind s'exclamait : « *Vous ?!* », d'un ton considérablement plus cinglant.

« Vous ne m'avez pas envoyé ce mot. » Posy tira la page de scénario de son sac et la leva avec le texte écrit à la main face à Rosalind.

La confusion quitta le visage de cette dernière et elle enfonça la main dans sa profonde poche de veste pour en tirer son propre mot.

« Et vous ne m'avez pas envoyé ceci.

— Non.

— Comme c'est au dos d'une page du scénario, je supposais que mon correspondant était une personne liée au film, déclara sèchement Rosalind. Mais je n'ai jamais imaginé que ce serait vous. »

Il y avait une insulte finement voilée dissimulée dans ces propos, mais Posy ne prit pas la peine de relever ni de s'en irriter. Parce que si Rosalind n'avait pas envoyé le mot, ça signifiait qu'elles attendaient toujours quelqu'un d'autre.

Elle pivota quand elle entendit du mouvement à l'extérieur, ses muscles se crispant. Derrière elle, elle sentit Rosalind s'approcher. Qui pouvait vouloir les avoir toutes les deux au même endroit au même moment, et pourquoi ?

La porte s'ouvrit de nouveau bruyamment et une silhouette apparut, éclairée à contre-jour, si bien qu'elle était presque méconnaissable.

Presque.

« Ça alors ! dit Caro Hooper, une main sur la hanche et une jambe tendue sur le côté – sa pose de Dahlia classique. Mais qu'est-ce que vous fichez ici, toutes les deux ? »

# Chapitre huit

*« Je ne crois pas aux coïncidences, Johnnie. » Dahlia laissa retomber la main du cadavre sur son torse et se releva, une main sur la hanche et un pied pointé vers l'extérieur. « Quand il est question de meurtre, il me semble que tout se produit pour une raison. »*

Dahlia Lively dans *Un point de vue sur la vie*
Par Lettice Davenport, 1931

« Vous avez également reçu un mot, je suppose », dit Rosalind en s'écartant de Posy maintenant qu'il était clair qu'il n'y avait aucun danger. Elle était peut-être un trésor national, mais il semblait à Posy que Rosalind King était un peu lâche.

« Oui. M'invitant à un rendez-vous secret. » Caro haussa les sourcils. « De toute évidence, je ne pouvais pas laisser passer *ça*. »

Posy leva les yeux au ciel en voyant Caro en plein mode Dahlia, mais elle retint la porte afin de la laisser ouverte tandis que celle-ci entrait tranquillement. Elle n'aimait pas l'idée que quelqu'un d'autre arrive par surprise.

« Bon, jetons un coup d'œil à ces mots », dit Caro.

Il y avait une table branlante sous la fenêtre de l'autre côté de l'étroite tourelle, et elles étalèrent l'une après l'autre leurs mots dessus pour les étudier. La formulation était chaque fois identique. *Rencontrez-moi à la tourelle ornementale à 15 heures*, griffonné au dos du scénario.

Le sourcil droit de Caro bondissait de plus en plus haut à mesure qu'elle lisait les mots sur la table – une autre affectation de Dahlia.

« Même écriture, dit-elle, plus à elle-même qu'à Posy et à Rosalind, semblait-il, tout en retournant les feuilles. Et des pages du scénario consécutives, bien que ce ne soit pas une scène particulièrement intéressante. Néanmoins, nous devons supposer que c'est la même personne qui a envoyé les trois. »

Posy regarda tour à tour les deux femmes plus âgées. « Est-ce que l'une ou l'autre… est-ce que votre mot était accompagné de photos ? »

Le regard vif de Caro se posa soudainement sur le visage de Posy.

« Vous aussi, hein ?

— Le mien aussi. » Rosalind soupira. « C'est donc du chantage. »

Quels secrets les deux autres Dahlia cachaient-elles ? se dit Posy. Elle ne demanda cependant pas à voir leurs photos. Pas quand elle n'avait aucune intention de partager les siennes.

« Mais qui voudrait nous faire chanter toutes les trois ? demanda-t-elle. Je supposais que c'était lié au film – à la malédiction. Mais…

— Mais je ne suis pas *dans* le film, termina Caro à sa place. Et pourtant. Non, je crains que ce ne soit rien de si intéressant. Juste un chantage ordinaire, prosaïque.

— Vous voulez dire que la personne veut de l'argent ? déclara platement Rosalind.

— C'est ce que je dirais. » Caro haussa les épaules. « Les gens pensent toujours que les personnes célèbres sont riches. »

Posy songea au solde de plus en plus maigre de son compte bancaire et à tout l'argent que ses parents lui avaient pris avant qu'elle ait l'âge de gérer ses propres finances. « Alors, où est le maître chanteur ? S'il veut notre argent, pourquoi n'est-il pas là ? Il est quinze heures passées. »

Elles se tournèrent toutes trois comme un seul homme vers la porte. Dans un film, ça aurait été le signal parfait pour que le mystérieux expéditeur des mots se révèle.

Mais l'entrebâillement de la porte demeura obstinément vide, la tourelle silencieuse à l'exception des légers bruits de la convention charriés par la brise.

« Je ne pense pas qu'il va venir, dit Posy. Qui qu'il soit... il voulait que nous nous retrouvions toutes les trois ensemble ici. Je ne sais pas pourquoi. Peut-être qu'il voulait juste nous effrayer ? 

— Ou peut-être qu'il y a quelque chose que nous sommes censées voir ici. »

Caro examina la petite pièce en se tapotant les lèvres. Dans un mouvement soudain, elle plongea sous la table, en quête de secrets.

Posy l'imita, inspectant derrière la porte, sous les rebords de fenêtre, pendant que Rosalind essayait la poignée de l'autre porte dans la pièce, qui devait mener à l'escalier de la tourelle.

« Fermée à clé », rapporta-t-elle, puis elle retourna à la table, laissant Posy et Caro taper sur les pierres et scruter les rebords.

« Rien. » Caro monta d'un bond sur le bord de la table, qui sembla envisager de s'écrouler, mais un regard sévère la persuada de ne pas le faire. « Ça doit simplement être une sorte de canular. »

Posy secoua la tête.

« Je pense toujours que c'est lié au film. Sinon, pourquoi envoyer des pages du scénario ?

— Vous parlez de cette soi-disant malédiction ? demanda Rosalind en arquant les sourcils d'amusement.

— Non. Enfin, pas vraiment. Mais tout est allé de travers pour la production. Sans ça, je ne serais pas ici.

— Et elle a raison à propos des pages du scénario, ajouta Caro. Ça doit signifier quelque chose, n'est-ce pas ? Évidemment, j'espérais plus ou moins que ça voudrait dire un rôle pour moi, mais il semblerait que non.

— Je supposais que la page du scénario signifiait que quelqu'un voulait utiliser mon influence pour… quelque chose à voir avec le film, admit Rosalind.

— Et je pensais que c'était une menace, déclara Posy. Que quelqu'un avait l'intention de tuer le film. »

Caro lui lança un regard entendu. « Vos photos sont si terribles, hein ? »

Posy ne répondit pas.

« Caro a raison. C'est probablement un canular, déclara résolument Rosalind. Mieux vaut oublier ça vite, avant que les gens commencent à se moquer. »

Posy pensa à ces clichés d'elle avachie sur la grille de la maison de Damon. Quelqu'un avait fait des efforts pour les avoir, elle en était certaine. Elle avait la sensation que ceux des autres n'étaient pas aussi…

dévastateurs pour leur carrière. « Non. Je ne crois pas. Les photos… » Elle s'interrompit avant d'en dire trop, mais son visage était brûlant quand elle y repensait.

Caro se tapota le menton.

« Marcus. C'est forcément lui. Il veut que nous soyons troublées et que nous courions dans tous les sens à la recherche d'un maître chanteur, afin qu'il puisse rire et nous dire que c'était encore un de ses jeux.

— Vous pensez vraiment ? » demanda Posy.

Caro acquiesça. « En plus, c'est Clementine qui a livré les mots, dit-elle d'un air absent tandis qu'elle bondissait de la table. Probablement sur ordre de Marcus. »

Posy la fixa, consciente que Rosalind faisait de même. Caro leva les yeux des mots qu'elle était en train de rassembler afin de les rendre.

« Quoi ? Oh ? Est-ce que j'ai mentionné ce détail ?

— Non. Vous ne l'avez pas fait. » La voix de Rosalind était sèche tandis qu'elle attrapait son mot et s'éloignait vers la porte. « Vous pourrez expliquer pendant que nous marchons.

— Où allons-nous ? demanda Caro. Oh, trouver Clementine, c'est ça ?

— Aux écuries, alors, dit Posy. C'est là qu'elle était. »

Rosalind évita le sentier de la rivière et les fit traverser l'herbe en direction de la maison.

« Donc, vous avez vu Clementine laisser les mots ?

— Enfin, pas tous, de toute évidence. Mais je suis entrée dans la maison après vous deux, vous vous souvenez ? J'ai dû garer Susie, et ensuite Marcus et moi nous… nous sommes rappelé le bon vieux temps. Donc vous étiez toutes les deux dans vos chambres quand je suis montée. J'ai vu Clementine glisser une enveloppe sous ma porte, mais elle ne m'a pas vue. J'imagine qu'elle avait déjà laissé les vôtres.

— Et ça ne vous a pas semblé significatif? » demanda Rosalind en serrant les dents.

Caro haussa les épaules.

« Significatif, si, mais pas nécessairement *important*. Enfin quoi, si vous vouliez faire livrer un mot à quelqu'un qui loge à Aldermere ce week-end, qu'est-ce que vous feriez?

— Le donner à Clementine pour qu'elle le transmette, devina Posy.

— Exactement.

— Ce qui signifie qu'elle doit savoir qui les a envoyés, à l'origine. » Rosalind lança un nouveau regard noir à Caro sans ralentir l'allure. « Ce qui signifie que nous aurions pu lui demander au lieu de jouer aux devinettes dans la tourelle tout ce temps.

— À moins qu'elles lui aient été transmises pas un volontaire, ou qu'elles aient été laissées au guichet avec un mot, ou… »

Posy, consciente que la moutarde montait au nez de Rosalind, interrompit Caro.

« Tout de même. Parler à Clementine est un bon commencement, non? Qu'il s'agisse d'un vrai chantage ou d'un stupide canular, je veux savoir qui se cache derrière.

— Marcus, répéta obstinément Caro. Je vous l'ai dit, c'est forcément Marcus. Personne d'autre ne pouvait avoir ces photos. Et c'est *exactement* le genre de chose qu'il trouverait amusante. »

Posy se demanda ce que représentaient les photos de Caro pour qu'il les ait en sa possession et les trouve amusantes, mais elle ne posa pas la question. Si elles pouvaient mettre un terme à cette histoire sans avoir à admettre qu'on les avait fait chanter, ce serait *idéal*, selon elle.

« Ça pourrait cependant toujours être Clementine elle-même, argua Rosalind. Si Marcus avait les photos, elle aurait facilement pu les prendre.

— Mais pourquoi ? demanda Posy.

— L'argent, j'imagine. Marcus ne semble pas être du genre à payer un salaire mirobolant, et comme l'a dit Caro, tout le monde pense que les personnes célèbres sont pleines aux as.

— Alors pourquoi ne pas nous avoir rencontrées ? »

Caro haussa une fois de plus cet unique sourcil.

« Elle a pu être retenue par son rôle dans le jeu, raisonna Posy. Il y avait toujours des enquêteurs qui arrivaient quand je suis passée ici en me rendant à la tourelle.

— Elle avait probablement aussi une copie du scénario, ajouta Rosalind. Le dîner de ce soir est basé sur celui du film, ils devaient donc en avoir besoin pour ça.

— Marcus ou Clementine, résuma Posy tandis qu'elles atteignaient les écuries. Chantage ou canular ?

— Allons le découvrir », dit Rosalind.

Tous les amateurs de voitures anciennes avaient dû trouver un autre endroit où aller, car, à leur arrivée, la cour des écuries était déserte à l'exception des véhicules.

« Où Clementine faisait-elle la morte ? » demanda Rosalind.

Posy désigna la stalle du fond. À un moment, Aldermere avait dû abriter tout un troupeau de chevaux, si le nombre de stalles était représentatif. Désormais, la plupart d'entre elles semblaient servir à l'entreposage.

« Clementine ? » Posy attendit d'être juste devant pour appeler car elle ne voulait pas lui laisser une chance de s'enfuir. Mais quand elle entra, la stalle était vide. Tout ce qui restait, c'était l'odeur de la paille fraîche et un plan d'Aldermere abandonné par terre, couvert de traces de pas. « Elle est partie. »

Rosalind fusilla Caro du regard. « Si seulement nous étions venues directement ici, nous l'aurions attrapée. »

Caro leva les yeux au ciel.

« Elle loge dans la même maison que nous. Je pense que nous aurons une autre occasion de lui parler.

— Tout de même, nous aurions pu en avoir fini avec cette affaire à l'heure qu'il est, si vous nous aviez dit ce que vous saviez dès le début, déclara Rosalind. Mais non, il fallait juste que vous jouiez la Dahlia en inspectant toute la tourelle à la recherche d'indices alors que vous *saviez* qui avait envoyé les mots depuis le début ! »

Posy suivit les deux femmes qui se chamaillaient hors de la cour des écuries en direction de la pelouse ouest tout en repassant dans sa tête les événements étranges de l'après-midi.

« Nous pouvons toujours aller la trouver maintenant, déclara Caro.

— Si elle veut être trouvée, répliqua sèchement Rosalind. Et si elle ne le veut pas, il y a un million d'endroits où se cacher à Aldermere.

— Que ferait Dahlia ? interrompit Posy.

— Oh, c'est facile, répondit Caro. Elle trouverait la provenance des pages du scénario.

— Et des échantillons de l'écriture de Clementine et de Marcus pour faire des comparaisons, probablement, ajouta Rosalind.

— Alors c'est ce que nous devrions faire, non ? » suggéra Posy. Rosalind et Caro la regardèrent comme si une chose évidente lui échappait. « Oh, je pourrais le faire. »

Même s'il s'avérait que Caro avait raison et que c'était bien un des canulars de Marcus, elle ne voulait pas de critiques qui diraient : *Après s'être vu offrir une énigme sur un plateau, la débutante Posy Starling l'a complètement ignorée.*

« Je suis partante pour ça, alors, dit-elle. Trouver le scénario, j'entends. Vous deux chercherez Clementine.

— Oh, je crois que vous aurez peut-être quelque chose d'autre à faire d'abord, dit Rosalind d'un ton malicieux tandis que Caro plaçait une main en porte-voix sur sa bouche et hurlait : Elle est ici ! »

En se retournant, Posy vit une horde de fans enquêteurs approcher, Kit à l'avant portant un chapeau à la Sherlock Holmes qu'il avait dû trouver quelque part, un large sourire aux lèvres tandis qu'il criait : « La voici ! Arrêtez-la ! »

## Chapitre neuf

*« Vous savez, les gens pensent que les enquêtes les plus intéressantes concernent toujours des meurtres, dit Johnnie tout en examinant les dossiers dans le tiroir du bureau. Mais un vol très intelligent peut être tout aussi captivant, s'il est bien exécuté. »*
*Dahlia lui lança un regard incrédule, avant d'agiter dans sa direction le morceau de papier qu'elle avait trouvé à moitié calciné dans la cheminée. « Vous ne serez probablement pas intéressé par cette menace de mort, alors, n'est-ce pas ? »*

Dahlia Lively dans *Des diamants pour Dahlia*<br>Par Lettice Davenport, 1958

Posy était flanquée de fans enthousiastes, Kit souriant tandis que la foule fonçait vers l'avant d'Aldermere House.

« Jolie tentative de fuite, dit-il en enfonçant un peu plus fermement le chapeau de Sherlock Holmes sur sa tête. Ça figurait aussi sur ta carte, ou tu improvisais juste ?

— Heu, j'improvisais, répondit-elle. Pour ce que ça m'a servi. »

L'allée était pleine de bus anciens, ornés de rubans et de guirlandes de fanions, se préparant probablement à ramener à la gare les délégués de jour qui n'avaient pas réservé pour les festivités du soir. Mais personne ne montait dedans.

À la place, toute la convention était rassemblée près des marches sur lesquelles Marcus s'adressait aux participants, les bras écartés en grand, son smoking ouvert claquant dans la légère brise estivale. Hugh Davenport se tenait à ses côtés, les mains dans les poches, souriant aimablement comme s'il ne savait pas trop ce qu'il faisait là. Posy se rappela vaguement qu'il avait été question qu'il décerne son prix au gagnant.

« Vos efforts nous ont amenés ici, entonna avec grandiloquence Marcus en les repérant. Sans votre assistance, vos enquêtes – votre génie –, un assassin aurait pu rester libre, aujourd'hui !

— Comment avez-vous su que c'était moi ? » demanda Posy tandis que Kit lui attrapait le bras et le tenait fermement contre son flanc, propageant en elle une chaleur que son baiser n'était pas parvenu à transmettre.

Il agita la main en direction de la foule réunie. « Les meilleurs enquêteurs du monde de la fiction sont ici ce week-end, vous vous souvenez ? Évidemment qu'ils ont trouvé. »

À côté d'elle, Caro fit claquer sa langue d'un air désapprobateur.

« Avez-vous été une vilaine fille ?

— Ne vous en faites pas, lui dit joyeusement Kit. C'est le peuple qui rend justice. »

Caro tapa dans ses mains avec allégresse. « C'est parfait ! Alors, allons-y. »

Marcus était toujours en train de faire son numéro pour son public quand Kit hissa Posy sur les marches, Caro à leurs côtés, en tout point la Dahlia Lively qu'elle n'était pas, qu'elle n'était plus. Rosalind les suivait.

*Ça ne devait pas se passer comme ça*, songea Posy en regardant la foule. Elle était censée être la seule Dahlia de cette convention. Celle qui gagnerait le cœur des fans avec ses techniques de déduction, ou sa capacité à être sublime dans une robe de soirée des années 1930, ou *Dieu sait quoi*.

À la place, elle était là, victime d'un simulacre d'arrestation pour un crime que Dahlia n'aurait jamais envisagé commettre.

Non que le public semblât s'en soucier. Il acclama quand Kit lui coinça les deux bras dans le dos – pas fort, mais avec suffisamment de réalisme, soupçonnait-elle.

« Comme nombre de vous autres intrépides enquêteurs l'avez déduit par un processus d'élimination, notre meurtrière aujourd'hui était bien… » Marcus marqua une pause dramatique inutile puisqu'elle avait déjà été démasquée et arrêtée. « Posy Starling ! »

Une multitude de huées, dignes d'un méchant de spectacle pour enfants, emplirent l'air autour d'Aldermere. Marcus attendit patiemment qu'elles retombent, un sourire satisfait sur le visage, avant de parler de nouveau.

« Et donc, je suis ravi d'annoncer que le gagnant de notre compétition est… »

La nouvelle pause dramatique de Marcus fut gâchée par le fracas de la porte qui s'ouvrit en claquant. En se tortillant entre les bras de Kit, Posy découvrit Isobel qui se tenait dans l'entrebâillement derrière eux avec une mine abasourdie.

« Ne laissez partir personne ! » Sa voix était stridente, son inquiétude évidente.

« Pourquoi ? Qu'est-ce qui s'est passé ? demanda Marcus.

— Quelqu'un, répondit Isobel, ses yeux bleus immenses et humides tandis qu'elle regardait son mari, a volé la loupe ornée de pierres précieuses de Lettice Davenport !

— Quoi ? » Hugh se tourna vers Isobel tandis qu'un murmure s'élevait parmi la foule, propageant la nouvelle. « Comment as-tu pu laisser faire ça ?

— Heu, est-ce que cette voiture est censée partir ? »

Kit pointa le doigt par-dessus l'épaule de Posy. Elle regarda dans la direction qu'il désignait et vit une des voitures anciennes de l'exposition rouler sur le sentier qui contournait la pelouse ouest et les stands de la convention vers l'allée principale.

Elle fronça les sourcils. La silhouette à la place du conducteur, avec ses *victory rolls* et son écharpe en soie jaune moutarde, était parfaitement reconnaissable. « C'est Clementine ? »

Où allait-elle ? Pourquoi partir maintenant, si c'était elle qui les faisait chanter ? À moins qu'elle ait eu les photos sur elle et qu'elle ait décidé de les vendre...

« Arrêtez-la ! » hurla Isobel, ce que voulait désespérément faire Posy.

Hugh posa les mains sur le bras de sa femme pour abaisser le doigt accusateur qu'elle pointait sur la voiture.

« Non, non, c'est bon, ma chère. Clementine m'a appelé. Apparemment, elle a reçu un message à propos d'une urgence familiale. Elle a demandé si elle pouvait emprunter une voiture pour aller à la gare. Bien entendu, j'ai dit oui. » Il regarda en direction de Clementine tandis qu'elle actionnait le klaxon hors d'âge afin de séparer la foule puis roulait sur les pelouses, contournant les bus qui attendaient, avant de prendre la direction du portail principal. « Je, heu, je n'imaginais cependant pas qu'elle prendrait celle-là, ajouta-t-il avec un rire nerveux.

— Eh bien, à moi, elle ne m'a pas dit qu'elle partait, grommela Marcus. Même si elle a mentionné le fait qu'elle a de la famille dans le coin. Je ne peux pas imaginer quel genre d'urgence pourrait l'éloigner de la convention en ce moment, après tout le dur labeur qu'elle a accompli pour en faire un succès. »

Une urgence familiale. Le cœur de Posy commença à retrouver un rythme normal. Si c'était vrai, ça expliquerait pourquoi Clementine ne les avait pas retrouvées. Elle avait des soucis plus importants qu'un chantage.

Néanmoins, la menace que représentait le fait que ces photos sortent d'Aldermere continuait de planer au-dessus de la tête de Posy.

« Je suis contente qu'elle n'ait pas décidé de prendre Susie. » La main en visière, Caro regarda Clementine passer devant la loge et s'engager sur la route principale. Puis elle se tourna de nouveau vers Isobel, la main sur la hanche, un pied pointé vers l'extérieur, et Posy vit qu'elle était passée en mode Dahlia.

« Alors, c'est quoi, cette histoire de loupe de Lettice ?

— Je vous l'ai dit. Elle a été volée, répondit sèchement Isobel. Et personne ne quitte Aldermere tant que je ne suis pas certaine qu'il ne l'a pas prise. Je veux que chaque sac soit fouillé avant que quiconque monte dans le bus. Et si nous ne la trouvons pas, vous pouvez être sûrs que j'appellerai la police et leur donnerai la description de cette voiture. »

Isobel lança un regard noir à son mari, puis regarda Marcus de manière appuyée.

« Ah, d'accord. J'y vais tout de suite. » Il descendit d'un pas lourd les marches en direction des bus à l'arrêt pour parler aux conducteurs.

« Elle a dû être volée pendant une des visites de la maison ! déclara Ashok avec excitation. Personne n'a été autorisé à monter à l'étage, à moins de participer à une visite. » À l'exception de Clementine, évidemment, mais ça ne semblait pas le troubler.

« Ce qui signifie que ça pourrait être l'un d'entre nous ! » ajouta Felicity.

Ils se mirent aussitôt à envisager diverses théories, Kit ajoutant des complots absurdes à l'ensemble.

« C'est une urgence qui tombe à point nommé, vous ne trouvez pas ? murmura Caro, qui se trouvait à côté de Posy. Qu'est-ce que vous en dites ? Elle s'est dégonflée pour le chantage et fait la belle avec la loupe à la place ?

— Ou peut-être qu'elle s'est rendu compte qu'elle était coincée et a décidé de s'enfuir avant de s'enfoncer encore plus, suggéra Rosalind.

— Quoi qu'il en soit, je crois que beaucoup de gens aimeraient échanger un mot avec elle. Moi comprise. »

Posy examinait la foule, qui fourmillait d'hypothèses et de questions, pendant que Rosalind et Caro se laissaient entraîner dans le débat des VIP concernant l'identité du responsable. Il était probablement temps de s'en aller d'ici avant que quelqu'un se souvienne qu'elle aussi avait pris part à la visite. Elle avait déjà été stigmatisée en tant que meurtrière; elle n'avait aucun désir d'ajouter voleuse à son CV du week-end.

Posy se dirigea vers le hall d'entrée, marquant une pause au guichet de la convention lorsqu'elle vit le porte-bloc de Clementine posé là, abandonné. La page du dessus était une copie du programme de la journée, généreusement annotée de la main de celle-ci; Posy l'avait elle-même vue prendre des notes dessus.

Elle le souleva. Puis elle déplia le mot qui se trouvait dans son sac et compara les deux. La même écriture. Clementine avait rédigé les mots que les trois Dahlia avaient reçus.

Une question de résolue. Mais il en restait encore tant.

Une heure plus tard, Posy n'avait toujours aucune réponse, mais elle connaissait un peu mieux la vie et l'époque de Lettice Davenport et comprenait pourquoi cette satanée Chambre des porcelaines était si sinistre.

Soixante minutes de solitude passées à parcourir les livres qu'elle avait accumulés lui permettaient d'aborder avec plus de confiance la prochaine manifestation de son programme. Le débat, sous le chapiteau principal de la pelouse sud. Cette fois, elle espérait être prête pour les questions que les fans lui poseraient.

Lorsqu'elle ressortit, son esprit s'allégea encore un peu plus à mesure que l'atmosphère du festival la gagnait. Les stands de thé et de gâteaux avaient principalement laissé place à des bars mobiles, maintenant que les festivités du soir commençaient. Les gens étaient assis sur des chaises pliantes, tenant des verres de vin en regardant une sorte de reconstitution qui se déroulait sur un carré d'herbe entre d'autres stands de nourriture. Si elle avait ignoré l'agent de police qui parlait à Isobel dans l'allée, probablement à propos de la loupe disparue, tout aurait pu sembler parfaitement normal.

Posy passa devant une petite file qui attendait pour une conférence sur l'histoire du poison dans un des chapiteaux secondaires, et se dirigea tout droit vers le grand chapiteau blanc au centre de la pelouse sud. Devant se tenait Kit, les mains dans les poches de son pantalon, adossé à l'un des réverbères en fer forgé qui bordaient les allées du jardin à la française. Sa posture nonchalante et son sourire taquin lui valaient de nombreux regards approbateurs de la part des visiteurs qui passaient.

« Où tu te cachais ? demanda-t-il quand elle s'approcha. Tu n'étais pas en colère à cause de l'arrestation, si ? J'ai dû repousser six autres groupes d'enquêteurs après que tu as quitté la Spirale meurtrière. Tu méritais de te faire arrêter.

— C'est difficile d'être une star. Et non, je n'étais pas en colère. »

Il s'écarta du réverbère et la suivit.

« Alors, tu veux me dire où tu t'es enfuie si précipitamment ?

— Je t'ai dit. J'avais besoin d'aller aux toilettes.

— Et curieusement, tu es revenue de la direction opposée avec Rosalind King et Caro Hooper dans ton sillage ? »

Les sourcils de Kit s'arquèrent d'incrédulité.

« Tu ne sais pas que les femmes ont toujours besoin d'aller aux toilettes en meute ? » C'était un stéréotype qu'elle détestait d'ordinaire, mais il lui était bien utile à cet instant.

Kit ne la crut pas.

« Bien, garde tes secrets. Simplement... si ça avait quelque chose à voir avec le film, tu me le dirais ?

— Évidemment. »

Ce n'était pas vraiment un mensonge, se justifia-t-elle. Le chantage était une affaire personnelle, pas professionnelle.

Le fait que le mot avait été écrit sur le scénario *pouvait* être une coïncidence, non ?

Un assistant de la convention stressé vêtu d'un gilet apparut à la porte du chapiteau, regardant autour de lui, les cherchant de toute évidence. En temps normal, Posy se serait attendue à ce qu'on vienne les chercher en coulisses, prêts pour leur apparition. Mais Marcus insistait tellement pour rendre les vedettes de la manifestation accessibles qu'elle n'était même pas sûre qu'il y eût des coulisses.

Elle fit signe à l'assistant, dont le visage se détendit tandis que Kit et Posy s'approchaient. Presque avant qu'elle sache ce qui se passait, ils se retrouvèrent assis à la longue table sur la scène, avec Anton et Libby à côté d'eux.

C'était ce pour quoi elle était venue à Aldermere, se rappela Posy tandis que la nervosité menaçait de la submerger. Pour séduire les très, très nombreuses personnes qui adoraient tellement les livres de Lettice Davenport que les personnages étaient vivants pour elles, et que leur monde semblait réel. Ces personnes qui voulaient être transportées à une époque plus simple, vivre le danger et la mort depuis la sécurité de leur fauteuil, entre les pages d'un livre aimé. Les personnes qui rêvaient d'avoir la répartie et la perspicacité de Dahlia, ou la constance de Johnnie. Sans parler des garde-robes.

Il n'était question que des fans.

Et c'était sa meilleure chance de les convaincre que Dahlia était en sécurité entre ses mains.

« Bienvenue, tout le monde ! » Marcus monta sur scène à côté d'eux, toujours en tenue de majordome. « Bienvenue à ce qui doit être le temps fort des manifestations d'aujourd'hui. »

Des applaudissements peu enthousiastes retentirent. Posy échangea un regard avec Kit. Ils auraient du fil à retordre avec ce public.

« Le but d'une grande partie de ce week-end est de mettre le passé à l'honneur, médita Marcus à haute voix à l'intention de l'assistance. De célébrer le monde dans lequel vivait Lettice Davenport, ainsi que celui qu'elle a créé pour nous. Mais le plaisir des romans de la série Dahlia Lively, et peut-être de l'Enquêtrice elle-même, est qu'ils sont intemporels. Chaque génération les découvre avec un œil neuf et s'émerveille de leur intelligence, leur ingéniosité – et, évidemment, de leur style inimitable. Et maintenant, tandis que nous entrons dans le XXI$^e$ siècle, presque cent ans après que Lettice a commencé à écrire, il est temps qu'une nouvelle génération d'admirateurs découvre la magie. Et aujourd'hui, je suis ravi de vous présenter les personnes qui travaillent si dur pour faire de cet objectif une réalité. Anton Martinez, notre illustre réalisateur ! »

Anton se leva et fit une petite révérence, s'attirant encore plus d'applaudissements.

« Libby McKinley, l'un des écrivains qui adaptent les aventures de Dahlia pour le grand écran ! » Libby fit un petit geste mal assuré de la main mais ne se leva pas – probablement à cause des taches de café sur sa jupe – et reçut quelques applaudissements clairsemés.

« Ensuite, notre inspecteur principal Johnnie – Kit Lewis ! » Ce dernier se leva, rayonnant, les bras écartés pour accueillir les applaudissements bien plus sonores qui accompagnèrent sa présentation. Après tout, son nom était connu de tous, c'était une star montante, quelqu'un que tout le monde voulait voir plus souvent.

Posy retint son souffle tandis qu'elle attendait d'entendre son nom.

Elle n'avait rien d'une star montante, et il y avait de grandes chances pour que l'oncle Sol ait eu raison durant toutes ces années, et que les gens soient déjà lassés d'elle. *C'est toujours triste de voir une vedette sur le retour qui tente de revivre son heure de gloire, et Posy Starling dans* L'Enquêtrice *prouve que ses meilleurs jours étaient derrière elle avant qu'elle ait terminé sa puberté.*

« Et finalement, Dahlia Lively en personne – Posy Starling ! »

Posy se leva, un sourire plaqué sur ses lèvres rouge vif, les mains sur les hanches, comme la représentation de Dahlia sur la couverture de la première édition de *Ne sous-estimez jamais une femme* qu'elle avait récupérée dans le bureau de Lettice, et tant pis pour la robe à manches courtes.

Et les spectateurs se prirent au jeu. Ils applaudirent, peut-être pas tout à fait aussi fort que pour Kit, mais pas loin. Elle devrait encore travailler pour gagner leur adhésion, mais ils lui accordaient le bénéfice du doute, pour le moment.

Et c'était tout ce dont elle avait besoin.

Marcus dirigea les débats. Il leur posa un certain nombre de questions faciles, sur lesquelles se jeta Anton. Ses réponses n'avaient pas toujours grand-chose à voir avec ce que Marcus avait demandé, mais il balançait ses clichés préférés, si bien qu'il semblait plutôt heureux.

Puis ce fut au tour des spectateurs de poser des questions. Anton répondit encore à nombre d'entre elles, et comme rares étaient celles qui étaient directement adressées à Posy, elle fut en mesure de sourire et d'acquiescer, ajoutant un commentaire occasionnel sans jamais se mettre dans l'embarras.

En répondant à une question d'une aspirante scénariste, Libby parla doucement mais avec confiance de la manière qu'elle avait d'aborder le défi que représentait le fait de transformer un livre en scénario de film, se concentrant sur les efforts qu'elle faisait pour rester fidèle à l'histoire et à l'atmosphère originales tout en les rendant nouvelles, sans parler du fait qu'elle avait dû déchirer le scénario précédent et recommencer de zéro quand elle avait été embarquée dans le projet.

« Et est-il vrai que vous avez travaillé au scénario des *Deux Colombes* ? demanda la jeune femme dans le public avant que le micro puisse lui être repris pour la question suivante. Et des *Portes de l'enfer* ? » Elle avait cité deux des films dont on avait le plus parlé au cours des deux dernières années, ce qui mit l'assistance en effervescence.

« Tout à fait, oui. »

Anton attrapa le micro. « Vous ne le savez peut-être pas, et vous ne voyez peut-être pas toujours son nom au générique, mais Libby a probablement participé à à peu près chaque scénario que vous avez aimé au cours des dix dernières années. »

La discussion se poursuivit, mais le regard surpris que Libby lança à Anton après son éloge n'échappa pas à Posy.

En répondant à une question sur le fait que la vision d'Anton faisait entrer Dahlia dans le XXI$^e$ siècle, Kit expliqua que le casting non traditionnel de ce dernier avait ouvert des opportunités pour lui et les autres acteurs de couleur.

« Je sais que, pour de nombreux fans, l'inspecteur principal Johnnie sera toujours Frank Kaye ou Carl Richards, dit-il en nommant les acteurs qui avaient interprété le rôle face à Rosalind et à Caro. Et que, pour certains, il sera peut-être toujours blanc. Et, au cas où vous ne l'auriez pas remarqué, je ne le suis pas. » Un petit rire légèrement embarrassé parcourut l'assistance. « Mais je *suis* britannique, non que ça devrait avoir de l'importance. La famille de mon père est originaire d'Écosse, et les grands-parents de ma mère venaient d'Ouganda.

» Mais je ne suis pas ici pour parler de *moi*, je suis ici pour parler de Johnnie et de Dahlia. Et je crois que le génie des livres de Lettice Davenport est que chaque nouvelle génération y trouve quelque chose de nouveau. Ils continuent de nous parler, plus de quatre-vingt-dix ans après la parution des premiers volumes. Elle écrivait pour son public à l'époque, reflétant le monde dans lequel elle vivait. Donc, nous faisons ce film pour le public d'aujourd'hui, et nous reflétons *notre* monde. Même si nous le faisons dans un contexte historique. » Il lâcha un petit rire plein d'autodérision qui se noya presque sous les cris de soutien et les applaudissements de la foule. « Si vous voyez ce que je veux dire.

— Je vois parfaitement, déclara le spectateur qui avait pris le micro pour la question suivante. Mais votre personnage lui-même ? Qu'est-ce qui vous enthousiasme dans le fait d'interpréter l'inspecteur principal Johnnie Swain ?

— Honnêtement ? C'est rafraîchissant de jouer un premier rôle masculin qui n'a pas toutes les réponses, répondit Kit. Enfin quoi, il débarque en pensant qu'il va tout résoudre, pas vrai ? Mais au bout du compte il est bien obligé de comprendre que Dahlia a un instinct bien supérieur au sien quand il est question de meurtre. » Cela déclencha de nouveaux rires. « Ils sont tellement opposés que je sais que ça va être amusant de travailler sur cette dynamique. Ils ne s'apprécient pas beaucoup au début… » Il lança en douce un regard aguicheur à Posy. « Mais à mesure que le film avance, ils apprennent à se respecter, voire à s'apprécier, bien avant d'échanger leur premier baiser. J'aime cet aspect progressif de leur relation, et j'ai hâte de voir comment Libby l'a intégré dans le scénario.

— Donc vous n'avez pas encore lu la version définitive ? » demanda son interrogateur depuis l'assistance.

Kit s'esclaffa. « Je ne crois pas que quiconque l'ait lue ! Enfin, à part Anton et la famille. Libby ? Vous avez dit qu'elle était achevée, n'est-ce pas ? »

Cette dernière acquiesça mais n'ajouta rien. Anton n'eut aucune réaction.

Posy ne put se retenir. Marcus regardait. S'il avait quoi que ce soit à faire avec le chantage…

« Je ne l'ai pas lue dans son intégralité, dit-elle soudain. Mais j'en ai une page ici même… »

Elle la tira du sac à côté d'elle et la brandit, s'assurant que la foule ne voyait pas le mot griffonné à la main au dos. Pendant que les gens regardaient la page avec stupéfaction – nombre des spectateurs tentant de la prendre en photo avec leur téléphone afin de pouvoir zoomer dessus et la lire –, Posy observa la réaction de Marcus.

Rien. Soit il était meilleur acteur qu'elle ne le pensait, soit la page de scénario ne signifiait rien pour lui. Tout semblait donc relever de la responsabilité de Clementine. Et elle était partie, fuyant la police. Elle n'essaierait sûrement pas de faire quoi que ce soit avec les photos. Pas quand ça risquait de mener la police directement à elle.

Un sentiment de légèreté s'empara de Posy à cette idée, et elle fit un grand sourire. « Vous aimeriez vraiment le lire, hein? » Elle rit et l'assistance l'applaudit avec délectation. « Désolée, désolée. Pas possible. C'est top secret jusqu'à ce que le patron dise le contraire. » Elle glissa de nouveau la page dans son sac, ignorant les huées bon enfant.

Elle avait été tellement occupée à observer Marcus qu'elle n'avait pas fait attention aux personnes assises sur la table à côté d'elle.

Anton était furieux, elle le devinait sans même le regarder directement. La colère émanait de lui, et elle sentait la tension dans le dos du réalisateur, les crispations de sa mâchoire, depuis l'autre extrémité de la table. En colère parce qu'elle avait vu le scénario alors qu'elle n'était pas censée le faire, ou parce qu'elle provoquait l'assistance? Ou pour une autre raison? À voir la manière qu'il avait de la fusiller du regard, elle avait le sentiment qu'elle le découvrirait dès que le débat serait achevé.

Kit paraissait confus, et peut-être un peu envieux. Libby, cependant, semblait effrayée. Et vu l'expression exaspérée d'Anton, elle n'allait pas le lui reprocher.

« OK, OK. Dernière question, lança Marcus tandis que la foule se calmait.

— Que dites-vous aux personnes qui affirment que le film est maudit? »

La question résonna à travers le chapiteau soudain silencieux.

Posy retint son souffle et attendit la réponse d'Anton. Car, évidemment, ce serait lui qui répondrait à cette question – c'était son film.

Seulement il ne le fit pas. Il resta tellement longtemps silencieux que Kit attrapa le micro et le fit à sa place.

« Je crois que ça fait une super histoire, dit-il, s'attirant les rires de l'assistance. Enfin quoi, c'est un film policier, il se déroule dans le passé, je comprends pourquoi les gens veulent croire à une malédiction. Ça ajoute un peu de magie supplémentaire, pas vrai ? Mais dans mon expérience, ce qui ressemble à de la magie à l'écran, ou même à des malédictions dans les médias, est d'ordinaire le fruit de beaucoup de travail. »

Cela sembla satisfaire l'assistance, mais pas Posy. Cela la fit réfléchir.

*Beaucoup de travail ?* Avait-il raison ? Quelqu'un s'échinait-il à laisser penser que le film était maudit ? Et dans ce cas, qui ? Pourquoi ?

Marcus se lança dans son laïus de conclusion, rappelant aux visiteurs que les bus du soir les attendaient pour les ramener sous peu à la gare et leur demandant de se réunir devant la maison. Et sur ce, le débat s'acheva, et elle y avait survécu.

En jetant un coup d'œil de l'autre côté de la scène, elle vit Anton et Libby en pleine conversation, le directeur se dressant au-dessus de la scénariste tandis qu'il se tenait à côté d'elle avec une expression furieuse. Il était temps de s'échapper, avant qu'il retourne cette rage contre elle.

Posy traversa la pelouse, contourna la maison et gravit en sautillant les marches qui menaient au hall d'entrée, où elle consulta le programme au guichet de réception. Elle avait une heure avant l'apéritif dans la bibliothèque, apparemment.

Elle pourrait alors coincer Rosalind et Caro et leur dire qu'elles pouvaient cesser de s'en faire. Elle avait tout compris. C'était Clementine qui avait envoyé les mots puis volé la loupe avant de prendre la fuite – probablement parce qu'elle pensait qu'elle était sur le point de se faire prendre par Isobel –, moyennant quoi elle n'avait pas honoré leur rendez-vous à la tourelle. Maintenant que la police était à ses trousses elles pouvaient laisser ça à des professionnels et retourner à ce qu'elles étaient venues faire ici – jouer la Dahlia pour les fans.

Posy était encore en train de se féliciter de ses pouvoirs de déduction lorsqu'elle pénétra dans la Chambre des porcelaines et trouva l'inestimable loupe de joaillier de Lettice Davenport posée sur la coiffeuse.

# Chapitre dix

*« Tout le monde a des secrets. Et tant que vous ne les avez pas tous découverts, vous ne pouvez pas savoir lesquels peuvent valoir un meurtre. »*

Dahlia Lively dans *L'Enquêtrice*
Par Lettice Davenport, 1929

Posy entra dans la bibliothèque pour l'apéritif, portant une autre des affreuses robes à manches courtes d'Anton, mais avec des peignes en strass qui maintenaient en arrière ses cheveux d'un blond sombre, et un rouge à lèvres rouge vif fraîchement appliqué qui lui redonnait confiance. Dieu sait qu'elle en avait besoin.

Une fois passé le choc qu'elle avait initialement éprouvé en découvrant la loupe volée dans sa chambre, il n'avait pas fallu longtemps à Posy pour faire le point sur ses options – et se rendre compte qu'elle les détestait toutes.

La chose évidente à faire aurait été de rendre la loupe à Isobel en espérant qu'elle la croirait quand elle expliquerait comment elle s'était retrouvée en sa possession. Sauf que Posy ne pensait pas qu'elle le ferait. Même si la réputation qu'elle s'était faite à LA n'incluait pas le vol, elle avait découvert que quand les gens savaient que vous aviez commis un délit – disons, prendre de la drogue –, ils supposaient toujours que vous étiez capable d'en commettre d'autres. Et elle ne voyait pas la famille Davenport la laisser jouer le rôle de Dahlia s'ils pensaient qu'elle avait tenté de leur voler quelque chose – ce qui serait pris comme un signe supplémentaire qu'une malédiction planait sur le film.

Mais elle avait tout de même envisagé de restituer la loupe. Jusqu'à ce qu'elle prenne conscience d'autre chose.

Si Clementine ne s'était *pas* enfuie avec la loupe… pourquoi était-elle partie ? Était-ce vraiment à cause d'une urgence familiale ? Ce vol était-il d'une manière ou d'une autre lié aux photos qu'elle leur avait fait parvenir à toutes les trois ? Ou bien y avait-il quelqu'un à Aldermere qui essayait de piéger Posy ? Il devait y avoir une raison au fait que la loupe avait été laissée dans sa chambre, n'est-ce pas ?

Ce qui la menait à l'option numéro deux : conserver la loupe volée et espérer que ça lui permettrait d'avoir la réponse à quelques-unes des nombreuses questions qu'elle se posait sur ce qui se passait à Aldermere, ce week-end-là. Ça ne lui plaisait pas, mais c'était toujours mieux que de se faire arrêter pour un délit qu'elle n'avait pas commis, ou – pire – de se faire renvoyer par Anton sous prétexte qu'elle aurait nui à la réputation du film.

Et donc la loupe s'était retrouvée prudemment cachée dans une chaussure au fond de sa penderie jusqu'à ce qu'elle sache quoi en faire. Et le mot qui l'accompagnait avait rejoint la collection d'indices qu'elle trimballait dans son sac.

« *PAS MA DAHLIA* », disait-il en lettres majuscules si régulières et précises qu'elle n'aurait su dire s'il avait été rédigé par la même main que les autres mots, qui avaient été écrits en lettres minuscules reliées les unes aux autres. Il semblait complètement différent, mais peut-être que c'était l'idée. Peut-être que Clementine était toujours ici quelque part, jouant à un jeu que Posy ne comprenait pas.

*Il y a un million d'endroits où se cacher à Aldermere.* Et si Clementine tirait parti de l'un d'eux ?

Peut-être s'agissait-il d'autre chose que de chantage ?

Et si ce n'était pas Clementine qui avait volé et laissé dans sa chambre la loupe de joaillier, ça devait être quelqu'un qui logeait à Aldermere. Sans un de ces passes qui permettaient d'accéder partout, la personne n'aurait jamais été autorisée à entrer. Même le personnel de la convention de jour, avait-elle remarqué, était confiné au hall d'entrée, aux cuisines et aux pièces où étaient servis les repas.

Ce qui signifiait que le voleur était ici, en ce moment même, dans cette pièce.

Elle examina la foule rassemblée, chaque personne vêtue de sa plus belle tenue rétro, les perles chatoyant à la lumière des lampes murales, les plumes pomponnées et le contour des yeux rehaussé. Elle aurait pu être en train de regarder un tournage de film. *Son* film, ou du moins un de ceux de Caro ou Rosalind. Rien de tout ça ne semblait réel.

Et pourtant, une de ces personnes était une voleuse et cherchait à la piéger.

Ça ne ressemblait plus à un canular, pour autant que ça ait jamais été le cas.

Par la porte qui reliait la bibliothèque à la véranda adjacente, elle vit la veste noire de majordome et la tête chauve de Marcus. Marcus. Et il était en train de parler à Caro – Caro qui avait été si certaine qu'il était forcément responsable pour les photos. Maintenant que Clementine était partie, il était peut-être le seul à savoir ce qui se passait.

Posy commença à traverser la pièce à vive allure, avant de se rendre compte que ses mouvements vifs et rapides attireraient l'attention sur elle. Elle ralentit, prit une de ces profondes inspirations de pleine conscience sur lesquelles insistait son professeur de yoga. Elle s'aperçut qu'elle connaissait presque tout le monde dans la pièce, de vue si ce n'était de nom. Ils avaient été là toute la journée – pendant la visite, durant le débat, au déjeuner ou au café. Quelle que soit la personne derrière tout ça, elle la *connaissait* désormais. Ce qui rendait la chose plus effrayante.

Elle marqua une pause à la porte, examinant la situation de l'autre côté. La plupart des convives étaient restés dans la bibliothèque avec leur apéritif, si bien que Marcus et Caro étaient seuls, en pleine conversation. À propos du chantage, peut-être ?

Marcus la repéra en premier. « Ah, Posy ! Comme vous êtes charmante ! »

Caro se tourna à son tour vers elle. Avec ses cheveux sombres épinglés en vagues parfaites et sa robe de soirée dorée et rouge rubis qui épousait ses courbes, Caro était de nouveau en tout point Dahlia, jusqu'à l'éventail dans sa main, qu'elle referma en voyant Posy.

« Désolée. Je ne voulais pas vous interrompre. » Posy commença à reculer, mais Marcus lui fit signe de rester.

« Non, non, pas du tout ! Venez vous joindre à nous. Je peux aller vous chercher quelque chose à boire ?

— Pas pour moi, merci, répondit-elle. Je me demandais juste si vous aviez des nouvelles de Clementine. J'étais censée, eh bien, lui parler de quelque chose cet après-midi.

— Oui, elle m'a laissé un *message*, fichue assistante ! »

Il tira son portable de sa poche et consulta l'écran. Évidemment, *lui* n'était pas soumis à l'interdiction de téléphone. « Écoutez ça ! »

Il tapota l'écran à deux reprises, et soudain l'accent écossais de Clementine emplit la pièce.

*« Bonjour, Marcus. Désolée d'avoir dû partir précipitamment. Une petite urgence familiale, vous voyez. J'ai essayé de vous trouver. Je reviens dès que possible et je vous expliquerai tout. Encore désolée. »*

« Vous le croyez, ça ? » Marcus glissa le téléphone dans sa poche. « Et je peux désormais vous le dire, Isobel n'est *pas* contente. Quand nous avons eu fini de fouiller les sacs à la recherche de la loupe disparue, elle s'est rendu compte qu'une personne de moins allait mettre en l'air tout le travail qu'elle avait fourni pour les plans de table, et elle a de nouveau été furieuse. » Il soupira. « Elle était encore en train de les refaire quand je suis descendu pour le dîner. Je suppose que quelqu'un ferait bien d'aller voir où elle en est.

— Et cette personne devrait être vous. » Caro le poussa doucement vers la porte. « Allez, je vous protégerai. »

Posy se retourna pour les regarder partir, et elle vit Libby s'écarter de la porte et presque entrer en collision avec Rosalind. Son visage était pâle et troublé. Posy était sur le point de la suivre pour lui demander si tout allait bien après l'altercation qu'elle avait eue avec Anton après le débat quand Kit franchit la porte et lui tendit un verre de champagne.

« Te voilà. J'ai besoin que tu me sauves du couple en tweed. Je crois qu'ils essaient de me *collectionner* ou je ne sais quoi. »

Posy plaça le verre sur l'étagère la plus proche avant d'être tentée de boire une gorgée.

« Te collectionner ? Je croyais qu'ils étaient fondamentalement opposés à l'idée que tu sois Johnnie ?

— Je me les suis de toute évidence mis dans la poche, avec mon charme et mon esprit vif.

— Et maintenant tu le regrettes.

— Oui. » Kit attrapa la main de Posy. « Viens. Allons mettre le bazar dans les plans de table pour que je n'aie pas à être assis près d'eux.

— Je ne peux pas. » Elle sourit d'un air confus et dégagea sa main, l'esprit plein de pensées qui n'avaient rien à voir avec le dîner. « J'ai autre chose à faire. »

Elle s'était laissé balader toute la journée, comme si elle avait été au bout d'une laisse – depuis les tenues que lui avait imposées Anton jusqu'à la visite de la maison en passant par le mot et le rendez-vous à la tourelle, sans parler de l'enquête de Marcus et de son arrestation ! Tout dans cette journée avait semblé mis en scène, comme si elle était une actrice qui jouait un rôle pour lequel elle n'avait même pas vu le scénario.

Et Posy en avait assez.

« OK, ça, c'est le visage de quelqu'un en train de réfléchir, observa Kit. Et ça me rend nerveux. »

Posy secoua la tête. « J'ai arrêté de réfléchir. »

Il était temps de passer à l'action.

Alors elle se demanda une fois de plus : *Que ferait Dahlia ?*

*La dernière adaptation cinématographique de* L'Enquêtrice *est rendue d'autant plus intéressante par le fait que son actrice principale a plongé dans une vie de crime…*

La critique de l'oncle Sol lui tournait dans la tête tandis qu'elle gravissait l'escalier qui menait au deuxième étage, mais elle l'écarta de son esprit. Posy ne maîtrisait pas encore très bien le personnage de Dahlia Lively, mais elle savait une chose. Si l'Enquêtrice avait été victime d'un chantage et d'un piège, elle ne serait pas restée assise là à attendre que les choses empirent. Et Posy ne le ferait pas plus.

Clementine était son seul vrai suspect – et elle était partie. Mais pas ses affaires.

Trouver quelle chambre elle occupait avait été assez simple grâce à la liste derrière le guichet de la réception. Désormais, Posy espérait que personne ne la surprendrait en train de s'y introduire.

Sauf qu'en tournant à l'angle en haut de l'escalier qui menait aux combles en direction de la chambre de Clementine, elle découvrit qu'elle n'était pas la seule à avoir eu la même idée. Ashok, qui avait échangé son pull de Noël contre une chemise et une cravate, tournait la poignée de la porte de Clementine et poussait, grondant de frustration lorsqu'elle résista fermement.

« Vous avez perdu votre clé ? » dit Posy, se demandant s'il mentirait et prétendrait que c'était sa chambre.

Il leva vers elle de grands yeux sombres écarquillés, sa main s'écartant immédiatement de la porte.

« Oh ! Mademoiselle Starling.

— Appelez-moi Posy, je vous en prie. »

Mlle Starling la faisait penser à toutes ces affreuses critiques dans sa tête.

Le visage d'Ashok s'illumina un moment en entendant cette invitation, puis il s'assombrit de nouveau. Il enfonça les mains dans ses poches et déclara :

« Heu, ce n'est pas ma chambre. Je cherchais Clementine. J'ai frappé, mais personne n'a répondu.

— Elle n'est pas là. » Posy s'approcha de la porte. « Elle est partie pour une urgence familiale cet après-midi, vous vous souvenez ?

— Oui, mais je pensais qu'elle était peut-être revenue ? Et comme je ne l'ai pas vue en bas... »

Il était venu pour essayer de s'introduire dans sa chambre, compléta-t-elle pour lui dans sa tête. Ou peut-être que c'était sa propre culpabilité qui parlait.

« Pourquoi la cherchez-vous ? demanda Posy.

— Elle, eh bien, elle a mon téléphone. Nos téléphones à tous, je suppose. » Ashok scruta les deux côtés du couloir puis baissa la voix : « Elle m'a dit de venir la trouver ce soir et qu'elle me le rendrait. »

Puisqu'elle avait dit à Posy plus ou moins la même chose, celle-ci n'avait aucune raison de douter de lui. « Eh bien, on dirait qu'elle ne va pas rentrer ce soir, dit-elle, et elle vit les épaules d'Ashok se voûter. Mais comme elle me l'a promis aussi, je suis sûre que ça ne la dérangerait pas que nous nous servions... »

Elle ne pensait pas que les yeux d'Ashok pouvaient s'élargir encore plus. Elle se trompait.

« Mais... la porte est fermée à clé. »

Posy passa à côté de lui et s'accroupit devant le trou de serrure. Celles d'Aldermere House étaient anciennes et faciles à manipuler de chaque côté de la porte. Elle avait inspecté la sienne après avoir découvert la loupe et s'était aperçue que presque tout le monde aurait pu s'introduire dans sa chambre pour l'y laisser. Il suffisait de faire jouer le verrou avec une de ses épingles à cheveux et il sautait. Un autre talent appris sur un plateau de cinéma qu'elle avait mis à profit.

Posy ouvrit la porte. « Et voilà. Attendez ici pendant que je cherche. »

Ashok se tint nerveusement dans l'entrebâillement, tandis qu'elle parcourait la chambre du regard. Toutes les affaires de Clementine semblaient être encore là, ce qui collait avec son message qui affirmait qu'elle reviendrait bientôt. Mais Posy n'était pas disposée à attendre.

Il n'y avait aucun signe de leurs téléphones, ni de coffre-fort visible, alors elle fouilla dans les tiroirs, la penderie et la table de chevet, espérant trouver, à défaut de son téléphone, des indices d'un chantage, ou *quelque chose*.

Rien.

Elle inspecta ensuite toutes les cachettes habituelles – le genre d'endroits où elle avait caché son journal intime ou d'autres objets personnels dans les chambres d'hôtel pour que ses parents ne les voient pas. Au-dessus de la penderie. Sous le lit. Ce n'est que lorsqu'elle glissa la main sous les oreillers qu'elle trouva quelque chose d'intéressant.

Le scénario de *L'Enquêtrice* formait une grosse liasse maintenue par une simple couverture cartonnée. Posy le feuilleta rapidement, consciente qu'Ashok trépignait à la porte.

*Là*. Elle inséra un doigt et l'ouvrit à l'endroit où les numéros de page ne se suivaient pas. Trois pages manquaient.

Et sur la précédente était collé un Post-it fluo qui portait la mention « *Devons-nous les prévenir ?* » de la même écriture que le mot qu'elle avait reçu avec les photos. L'écriture de Clementine.

« Posy ? Vous avez bientôt fini ? » Le murmure d'Ashok à la porte la fit sortir de sa transe. Elle referma brutalement le scénario et l'enfonça dans son sac avant de ressortir à la hâte.

« Aucune trace des téléphones, j'en ai bien peur. » Elle espérait paraître détendue, malgré la terreur qui déferlait dans ses veines. « Elle a dû les ranger ailleurs.

— Mince, fit Ashok. J'ai vraiment, vraiment besoin de consulter mes e-mails.

— Moi aussi. » Elle lui lança un sourire complice tandis qu'ils descendaient l'escalier. « Hé, est-ce que vous pourriez ne pas mentionner ça à qui que ce soit ? L'effraction et tout ? »

Ashok haussa les épaules.

« Qui me croirait, de toute manière ?

— Vous seriez surpris de découvrir ce que les gens sont prêts à croire à mon sujet. »

# Chapitre onze

*« Je trouve toujours que les gens disent les choses les plus fascinantes quand ils croient que personne n'écoute vraiment, dit Dahlia. Et les conversations de dîner ineptes en sont le parfait exemple. »*

Dahlia Lively dans *Dîner avec la mort*
Par Lettice Davenport, 1954

Posy et Ashok se séparèrent lorsqu'ils regagnèrent la bibliothèque. L'apéritif n'était pas terminé, ce qui, avec un peu de chance, signifiait qu'elle aurait le temps de parler à Caro et à Rosalind avant de passer à la salle à manger. Elle avait besoin de faire confiance à quelqu'un, et elles étaient dans le même bateau qu'elle, du moins pour ce qui était du chantage.

« Posy, ma chérie ! Vous avez l'air d'avoir vu un fantôme. Où est votre verre ? demanda Caro.

— Oh, je n'en ai pas. »

En entendant ça, Caro leva la main, et une seconde plus tard un serveur était à côté d'elles avec un plateau. Caro prit un verre pour chacune, posant son verre vide sur le plateau et congédiant le serveur d'un hochement de tête. Posy se tortilla pour l'intercepter et échangea sa boisson contre un jus d'orange.

« Qu'est-ce qui ne va pas ? demanda Marcus, qui se tenait à côté de Caro. Isobel vous a également harcelée à cause de cette foutue loupe ?

— Elle n'a donc pas encore été retrouvée ? demanda Posy, ouvrant de larges yeux comme si elle ne savait pas plus que les autres où elle se trouvait.

— Aucun signe. »

Marcus secoua la tête.

« Hugh est convaincu que ça doit être un des visiteurs de jour, expliqua Caro. Même s'ils n'ont pas été autorisés à entrer dans la maison à moins qu'Isobel ait été avec eux pendant la visite.

— Et Isobel pense toujours que c'est Clementine, évidemment, ajouta Marcus en poussant un gros soupir. Ce qui, je dois l'admettre, est l'explication la plus probable, même si je déteste dire ça. Elle a déjà donné sa description à la police, ainsi que celle de sa voiture.

— Compliqué, observa Caro, mais la lueur dans ses yeux suggérait que c'était plus excitant qu'alarmant.

— Tout le monde est sur son trente et un ce soir, n'est-ce pas ? dit Posy en parcourant la bibliothèque du regard.

— Toujours le moment préféré de ces manifestations, pas vrai, Caro ? répondit Marcus. Tout le monde aime avoir l'occasion de faire comme s'il faisait vraiment partie du monde de Dahlia.

— Vous avez donc organisé de nombreuses conventions comme celle-ci ?

— Oh, des dizaines, n'est-ce pas, Caro ? »

Marcus donna à cette dernière un petit coup de coude familier, et le sourire de Caro disparut pendant une seconde.

« Pas tant que *ça*, je ne crois pas. Mais oui, je suis apparue à certaines d'entre elles. » L'étole en fausse fourrure autour de ses épaules – trop chaude pour une soirée d'été, mais parfaite pour la robe avec laquelle elle la portait – glissa légèrement, et Caro la rajusta. « C'est toujours une bonne opportunité de rencontrer les fans.

— Et de vous glisser de nouveau dans le rôle de Dahlia, n'est-ce pas ? » Le coude de Marcus appuya encore contre son coude, et cette fois Posy eut la certitude de voir Caro tressaillir. « Parfois, je jure que je ne sais pas où s'arrête Caro Hooper et où commence Dahlia Lively ! »

C'était une observation que Posy s'était faite, mais elle voyait bien que Caro n'appréciait pas qu'elle soit prononcée à voix haute.

« N'étions-nous pas censés aller dîner ? » demanda Posy.

Marcus leva les yeux au ciel.

« Isobel est encore en train d'arranger les foutus plans de table. Elle refuse que je l'aide. » Il consulta sa montre. « Mais il commence à se faire tard. Je ferais bien d'aller la secouer un peu.

— Il faut que je vous parle, murmura Posy tandis qu'il s'éloignait. Et à Rosalind aussi. »

Caro haussa les sourcils.

« Vraiment ? À propos de quoi, exactement ?

— Ça concerne Dahlia. »

Les sourcils de Caro passèrent d'une expression curieuse à une arche pleine reflétant sa surprise, et elle prit Posy par le bras. « Oh, bon, dans ce cas… »

Elles longèrent le côté de la pièce jusqu'à l'endroit où Rosalind était en pleine conversation avec Anton, et elles la regardèrent d'un air entendu jusqu'à ce que celle-ci s'excuse. « Qu'est-ce que vous voulez, vous deux ? »

Posy regarda autour d'elle. Toujours trop de monde. « J'ai besoin de vous parler à toutes les deux. En privé. »

Rosalind lança un coup d'œil à Caro. « Alors venez. Nous allons aller dans le petit salon. C'est là que Hugh garde ses meilleures bouteilles, de toute manière. »

Le petit salon se trouvait à l'avant de la maison et donnait sur l'allée.

« Vous êtes souvent venue ici ? demanda Posy tandis que Rosalind s'attelait à leur préparer des cocktails au bar en forme de globe qui se trouvait à côté d'un trio de sièges – deux bergères en cuir et une chaise longue. Ah, pas pour moi, merci. Je ne bois pas d'alcool, à vrai dire.

— Un cocktail sans alcool, alors. »

Rosalind attrapa une autre bouteille sur l'étagère inférieure et se mit à préparer un autre mélange. Elle tendit la mixture rose vif qui en résulta à Posy, qui fronça les sourcils en voyant la couleur et goûta prudemment.

« Je suis une vieille amie de la famille, déclara Rosalind pour répondre à la question de Posy, tout en inclinant un peu plus la bouteille de gin dans son verre. J'ai souvent logé ici.

— En plus, elle était fiancée au maître des lieux, à l'époque. Quoi ? demanda Caro tandis que Rosalind lui lançait un regard cinglant. Ce n'est plus vraiment un secret, si ? Pratiquement tout le monde est au courant. Ils s'étaient rencontrés sur le tournage du premier film, vous voyez, expliqua-t-elle à Posy. Le coup de foudre, à ce qu'on dit.

— Si ça avait été de l'amour, nous nous serions mariés, répliqua Rosalind d'un ton sec. De fait, nous sommes restés bons amis pendant les quarante dernières années, ce qui nous a été bien plus profitable à tous les deux. Et nous ne sommes pas ici pour parler de l'histoire ancienne, n'est-ce pas ?

— Je suppose que non. » Caro sembla le regretter modérément tandis qu'elle saisissait son verre. « Alors, nous sommes ici pour parler de quoi ?

— Quand je suis retournée dans ma chambre cet après-midi, après le débat, quelqu'un avait posé la loupe disparue sur ma coiffeuse », expliqua Posy.

Caro et Rosalind étaient des actrices aguerries, habituées à réagir à l'imprévu comme si elles s'attendaient depuis le début à ce qu'il se produise. Caro haussa légèrement les sourcils et Rosalind but une nouvelle gorgée de son cocktail à base de gin.

« Intéressant, dit la première. Un mot ? »

Posy acquiesça et le tira de son sac pour le leur montrer.

« *Pas ma Dahlia.* En majuscules.

— Impossible de dire si c'est la même écriture que le premier mot, alors », devina Rosalind.

Posy acquiesça d'un air sombre.

« Je crois que quelqu'un essaie de me faire porter le chapeau.

— Donc nous devons découvrir qui l'a mise là », déclara Caro, comme si c'était la chose la plus simple du monde.

Une sensation de chaleur envahit Posy à l'idée qu'elle n'aurait pas à le faire seule. Mais alors la réalité reprit le dessus.

« Comment ? demanda-t-elle. Je n'ai pas exactement de quoi relever les empreintes digitales, vous savez.

— Pas besoin, dit Rosalind d'un ton joyeux. Dahlia n'avait jamais rien de tout ça – pas de matériel scientifique, pas d'ADN et généralement même pas d'empreintes digitales. Elle se servait de son cerveau et de sa connaissance des gens. Nous pouvons faire pareil.

— Il y a autre chose. » Posy tira le scénario de son sac. « J'ai trouvé ceci dans la chambre de Clementine.

— Vous avez fouillé sa chambre ? » Caro semblait impressionnée. « Vous prenez vraiment cette histoire de Dahlia au sérieux.

— Je cherchais mon téléphone, admit Posy. Elle m'avait dit de venir la trouver dans l'après-midi pour le récupérer. Mais regardez le scénario. Il manque les pages que nous avons reçues.

— Une autre indication que c'est Clementine qui les a envoyées. »

Rosalind attrapa le scénario et passa le doigt sur le bord déchiré des pages manquantes.

« Oh ! Et j'ai comparé l'écriture sur les mots que nous avons reçus à celle de Clementine sur le porte-bloc, et elles étaient semblables.

— Vous n'avez pas chômé, murmura Caro.

— Je supposais qu'elle avait envoyé les lettres de chantage, puis volé la loupe, et qu'elle s'était aperçue qu'elle devait s'enfuir avant de se faire prendre, donc qu'elle avait simulé une urgence familiale, et que c'était pour ça qu'elle n'était pas venue à notre rendez-vous. Les pierres précieuses sur ce truc valent probablement plus que ce qu'elle aurait pu nous soutirer, de toute manière. » Les épaules de Posy s'affaissèrent. « Mais alors j'ai trouvé la loupe. »

Et sa théorie soigneusement élaborée s'était écroulée.

Les trois Dahlia considérèrent en silence les indices dont elles disposaient.

« Aurait-elle pu voler la loupe et la cacher dans votre chambre avant de partir pour vous faire porter le chapeau ? suggéra Caro. Et c'est pour ça qu'elle nous a envoyées à la tourelle – pour faire diversion ? »

Posy secoua la tête.

« La loupe n'était pas là quand je suis montée dans ma chambre après qu'Isobel a annoncé qu'elle avait été volée. Seulement quand je suis revenue du débat.

— À moins qu'elle ait fait demi-tour après son départ ? dit Rosalind. Mais si elle ne l'a pas fait, nous devons supposer qu'elle est partie à cause d'une véritable urgence et que c'est pour ça qu'elle n'est pas venue au rendez-vous.

— Ou qu'elle a eu trop peur pour continuer de nous faire chanter, marmonna Caro.

— Dans ce cas, le voleur est toujours ici et veut que je paye pour ce qu'il a fait, termina Posy.

— Vous vous êtes fait des ennemis, récemment ? demanda Caro avec un sourire amusé.

— J'espérais que non, répondit Posy. Mais je suppose qu'il est possible que l'un des fans me déteste parce que je suis, eh bien…

— Pas sa Dahlia. »

Rosalind désigna le mot d'un geste de la main.

« J'allais dire "moi". Mais ça aussi. » Elle reprit le scénario des mains de Rosalind et le parcourut jusqu'aux pages manquantes. « Il y avait autre chose. »

Elle l'ouvrit à la page précédente et désigna le Post-it fluo.

« Nous prévenir de quoi ? demanda Rosalind en fronçant les sourcils. Que nous sommes victimes d'un chantage ? Je crois que nous l'avions plus ou moins remarqué.

— Je me disais que les photos n'étaient peut-être *pas* un chantage en soi, dit Posy. Peut-être que Clementine voulait nous prévenir que quelqu'un d'autre les avait et comptait s'en servir ? »

Et pourrait toujours le faire.

« Marcus a catégoriquement affirmé que ce n'était pas lui quand je lui en ai parlé, dit Caro, ce qui répondait probablement à la question de Posy concernant ce dont ils avaient discuté plus tôt.

— Il n'a pas non plus réagi quand j'ai montré la page du scénario pendant le débat, dit celle-ci. Êtes-vous sûres que personne d'autre n'aurait pu mettre la main sur les photos qu'il vous a envoyées ? »

Caro fit la grimace. « Mon Dieu, j'espère que non. »

Quelque part dans le couloir, un coup de gong retentit. L'heure du dîner, supposa Posy.

« Donc nous sommes de retour à la case départ, dit Rosalind après un moment de silence tandis que la porte du petit salon s'ouvrait, révélant un membre du personnel de service qui venait les chercher pour le dîner.

— Oublions tout ça pour le moment, déclara Caro. Allons manger. Les choses ont toujours plus de sens après un bon repas. »

Posy espérait qu'elle avait raison. Parce que pour le moment, rien n'avait le moindre sens.

***

Les autres convives avaient déjà été menés à la salle à manger et consultaient le plan de table qui avait été fixé sur une planche près du mur opposé, quand Posy et ses acolytes arrivèrent.

« Ce soir, nous allons savourer une reconstitution du menu dégustation qui est servi dans le premier roman de la série Dahlia Lively, annonça Marcus depuis la tête de la longue table en acajou. Et en l'honneur du livre, nous ferons la même chose que les personnages et changerons de place entre chaque plat. Il y aura un nouveau plan de table affiché à chaque assiette. » Ce qui expliquait pourquoi il avait fallu si longtemps à Isobel pour les refaire.

Un murmure d'excitation emplit la pièce, et Posy comprit que c'était ce pour quoi ces gens étaient venus à Aldermere ce week-end-là. La chance de faire partie d'une chose qu'ils aimaient à distance depuis si longtemps. De pénétrer dans les pages d'un roman de Lettice Davenport.

« Mais avec un peu de chance, sans les mêmes conséquences mortelles », ajouta Marcus avec un clin d'œil.

Un rire parcourut la pièce. Posy n'avait pas lu le livre ni fait plus que jeter un bref coup d'œil au scénario qu'elle avait trouvé, mais elle supposa que le dîner fictif s'achevait par un meurtre.

« Dans ce cas, je ne suis pas sûr de pouvoir recommander les cafés d'après-dîner, dit Hugh en plaisantant à l'intention de Posy tandis qu'ils prenaient place pour le premier plat. Il vaut probablement mieux s'en tenir au brandy ! »

Celle-ci esquissa un petit sourire et se servit de l'eau.

Comme les entrées arrivaient, Felicity, dont les cheveux bleus étaient maintenus par un bandeau orné d'une plume, était assise de l'autre côté de Hugh et discutait avec lui de l'héritage de sa tante.

« C'était une femme absolument magnifique », dit-il affectueusement devant l'unique coquille Saint-Jacques qui leur avait été servie. Posy supposait que quand vous aviez onze plats à avaler, mieux valait qu'ils soient plutôt frugaux. « Elle organisait des jeux et des chasses au trésor dans le parc pendant mon enfance. Elle avait passé de nombreuses vacances scolaires ici, vous voyez, quand ses parents étaient à l'étranger, donc elle connaissait toutes les meilleures cachettes.

— Mais elle ne s'est jamais mariée, n'est-ce pas ? » Felicity harponna sa coquille Saint-Jacques et l'engloutit en entier. « Pensez-vous qu'elle n'ait jamais rencontré d'homme qui ait été selon elle à la hauteur de Johnnie Swain ? »

Elle décocha un sourire à Kit, qui était assis face à elle.

De l'autre côté de Posy, Juliette – désormais vêtue d'une modeste robe à fleurs – poussa sa coquille avec ses couverts et marmonna :

« Combien de plats semblables allons-nous devoir endurer, déjà ?

— Onze, murmura Posy, entendant le désespoir dans sa propre voix.

— Eh bien, elle n'était pas totalement abstinente, vous savez. » Hugh avait l'œil qui scintillait, et même s'il avait baissé la voix, Posy devinait que toute la table tendait l'oreille pour l'entendre. « Vous avez entendu parler de sa liaison avec Fitz Humphries, n'est-ce pas ?

— L'auteur de romans policiers ? » Felicity acquiesça. « Mais ils l'ont toujours niée. »

Hugh haussa candidement une épaule. « Qui suis-je pour affirmer quoi que ce soit ? Mais j'ai toujours plusieurs exemplaires de ses livres qu'il m'a dédicacés quand il a logé ici un été. »

Juliette s'enfonça dans son siège sans avoir touché à sa coquille Saint-Jacques, manifestement indifférente aux idylles de son arrière-grand-tante.

« J'ai promis à Oliver de l'appeler ce soir, mais ce dîner va durer une éternité. Il va penser que je l'ai laissé tomber.

— Petit ami ? demanda Posy.

— Ex. Mais il veut renouer », répondit Juliette avec un petit sourire satisfait.

De l'autre côté de la table, Kit se pencha en avant, les coudes dangereusement près de ses couverts. « Et les histoires de liaison avec son éditeur ? »

Hugh haussa les sourcils.

« Vous vous êtes renseigné. Oui, on a aussi parlé de ça. Mais si c'est vrai, je crois que ça devait être terminé avant qu'elle emménage de façon permanente à Aldermere. Je ne me souviens pas avoir entendu dire qu'il soit jamais venu ici.

— Quel dommage qu'elle ne se soit jamais mariée, dit Heather, qui était assise à côté de Kit. Pas de petites Lettice pour entretenir l'héritage.

— Mon mari et moi nous efforçons d'entretenir son héritage de toutes les manières possibles, déclara Isobel, de toute évidence irritée. Le nom de Lettice Davenport ne sera pas oublié tant que nous respirerons. »

Après trois films, une série télé de treize saisons, un nouveau film – sans parler des près de quatre-vingts romans et nouvelles –, Posy était à peu près certaine que la tante de Hugh ne risquait pas d'être oubliée.

Mais Isobel se sentait clairement responsable de son héritage, même si elle ne lui était apparentée que par le mariage.

« J'ai entendu dire qu'elle n'avait *vraiment* aimé qu'un seul homme, déclara Marcus depuis la tête de table. Il lui a brisé le cœur et elle ne s'en est jamais remise. C'est la véritable raison qui l'a fait revenir à Aldermere pendant la guerre.

— Et moi qui croyais que c'était la bombe qui est tombée sur son immeuble qui l'avait fait revenir, déclara Hugh d'un ton léger. Je crois que nous pouvons tous convenir qu'Aldermere House est un endroit bien plus agréable pour attendre la fin d'une guerre que Londres au plus fort du Blitz ! »

Cela déclencha quelques rires autour de la table, mais pas beaucoup.

« Et ensuite, après la guerre, elle a racheté la maison à votre père ? C'est ça ? » demanda Felicity.

Hugh se raidit à côté d'elle. « Pas exactement. Un endroit comme Aldermere coûte une fortune à entretenir, évidemment, et comme elle vivait et écrivait ici, tante Letty contribuait aux finances de la famille. Mais la maison a toujours appartenu par-dessus tout à la famille. Alors, que pensez-vous de ces coquilles Saint-Jacques ? »

Était-il simplement offensé parce que parler d'argent à table était grossier ? Posy savait que les classes supérieures britanniques pouvaient être bizarres à ce sujet – du moins, c'était ce que disaient tous les romans historiques. Ou bien Aldermere était-elle encore une source de problèmes financiers ? Comptaient-ils sur la nouvelle adaptation pour s'en sortir ? Le linge de table usé jusqu'à la trame et le courant d'air qui pénétrait par la fenêtre branlante suggéraient que c'était peut-être le cas.

Avant que Felicity puisse poser de nouvelles questions, les serveurs débarrassèrent les assiettes et il fut temps de changer de place. Pour le deuxième plat, Posy se retrouva à l'autre bout de la table, entre Heather, qui portait ce qui semblait être une robe de soirée en tartan, et Ashok.

« Bien entendu, dans le livre, la nourriture est bien plus généreuse que ça ! » Heather attrapa un deuxième petit pain dans la corbeille au centre de la table. « Son premier roman a été publié en 1929, donc je suppose que c'était le luxe de l'entre-deux-guerres, avant que survienne le rationnement. Tout était très libre et facile à l'époque, n'est-ce pas ? Et je ne parle pas uniquement de la nourriture. » Elle donna un petit coup de coude dans les côtes de Posy, qui esquissa un sourire forcé.

Était-ce *cela* que les gens cherchaient en Dahlia Lively et dans ses romans ? La liberté d'oublier le monde réel et de faire des excès – nourriture, sexe, drogue, argent ? La liberté de s'affranchir de toute morale.

Posy avait vécu cette vie à LA, quand sa carrière de star adolescente avait été derrière elle et qu'il ne lui était plus resté que sa notoriété. Ça semblait toujours agréable sur le papier – la possibilité de faire n'importe quoi sans la moindre conséquence. Mais Posy savait comment ça finissait.

Lorsqu'ils eurent terminé le huitième plat, Juliette semblait avoir atteint sa limite.

« Où vas-tu, Juliette ? lança Isobel depuis l'autre extrémité de la table, tandis que celle-ci se levait et se dirigeait vers la porte. Il reste encore trois plats. Et tu ne veux pas manquer le dessert ?

— Grand-mère, j'ai suffisamment mangé pour une semaine, répondit-elle. Et j'ai promis à Oliver de l'appeler ce soir avant de me coucher, et il est déjà presque vingt-trois heures. »

Derrière son sourire, le visage d'Isobel prit une expression revêche. Hugh, qui était assis deux sièges plus loin, éclata de rire.

« Laisse-la partir, Isobel. Elle nous a supportés, nous autres vieux barbons, bien plus longtemps que ne l'auraient fait la plupart des filles de son âge.

— Je suppose. »

Isobel fit un geste indulgent de la main pour lui faire signe de partir, comme si Juliette avait encore cinq ans, et non dix-neuf, et cette dernière s'en alla avant que sa grand-mère change d'avis.

Pour le neuvième plat, Posy se retrouva entre Kit et Harry.

« Une rose entre deux épines ! » s'exclama ce dernier en prenant une des roses jaunes du centre de table pour la lui offrir. Comme elle n'avait aucune idée de ce qu'elle était censée en faire, elle sourit et la posa à côté de son assiette.

« Est-ce que tu as parlé à Anton, ce soir ? demanda Kit pendant que Harry était distrait par une anecdote des plus bizarre que racontait Caro à propos du tournage en Égypte d'un épisode de la série Dahlia Lively.

— Non. Pourquoi ? »

Posy jeta un coup d'œil vers l'autre bout de la table, où Anton était assis à côté d'Isobel.

« Il a un comportement étrange. Plus que d'habitude, clarifia-t-il en voyant son expression. Il m'a mis le grappin dessus avant le dîner, il voulait savoir où tu étais, et où tu avais trouvé cette page de scénario. »

Posy fit la moue.

178

« Qu'est-ce que tu lui as dit ?
— Que je n'en avais aucune idée. Parce que je n'en savais rien. »

Posy regarda de nouveau Anton, qui était en pleine conversation avec Ashok, et soudain une idée lui vint. Peut-être qu'elle se trompait depuis le début. Peut-être que la vérité était beaucoup plus simple qu'elle ne l'avait imaginé, et que le drame et les exagérations n'étaient que ça – une fiction censée divertir et distraire.

*Je n'arrête pas de revenir au film. Et à la malédiction.* Et s'il ne s'agissait que de ça, depuis le tout début ?

Anton se leva et se dirigea vers la porte. Sans réfléchir, Posy l'imita et le suivit.

« Où tu vas ? demanda Kit.
— Toilettes », mentit-elle une fois de plus.

Le regard de Kit oscilla entre elle et la porte qu'Anton venait de franchir. « Ouais, c'est ça. » Il ne tenta cependant pas de la retenir. Et les sourcils arqués de Rosalind et les signaux insistants de Caro n'allaient pas la retenir non plus.

Il était temps de découvrir quelle était vraiment la cause de la malédiction qui planait sur le nouveau film.

## Chapitre douze

*« Parfois, Johnnie, il faut juste choisir l'option la moins mauvaise. Faire un saut dans l'inconnu, et faire confiance à quelqu'un – ou supprimer quelqu'un de sa vie. Même si ça va à l'encontre de tout ce que vous teniez pour vrai. »*

Dahlia Lively dans *Le Marteau et l'Enclume*
Par Lettice Davenport, 1940

« Anton. »

Le réalisateur s'arrêta au pied de l'escalier, une main sur la rampe, puis se retourna vers elle. « Posy. »

Dans l'obscurité du hall d'entrée, uniquement éclairé par des appliques murales qui ne valaient guère mieux que des bougies, ses sourcils épais projetaient une ombre sur ses yeux, mais elle voyait tout de même ses lèvres esquisser un semblant de sourire.

« Je voulais vous parler. Du film.

— Et de la manière dont vous vous êtes procuré cette page de scénario? demanda Anton. Libby jure ses grands dieux qu'elle ne vous l'a pas donnée, et très peu d'autres personnes l'ont vue. Donc je dois avouer que je suis curieux.

— Elle a été glissée sous ma porte ce matin, répondit-elle honnêtement. Mais ce n'est pas du scénario que je veux vous parler. C'est de la malédiction. »

Il lâcha un petit rire moqueur.

« Il n'y a pas de malédiction.

— Bien sûr que non. Les malédictions n'existent pas. » Elle l'observa attentivement tandis qu'elle prononçait les paroles suivantes : « Mais les campagnes marketing, si. De même que les campagnes de sabotage. Alors, laquelle des deux ? »

Anton cligna lentement des yeux, gagnant du temps pour décider de sa réponse.

« Je ne sais pas de quoi vous parlez. Mais je vais vous dire que quand j'accepte de prendre un film, ce film devient ma vie. Ça me dévore totalement. Je mange, dors, respire et *vis* le projet. Donc…

— Vraiment ? » l'interrompit Posy. Entendre une nouvelle fois ses argumentaires exagérés ne l'intéressait pas. « Parce que vous n'étiez pas exactement pressé d'écouter Kit quand il a essayé de vous parler de la malédiction, tout à l'heure.

— Je croyais que nous étions convenus que les malédictions n'existaient pas.

— Peut-être. Mais ça n'empêche pas les gens d'y croire. » Posy s'appuya au mur à côté du gong du dîner et observa l'homme devant elle. « J'ai effectué quelques recherches sur vous, vous savez, avant mon audition. Tous ces articles qui vous décrivent comme un jeune talent prometteur et passionné – ou en colère. Sauf que vous ne pouvez pas rester éternellement prometteur, n'est-ce pas ? Ni jeune, d'ailleurs. Vous avez quel âge, maintenant ? Quarante ? Quarante-cinq ? »

Les épaules d'Anton se raidirent.

« Que sous-entendez-vous ?

— C'est votre grande chance, pas vrai? Un film grand public avec des fans loyaux. Un film que vous pourriez agrémenter de votre touche personnelle – casting différent, humour moderne, techniques cinématographiques avant-gardistes. Transformer les livres de Lettice en un film novateur d'Anton Martinez au lieu d'une énième redite des mêmes vieilles histoires.

— J'ai essayé d'être fidèle à l'esprit des livres dans tout ce que j'ai fait, répondit-il. J'étais obligé.

— Parce que la famille avait le dernier mot concernant le scénario, n'est-ce pas? Et elle n'a pas du tout aimé le premier, pas vrai? »

Les pièces du puzzle se rassemblaient, désormais.

Le beau visage détendu d'Anton se tordit de frustration.

« C'était un scénario *génial*. Frais, nouveau, moderne – et ils l'ont d'emblée rejeté.

— Vous l'avez fait fuiter », dit Posy. C'était une affirmation, pas une question. « Vous l'avez mis sur Internet en espérant que les fans l'adoreraient, pour essayer de faire les choses à votre manière. »

Mais ils ne l'avaient pas aimé. Les articles qu'elle avait lus avaient unanimement éreinté le scénario original. C'était à ce moment-là que la société de production avait fait appel à Libby pour qu'elle reprenne tout depuis le début.

« Qu'y connaissent les fans? Ils garderaient tout exactement comme dans les originaux, jusqu'au racisme et à l'homophobie, s'ils pouvaient. Ils sont bloqués dans le passé. »

Il y avait un fond de vérité dans ce qu'il disait, suffisamment pour qu'elle éprouve une pointe de compassion. « Peut-être certains d'entre eux. Mais pas tous. » Elle pensait aux fans VIP qu'elle avait rencontrés et aux personnes qui avaient posé des questions pendant le débat. D'après ce qu'ils avaient dit, elle avait eu l'impression que la plupart des fans à Aldermere ce week-end-là auraient été heureux que les aventures de Dahlia soient mises au goût du jour, tant que le cœur des histoires demeurait le même. C'était la chose qui comptait *vraiment* pour eux.

« Je pensais pouvoir apporter quelque chose de nouveau au genre du film policier. » Anton s'adossa à la rampe. « Pouvoir faire quelque chose de novateur, quelque chose de vraiment révolutionnaire. Mais cette famille ridicule n'a rien voulu entendre, n'est-ce pas ? On m'avait dit que j'aurais le contrôle total sur le processus de création – mais en vérité, ce sont eux qui ont le dernier mot sur tout !

— Donc vous avez fait fuiter le scénario, et le retour de bâton a été si terrible que l'auteur principal a quitté la ville et est devenu un quasi-ermite. » Posy fixa Anton droit dans les yeux. « Et au lieu de vous sentir coupable, vous avez trouvé le moyen d'utiliser ça à votre avantage. En propageant cette rumeur de malédiction.

— Hé, vous ne pouvez pas me coller tout ça sur le dos, déclara Anton en gravissant à la hâte une marche à reculons. L'accident de Layla, c'était juste de la malchance. Et l'incendie sur le site du tournage aussi.

— Mais l'enquête pour fraude à l'encontre de l'investisseur ? » demanda Posy, et Anton haussa les épaules.

Il avait tout fait pour rendre la malédiction réelle. Et Posy avait l'horrible sensation qu'elle avait pu faire partie de son stratagème.

« Vous avez promis aux fans que vous engageriez une Dahlia qui connaîtrait et aimerait les livres, dit Posy en se souvenant de ce qu'Ashok avait dit. Pourquoi m'avez-vous choisie ?

— Parce que je voulais tout laisser tomber. Si je ne pouvais pas faire les choses à ma manière, pourquoi le faire ? Pourquoi ne pas tout foutre en l'air pour une autre génération ?

— Je faisais partie de votre malédiction. » Posy regarda ses mains, tentant de respirer malgré la nausée qui montait en elle à cette idée. « Évidemment que j'en faisais partie. »

S'il avait abandonné, la société de production l'aurait remplacé. Mais ça ne lui suffisait pas, comprit Posy. Il voulait que la famille les lâche complètement.

« Vous étiez parfaite pour mettre une bonne fois pour toutes un terme à ce film. Tout le monde connaît votre passé. Combien de temps auriez-vous mis à tout foutre en l'air ? Je me disais qu'il suffirait de vos histoires de drogue et d'alcool dans les journaux pour que la famille décide que vous ternissiez la réputation de Lettice. » Maintenant que son secret était révélé, Anton semblait heureux de se vautrer dans le drame, racontant comment son talent avait été trahi, et comment il avait riposté. « Je me suis procuré des photos, avant que nous vous offrions le rôle. Au cas où personne d'autre ne prendrait la peine de vous suivre avec un appareil photo ces temps-ci. Vous, rampant hors de l'appartement de votre ex-petit ami, complètement défoncée. Il n'a pas fallu grand-chose pour le convaincre de se payer votre tête, dois-je dire. J'allais vous laisser tout foirer ici, vous mettre les fans à dos, puis les publier la semaine prochaine pour donner le coup de grâce. Mais vous êtes ici ! Portant ces atroces robes à manches courtes dont j'étais sûr qu'elles vous feraient horreur, et lisant la foutue biographie de Lettice ! »

Le cœur de Posy se serra en le voyant lui lancer avec une telle décontraction ses erreurs à la figure. Elle avait tellement craint qu'il découvre son dérapage, alors qu'il avait tout orchestré depuis le début.

*Posy Starling en tant que Dahlia n'allait jamais fonctionner, pas pour les fans et certainement pas pour la légion d'aristos de Hollywood qu'elle a offensés durant sa période dans le milieu…*

Non. Ses ongles creusaient des demi-lunes dans ses paumes tandis qu'elle repoussait pour la dernière fois la voix de l'oncle Sol de sa tête.

Elle avait lu assez de choses sur la malédiction pour connaître la vérité. Les gens n'avaient pas détesté le scénario original parce qu'il était moderne ou nouveau. Ils l'avaient détesté parce qu'il était mauvais. Parce que Dahlia ne ressemblait pas à Dahlia, et parce que c'était l'inspecteur principal Johnnie qui finissait par résoudre l'énigme.

« C'est parce que vous vous trompiez à mon sujet. Et vous vous trompiez également à propos des fans. Ce film va au-delà de vous et de votre vision. Toutes les autres personnes impliquées *tiennent* à ce film, et nous ferons tout ce que nous pourrons, avec ou sans vous. Mais, Anton, ce n'est pas parce que le monde n'avance pas aussi vite que vous le voudriez qu'il n'avance pas du tout. Nous *pouvons* faire entrer Dahlia dans le XXI$^e$ siècle, mais pas si nous saccageons tout ce qu'elle représentait.

— Et vous savez ce qu'elle représentait, n'est-ce pas ? »

Anton semblait peu convaincu.

« J'apprends », répondit-elle simplement. Mais ce qu'elle ne savait toujours pas, c'était s'il était derrière tout ce qui se passait d'autre à Aldermere ce week-end-là. « Dites-moi une chose. Avez-vous donné ces photos à Marcus ou à Clementine ? demanda-t-elle.

— Je n'en avais pas besoin. » Le sourire d'Anton s'accentua. « C'était l'idée de Marcus, vous voyez. Je lui ai juste demandé de s'assurer que vous merderiez en public pendant le débat tout à l'heure, pour que les fans râlent à votre sujet. Il n'aime *vraiment* pas l'idée que vous soyez Dahlia, vous savez ?

— Donc il s'est procuré les photos », murmura Posy.

Anton haussa les épaules. « Il s'est arrangé avec le photographe. Il s'est arrangé avec votre ex. J'aime croire que c'était un effort concerté. Même s'il ne savait pas pourquoi je le faisais – simplement que ça vous écarterait du film. »

Il semblait content de lui, mais Posy n'écoutait pas. Elle réfléchissait. Intensément. Marcus avait dû avoir accès à ses photos et à celles de Caro. Était-ce vraiment aller trop loin que penser qu'il avait aussi pu avoir celles de Rosalind ? Et que Clementine avait pu les trouver et leur envoyer à toutes les trois pour les prévenir de ce qu'il avait prévu de faire ?

Peut-être que Marcus avait découvert que les photos avaient disparu, et qu'il avait besoin de trouver une autre manière de la discréditer. Une manière qui lui vaudrait de se faire renvoyer une bonne fois pour toutes du film. Comme voler la loupe ornée de pierres précieuses de Lettice Davenport.

« Alors, qu'est-ce que vous allez faire, maintenant ? demanda Anton. Personne ne vous croira. »

Posy inclina la tête sur le côté, écoutant les rires dans la salle à manger tandis qu'elle réfléchissait à sa question. « Vous savez, je crois qu'ils me croiront peut-être. D'autant que je me suis introduite dans la chambre de Clementine tout à l'heure pour récupérer mon téléphone. J'enregistre chaque mot que vous prononcez depuis que je suis ici. »

Il la regarda avec horreur tandis qu'elle soulevait son sac, la main à l'intérieur comme si elle était enveloppée autour du téléphone qu'elle n'avait pas. *Jouer la comédie, c'est juste bluffer*, avait l'habitude de dire l'oncle Sol. *Faire croire aux gens une chose dont on sait qu'elle n'est pas vraie en leur faisant croire qu'on y croit.*

« Vous ne feriez pas ça. »

Elle haussa les épaules. « Demandez à Ashok si vous ne me croyez pas. Il était avec moi quand je l'ai fait. »

La pomme d'Adam d'Anton bougea tandis qu'il ravalait sa salive.

« Si vous faites écouter ça, je suis fini. Si je montre ces photos, vous êtes finie. Une destruction mutuelle assurée.

— Ou un succès mutuel assuré, contra-t-elle. C'est à vous de voir. Vous devez décider entre vous consacrer à ce film ou démissionner. Mais je vous le dis, moi, je suis à fond dedans. Et si vous montrez ces photos, ou si vous laissez Marcus les montrer ou essayez de me coller autre chose sur le dos… » Elle l'observait attentivement tout en disant ça, mais ne vit aucune réaction, rien qui indiquât que l'idée de la piéger signifiait quoi que ce soit pour lui. « … Je dirai à tout le monde ce que vous avez fait, je leur passerai cet enregistrement, et ils me croiront. »

Ils se fixèrent à travers le hall d'entrée pendant un long moment. Posy avait le dos droit, les épaules en arrière et le menton relevé. Elle ne se laisserait pas détruire par cet homme, pas maintenant.

Elle était Dahlia Lively, qu'il le veuille ou non.

Finalement, il acquiesça.

« Content que nous nous soyons compris. » Elle lui fit un grand sourire. « Bon, je pense que ça doit presque être l'heure du dessert, pas vous ? »

En regagnant la table, elle découvrit que tout le monde avait encore bougé, et que le dixième plat était déjà servi. Un sorbet, Dieu merci.

Le dixième plat la voyait également assise pour la première fois à côté de Caro.

« Vous aviez raison, murmura Posy dans un souffle. C'est Marcus.

— Je vous l'avais dit, répondit gaiement celle-ci. Nous lui parlerons en face après le dîner, d'accord ? »

Posy acquiesça. « Prévenez Rosalind. »

Café et bonbons à la menthe furent servis. Posy prit place entre Marcus et Ashok et regarda de l'autre côté de la table Caro se pencher vers Rosalind et lui murmurer quelque chose à l'oreille. Cette dernière leva les yeux, croisa le regard de Posy et acquiesça. Dans peu de temps elles auraient la vérité de la bouche même de Marcus. Et tout serait terminé.

Un serveur se pencha pour poser une tasse de café devant elle, avec une fleur bleue enrobée de sucre à côté du bonbon à la menthe.

« Eh bien, je suppose que c'est le moment où la réalité s'éloigne de la fiction », déclara Hugh en plaisantant, plus loin à la table. Il ajouta de la crème à son café, touilla le sucre, puis attrapa la fleur enrobée de sucre et la goba. Il but une gorgée de café. « Pour le moment, tout va bien ! »

Posy tenta de sourire, mais la tension dans son ventre l'en empêcha. *Je vais faire face à un maître chanteur, ce soir.*

Elle regarda à nouveau en direction de Caro et de Rosalind. *Au moins, je n'aurai pas à le faire seule.*

« Bon, dit Marcus à côté d'elle en reposant sa tasse sur sa soucoupe. C'est l'heure de coucher tous ces gens avant qu'ils boivent le vin de demain en plus de celui de ce soir. »

Il se leva en vacillant, une main sur la table pour se stabiliser, et beugla : « Si je peux avoir votre attention ! »

La pièce devint peu à peu silencieuse. Posy croisa le regard de Caro et acquiesça. Le moment était venu.

« Cette journée a été une magnifique célébration de la vie et des écrits de Lettice Davenport. » Marcus oscillait légèrement tout en parlant. Posy soupçonna que les autres convives n'étaient pas les seuls à avoir abusé du vin. « Merci à tous d'être ici et d'en faire partie. »

Attends. Mangeait-il également ses mots ? Et des gouttes de sueur apparaissaient sur son front tandis que sa main moite agrippait la table.

« Demain... » Il s'arrêta et ravala sa salive de façon visible. « Tom... To... »

Il porta soudain son autre main à sa poitrine tandis qu'il chancelait en arrière, et Ashok se leva d'un bond pour le rattraper avant qu'il retombe sur sa chaise.

« Mes cachets, parvint à prononcer Marcus tout en triturant sa poche de veste.

— Marcus ? » demanda Ashok. Mais les yeux de celui-ci se fermaient déjà. « Marcus !

— Où sont ses cachets, demanda Isobel d'une voix stridente en se levant elle aussi d'un bond. Il a besoin de ses cachets ! »

Des exclamations stupéfaites emplirent l'air tandis que les gens se rapprochaient – demandant une ambulance, un médecin, ou criant des conseils bien intentionnés mais inutiles. Ashok palpa les poches de Marcus et en tira son médicament, mais celui-ci n'était plus assez conscient pour le prendre.

Car il était mort. Posy en était aussi certaine qu'elle était certaine qu'il y avait une loupe ornée de pierres précieuses volée cachée dans sa penderie.

« C'est exactement comme dans le livre ! dit Felicity, son murmure résonnant dans la pièce soudain silencieuse. Du poison dans le café. »

Et soudain, personne ne parla plus des problèmes cardiaques ni du médicament de Marcus. À cet instant, tout le monde autour de la table regardait les autres d'un œil soupçonneux.

Les doigts tremblants, Posy tendit la main, souleva la tasse vide de Marcus et la renifla. Elle ne savait pas quelle odeur elle cherchait à percevoir, au-delà de l'habituelle infusion de Marcus, mais ça ne semblait pas avoir d'importance. C'était ce que Dahlia aurait fait.

Il n'y avait pas de preuve, pas d'indice, mais étrangement Posy savait au fond d'elle-même que Felicity avait raison. C'était un meurtre.

Elle reposa bruyamment la tasse sur la soucoupe et vit en relevant les yeux Rosalind et Caro qui l'observaient, la fixaient, avec une expression qui reflétait la sienne. Dans le hall d'entrée, à côté de l'arbre généalogique et de la maison de poupée de Lettice, la vieille horloge à pendule sonna minuit.

Cette journée interminable était finie. Et Posy n'était plus la personne qu'elle avait été en montant dans le train à Londres dans la matinée.

Elle était désormais Dahlia. Elle avait vu un meurtre être commis.

Et elle comptait bien le résoudre.

# DIMANCHE 29 AOÛT
# CARO

## Chapitre treize

*« Tout le monde a ses talents, Johnnie. Les miens s'avèrent juste considérablement plus utiles que ceux de la plupart des autres personnes. »*

Dahlia Lively dans *Mort au clair de lune*
Par Lettice Davenport, 1937

Caro regarda le corps de Marcus, avachi sur sa chaise, du vomi s'écoulant lentement du coin de sa bouche, et elle pensa *Dieu merci*.

Cette pensée fut soudain suivie par un sentiment de culpabilité brûlant, mais elle l'écarta. Elle avait été certaine que ce week-end était un autre de ses jeux, un test ou une provocation. Une manière de la contrôler, de l'effrayer. Il ne faisait aucun doute que c'était lui qui était derrière les photos que Clementine avait glissées sous sa porte.

Mais apparemment quelqu'un d'autre s'était joué d'eux, au bout du compte.

De l'autre côté de la table, Posy reniflait la tasse de Marcus, laissant inutilement ses empreintes sur ce qui était peut-être une arme de crime. Caro n'avait aucune idée de ce qu'elle pensait sentir. Les meilleurs poisons étaient inodores et n'avaient idéalement pas de goût. L'idée d'un poison indétectable par la science avait malheureusement disparu avec l'âge d'or du crime, mais indétectable par la victime demeurait un objectif tout à fait atteignable. Marcus ne s'était probablement pas rendu compte de ce qui lui arrivait jusqu'à ce qu'il soit trop tard.

« Ça doit être son cœur », déclara Isobel avec entêtement, ignorant ce qu'avait dit Felicity.

Il avait des problèmes cardiaques depuis des années, et tout le monde l'avait vu prendre son médicament. C'était une hypothèse raisonnable.

Mais Caro ne partageait pas cette opinion. Et elle était à peu près certaine que personne d'autre dans la pièce ne la partageait non plus. La coïncidence était trop grande, non ? Marcus mourant au même moment que dans le livre.

Quel était le poison qu'utilisait le tueur dans *L'Enquêtrice* ? Caro n'arrivait pas à s'en souvenir.

C'était drôle comme tous ces meurtres se fondaient en un seul dans sa mémoire, trois ans ou plus après le dernier tournage, alors que les instants personnels – les gens avec qui elle avait travaillé, les bons moments qu'ils avaient eus sur le plateau – continuaient de l'accompagner, parfaitement limpides. Dans les romans policiers de Dahlia Lively, il n'avait jamais uniquement été question de résoudre un meurtre. Ils étaient comme ce week-end, une opportunité de s'échapper dans un autre monde, un monde qui disparaissait lentement alors même que Lettice avait commencé à écrire.

Les meurtres dans les livres de Lettice étaient inoffensifs, enfin presque. Ils étaient une énigme plus qu'une perte.

Ce qui la ramena à Marcus.

Une foule s'était massée autour de lui en quelques instants, tandis qu'Isobel hurlait des instructions à tout le monde tout en se tenant suffisamment en retrait pour ne pas se salir les mains. Heather, qui était apparemment une ancienne infirmière, tenait le poignet de Marcus pendant que son mari apportait le vieux téléphone fixe de la bibliothèque pour appeler une ambulance. Pendant ce temps, Ashok tira le portable de Marcus de la poche de celui-ci et trouva le numéro d'urgence avant que Harry puisse tourner trois fois le cadran pour composer le 999.

« Non que je pense que ça lui soit d'une grande utilité, maintenant, le pauvre agneau, déclara Heather en passant la main sur le visage de Marcus pour lui fermer les yeux.

— Il disait toujours qu'il était à un gigantesque cheeseburger de l'attaque cardiaque, ajouta tristement Harry tout en mettant le téléphone de côté.

— Nous ferions bien de demander aussi la police », dit Hugh à Ashok, qui acquiesça.

À côté de lui, Rosalind le regardait en se tordant les mains, se souciant manifestement plus du bien-être de Hugh que de l'homme qui venait de mourir. Hugh se rendait-il même compte que la femme qu'il avait plaquée il y avait tant d'années l'aimait toujours ? Caro n'en savait rien. Mais ça semblait un sacré gâchis. Quel imbécile.

« Pour une attaque cardiaque ? demanda Kit.

— Une mort soudaine et inexpliquée, répliqua Rosalind. L'opérateur du 999 l'enverra de toute manière.

— Alors nous ferions bien de ne toucher à rien, dit Ashok en posant le téléphone de Marcus à côté de la tasse vide après avoir raccroché. Juste au cas où. »

La tension dans l'air était palpable tandis qu'ils s'écartaient de la table. D'un ou deux pas, mais suffisamment. Suffisamment pour montrer qu'ils savaient que quelque chose clochait. Felicity avait peut-être été la seule à prononcer le mot « poison », mais Caro savait qu'ils y pensaient tous.

Peut-être que le lendemain ils se seraient convaincus que c'était une attaque cardiaque, après tout. Mais à cet instant... à cet instant, ils s'interrogeaient. Et ils avaient peur.

Qu'est-ce qui avait pris Marcus de reconstituer un dîner qui s'était achevé par un meurtre, à Aldermere par-dessus le marché ?

Caro se laissa aller à examiner tour à tour chaque convive – remarquant qu'ils faisaient tous la même chose : se dévisager les uns les autres en se demandant lequel avait pu mettre quelque chose dans le café de Marcus. Qui le détestait suffisamment pour le tuer ? Qui aurait couru ce risque, dans une pièce pleine de personnes venues résoudre des énigmes ?

Caro avait autant souhaité sa mort qu'un autre, mais elle ne l'aurait néanmoins pas éliminé.

Dans les livres, ça se réduisait toujours à la manière, au mobile et à l'opportunité. Mais dans la vraie vie, il fallait autre chose. Ça ne suffisait pas d'avoir le moyen ou l'occasion de tuer.

Il fallait être disposé à le faire. À ôter la vie à quelqu'un.

Et elle n'avait pas ça en elle. Mais quelqu'un dans cette pièce l'avait.

La famille Davenport. Hugh et Isobel, qui se tenaient solennellement avec une mine apeurée. Dieu merci, Juliette était allée se coucher, et ce spectacle lui avait été épargné.

Les fans. Heather et Harry, qui se tenaient la main, debout près du corps. Felicity et Ashok un peu plus loin, comme s'ils comprenaient ce dans quoi ils avaient mis les pieds en venant ici. *Vous n'êtes pas les seuls, mes petits.*

L'équipe du film – Anton, Kit et Libby. Anton avait l'air de prendre mentalement des notes à des fins de mise en scène, mais Libby avait agrippé le bras de Kit, qui semblait la réconforter.

Et les Dahlia. Les deux autres. Rosalind qui se tenait en silence auprès de Hugh, Posy qui fixait la tasse vide sur la table devant Marcus. Ses deux doubles. Ses complices.

Douze personnes – treize, si elle se comptait. Douze suspects, donc.

Et Caro n'était pas encore prête à en rayer un seul de sa liste.

Bientôt des sirènes rompirent le silence dans la salle à manger, et Aldermere redevint une ruche bourdonnant d'activité. Quand les secouristes et les policiers en eurent fini, il était deux heures du matin largement passées, et tout le monde était trop épuisé pour être traumatisé à l'idée de dormir dans une maison où un homme venait de mourir.

Il était probable, ainsi que l'indiqua Caro à Ashok, que des centaines de personnes soient mortes dans cette maison au fil des ans, de toute manière. Mais étrangement, ça ne semblait pas le rassurer.

Les secouristes et le légiste de la police semblaient tranquillement certains que la mort de Marcus résultait de sa maladie cardiaque préexistante, et les agents en uniforme furent heureux d'en convenir, si ça signifiait qu'ils pourraient rentrer chez eux dans la nuit. Ils emballèrent le téléphone et les cachets de Marcus dans des sacs, scellèrent sa chambre et prirent les coordonnées de tout le monde. Comme la housse mortuaire était emportée, le légiste marmonna quelque chose à propos d'une autopsie après le week-end prolongé.

« Nous aurions dû leur dire, murmura Posy tandis que la porte se refermait derrière les agents de police. À propos du chantage. Que la situation est peut-être plus complexe qu'il n'y paraît.

— En nous basant sur quoi ? Sur une coïncidence ? Sur le fait que son cœur a lâché au même moment que dans le livre ? » Caro lui tapota légèrement le dos, la massant en cercle comme le faisait son épouse Annie quand elle était stressée. « Ils ne nous auraient pas crues, de toute manière.

— Caro a raison. »

Rosalind avait-elle déjà prononcé ces mots ? Probablement pas. Caro s'en délecta, consciente qu'elle n'était peut-être pas près de les entendre à nouveau.

« Vous avez vu leur tête ? Ils pensent que nous sommes tous cinglés d'être ici, pour commencer.

— Peut-être pas cinglés, modéra Caro. Mais ils estimaient assurément que nous en faisions des tonnes. Que nous en rajoutions pour avoir un peu plus d'excitation théâtrale. »

L'agent de police le plus âgé l'avait reconnue. Il avait fait un grand sourire et plaisanté qu'elle ferait bien de laisser ça aux professionnels, cette fois, hein ?

Mais Caro n'avait aucune intention de le laisser aux professionnels.

Elle était Dahlia Lively ; si quelqu'un allait résoudre ce meurtre, ce serait elle.

Car, quoi qu'en disent les *professionnels*, Caro était certaine que c'était un meurtre.

« Nous ferions bien d'aller nous coucher, déclara Rosalind alors que Posy bâillait. Nous pourrons discuter demain matin, au petit déjeuner.

— Nous avons ce débat, demain, leur rappela Posy. La manifestation avec les trois Dahlia. Pour autant qu'elle soit maintenue. Enfin quoi, Clementine est partie, Marcus est…

— Mort, termina Caro à sa place en se tournant vers l'escalier. Mais je crois qu'il sera maintenu. Trop d'argent en jeu et trop de personnes déjà ici. Nous ferions donc bien de nous retrouver de bonne heure. Et il faut que quelqu'un entre en contact avec Clementine.

— Isobel va le faire, dit Rosalind. Elle gère bien les crises.

— Vous pensez que c'est… c'est fini, maintenant ? demanda Posy. Enfin quoi, si Marcus ou Clementine étaient derrière le chantage, ça pourrait être terminé. Non ? »

Caro songea aux photos qui étaient tombées de l'enveloppe qu'elle avait trouvée dans sa chambre. Sa silhouette nue, immortalisée sur la pellicule d'une manière qu'elle n'aurait jamais acceptée, même pour de l'argent. L'humiliation qu'elle avait ressentie face à ce rappel de ce qui s'était passé, la prise de conscience que Marcus ne l'avait pas simplement photographiée, mais qu'il avait secrètement filmé toute la nuit qu'ils avaient peu judicieusement passée ensemble, juste après son divorce. La crainte effroyable d'une sextape sur Internet, à son âge.

Autrefois elle croyait que toute publicité était bonne à prendre. Désormais, elle semblait avoir trouvé sa limite.

« Peut-être », mentit Caro en s'apercevant que Posy attendait toujours une réponse à ce qui, avait-elle espéré, était une question rhétorique.

Si ce n'était vraiment pas Marcus qui avait envoyé les mots, ainsi qu'il l'affirmait – et maintenant qu'il était mort, Caro était plus encline à le croire –, ça signifiait que quelqu'un avait toujours ces photos, cette vidéo. Peut-être Clementine, peut-être pas, si Posy avait raison quand elle disait que les mots étaient un avertissement. Et tant qu'ils ne sauraient pas qui, ça ne pourrait pas être terminé.

Au pied de l'escalier, la maison de poupée était à moitié éclairée par un puits de clair de lune – ou peut-être par une lampe sur le perron, dont la lumière filtrait à travers les vitres de chaque côté de la lourde porte d'entrée. Caro jeta un coup d'œil à l'intérieur et vit un autre corps minuscule gisant sur la table miniature – une réplique de celle à laquelle ils venaient de manger. La figurine était-elle là quand elle s'était rendue au dîner ? Elle était presque certaine que non.

Elle tendit la main et la souleva, puis la montra aux autres. Avec son visage rond et rougeaud et sa minuscule veste noire, la personne qu'elle était censée représenter ne faisait aucun doute.

La police pouvait bien croire qu'il s'agissait d'une attaque cardiaque. Elles savaient que c'était faux.

Chantage. Vol. Meurtre. Il se passait tellement plus de choses à Aldermere ce week-end-là que ne l'imaginait la police. Surtout, son instinct disait à Caro que tout était lié.

Et Caro écoutait toujours son instinct.

Mais, pour ce qui était des autorités, il était inutile de précipiter l'autopsie pendant un week-end prolongé, ce qui convenait parfaitement à Caro. Quand la police se rendrait compte que Marcus avait été empoisonné et ouvrirait une enquête, la convention serait terminée.

Ce qui lui laissait jusqu'à lundi soir, et la fin de la convention, pour découvrir qui se cachait derrière tout ça. Qui jouait avec elles.

Qui connaissait ses secrets, et ce qu'il faudrait pour qu'elle les garde.

Et quand elle trouverait l'assassin, elle pourrait le livrer à la police et prouver une fois de plus que les femmes intelligentes et attentives obtenaient bien plus de résultats que les personnes qui les rabaissaient et les discréditaient.

Dahlia approuverait ça.

Caro ne pouvait imaginer que quiconque ait bien dormi cette nuit-là – que ce soit avec la conscience claire ou coupable. Elle s'étonnait que pas plus de convives n'aient encore cherché à partir, mais elle supposait que c'était la nature humaine. La partie d'eux qui ne voulait pas croire que Marcus ait pu être victime d'autre chose que d'une attaque cardiaque continuerait de ne pas y croire, après ce moment de terreur initial, jusqu'à ce que la police le confirme. Pour les fans, c'était un long week-end qu'ils avaient attendu avec impatience et qu'ils ne voulaient pas lâcher, et pour les professionnels comme elle, eh bien, c'était un gagne-pain. Il était plus facile de se convaincre qu'il ne se passait rien de fâcheux plutôt qu'essayer de trouver un moyen de transport pour quitter cet endroit au milieu de la nuit.

Même elle, qui avait Susie qui l'attendait dans les écuries, le side-car prêt à accueillir ses sacs, refusait de partir. Elle vivait une véritable énigme de roman policier. Comment aurait-elle pu s'en aller sans l'élucider ?

Ce qui ne signifiait pas qu'elle avait dormi paisiblement – ou beaucoup – après la mort de Marcus. Et, à en juger par les cernes sombres sous les yeux des autres au petit déjeuner, eux non plus.

Le petit déjeuner était servi sur la terrasse qui donnait sur le parc, où se dressaient les chapiteaux dont le blanc lumineux se détachait sur le vert des arbres et le bleu vif du ciel d'août. Caro passa devant deux tables poussées l'une contre l'autre, auxquelles Heather, Harry, Felicity et Ashok étaient assis, recroquevillés au-dessus de leur tasse de café. Elle sourit et agita la main dans leur direction, ne recevant que de faibles saluts en retour.

En continuant vers l'autre extrémité de la terrasse, Caro trouva Rosalind et Posy assises ensemble – avec une certaine gêne – à une petite table de bistrot, une cafetière posée sur la surface entre elles, à laquelle personne n'avait encore touché. Le niveau de la corbeille de viennoiseries, cependant, semblait diminuer régulièrement.

« Alors, dit Caro en se laissant tomber sur la troisième chaise à la table, par où on commence ? »

Ni Rosalind ni Posy n'avaient besoin de contexte pour savoir ce qu'elle voulait dire. Ce qui fit plaisir à Caro. Ça lui donnait le sentiment qu'elles étaient sur la même longueur d'onde, voire qu'elles habitaient le même personnage. Son épouse, Annie, avait parfois besoin d'indices contextuels pour se mêler aux conversations que Caro avait eues dans sa tête avant de lui demander d'y prendre part.

« Pour commencer… sommes-nous *sûres* que c'est un meurtre ? demanda Posy.

— Non, admit Caro. Nous ne pourrons pas en être *sûres* avant les résultats de l'autopsie. Mais ça pourrait prendre des jours. Et si c'est bel et bien un meurtre…

— Nous devons immédiatement commencer à poser des questions, compléta Posy avec un hochement de tête. OK. Comment ?

— Nous devons passer en revue ce que nous avons observé hier soir, dit Rosalind. Qui était assis où, et quand. Qui a quitté la pièce. Ce genre de choses. À nous trois, nous devrions être en mesure de reconstituer ce qui s'est passé hier soir et comprendre qui a tué Marcus, et quand.

— C'est un simple raisonnement déductif, déclara joyeusement Caro. Comme Dahlia le fait constamment.

— Nous supposons donc que le poison était dans le café ? demanda Posy en saisissant une autre minuscule viennoiserie. Seulement, j'ai vérifié cette nuit, le poison utilisé dans le livre était de l'aconit, qui agit apparemment très vite si la quantité est suffisamment importante. Mais l'assassin a pu utiliser autre chose, quelque chose qui mettrait plus longtemps à faire effet, et l'avoir ajouté à l'un des plats précédents. »

De l'aconit. Évidemment. Caro le savait. C'était cependant une bonne chose que Posy ait le livre pour vérifier. « Bon, si c'était avant, ça a pu être n'importe qui. Tout le monde a été assis à côté de lui à un moment ou à un autre – même nous. Mais si c'était dans le café… »

Elle plissa les yeux dans la lumière du soleil, tentant de se rappeler qui s'était trouvé à côté de lui à la fin.

« Si c'était dans le café, il fallait que ce soit une personne assise raisonnablement près de lui à ce moment-là, ou quelqu'un qui est passé lui parler, résuma Rosalind. Quelqu'un qui aurait pu le mettre dans sa tasse, puisque personne d'autre n'a été empoisonné.

— Exactement. Ce qui réduit la liste à Ashok et Felicity d'un côté, et Posy et Harry de l'autre.

— Et Heather, intervint Posy. Je suis presque sûre qu'elle est passée parler à Marcus de je ne sais quoi vers ce moment-là.

— Cinq personnes, médita Caro. Quatre, si nous écartons Posy. Mais seulement si le poison était dans le café.

— Nous devons savoir si c'était vraiment de l'aconit qui l'a tué. » Posy fit la grimace. « Comment faire ça sans un rapport d'autopsie ?

— Ou comment voler un rapport d'autopsie ? demanda Rosalind en secouant la tête. Ou bien nous pourrions laisser ça à la police. »

Il était hors de question que Caro fasse ça.

« Nous devons en savoir plus sur le poison. Comment il fonctionne, comment il affecte le corps, ce genre de choses. L'aconit est une plante, n'est-ce pas ? Je ne suis pas jardinière, mais il pourrait bien y en avoir ici.

— Ce serait dans la Spirale meurtrière, déclara Posy.

— Le jardin circulaire à l'arrière de la maison ? » demanda Rosalind.

Posy acquiesça.

« Kit et moi y avons été postés hier pendant le jeu de l'enquête. Apparemment, toutes les plantes vénéneuses que Lettice a utilisées dans ses romans y sont plantées.

— Eh bien, ça semble une idée remarquablement stupide, observa Rosalind en reniflant, avant d'attraper un minicroissant.

— Le nom des plantes était-il indiqué ? demanda Caro, plongée dans ses réflexions. Si c'est le cas, nous pourrions au moins découvrir à quoi ressemble l'aconit. Mince, j'aimerais bien avoir Internet.

— Je pense que Dahlia aurait résolu la moitié de ses énigmes bien plus rapidement si elle avait eu un smartphone », convint Rosalind.

Des smartphones. Qu'oubliait Caro à propos des téléphones ? Elle remonta mentalement les dernières vingt-quatre heures et trouva ce qu'elle cherchait. Posy leur avait dit qu'elle était censée récupérer le sien auprès de Clementine.

Un esprit d'enquêteur au travail était une chose magnifique.

« Toujours aucun signe de Clementine ? » demanda-t-elle à Posy, savourant l'expression confuse de Rosalind face à ce changement de sujet apparent. Tout le monde n'était pas bâti pour être enquêteur.

« Pas que je sache. » Posy fit la moue. « La convention doit être un véritable chaos sans elle et Marcus. »

Sur l'herbe en contrebas, le groupe de volontaires en gilet grossissait et devenait plus bruyant. Quelqu'un les avait-il informés que Marcus était mort ?

« On dirait. » Caro se rendit au bord de la terrasse et regarda en direction de la foule de plus en plus nombreuse.

« Ça ne m'étonnerait pas que Hugh arrête tout, déclara Rosalind.

— Non. » Caro pivota pour faire face à la table. « Nous ne pouvons pas laisser ça se produire.

— Pourquoi pas ? demanda Rosalind avec un élégant haussement d'épaules. Ça nous permettrait d'échapper à ce fichu débat, tout à l'heure.

— Parce que quelqu'un ici pourrait toujours avoir l'intention de nous faire chanter, indiqua Posy. Probablement la personne qui essaie de me faire porter le chapeau pour le vol et qui est responsable du meurtre de Marcus. Nous ne pouvons laisser personne partir tant que nous n'aurons pas compris ce qui se passe.

— Et nous être assurées que ça ne se retournera pas contre nous, convint Caro. Bon, si nous voulons que la convention continue, quelqu'un va devoir prendre les choses en main. Et Hugh et Isobel n'ont pas l'air disposés à le faire. »

Son regard balaya la terrasse. Les fans continuaient de parler doucement devant leur café, mais aucun des Davenport n'avait daigné se joindre à eux pour le petit déjeuner. À moins que... Le visage de Caro s'éclaira en voyant une tête blonde traverser la pelouse en contrebas.

« Juliette ! » La jeune femme leva les yeux, et Caro lui fit de grands signes depuis la terrasse jusqu'à ce qu'elle gravisse les marches pour les rejoindre. « Prenez une chaise. »

Il n'y avait pas assez de place pour trois personnes autour de la table de bistrot, et encore moins pour quatre, mais ce n'était pas comme si Juliette occupait beaucoup d'espace, de toute manière. Elle avait la taille minuscule et le physique frêle d'une jeune femme de dix-neuf ans naturellement mince, ce qui était fondamentalement de la triche. La grande injustice de la vie, songea Caro ; on n'apprécie jamais le corps qu'on a jusqu'au moment où l'on est trop âgé pour l'avoir encore. Évidemment, Caro soupçonnait que Rosalind, à environ soixante ans, dirait la même chose d'elle à quarante ans.

« Qu'est-ce qui se passe ? demanda Juliette. Si vous cherchez ma grand-mère, je crois qu'elle s'est enfermée dans sa chambre. Grand-père m'a informée de ce qui s'est passé après le dessert. Apparemment, ça a été "traumatisant" pour elle, même si elle n'a jamais *apprécié* Marcus.

– Tout de même, voir quelqu'un mourir n'est jamais plaisant », observa Rosalind.

Juliette haussa négligemment les épaules.

« Je ne saurais dire. Je n'étais pas là. La première chose intéressante qui se soit produite à Aldermere depuis des *décennies*, et je l'ai ratée. Typique.

— C'est exact. Vous êtes allée appeler votre petit ami. »

Posy sembla songeuse.

Caro soupçonna qu'elle ajustait sa représentation mentale de l'endroit où se trouvaient les convives pendant l'absence de Juliette. Elle devrait lui demander de tout noter plus tard ; elle-même n'était pas fichue de conserver ce genre de chose dans sa tête.

C'était pour ça que Dahlia avait des acolytes – qu'il s'agisse de l'inspecteur principal Johnnie Swain ou de sa femme de chambre Bess dans les premières histoires. Ils s'accrochaient aux détails tandis que Dahlia était responsable des éclairs de génie et de perspicacité.

« Le problème, c'est que maintenant que Marcus est mort et que Clementine n'est toujours pas revenue de Dieu sait où elle est allée hier, le pauvre personnel de la convention est perdu. Ils ont besoin d'un meneur, annonça Caro. Quelqu'un pour les guider dans ce moment difficile.

— Et vous voulez que ce soit *moi* qui le fasse ? demanda Juliette, s'illuminant. Bien sûr ! Je n'arrête pas de demander à grand-père de me laisser faire plus de choses ici, avec la propriété, mais il continue de croire que j'ai douze ans et il ne me confie rien.

— Alors ça pourrait être ta chance de faire tes preuves, déclara affectueusement Rosalind.

— Je peux tout à fait faire ça. »

Juliette se releva d'un bond.

« Votre première mission sera d'entrer en contact avec Clementine, puisque vous avez le privilège de toujours avoir un téléphone. » Caro se tourna vers Rosalind et Posy. « Vous savez, nous devrions vraiment essayer de récupérer les nôtres.

— Je demanderai à Hugh, promit Rosalind.

— Que voulez-vous que je lui dise ? demanda Juliette.

— Dites-lui de revenir, répondit Caro. La convention a besoin d'elle. Nous pourrons lui annoncer la nouvelle de la mort de Marcus à son arrivée. »

Et aussi lui poser des questions sur ces photos compromettantes. Ou voir si elle a pu avoir le temps de revenir en douce et d'empoisonner son patron.

Quoi qu'il se soit passé d'autre, Clementine était toujours leur suspect numéro un, et Caro voulait être en mesure de la questionner.

Juliette acquiesça. « Je demanderai son numéro à l'un des volontaires. Quoi d'autre ? »

Caro examina de nouveau la foule en contrebas. Comme le petit déjeuner, aussi dérisoire fût-il, avait été servi, elle supposait que Clementine avait dû donner des instructions au personnel de service avant de partir.

C'étaient des professionnels. Ils connaissaient leur travail et faisaient ce qu'ils avaient à faire.

Mais les volontaires de la convention, c'était une autre histoire. Elle savait grâce aux manifestations précédentes que Marcus les avait appâtés pour qu'ils l'aident en leur promettant un ticket gratuit, des sièges au premier rang pendant les débats et les conférences, et peut-être un accès privilégié aux VIP pour obtenir photos et autographes. Puis il les avait fait travailler d'arrache-pied pour que tout tourne, pendant que lui-même se pavanait dans son costume de majordome.

Ils auraient besoin que quelqu'un leur dise où aller et que faire. Quelqu'un qui savait comment ces choses étaient censées fonctionner. Quelqu'un qu'ils reconnaîtraient et écouteraient.

À savoir, elle.

« Ensuite nous irons parler aux volontaires. » Juliette avait déjà descendu la moitié des marches avant qu'elle finisse sa phrase, clairement ravie d'avoir *quelque chose* à faire. Caro attrapa un pain au chocolat dans la corbeille et se tourna vers les autres Dahlia, parlant à voix basse au cas où quelqu'un écouterait.

« Bon, Juliette et moi allons nous occuper d'eux. Posy, allez voir si la Spirale meurtrière peut vous apprendre autre chose sur l'aconit. Rosalind, il y avait un livre sur les poisons dans le bureau de Lettice, hier. Vous voulez bien voir si vous pouvez l'emprunter ? Ensuite, rejoignez-moi dans la salle à manger dès que vous en aurez fini. Nous devons reconstituer hier soir – le meurtre en moins. »

Sur ce, elle laissa les autres poursuivre leur enquête et alla sauver la convention.

Être Dahlia Lively était un boulot à plein temps. Quoi qu'en dise Annie.

## Chapitre quatorze

*« La clé, dit Dahlia en faisant les cent pas dans le patio, est de créer une image. Un tableau vivant qui nous dise qui était où et quand. L'opportunité ! C'est ce que nous cherchons, Bess. »*

Dahlia Lively dans *La Maison d'une femme*
Par Lettice Davenport, 1934

Rosalind et Posy l'attendaient dans la salle à manger quand Caro arriva. La pièce avait été remise dans son état d'origine depuis le dîner de la veille, la longue table en acajou désormais vide à l'exception du centre de table fleuri. Caro posa les mains sur ses hanches et examina les lieux, tentant de voir mentalement qui était assis où et quand.

« C'est différent, de jour », murmura-t-elle d'un air absent tandis que Rosalind s'assit à l'envers sur la chaise au bout de la table. Ou peut-être que la pièce était différente maintenant qu'elles recherchaient un assassin.

« Oh ! Ceci pourrait aider, dit Posy. J'ai pris les plans de table sur la planche, hier soir. »

Caro lui fit un sourire approbateur. « Bonne idée, ma petite. »

Elle ignora la grimace que fit Posy en l'entendant l'appeler « ma petite ». Dahlia appelait tout le monde de la sorte, même si Caro n'aurait pas tenté sa chance avec Rosalind.

« Nous allons avoir besoin de nous y référer.

— Je voulais les prendre en photo avec mon téléphone avant de me souvenir que je ne l'avais pas, admit Posy. Alors les voler m'a semblé la seconde meilleure option. »

Caro dut avouer qu'elle était quelque peu impressionnée. « C'est bon pour moi. Jetons-y un coup d'œil. »

Posy tira les feuilles de papier de son volumineux sac à main et les étala sur la table. Caro n'avait aucune idée de ce qu'elle planquait d'autre dedans, mais il semblait plus gros qu'il n'était nécessaire pour la vie de tous les jours. Dahlia n'aurait jamais trimballé quelque chose d'aussi encombrant. Mais ceci dit, tout ce dont Dahlia avait besoin, c'était de son rouge à lèvres, ses cigarettes et quelqu'un pour payer ses cocktails.

Caro fronça les sourcils lorsqu'elles étudièrent les plans de table, Rosalind penchée en travers depuis sa position au bout de la table. Caro savait, évidemment, qu'ils avaient beaucoup bougé le soir précédent, mais elle ne s'était pas rendu compte à quel point les plans de table avaient été réfléchis.

« Pas étonnant qu'Isobel ait mis si longtemps à les refaire, murmura-t-elle.

— Personne ne s'est assis deux fois à la même place, et deux personnes ne se sont jamais retrouvées plus d'une fois côte à côte, ajouta Posy en regardant par-dessus son épaule. Comme dans le livre.

— Alors, qu'est-ce que vous attendez de nous, exactement ? demanda Rosalind.

— Nous... »

Caro marqua une pause. Que ferait Dahlia ?

« Que nous reconstituions le crime !

— Avez-vous l'intention d'empoisonner l'un d'entre nous ? » Le ton sec et laconique de Rosalind lui donna la chair de poule. « Parce que j'aimerais ne pas participer à cette activité, si c'est le cas. »

Caro l'ignora.

« Nous essayons de nous souvenir de tout ce qui s'est passé hier soir, dans l'ordre – qui a dit quoi, qui s'est absenté quand –, en reprenant notre place pour chaque plat.

— Je soupçonne que ça va me donner faim », dit Rosalind avec une expression d'ennui, mais elle se leva de sa chaise pour consulter le plan de table et trouver sa première place.

Posy, cependant, se mordillait la lèvre.

« Avez-vous d'autres remarques inutiles ? demanda Caro.

— Non ! Non, je crois que c'est une bonne idée. » Était-ce de la surprise dans sa voix ? « C'est juste que... » Elle enfonça la main dans son sac et en tira le scénario qu'elle avait trouvé dans la chambre de Clementine, ainsi qu'un exemplaire usé de *L'Enquêtrice*. « Je me disais que nous pourrions comparer les événements d'hier soir au livre – et aussi à la manière dont ça se passe dans le scénario. Si quelqu'un reconstitue le meurtre de l'histoire, tout devrait être identique, pas vrai ? »

Bon sang. Pourquoi n'avait-elle pas pensé à ça ? Les acolytes n'étaient pas censés avoir des éclairs d'inspiration utiles, n'est-ce pas ?

Sauf que Posy et Rosalind n'étaient pas des acolytes. Elles étaient toutes des Dahlia.

« D'accord. Bon plan. En position, s'il vous plaît, mesdames. Posy, vérifiez le livre, Rosalind, le scénario. C'est moi qui vais diriger.

— Naturellement », marmonna Rosalind, mais Caro continua de l'ignorer.

Il leur fallut deux plats pour se mettre dans le bain. Elles prenaient chacune la place qu'elles avaient occupée à table, puis Caro leur rappelait qui avait été assis à côté d'elles et elles tentaient de se rappeler qui avait dit quoi, au cas où leurs propos auraient contenu des indices. En même temps, elles vérifiaient les notes du scénario et les descriptions du livre, Posy notant les différences entre les deux.

Malheureusement, la plupart des conversations dont elles se souvenaient semblaient aussi ennuyeuses et banales que celles de tous les dîners que Caro avait endurés durant son premier mariage, et les changements et les différences étaient minimes et insignifiants. Tout ce qu'elles établirent fut que, puisqu'on leur avait servi onze plats au lieu de douze dans le livre, Marcus avait reconstitué le dîner du film.

Lorsqu'elles atteignirent le huitième plat, Caro commençait à douter du génie de son idée. Et les autres aussi, vu leur expression d'ennui et leurs réponses peu enthousiastes.

« Neuvième plat ! » Caro désigna les sièges correspondant à chacune et tout le monde se déplaça de nouveau en poussant des soupirs. « Rosalind, vous aviez Juliette et Marcus. »

Cette dernière fronça les sourcils. « Non, c'est faux. »

Caro consulta de nouveau le plan de table.

« C'est ce que ça dit.

— Je n'ai pas été assise à côté de Juliette de toute la soirée.

— Parce qu'elle s'est absentée ! gazouilla Posy. Elle est allée appeler son petit ami, vous vous souvenez ? Elle a manqué les deux plats suivants.

— C'est exact, articula lentement Caro. Elle est la seule personne à avoir quitté la table et à ne pas être revenue. »

Elles tentèrent de se remémorer qui avait quitté la pièce et quand, Posy griffonnant des notes sur les plans de table pour s'en rappeler plus tard, pour autant que ça serve à quelque chose. Avec onze plats et des associations de vins, absolument tout le monde avait dû aller aux toilettes à un moment ou à un autre.

« Peut-être que Juliette a vu quelque chose en partant, suggéra Posy. Nous devrions lui parler.

— Si nous prenons cette enquête au sérieux, nous allons devoir parler à tout le monde, tôt ou tard, remarqua Rosalind. La question est comment le faire sans montrer que nous en savons plus que nous le devrions.

— Un dilemme digne de Dahlia, dit Caro. Et nous le résoudrons quand nous en aurons terminé. Donc. Neuvième plat. »

Une fois encore, elles ne se souvinrent d'aucune conversation particulièrement instructive. Caro ne savait pas trop ce qu'elle avait espéré. Ce genre de reconstitution semblait toujours mieux fonctionner quand c'était Dahlia qui la dirigeait.

« Plus que deux », dit-elle, son enthousiasme déclinant tandis qu'elle consultait une fois de plus les plans de table. Puis elle fronça les sourcils. « Posy, vous étiez à côté de moi – mais vous n'êtes revenue qu'après que le sorbet avait été servi. Et quand vous l'avez fait, vous m'avez dit que vous étiez certaine que Marcus était responsable. Où étiez-vous ?

— J'avais besoin de parler à Anton. »

La réponse de Posy fut brève et sèche, et elle regarda en direction de la porte en la donnant.

Dahlia aurait affirmé que c'était un indice révélateur. Le signe d'un mensonge – ou du moins d'une omission.

« De quoi ? » insista Caro.

Un muscle de la mâchoire de Posy se contracta. « De la malédiction qui plane sur le film. Je crois qu'elle ne sera plus un problème. Mais il a aussi confirmé que Marcus était derrière les photos qu'on m'a envoyées. »

Il y avait quelque chose là-dedans, et Caro voulait en savoir plus. Mais avant qu'elle puisse demander d'autres détails, Rosalind dit : « Plat suivant. »

Ce qui les mena, inexorablement, au café et aux bonbons à la menthe.

« Dans le livre, le poison est dans la tasse de café, confirma Posy. Ils ont des bonbons à la menthe enveloppés sur des soucoupes, exactement comme nous, et le café est servi à table. Dahlia en déduit que le poison devait déjà être dans la tasse, sous forme de poudre, avant que le café soit servi. » Elle referma le livre. « Sauf que Marcus n'a pas bu de café, n'est-ce pas ? Il a bu cet infâme truc à la camomille et au gingembre. Il en avait fait toute une histoire au déjeuner. J'avais presque oublié. Mais quand j'ai senti sa tasse après que… eh bien, ce n'était pas du café. C'était du thé. »

Cette observation fit s'activer le cerveau d'enquêtrice de Caro. « Que dit le scénario ? Il y est question de café ou de bonbons à la menthe ? »

Rosalind examina le texte.

« Les indications scéniques mentionnent les bonbons à la menthe, le café, les fleurs enrobées de sucre…

— Elles ne figurent pas dans le livre, intervint Posy. Les fleurs au sucre. Elles ne sont pas dans le livre.

— Vous êtes sûre ? demanda Caro en pivotant sur elle-même pour la fixer du regard. C'est un ajout ? »

Posy acquiesça. « Absolument. C'est Libby qui a dû les insérer. » Elle prit le scénario que tenait Rosalind et feuilleta les dernières pages, les comparant au livre de poche dans sa main. « Et dans le film, le poison n'est pas dans le café. »

Caro sut ce qu'elle allait dire ensuite avant même qu'elle le fasse.

« Il est dans les fleurs au sucre, déclara-t-elle en même temps que Rosalind, qui avait suivi le même fil de pensée.

— Pas dedans, corrigea Posy. Chaque soucoupe comporte une violette sucrée – sauf celle de la victime. Elle a une fleur d'aconit enrobée de sucre. Extrêmement toxique, et ça agit presque instantanément.

— Quelqu'un a remplacé la fleur de Marcus par une plante vénéneuse. Et le coupable savait quelles étaient sa tasse et sa soucoupe parce qu'il avait du thé et non du café. »

Caro s'aperçut que les implications étaient énormes.

« Donc ça a pu être fait avant que le thé et le café soient servis, observa Rosalind. Les tasses n'étaient pas sur la table dès le début – pas assez de place avec onze plats, je suppose. Elles étaient sur la longue table près des portes-fenêtres, je crois.

— N'importe qui dans la pièce aurait pu remplacer sa fleur, alors, déclara Posy. Quand le personnel de service a apporté la tasse de Marcus, le sachet de thé était déjà dedans – j'étais assise à côté de lui, vous

vous souvenez? On lui a donné un petit pot d'eau chaude avec.

— Ou-oui, convint Caro. J'ai également vu ça – le sachet était là quand les tasses étaient sur la longue table. Je me rappelle m'être arrêtée pour les regarder entre deux plats. La brise qui pénétrait par la fenêtre était très agréable, parce qu'il faisait si chaud dans la pièce. » Soit ça, soit elle commençait à avoir les bouffées de chaleur dont sa mère s'était si amèrement plainte quand elle avait une quarantaine d'années, mais Caro refusait d'accepter cette idée. « Je me rappelle avoir levé les yeux au ciel quand j'ai vu le sachet de thé de Marcus – un type vraiment embarrassant, je l'ai vu commander plein de fois des cafés allongés chez Starbucks, quand il a la gueule de bois. Il aime se faire remarquer quand les autres regardent.

— Aimait, la corrigea Rosalind. Il *aimait* se faire remarquer. »

Ce rappel fit se tordre les entrailles de Caro. L'espace d'un instant, elle avait oublié qu'un homme qu'elle connaissait était mort, tant elle était concentrée sur l'énigme.

*C'est plus facile quand vous ne faites pas partie de l'histoire.* Elle avait un jour prononcé cette phrase en tant que Dahlia, non? *Quand vous êtes juste un observateur qui résout une énigme.*

« Oui. D'accord. De fait, nous avons changé de place toute la soirée et avons dû passer devant cette table au moins une demi-douzaine de fois. Est-ce qu'un des convives aurait pu remplacer cette fleur au sucre par une fleur mortelle? »

Les trois Dahlia réfléchirent silencieusement à cette idée pendant un moment.

« Ça exigerait de la préparation, déclara finalement Rosalind. La fleur devait être enrobée de sucre, pas fraîche. Ça demande du temps et des efforts.

— Eh bien, nous ne pensions pas vraiment que c'était un meurtre commis sur un coup de tête, indiqua Caro d'un ton acerbe. C'est pourquoi nous pouvons être à peu près certaines qu'aucun employé n'est impliqué. C'était à coup sûr une affaire personnelle. »

Les fleurs enrobées de sucre ressemblaient au genre de chose que son ex-belle-mère se serait attendue à ce qu'elle prépare, pour les dîners parfaits destinés à soutenir la carrière de son mari.

Mais inutile de dire que de tels événements n'avaient jamais été une priorité pour Caro.

Elle aurait cependant parié que Rosalind avait enrobé une ou deux fleurs de sucre en son temps. Et Isobel l'avait *assurément* fait. Encore une à ajouter à la liste des suspects.

« Surtout, il aurait fallu que le responsable ait lu le scénario. » Posy ouvrit de nouveau les pages à la scène en question. « Sinon, il n'aurait pas été au courant pour les fleurs au sucre.

— On en revient au scénario, n'est-ce pas ? dit Caro, pensivement.

— Le scénario original a fuité sur Internet. Nous devons vérifier s'il comportait également des fleurs – si c'est le cas, n'importe qui a pu le lire. Mais si c'est Libby qui les a ajoutées… »

Posy laissa sa phrase en suspens.

« Ça réduit notre liste de suspects aux personnes qui y ont eu accès, termina Caro à sa place. Nous devons donc découvrir qui elles étaient. »

Rosalind jeta un coup d'œil à la fine montre en or à son poignet. « Aussi amusant que tout cela soit, mesdames, nous sommes bientôt censées participer à un débat. »

Le débat des Trois Dahlia. Évidemment.

« Venez. » Caro referma le scénario et le tendit à Posy. « Il y a quelque chose que je veux que vous fassiez avant le débat. J'ai une idée. »

Caro franchit la porte d'un pas altier et fit semblant de ne pas entendre Posy demander derrière elle : « Est-ce que ça vous rend aussi nerveuses que moi ? »

Après avoir envoyé Rosalind et Posy accomplir leur mission, Caro délégua rapidement sa propre tâche puis se dirigea vers le chapiteau principal où elle discuta avec les volontaires censés aider à la tenue du débat.

Rosalind et Posy revinrent devant la foule de fans et on les fit entrer. Caro les intercepta à la porte de derrière.

« Qu'avez-vous découvert à la Spirale meurtrière ? demanda-t-elle à Posy.

— De l'aconit y est bien planté, et il fait en ce moment de magnifiques fleurs violettes, même si j'ai gardé mes distances. »

Posy frissonna.

« Et j'ai emprunté le livre de Lettice sur les poisons, déclara Rosalind. Comme nous l'a dit Posy, c'est un poison qui agit rapidement. Mais aussi, il provoque des attaques cardiaques, une paralysie, de la nausée et des vomissements. »

Caro n'avait pas besoin de la vision de Marcus chancelant en arrière sur sa chaise, ou de ce filet de vomi sur ses lèvres froides et mortes, mais son cerveau la lui présenta tout de même. « On dirait que nous avons notre poison, dit-elle, la bouche sèche. Du nouveau avec les téléphones ? »

Rosalind secoua la tête.

« Je n'ai pas réussi à trouver Hugh. Isobel a dit qu'il était parti se promener, mais elle a confirmé qu'il les a rangés dans un coffre-fort dans son bureau. J'essaierai de lui parler plus tard.

— OK. Prochaine mission – trouver un mobile. » Caro désigna la scène.

« Qu'est-ce que vous comptez faire ici, exactement ? » Rosalind examina en plissant les yeux l'installation sur la scène du chapiteau. Une petite table avec trois sièges pour elles, plus une autre plus longue avec cinq chaises alignées derrière. Les deux tables formaient un angle pour que le public puisse clairement voir les personnes assises. « N'est-ce pas censé être une simple séance de questions-réponses ?

— Et c'est ce que ce sera ! » Caro ouvrit grand les yeux d'un air qu'elle espérait innocent. « Mais au lieu que ce soient les délégués VIP qui nous bombardent de questions, ainsi que l'avait prévu Marcus, c'est nous qui allons leur en poser. Un petit interrogatoire.

— Comme dans un tribunal », dit Posy, manifestement mal à l'aise.

Caro se demanda combien de tribunaux Posy avait fréquentés dans sa courte vie. Peut-être quelques-uns, étant donné cette histoire avec ses parents qui était parue dans la presse quelques années plus tôt – sans parler de ses propres problèmes. Elle semblait désormais stable, quoique un peu triste. Pas la jeune starlette à laquelle Caro s'était attendue.

Elle l'appréciait presque.

« C'est l'idée, dit Caro d'un ton encourageant. Je me suis dit, puisque ces braves gens sont ici pour voir Dahlia Lively à l'œuvre, c'est ce que nous devrions leur offrir ! »

À l'extérieur du chapiteau, une longue file serpentait autour du jardin à la française, attendant d'entrer. Caro n'en apercevait que le commencement depuis la scène, à travers la porte ouverte, mais les bavardages et l'excitation que la brise portait jusqu'à elle lui disaient que ce serait un des moments forts de la convention.

Marcus serait tellement furieux de la manquer, s'il était encore en vie.

« Et est-ce que les délégués VIP seront d'accord avec ça ? » Posy passa un doigt sur le bord de la table, regardant d'un air pensif l'autre table avec ses cinq chaises.

« Ils vont adorer ! Chacune de nous leur demandant où ils étaient hier, ce qu'ils ont vu, ce genre de choses.

— Enquêter sur la mort de Marcus en guise de divertissement ? N'est-ce pas un peu déplacé ? »

Rosalind n'ajouta pas « même pour vous », mais Caro l'entendit dans sa voix. Rosalind avait toujours estimé qu'elle valait mieux qu'elle sous prétexte que sa Dahlia avait été portée au grand écran, alors que celle de Caro n'était passée qu'à la télé. Mais des millions de personnes à travers le monde associaient Caro à Dahlia, grâce aux accords de diffusion, alors laquelle des deux s'en tirait le mieux ?

« Évidemment, nous n'allons pas enquêter sur la mort de Marcus, dit Caro avec une patience exagérée. De toute manière, nous n'avons pour le moment aucune preuve qu'il a été assassiné. Mais nous savons tous qu'une loupe a été volée hier, n'est-ce pas ? Nous pouvons légitimement questionner tout le monde sur leurs mouvements à ce…

— Sans révéler où elle se trouve maintenant », intervint Posy.

Comme elle semblait nerveuse, Caro acquiesça et lui concéda ce point.

« *Sans* le révéler. Parce que ce qui nous intéresse *vraiment*, c'est qui connaissait Marcus avant ce week-end, qui a passé du temps avec lui ici à Aldermere, et qui avait une raison de vouloir le tuer. Nous n'avons pas suffisamment prêté attention à nos suspects jusqu'à présent, mesdames.

— Parce que nous ne savions pas que c'étaient des suspects », marmonna Rosalind.

Caro l'ignora. « Il est temps que nous passions à la vitesse supérieure. »

Rosalind et Posy échangèrent un long regard. « Ça *pourrait* fonctionner, déclara finalement cette dernière. Si les VIP jouent le jeu. »

Le rabat de la tente qui faisait office de porte de derrière pour les volontaires et les intervenants s'ouvrit, et Caro fit un grand sourire quand Kit le franchit en se baissant, un chapeau feutre enfoncé selon un angle canaille sur ses cheveux bruns.

« Oh, ils joueront le jeu. J'ai invité des renforts pour m'en assurer. » Elle fit signe à Kit d'approcher de la scène.

« Vos désirs sont des ordres ! » Kit esquissa une révérence alambiquée. « Bon, où voulez-vous que je me place, et pourquoi ? Juliette n'a pas exactement été claire quand elle est venue me chercher.

— Asseyez-vous juste là-bas, lui dit Caro. Aujourd'hui, vous allez jouer le suspect au lieu de l'inspecteur. »

Kit haussa les épaules. « Ça a l'air marrant. Allons-y ! »

# Chapitre quinze

*« Je ne sais pas pourquoi vous autres policiers devenez si nerveux quand vient le moment d'interroger des suspects, dit Dahlia en allumant une autre cigarette. Il s'agit vraiment juste de donner aux gens une opportunité de s'incriminer. »*

Dahlia Lively dans *Douze joyeux suspects*
Par Lettice Davenport, 1945

Caro regarda les fans VIP prendre place et les délégués entrer en file indienne pour compléter le public. Elle lissa sa tenue de Dahlia préférée – un chemisier en soie couleur crème qu'elle avait pris dans la garde-robe le dernier jour de tournage et un pantalon en lin bleu marine. Elle se frotta les lèvres l'une contre l'autre, espérant que son rouge à lèvres écarlate avait survécu au petit déjeuner.

De l'autre côté, les fans VIP semblaient décidément incertains quant à ce nouvel ajout à leur programme. Mais, ainsi qu'elle l'avait prévu, la présence de Kit – ses manières détendues et ses plaisanteries – contribuait grandement à les mettre à l'aise.

Tandis que la clameur de la foule retombait après les présentations, Caro prit le micro et adressa un grand sourire au public.

Oh, c'était pour ça qu'elle n'avait de cesse de revenir à Marcus, année après année. Personne d'autre ne lui donnait l'occasion de se lever et d'être adorée de la sorte. De savoir qu'elle entrait en contact avec des gens qui l'estimaient pour ce qu'elle était – enfin, pour ce qu'elle *pouvait* être.

Annie essayait toujours de lui dire qu'elle était plus que simplement Dahlia, plus qu'une actrice. Qu'elle était en elle-même importante. Mais Annie n'était jamais retournée à une convention après celle où elles s'étaient rencontrées alors qu'elle accompagnait sa tante pour la journée. Annie ne savait pas ce que ça faisait.

« Mes amis ! » commença Caro, sous les applaudissements de la foule. Encore une tournure de phrase de Dahlia, ça. Tout le monde était un ami – jusqu'à ce qu'elle demande leur arrestation. « Merci de vous joindre à nous aujourd'hui ! Comme vous pouvez le voir, c'est un moment historique. *Trois* Dahlia Lively sur scène en même temps ! »

De nouveaux applaudissements, plus retentissants cette fois, activèrent la circulation du sang dans les veines de Caro, lui martelant les oreilles tandis qu'elle attendait que le bruit retombe pour continuer de parler.

« Puisqu'il s'agit d'une nouveauté, nous nous sommes dit que nous nous en servirions pour faire quelque chose de totalement nouveau. » Mieux valait donner l'impression que c'était une décision commune et non quelque chose qu'elle avait demandé aux deux autres de faire. « Les interrogatoires ! Le don de Dahlia pour convaincre un suspect à s'incriminer est sans pareil, et, aujourd'hui, c'est ce que nous allons reconstituer pour vous ici ! »

Une rumeur avait commencé à se propager parmi le public. Car il y avait une chose que tous les fans savaient à propos des interrogatoires de Dahlia. Au bout du compte, la bonne personne lui dirait la mauvaise chose et elle résoudrait l'enquête. Mais avant d'en arriver là, de nombreuses autres personnes – les leurres – avoueraient autre chose. Seule Dahlia gardait tous ses secrets.

Avec un large sourire et une main à côté de sa bouche, elle adressa aux suspects un clin d'œil rassurant, se sentant comme une princesse de pantomime. « Ne vous en faites pas. C'est juste pour le spectacle. »

Caro se tourna de nouveau vers le public. « Comme ils ont été ici toute la journée d'hier, nous avons choisi nos délégués VIP pour interpréter les suspects. Et comme certains d'entre vous le savent, nous avons un crime bien pratique sur lequel enquêter ! Le vol d'une loupe ornée de pierres précieuses. »

À ces mots, une exclamation de satisfaction se fit entendre. Caro jeta un coup d'œil aux suspects au cas où l'un d'eux paraîtrait particulièrement coupable. Ce n'était pas le cas.

« Bon, j'imagine que nous aurons tous l'air très idiots quand il s'avérera que la loupe est tombée derrière un meuble ou je ne sais quoi... (cela lui valut de petits éclats de rire rassurés de la part de quelques spectateurs)... mais pour les besoins de cet exercice, c'est parfait ! Tout ce que nous allons faire, c'est demander à chacun de nos suspects ici présents de repenser aux événements d'hier et de voir s'ils se souviennent de quelque chose de louche... »

Un « Oooo » s'éleva du public. Elle se demanda s'ils pensaient que c'était un piège, une autre partie du jeu auquel ils avaient joué la veille avec la fausse enquête.

Caro mit un moment à se rendre compte que Posy s'était levée et l'avait rejointe au centre de la scène. Quand celle-ci tendit la main vers le micro, Caro n'eut guère d'autre choix que de le lui passer gracieusement. Après tout, c'était le débat des *Trois* Dahlia.

« Comme vous le savez tous grâce aux livres, dit Posy en souriant à la foule, Dahlia cherche toujours une faille dans l'armure d'une histoire. Quelque chose qui ne colle pas complètement avec les faits, ou une chose que quelqu'un a dite. Mais, évidemment, nous savons que nos souvenirs sont faillibles, et il est rare que deux personnes s'accordent quant à ce qui s'est exactement passé ! »

Rosalind apparut à son autre côté, tendant une main pâle et élégante vers le micro. « Je vais commencer. »

Elle s'approcha des suspects. Comme elle était derrière elle, Caro ne distinguait pas son visage – mais elle aurait parié de l'argent qu'elle savait exactement quelle expression elle arborait. Celle espiègle et légèrement entendue qu'elle avait perfectionnée en tant que Dahlia. Celle qui disait au public qu'elle savait quelque chose que lui ignorait, pour le moment, mais que s'il la suivait, tout serait révélé.

Caro avait vu ces vieux films sur l'Enquêtrice une douzaine de fois, aussi bien avant d'avoir le rôle qu'après, durant cette période de nervosité qui précédait le début des tournages. La période dans laquelle, supposait-elle, se trouvait Posy en ce moment même. Avait-elle déjà commencé à regarder les classiques ?

« Débutons par les fondamentaux », dit Rosalind. Même sa voix semblait différente. Plus saccadée, claire

– le parfait anglais standard au lieu de son habituelle version détendue d'un accent raffiné. Le genre de voix qu'elle ressortait pour les films historiques et ainsi de suite. « Avant de venir à Aldermere ce week-end, lesquelles des personnes qui logent dans la maison aviez-vous déjà rencontrées ? »

Caro sourit. Une gentille question facile pour commencer, mais tout de même une question utile.

« Eh bien, je connaissais déjà assez bien ma femme, déclara Harry, s'attirant les rires de l'assistance, qui lui firent monter le rose aux joues. À part ça… nous connaissions Marcus, évidemment. Ça fait des années que nous venons à ces conventions. Et Felicity, pour la même raison. Nous avions aussi rencontré Caro une ou deux fois, non que je m'attende à ce qu'elle se souvienne de nous…

— Oh, bien sûr que je m'en souviens ! mentit-elle. Bon. Continuez. Quelqu'un d'autre ? »

Harry haussa les épaules et regarda Heather, qui secoua la tête. « C'est à peu près tout. »

Rosalind se tourna ensuite vers Felicity.

« La même chose que Harry et Heather, vraiment. Oh, et j'avais parlé à Clementine au téléphone et par e-mail, mais nous ne nous étions jamais rencontrées en personne avant ce week-end.

— Ashok ? demanda doucement Posy. Connaissiez-vous qui que ce soit ici ?

— Personne. » Il lâcha un petit rire gêné. « À vrai dire, je suis assez nouveau dans le monde des fans de Dahlia. Mais c'est devenu toute ma vie depuis un an, et je ne pouvais pas laisser passer cette opportunité de loger à Aldermere ! »

Caro échangea un regard avec Rosalind. Intéressant.

« Et Kit ? demanda Caro. Connaissiez-vous quelqu'un ? »

Il se pencha en arrière sur son siège, les mains jointes derrière la tête.

« Eh bien, je connaissais Posy, évidemment.

— C'est ce que nous avons supposé quand nous vous avons vu l'embrasser dans la Spirale meurtrière ! »

Harry lâcha un gros éclat de rire et un nouveau murmure s'éleva parmi le public.

« Ça faisait partie du jeu ! protesta Posy, mais elle rougissait, ce qui gâchait un peu tout.

— Évidemment que c'était un jeu, ma chérie, dit Kit, d'un ton si peu convaincant que Caro sut qu'il y aurait des rumeurs à leur sujet sur les réseaux sociaux avant même que le débat soit terminé. Enfin bref, à part ça, je ne connaissais qu'Anton, notre réalisateur, et notre scénariste, Libby.

— OK. » Rosalind reprit le micro. « Je vais maintenant vous répéter les principaux événements d'hier, et je vais vous demander de m'interrompre si vous vous souvenez de quelque chose d'inhabituel à leur sujet. Quelque chose que vous avez vu, ou entendu, par exemple. Posy, vous pourriez peut-être m'aider ? »

Celle-ci cligna des yeux tandis que Rosalind désignait le tableau blanc et les stylos dans le coin de la scène. Pourquoi Caro n'avait-elle pas pensé à ça ? C'était parfait !

« Tout d'abord, les bus sont arrivés de la gare à partir de neuf heures environ. » Rosalind adressa un hochement de tête à Posy, qui le nota sur le tableau, laissant un espace pour les notes supplémentaires qui viendraient par la suite.

« Vous avez tous été accueillis par Clementine, qui vous a donné vos bracelets et vos kits de bienvenue.

Ensuite vous avez tous été menés à vos chambres. Puis nous nous sommes tous retrouvés plus tard près de la maison de poupée pour la visite de la maison avec Isobel. » Un nouveau hochement de tête à l'intention de Posy, qui griffonna « Visite de la maison » sur le papier. Rosalind fit la moue, probablement à cause de l'écriture de Posy.

Caro décida que Rosalind occupait depuis assez longtemps le devant de la scène. Elle se leva, fit signe au volontaire de lui passer le deuxième micro, celui qui était censé être utilisé pour les questions du public.

« Pendant la visite, nous avons tous manipulé la loupe, dit-elle, ignorant le regard noir de Rosalind. Pour ceux d'entre vous qui l'ignorent, c'est la magnifique loupe de joaillier dont Dahlia se sert dans les romans. Une version ornée de pierres précieuses a été créée pour les films et offerte à Lettice Davenport après la fin du tournage.

— Merci, Caro. » Il n'y avait pas la moindre gratitude dans la voix de Rosalind. « Comme vous le dites, l'objet a été manipulé par tout le monde quand nous avons visité le bureau de Lettice. Il a ensuite été replacé dans la vitrine par Isobel avant que nous quittions tous la pièce.

— Était-elle fermée à clé ? » demanda Kit. Rosalind le regarda en clignant des yeux. « Je n'étais pas à la visite, vous voyez, donc je ne sais pas. La vitrine était-elle dotée d'un verrou ?

— C'est une bonne question, inspecteur principal Swain, dit Caro en esquissant lentement un sourire. Est-ce que quelqu'un l'a noté ? »

Les délégués VIP secouèrent la tête. Posy fronça les sourcils.

« J'étais une des dernières sorties, je crois, et je n'ai pas vu Isobel la fermer à clé.

— Il est donc possible que quelqu'un l'ait prise en quittant la pièce, sans se faire remarquer. Ou qu'il soit revenu en douce par la suite pour la prendre, maintenant qu'il savait où elle était, conjectura Caro.

— Après la visite, nous avons déjeuné, et le jeu de l'enquête a été annoncé par Marcus. »

Le débit fluide de Rosalind eut un petit accroc tandis qu'elle cherchait ses mots. Posy, lui prenant le micro des mains, intervint.

« Nous avons pris nos places pour le jeu – et vous quatre vous êtes lancés dans votre enquête, en même temps que de nombreux autres délégués. » Elle sourit aux suspects – un sourire de Hollywood que Caro ressentit depuis l'autre côté de la scène. Elle avait vécu la vraie vie de LA, n'est-ce pas ? Elle avait eu les éloges, la gloire et les rôles. Elle savait comment mettre un public dans sa poche, Caro devait lui accorder ça.

« Ensuite il y a eu la conclusion du jeu, au cours de laquelle j'ai été arrêtée – et Ashok, je crois que c'est vous qui avez gagné, n'est-ce pas ? » Ashok rougit sous le poids du sourire de Posy.

Le moment était venu pour Caro de reprendre les choses en main. « Et c'est alors qu'Isobel a annoncé que la loupe avait été volée. Nous savons donc qu'elle a dû être dérobée entre onze heures, quand nous avons quitté le bureau de Lettice, et dix-sept heures, quand Isobel a fait cette annonce. Nous sommes d'accord ? »

Tout le monde sur la scène acquiesça, de même qu'une bonne partie des spectateurs. Caro jaugea le public du regard. Quelques personnes au fond s'en allaient discrètement – ce n'était pas ce pour quoi elles étaient venues, après tout. Mais la majorité était restée et semblait impliquée dans ce qui se passait.

« Bien sûr, après ça, la personne qui l'a volée a dû la cacher – puisque tous nos sacs ont été fouillés – avant de la récupérer. » Rosalind avait repris le micro à Posy. « Nous devons donc continuer avec la soirée. Il y a eu du temps libre jusqu'à l'apéritif, puis le dîner lui-même. »

Caro observa attentivement les suspects à la mention du dîner. Chacun d'entre eux jeta un coup d'œil à ses voisins, réfléchissant à ce qui s'était passé tandis que le repas et la journée touchaient à leur fin.

« Donc, maintenant nous arrivons à la partie amusante, déclara Posy dans le micro de Rosalind. Ce que vous avez remarqué pendant la journée. »

Elle désigna de la tête le deuxième micro dans la main de Caro, qui le passa à Felicity pour qu'elle commence.

« Heu, eh bien, je crois qu'elle s'est à peu près déroulée comme vous avez dit. » Elle rejeta ses cheveux bleus par-dessus son épaule tout en examinant le tableau. « J'étais avec Ashok quand nous avons mené l'enquête après le déjeuner – Posy, vous nous avez vus ensemble dans la Spirale meurtrière, vous pouvez donc être notre alibi ?

— Tout à fait. »

Son sourire plein d'entrain amena Caro à penser aux présentateurs d'émissions de télé pour enfants. Et ce n'était pas un compliment.

« Ensuite, nous avons cherché quelques indices ensemble, avant de nous séparer pour la dernière partie – pour voir lequel de nous pourrait gagner. » Elle lança à Ashok un regard noir. « Je me suis retrouvée prise dans une dispute avec un groupe de délégués à propos de la manière dont Dahlia résolvait l'énigme dans *Fleurs et querelles* sans jamais quitter le salon du croque-mort, donc Ashok m'a battue. »

L'un des romans de Lettice des années 1960, même s'il se déroulait toujours dans les années 1930. Pas un de ceux que Caro avait préféré tourner car elle avait dû rester là à ne rien faire avec un faux cadavre pendant toute la journée. Mais la fin était astucieuse, elle devait l'admettre.

« Et ensuite, quand ça a été fini, après que nous avons appris que la loupe avait été volée, j'ai lu dans ma chambre. » Ses joues prirent une légère teinte rosée. « Je sais que nous étions censés vivre une expérience immersive, pas d'équipements électroniques ni rien, mais j'avais ma liseuse, vous voyez, et j'ai tous les romans de Dahlia Lively dessus, ainsi que les livres reliés à la maison.

— Vous vouliez vérifier que vous aviez raison à propos de la fin de *Fleurs et querelles*, supposa Caro. Je peux comprendre ça. »

Elle conservait une voix calme et apaisante – un entraînement supplémentaire pour ces auditions pour des rôles de mère auxquelles son agent ne cessait de l'envoyer, même si elle n'avait jamais eu d'enfant, ni aucun désir d'en avoir. Apparemment, c'était tout ce qui était disponible pour les femmes de son âge – des rôles où elle était au second plan et soutenait les autres, toujours occupée à remuer quelque chose sur une cuisinière ou à enrouler une écharpe autour du cou de quelqu'un. Et même pas pour l'étrangler, ce qui aurait été amusant.

Caro n'aurait rien contre jouer une meurtrière, tant que le scénario se souciait de ce que son personnage voulait, de ce dont il avait besoin, plus que de ce qu'elle pouvait faire pour les autres.

Mais aujourd'hui elle était toujours l'Enquêtrice, toujours Dahlia. Et elle avait obtenu son premier aveu, aussi mineur fût-il. Felicity avait apporté en douce un appareil électronique interdit. Ce n'était pas grand-chose, mais elle espérait que ça ouvrirait les portes pour que d'autres partagent également leurs petits secrets et leurs petites hontes.

« Ensuite il y a eu le débat, et après je vous ai tous retrouvés pour l'apéritif et le dîner. » Felicity sembla pensive. « Je suppose que techniquement j'aurais *pu* voler la loupe quand nous avons visité la maison ensemble, et ensuite la cacher quand je prétends avoir été en train de lire – mais mon sac a été inspecté comme tous les autres quand je suis entrée dans la maison, alors où l'aurais-je mise ? À moins de l'avoir cachée quelque part pendant la visite et l'avoir récupérée plus tard ?

— C'est ça qui est amusant quand on interroge d'autres enquêteurs. Ils trouvent toutes les possibilités pour vous ! lança Caro à l'assistance et recevant en retour des rires gratifiants. Et le dîner ? En supposant que vous n'étiez *pas* la voleuse, avez-vous vu quelqu'un qui se comportait de façon bizarre ? »

Felicity tira un carnet de son sac et le feuilleta. « J'ai essayé de reconstituer les mouvements de tout le monde à partir du dîner. Vous savez, juste histoire de parfaire mes talents d'enquêtrice. »

Elle dit ça en ouvrant de grands yeux innocents, mais Caro s'attendait presque à ce qu'elle fasse un clin d'œil entendu. Ses talents d'enquêtrice, ben voyons.

Les Dahlia n'étaient pas les seules à tenter d'élucider un meurtre, ainsi qu'un vol. Ça risquait de compliquer les choses.

« Comme c'est utile, dit Rosalind. Quelque chose que vous aimeriez partager ? Dans vos… notes.

— Eh bien, j'ai vu Juliette – la jeune adolescente de la famille –, ajouta-t-elle à l'intention de l'assistance, sortir discrètement de la maison pendant le dîner, quand je suis allée aux toilettes. Je crois qu'elle a dit qu'elle allait appeler son petit ami, mais pourquoi avait-elle besoin de le faire dehors ? »

*Ça*, c'était intéressant – et vu le murmure interrogateur qui parcourut le chapiteau, les autres pensaient la même chose. C'était absolument le genre d'indice qui aiderait Dahlia à résoudre une énigme, même si Caro ne voyait pas comment.

« Bien sûr, comme la loupe appartient à sa famille et lui appartiendra un jour, il est difficile d'imaginer qu'elle puisse vouloir la voler, déclara Rosalind d'un ton sec. Je déteste me mêler de ce qui ne me regarde pas, mais je soupçonne qu'elle sortait discrètement pour retrouver son petit ami ! Bon, qui est le suivant ? » demanda-t-elle, passant en douceur à autre chose pendant que le public riait, mais Juliette était désormais en haut de la liste des personnes à qui Caro voulait parler.

Le suivant fut Ashok, qui confirma la version de Felicity et ajouta que lui aussi avait lu dans sa chambre – « un véritable livre, pas un roman électronique de contrebande » –, entre la table ronde et le dîner. Mais quelque chose dans son attitude éveilla les soupçons de Caro. Elle plissa les yeux tandis qu'elle tentait de déterminer quoi, puis sourit lorsqu'elle trouva. Ashok lançait des petits coups d'œil à travers le chapiteau, mais il y avait un endroit où son regard ne se posait jamais – sur Posy. En pinçait-il pour leur starlette de Hollywood ?

Ou y avait-il autre chose ?

« Et vous êtes certain qu'il n'y a rien d'autre que vous aimeriez partager avec nous concernant votre journée d'hier ? » demanda doucement Rosalind, qui se tenait à côté de Posy.

Les trois Dahlia le fixèrent et il baissa les yeux.

Puis Ashok craqua.

« OK, *d'accord*. J'ai soudoyé ces filles pour qu'elles distraient Felicity avec la discussion à propos de *Fleurs et querelles* afin de pouvoir gagner les tickets pour la convention de l'année prochaine. Heureuses ? » Il s'enfonça dans son siège avec les bras croisés, le menton baissé et la mine embarrassée.

À côté de lui, Felicity émit une petite exclamation surprise, puis lui tapa sur le bras avec le programme de la convention.

« Si vous croyez que je vais continuer à partager mes notes avec vous !

— Mais je vous ai aussi vue vous disputer avec Anton dans le hall d'entrée pendant le dîner. »

Ashok désignait Posy, qui lâcha un éclat de rire quelque peu crispé.

« Différends artistiques, j'ai bien peur, plaisanta-t-elle. Rien à voir avec le vol.

— Et j'ai vu Marcus se diriger vers le bureau de Lettice dans les combles, peu de temps avant que vous et moi… tombions l'un sur l'autre sur le palier avant le dîner », ajouta-t-il en regardant Posy.

Ou plutôt quand elle s'était introduite dans la chambre de Clementine et avait volé le scénario. Mais que faisait Marcus là-haut ? Au moins, ça expliquait où il avait disparu, la laissant tenter de calmer Isobel qui était devenue hystérique à cause de ses plans de table.

« Intéressant. Merci, Ashok. Ça fait donc deux confessions, jusqu'à maintenant », dit Caro. L'assistance applaudit consciencieusement. « Voyons voir si nous pouvons soutirer quelque chose de plus consistant à nos prochains suspects, d'accord ? »

Harry et Heather n'eurent rien de neuf à ajouter, mais Kit fut heureux de prendre la parole pour passer sur le gril pendant le dernier quart d'heure de leur session. À la fin, Caro le soupçonna d'inventer des choses pour produire un effet dramatique.

« Donc, laisse-moi récapituler ce qui s'est passé, dit Posy en roulant aimablement les yeux en direction de l'assistance. Au cours de la journée d'hier, tu as vu un visage spectral à la fenêtre du bureau de Lettice Davenport alors que tu te trouvais dans la Spirale meurtrière, une bagarre entre deux personnes vêtues comme l'inspecteur principal Johnnie Swain, notre scénariste tentant de soudoyer un organisateur de conférence pour récupérer son téléphone, et un ourson en train de voler une conserve au stand des confitures.

– Oui, répondit fermement Kit. Enfin, certaines de ces choses, en tout cas. J'ai du mal à me souvenir parce que j'ai faim. Est-ce que c'est l'heure du déjeuner ? »

Le public éclata de rire. Près de la porte du chapiteau, un volontaire en gilet tapotait sa montre. Ils n'avaient presque plus de temps ; Caro ferait bien de conclure.

« Oui, dit-elle. Donc, nous ferions mieux d'en rester là. Merci à tous de nous avoir aidées à démontrer quelques principes d'enquête de base dont, je pense, Dahlia serait fière ! Tout d'abord, qu'on ne sait jamais quelle bribe d'information permettra d'élucider l'énigme. Deuxièmement, que l'opportunité ne signifie rien sans... quoi d'autre, les amis ?

— Le mobile et le moyen ! » beugla l'assistance en retour, la surprise faisant reculer Posy de quelques pas.

Caro esquissa un grand sourire.

« Exactement ! Et troisièmement... » Elle adressa aux suspects un sourire malicieux. « Que tout le monde a un ou deux petits secrets à cacher – même s'il s'agit simplement d'une liseuse de contrebande. Merci de vous être joints à nous aujourd'hui ! ajouta-t-elle par-dessus les rires du public. C'étaient les Trois Dahlia !

— Vous nous faites passer pour un numéro de cirque, grommela Rosalind tandis que Caro attrapait les mains de ses deux acolytes et leur faisait faire une révérence face à la foule en liesse.

— Je donne juste aux fans ce qu'ils veulent », marmonna Caro entre ses dents, avant de se rendre compte de ce qu'elle venait de dire.

*Je donne juste aux fans ce qu'ils veulent.* C'était une des expressions de Marcus. Il prétendait toujours que tout ce qu'il faisait était pour les fans.

Mais l'un d'eux l'avait-il assassiné ?

## Chapitre seize

*« Vous comprenez que c'est illégal », dit doucement Johnnie. Le verrou de la fenêtre céda finalement sous les efforts de Dahlia et elle l'ouvrit suffisamment pour passer.*
*« J'aime voir ça comme une interprétation créative de la loi, répliqua-t-elle.*
*— Espérons que les tribunaux verront les choses du même œil », marmonna Johnnie en franchissant la fenêtre à sa suite.*

Dahlia Lively dans *Le Marteau et l'Enclume*
Par Lettice Davenport, 1940

Le reste de la convention semblait se dérouler comme prévu, malgré la perte de ses deux principaux organisateurs. Caro arbora un large sourire en repérant Juliette – désormais vêtue d'un tailleur classique avec un carré en soie attaché autour du cou – tenant un porte-bloc et parlant à quelques volontaires.

Caro fit signe à Rosalind et à Posy de l'attendre, puis elle alla voir la jeune femme, croisant son regard mais attendant qu'elle ait fini de donner ses instructions pour lui parler.

« Alors, tout se passe bien ? demanda-t-elle tandis que les volontaires s'en allaient exécuter les ordres de Juliette.

— Parfaitement bien. Clementine prenait beaucoup de notes, et les volontaires savent plutôt bien ce qu'ils doivent faire.

— Vous avez réussi à lui mettre la main dessus ? »

S'ils parvenaient à parler à Clementine, elle pourrait répondre à de nombreuses questions qui les turlupinaient.

Mais Juliette secoua la tête.

« J'ai appelé, mais pas de réponse – je suppose que l'urgence familiale est toujours d'actualité. J'ai laissé un message et envoyé un texto, donc elle a mon numéro.

— Et les volontaires s'en sortent sans elle ou Marcus ?

— Oui, on dirait. » Juliette esquissa un sourire satisfait. « À vrai dire, ils sont pour l'essentiel soulagés que ce ne soit pas Marcus qui leur donne des ordres. Ce n'était pas le type le plus apprécié, ici. Tout le monde était plus heureux quand c'était Clementine la responsable. Elle savait comment fonctionnaient les choses. »

Caro s'en était doutée, mais c'était agréable d'en avoir la confirmation par une source sur le terrain. « Marcus a toujours préféré diriger les choses plutôt que mettre la main à la pâte. L'aviez-vous déjà rencontré ? Lors d'un de ses séjours ici ? »

Un petit pli apparut entre les sourcils parfaitement entretenus de Juliette tandis qu'elle réfléchissait. « Je ne crois pas. Enfin, il y a toujours des gens qui rendent visite à grand-mère et grand-père, mais je ne me souviens pas de lui, et je crois que je m'en serais souvenu. » Elle marqua une pause, son sourire devenant un peu timide – pas une chose à laquelle Caro s'attendait de la part de cette jeune femme pleine d'assurance. « Je voulais dire, merci de m'avoir fait confiance. Les gens… ne le font pas, en règle générale. Mais Aldermere, Lettice et Dahlia… elles font aussi partie de mon héritage familial. Et c'est agréable de faire quelque chose d'important, pour une fois. »

Peut-être que Caro devrait passer plus d'auditions pour des rôles de mère, après tout. Elle était manifestement douée pour guider les ados. Ou est-ce que ça faisait plutôt d'elle la tante cool ? Il y avait assurément une pénurie de rôles de tante cool à la télévision ces temps-ci. Peut-être qu'elle devrait en écrire un. Elle pourrait être la scénariste, la réalisatrice *et* la star du film. Ça donnerait une bonne leçon à Rosalind.

Après qu'elle en aurait fini avec ce meurtre.

« Je suis contente que ça vous plaise. Je sais qu'hier n'a pas été très amusant pour vous. » Caro regarda autour d'elle avant d'adresser à Juliette un sourire discret. « Mais est-ce que je vous ai vue vous échapper pour au moins vous amuser *un peu*, hier soir ? Quand vous avez dit que vous alliez appeler votre petit ami ? »

Les yeux de Juliette s'écarquillèrent.

« Ne le dites pas à grand-mère, vous voulez bien ?

— Bien sûr que non ! »

Comme si elle allait dire *quoi que ce soit* à Isobel. Juliette ne savait-elle pas qu'elle était la tante cool ?

« Mais juste entre filles ?

— Oliver est venu me voir ici, près des écuries. Grand-mère l'a pour ainsi dire banni d'Aldermere pour le week-end, mais il voulait vraiment me voir, alors… »

Une jolie teinte rosée lui monta aux joues, qui était assortie à son écharpe.

« L'amour de jeunesse. Je comprends *totalement*. » Enfin, elle s'en souvenait surtout. Soudain, ce sentiment de « besoin de te voir tout de suite » semblait très, très lointain. Avait-elle éprouvé ça pour Annie au début ?

Oui. Oui, elle l'avait éprouvé. À plus d'une reprise elle s'était échappée d'un hôtel pendant un tournage et avait roulé la moitié de la nuit pour passer une heure ou deux avec elle, avant de revenir pour la convocation matinale du lendemain matin.

« Je suppose que vous n'avez rien vu… d'inhabituel, dehors, n'est-ce pas ? » Elle devait procéder avec délicatesse. Comment questionner quelqu'un sur un meurtre sans trahir le fait qu'il y avait eu un meurtre.

« Comme quoi ? demanda Juliette. Il faisait nuit, et Oliver et moi… eh bien, on était plutôt occupés. »

*Je me doute que vous l'étiez.* « Oh, je ne sais pas. J'essaie toujours simplement de déterminer où quelqu'un a pu cacher cette satanée loupe, je suppose. Et il y avait tellement d'allées et venues pendant le dîner que je me demandais si quelqu'un avait pu s'éclipser pour la donner à un complice. »

Juliette secoua la tête. « Eh bien, si c'est le cas, je ne les ai pas vus. Désolée. Même si… » Elle fronça les sourcils.

« Même si ? insista Caro.

— Je suis montée me changer avant de sortir retrouver Oliver – je n'allais pas y aller dans la tenue que j'ai dû porter au dîner, pas vrai ? Enfin bref, quand j'étais là-haut, j'ai vu Ashok sortir de la Chambre des porcelaines. Et j'ai trouvé ça bizarre parce que j'étais certaine que c'était Posy qui y logeait.

— En effet », confirma Caro d'un air pensif.

Et si Ashok s'était éclipsé et l'avait vue se disputer avec Anton, ainsi qu'il l'avait affirmé lors du débat, il savait que Posy ne serait pas dans sa chambre et ne le surprendrait pas à fouiner.

Intéressant.

Un autre volontaire s'approcha. Il tenait une feuille de papier et avait une expression perplexe. Juliette se tourna vers lui et Caro saisit l'opportunité pour prendre congé.

« Je vous laisse vous en occuper. » Elle rejoignit Rosalind et Posy, toujours plongée dans ses réflexions.

« Alors ? demanda Rosalind.

— Vous aviez raison, elle a retrouvé son petit ami. » Caro fronça les sourcils. « Même s'il faudrait probablement que nous essayions de lui parler pour le confirmer.

— Confirmer qu'elle n'était *pas* dans la pièce quand le meurtre a été commis ? demanda Posy.

— C'est ce que Dahlia ferait, insista Caro avec obstination. Rosalind, vous pouvez peut-être le faire ?

— Pourquoi a-t-elle besoin d'un alibi, de toute manière ? demanda Rosalind avec colère. C'est une enfant, Caro.

— Elle a dix-neuf ans. C'est une adulte, contra-t-elle. Et tout le monde a besoin d'un alibi. Pas vrai, Posy ? »

Cette dernière les regarda tour à tour, considérant sa réponse. « J'avais dix-neuf ans quand j'ai découvert que mes parents avaient détourné tout l'argent que j'avais gagné, et tout perdu. J'avais dix-neuf ans quand je suis partie sans rien et, eh bien, quand j'ai déraillé. Donc, oui, dix-neuf ans, c'est assez vieux pour être adulte – si ça signifie être seul au monde et prendre de mauvaises décisions. Mais je suppose que les dix-neuf ans de Juliette sont différents des miens. »

La douleur dans sa voix fit se nouer la gorge de Caro, la privant de réponse.

Rosalind soupira.

« Je parlerai plus tard à Juliette, j'essaierai de lui faire appeler son petit ami pour moi. Je prétendrai que c'est un truc de marraine.

— Alors, qu'est-ce qu'on fait en attendant ? demanda Posy.

— Je suggère d'aller boire une tasse de thé, personnellement, répondit Rosalind, manifestement toujours agacée par Caro. Enfin quoi, nous avons posé des questions toute la matinée, et les seuls secrets que nous avons révélés sont une liseuse illicite, une tentative maladroite de tricher à un jeu stupide et un rendez-vous amoureux entre adolescents. Pourquoi ne pas abandonner avant d'être encore plus larguées ? Nous sommes des *actrices*, pas des enquêtrices.

— On ne peut pas être les deux ? demanda Posy en haussant les sourcils.

— Bien sûr que si. » Caro lança un regard dur à Rosalind. « Dahlia n'était pas non plus enquêtrice, au début. Mais elle avait l'intelligence et un talent pour pousser les gens à lui dire des choses qu'ils auraient probablement mieux fait de ne pas dire. Elle résolvait des énigmes et voyait des connexions. Et elle connaissait les *gens*. Exactement comme nous. »

Ce n'est qu'alors qu'elle disait ça que Caro se rendit compte à quel point c'était vrai. Elles avaient passé leur carrière à faire semblant d'être d'autres personnes, à apprendre à comprendre leurs personnages, pourquoi ils prenaient telle ou telle décision. Leurs plus grandes erreurs, leurs regrets, leurs passions – leurs motivations.

Et c'était ce qu'elles faisaient à Aldermere.

Rosalind soupira de nouveau. « Très bien. Alors, qu'est-ce qu'on fait, maintenant ? Puisque vous semblez déterminée à être la Dahlia en chef au cours de cette enquête. »

Caro tenta de ne pas trop pavoiser. Bien sûr qu'elle était la Dahlia en chef. C'était elle qui avait joué le rôle pendant le plus longtemps.

« Eh bien, d'après moi, nous avons deux options.

— Oh ? » fit Rosalind avec une expression d'ennui, même si Caro percevait la lueur d'excitation dans ses yeux.

Tout ça lui plaisait plus qu'elle ne voulait l'avouer.

« Soit nous fouillons la chambre de Marcus à la recherche d'une raison pour laquelle quelqu'un aurait pu vouloir le tuer, soit nous demandons à Ashok pourquoi Juliette l'a vu sortir de la chambre de Posy pendant le dîner hier soir. »

---

Il s'avérait qu'Ashok s'était directement rendu, après le débat des trois Dahlia, à une autre manifestation dans un des autres chapiteaux, alors elles décidèrent de commencer par fouiller la chambre de Marcus. Tandis qu'elles retournaient vers la maison, Posy les informa cependant du rôle qu'avait joué Ashok lorsqu'elle s'était introduite dans la chambre de Clementine.

« Et vous n'avez pas pensé à le mentionner plus tôt ? » demanda Rosalind.

Posy haussa les épaules. « Il voulait récupérer son téléphone. Il a fait le guet. Il n'est pas entré dans la chambre. Ça ne semblait pas vraiment important. »

Jusqu'à ce que cela le soit. N'était-ce pas toujours comme ça avec les enquêtes de Dahlia ?

Pour le moment, Caro décida de dresser mentalement une liste de questions à poser à Ashok quand elles lui mettraient la main dessus, et elle gravit à la hâte l'escalier en direction de la Chambre des porcelaines.

Le fait que la chambre de Marcus soit adjacente à celle de Posy rendait les choses beaucoup plus simples que Caro ne s'y était attendue – mais ça signifiait qu'elles devaient passer par la chambre de Posy pour s'y rendre. Le bleu et blanc de la pièce était oppressant, et Posy grimaça en ouvrant la porte.

« Cette pièce fonctionnait assurément mieux dans la fiction, observa Caro tandis qu'elles entraient. Quand nous l'avons filmée, nous n'avions qu'un seul mur et le dessus-de-lit bleu et blanc. Sinon je crois que les spectateurs auraient éteint la télé pour sauver leurs yeux.

— Malheureusement, les miens continuent de souffrir. »

Posy traversa la chambre jusqu'à une porte dissimulée dans le mur par le papier peint qui la recouvrait. Elle était uniquement repérable à la clé qui ressortait de la serrure.

« Attendez ! dit Rosalind. Si Ashok était ici hier soir au moment du dîner, ça signifie qu'il cherchait quelque chose. Ne devrions-nous pas chercher quoi ?

— La loupe, je suppose, répondit Posy avec un petit froncement de sourcils. Mais elle est toujours dissimulée dans ma chaussure dans la penderie. J'ai vérifié ce matin. »

Elle ouvrit la porte du meuble et en tira la chaussure – et la loupe – pour attester ses dires.

« Soit il est nul pour fouiller, soit il cherchait autre chose, déclara Caro. Mais quoi ?

— Je n'en ai aucune idée. » Posy regarda autour d'elle comme si elle cherchait des indices. « Le scénario ? Les photos et la lettre de chantage ? Je les avais sur moi dans mon sac.

— Peut-être, dit Caro. Venez. Allons inspecter la chambre de Marcus. »

La salle de bains entre les deux chambres était d'un blanc apaisant, et la porte de l'autre côté par chance toujours déverrouillée. Derrière la porte, la chambre de Marcus était plus quelconque que celle de Posy, ou que celle de Caro, d'ailleurs. Clairement conçue pour loger des hommes, elle ne comportait guère de décorations hormis deux pistolets d'ornement au mur et une eau-forte représentant une scène de chasse près de la fenêtre. Il y avait sur le lit une couverture à motif écossais, et un lourd bureau en bois au plateau tapissé de cuir se trouvait contre le mur, à côté de la porte de la salle de bains.

« Par où commençons-nous ? » demanda Posy. La police avait condamné les portes de la pièce au moyen de cordons, mais elles étaient passées dessous sans y toucher.

« Vous inspectez le lit, Rosalind la penderie, je vais prendre le bureau », déclara résolument Caro.

Elle n'avait aucune idée de ce que risquaient de trouver les autres – elle soupçonnait que Marcus avait plus de secrets que ceux qu'elle connaissait –, mais elle savait aussi qu'elle avait plus de chances de trouver ce qu'*elle* cherchait dans le bureau. Marcus était une créature d'habitudes, après tout, et si elle ne s'était jamais trouvée dans cette chambre précise, elle en avait fréquenté d'autres.

Elles se mirent rapidement au travail, aucune d'elles ne souhaitant rester plus longtemps que nécessaire dans les quartiers d'un homme mort – ni être découverte là par quelqu'un d'autre. Caro ouvrit sèchement les tiroirs du bureau et ne trouva pas grand-chose d'intéressant ; un roman en poche – pas un Lettice Davenport –, un bloc de papier vierge et quelques stylos.

Puis elle passa la main sous les tiroirs et sentit le cuir doux du livre de comptes de Marcus. Petit, carré, taché et usé – très semblable à son défunt propriétaire. Elle n'eut aucun mal à s'accroupir et à le libérer avant de l'enfoncer dans sa poche de veste. Caro avait une idée de ce qu'elle trouverait dedans, mais elle voulait vérifier et être sûre avant de le partager avec les autres.

Elle ne s'était pas attendue à ce que Marcus possède encore des preuves photographiques de leur liaison idiote. Qui savait quels autres documents compromettants il transportait avec lui ?

Elle effectua une deuxième inspection au cas où il aurait caché autre chose au même endroit et sentit un bout de papier. Fronçant les sourcils, elle le libéra également et le porta à la lumière.

C'était une lettre ; un papier couleur crème dans une enveloppe de qualité assortie, adressée à Anton.

Caro parcourut le texte en se relevant.

« Qu'est-ce que c'est ? demanda Posy. Qu'est-ce que vous avez trouvé ?

— On dirait que Marcus se diversifiait », dit Caro d'un ton sec en brandissant le papier. Elle n'était pas au courant de cette partie de ses activités, mais elle n'était pas non plus étonnée. « Il n'envoyait pas *ses* lettres de chantage sur des pages de scénario.

— Encore un chantage ? » Les sourcils de Posy s'élevaient à mesure qu'elle lisait la lettre. « Mais qui faisait-il chanter ? »

Caro leva l'enveloppe. « Votre patron. Est-ce vraiment lui qui a fait fuiter le scénario original ? »

Posy fit la moue.

« Entre autres. Que voulait Marcus ?

— La même chose que d'habitude. De l'argent, plus une apparition dans le nouveau film. Sinon il menaçait d'aller voir les investisseurs avec la preuve qu'Anton était derrière la fuite. » Elle vérifia de nouveau sous le bureau. « Mais quelle qu'ait été la preuve qu'il pensait avoir, il ne l'avait pas ici.

— Anton ne passe pas un très bon week-end, observa Posy, un large sourire illuminant son visage.

— C'est à ce sujet que vous vous êtes disputée avec lui hier soir, n'est-ce pas ? » Caro pouffa de rire. « Des différends artistiques, en effet. »

Posy fit la grimace mais en convint malgré tout. « C'est lui qui a lancé cette rumeur de malédiction. » Elle raconta la dispute qu'elle avait eue avec le réalisateur la veille au soir, et Caro sourit à l'idée que Posy avait berné Anton en faisant semblant d'enregistrer sa confession. Elle était finalement plus une Dahlia que Caro ne s'y était attendue.

Elle jeta un coup d'œil à Rosalind pour partager son sentiment, mais celle-ci fixait l'enveloppe dans la main de Caro.

« Pas de timbre, marmonna-t-elle. C'est ça qui est étrange. »

Caro croisa le regard de Posy. Quelque chose leur échappait clairement, mais Rosalind était une actrice accomplie. Elle voulait laisser monter le suspense avant de leur dire, et il était inutile d'essayer de lui tirer les vers du nez.

Finalement, Rosalind releva la tête, les yeux écarquillés, les mains tremblantes.

« J'ai vu une lettre similaire – ou du moins, une enveloppe, avec cette écriture dessus. Elle était posée sur la table du téléphone vendredi soir, alors je l'ai montée à Hugh. Sur le coup, je ne suis pas parvenue à mettre le doigt sur ce qu'elle avait d'étrange, mais je le vois désormais. Le nom et l'adresse de Hugh étaient inscrits dessus – mais il n'y avait ni timbre ni cachet de la poste.

— Elle avait dû être livrée en personne, observa Posy d'un air pensif.

— Et Marcus était à Aldermere ce soir-là, confirma Rosalind.

— Donc, Marcus faisait chanter Hugh et avait prévu de faire chanter Anton. »

Ça ouvrait tout un monde de possibilités pour ce qui était du mobile.

« Mais à propos de quoi ? demanda Posy. D'accord, je sais ce qu'Anton tramait. Mais que faisait Hugh qui pouvait lui valoir qu'on le fasse chanter ? »

Le visage de Rosalind se vida de toute la couleur qu'il lui restait.

« Isobel pense... elle m'a confié qu'elle pensait qu'il avait une liaison.

— Une liaison ? demanda Caro. Avec qui ?

— Elle ne l'a pas dit. »

Mais Caro aurait parié que Rosalind avait une idée.

Posy fut la première à comprendre. « C'est pour *ça* que vous les regardiez, lui et Clementine, dans le jardin ! » dit-elle.

Rosalind lui lança un regard noir.

« La visite n'était pas exactement fascinante.

— Croyez-vous vraiment qu'elle pourrait être la maîtresse de Hugh ? Peut-être que c'est pour *ça* qu'elle est partie. » Caro sentait que de nouvelles pièces du puzzle trouvaient leur place. « Je n'ai jamais cru à cette histoire d'urgence familiale.

— Je ne sais pas. Je connais Hugh. Je ne pense pas qu'il ferait ça. Enfin, pas avec Clementine. Elle est suffisamment jeune pour être sa fille. »

Caro ne savait pas si Rosalind essayait de les convaincre elles ou de se convaincre elle-même.

« Sa petite-fille, corrigea Posy avec dégoût. Mais oui, je la verrais bien s'enfuir si Hugh était victime d'un chantage à cause de leur liaison. Et ça expliquerait pourquoi il l'a laissée prendre la voiture.

— Y avait-il autre chose, là-bas ? » Rosalind agita la main en direction du bureau. « Un signe qu'il faisait chanter d'autres personnes ? »

Caro hésita. Elle savait qu'elle ferait bien de leur parler du livre de comptes de Marcus. Mais toute cette histoire était certainement liée au chantage. Il n'y avait rien qui justifiât un meurtre, dans le livre de comptes.

« Non. Je pense que nous pouvons supposer qu'il faisait chanter d'autres personnes, dit-elle. Cette lettre, au moins, n'a jamais été livrée, donc Anton ne sait peut-être pas que Marcus l'avait dans son collimateur.

— Alors il n'aurait eu aucune raison de l'assassiner, termina Posy. Mais Hugh, si. Il avait déjà reçu sa lettre.

— Mais, comme dit Caro, il n'était peut-être pas le seul », se hâta d'ajouter Rosalind.

Elle ne voulait pas croire que son Hugh adoré puisse être responsable. Elle était toujours tellement folle de lui après toutes ces années, et toutes ces histoires, que c'en était presque risible.

Quand le mari de Caro l'avait trompée, elle n'était pas restée assise là à jouer les femmes humiliées. Elle avait montré à tout le monde qu'il ne pourrait pas la briser. Qu'elle n'allait pas se taire et faire comme si de rien n'était ainsi qu'on aurait pu s'y attendre de sa part par le passé. Et la presse avait plutôt apprécié le psychodrame – surtout durant les premiers temps âpres et difficiles, avant Annie, quand les réactions de Caro à l'infidélité de son mari plus célèbre qu'elle avaient fait les choux gras des rubriques people.

Et oui, elle aussi avait bu trop de vin dans un bar d'hôtel et avait été sensible aux charmes douteux de Marcus. Mais au moins elle pouvait se consoler en se disant qu'il constituait un meilleur parti, à l'époque. Et elle avait assez rapidement repris ses esprits, mis un terme à l'histoire et renoncé à l'amour et aux idylles.

Jusqu'à ce qu'elle rencontre Annie. Ça avait été une chose qu'aucune des deux n'avait anticipée ni prévue.

Rosalind, d'un autre côté, avait réagi très différemment quand Hugh l'avait plaquée pour épouser Isobel. Elle était tombée dans les bras de l'acteur avec qui elle partageait l'affiche et l'avait épousé, tout en continuant de passer les jours fériés et les vacances avec son ex et l'amie avec qui tout le monde savait qu'il l'avait trompée. Caro ne pouvait pas prétendre connaître toute l'histoire, mais le sang-froid de Rosalind, ses manières impeccables et le fait qu'elle était parvenue à garder la tête haute sans jamais dire du mal de personne expliquaient probablement en grande partie pourquoi elle était considérée comme un trésor national par les médias, alors que Caro était une constante source d'amusement.

Mais Rosalind n'avait jamais eu la satisfaction de mettre le feu à la cravate de Hugh, ainsi qu'elle l'avait fait avec son ex-mari, donc qui était la vraie gagnante ?

« Nous devons sortir d'ici avant que quelqu'un arrive, dit Posy, brisant le silence. Nous pourrons déterminer qui d'autre Marcus pouvait faire chanter quand nous serons dans ma chambre.

— Pensez-vous que ce soit ainsi que quelqu'un est entré pour laisser la loupe ? » demanda Caro à voix haute tandis qu'elles se dirigeaient vers la salle de bains.

Posy, qui était en train d'ouvrir la porte, interrompit son geste. « Je n'y avais pas pensé. Est-ce que ça pourrait être Marcus qui l'a volée ? »

Rosalind regardait également Caro, et cette dernière s'aperçut qu'elles attendaient toutes deux qu'elle réponde. C'était elle qui connaissait Marcus le mieux et depuis le plus longtemps, après tout.

Elle réfléchit.

« C'est *possible*. Enfin, ça ne me surprendrait pas qu'il l'ait volée. Son sens de la moralité a toujours été plutôt élastique.

— Nous nous en sommes rendu compte. » Rosalind brandit la lettre de chantage. « Enfin bref, je crois… commença-t-elle, mais Posy l'interrompit d'un grand geste de la main et en portant un doigt à ses lèvres.

— Il y a quelqu'un dans ma chambre », souffla-t-elle.

Caro s'approcha de la porte et écouta. Posy avait raison. Il y avait du mouvement de l'autre côté de la salle de bains.

*Que ferait Dahlia ?* Oh, eh bien, ça, c'était facile.

« Alors prenons-le par surprise », murmura Caro, et elle ouvrit la porte en grand.

## Chapitre dix-sept

*« Mais est-ce vraiment un mobile suffisant pour tuer ? »
demanda Johnnie en levant les yeux de la liste qu'il avait
rédigée de son écriture soignée dans son petit carnet de
policier.*
*Dahlia sourit. « Oh, Johnnie. Ce n'est pas à nous de dire ce
qui constitue un mobile suffisant pour une autre personne.
Ce qui pourrait être un désagrément mineur pour nous
pourrait être synonyme de meurtre pour quelqu'un d'autre
– et vice versa. Les mobiles des gens – et leurs émotions –
sont toujours insondables pour ceux d'entre nous qui sont à
l'extérieur. »*

Dahlia Lively dans *Fleurs et querelles*
Par Lettice Davenport, 1965

Caro fit irruption dans la pièce en espérant surprendre l'intrus, mais la porte de la chambre était ouverte. Elle arrivait trop tard.

Les rideaux étant tirés, la Chambre des porcelaines était plongée dans l'obscurité. La personne qui s'était introduite dans la chambre de Posy y était restée plus longtemps qu'elles ne s'en étaient rendu compte ;

la salle de bains qui les séparait avait dû étouffer les bruits.

Caro se précipita vers la seconde porte ouverte et découvrit en parcourant le couloir du regard qu'il y avait du monde sur le palier. Les délégués VIP se dirigeaient vers l'escalier, un groupe de quatre personnes liées par leur obsession et leurs propres enquêtes. Hugh descendait les marches en provenance du bureau de Lettice, et elle vit les cheveux pâles d'Isobel disparaître à l'angle en direction de ses appartements.

N'importe lequel d'entre eux avait pu se trouver dans la chambre de Posy, puis se fondre dans la foule.

Caro referma la porte et découvrit en se retournant Posy et Rosalind qui se tenaient devant la coiffeuse, fixant la petite bouteille dans la main de Posy. Elle était opaque, le verre trouble et sombre dissimulant son contenu. Mais l'étiquette ornée d'une tête de mort, sur laquelle était inscrit le mot « Poison », résolvait ce problème.

« Est-ce que c'est… commença-t-elle tandis que Rosalind acquiesçait.

— La bouteille de poison qui était dans le bureau de Lettice. »

Posy leva de grands yeux paniqués.

« Est-ce que quelqu'un essaie aussi de me faire porter le chapeau pour la mort de Marcus ? Est-ce que c'est vraiment ce qui est en train de se passer ?

— Ça y ressemble bien. »

Rosalind tira un mouchoir de sa poche – et, franchement, qui utilisait encore des mouchoirs en tissu à notre époque ? – et prit la bouteille de poison des mains de Posy pour l'examiner.

« Oh, mon Dieu ! Les empreintes ! » Posy s'essuya frénétiquement les mains sur sa jupe, comme si ça pouvait faire disparaître les empreintes au bout de ses doigts, ou celles sur la bouteille que Rosalind avait à la main. « Pourquoi n'y ai-je pas pensé ? »

*Parce que vous n'êtes pas Dahlia depuis assez longtemps*, songea Caro, mais elle ne dit rien. Du tact, deux fois en une journée. Ça pourrait bien être un record, maintenant qu'elle y pensait.

« Y avait-il un autre mot ? » Caro chercha sur la coiffeuse et trouva le morceau de papier auquel elle s'attendait. Pas une page de scénario, ni le papier à lettres couleur crème que Marcus utilisait pour ses lettres de chantage. C'était une banale page de carnet avec inscrit, en lettres majuscules :

UTILISEZ CECI

Posy lut par-dessus son épaule, puis se détourna, horrifiée, ouvrant les rideaux en grand et regardant le parc à la place. Comme si le reste d'Aldermere était moins menaçant que son nouvel harceleur.

« C'est comme une version tordue d'*Alice au pays des merveilles*, médita Caro. Enfin, plus tordue, je suppose. » Elle avait joué la Reine de cœur dans une expérience immersive d'Alice deux ans plus tôt, qui était devenue encore plus immersive quand ils avaient accueilli un enterrement de vie de garçon égaré et confus un soir, et que le futur marié avait bu la substance gluante et luisante dans la bouteille avec l'étiquette « Buvez-moi ». On avait dû appeler l'ambulance, mais il s'en était tiré. Probablement.

« Qui était dans le couloir ? demanda Rosalind à Caro. Une idée de qui a laissé ça ici ? Est-ce que ça pourrait être Ashok ? Nous savons qu'il s'est déjà introduit dans cette chambre. »

Caro secoua la tête.

« C'est Piccadilly Circus, dehors. En plus, n'importe qui aurait pu se cacher avant que je sorte dans une des autres chambres du couloir.

— Est-ce qu'on ferait bien d'appeler la police ?

— Et leur dire quoi ? » Posy se détourna de la fenêtre. « Que quelqu'un n'arrête pas de déplacer les souvenirs de Lettice de son bureau à une autre pièce de la maison qui lui appartenait ? Je ne suis pas vraiment sûre qu'ils pourraient enquêter sur quelque chose comme ça.

— Que quelqu'un essaie de vous piéger, la corrigea Rosalind.

— Pour un meurtre dont personne d'autre ne sait qu'il s'est produit ? Ben voyons. » Elle lâcha un rire haut perché et nerveux. « Enfin quoi, cette bouteille n'a probablement même pas servi au meurtre ! C'était la fleur enrobée de sucre, vous vous souvenez ? À moins que nous soyons toutes folles et qu'il se soit après tout agi d'une attaque cardiaque... »

Posy commençait à craquer, c'était évident. Et elles ne pouvaient pas se permettre que l'une d'elles pique une crise et fasse n'importe quoi, pas maintenant.

« OK, je crois que nous devons agir vite, déclara Caro d'une voix apaisante. Quelqu'un essaie de piéger Posy et nous n'allons pas le laisser faire, d'accord ? » Elle regarda Rosalind en attente d'une confirmation, et celle-ci mit un peu trop longtemps à acquiescer.

Caro résista à l'envie soudaine de lever les yeux au ciel quand Posy poussa un cri strident qui ressemblait à un mélange de peur et de frustration.

« Que suggérez-vous ? demanda Rosalind.

— Les seules personnes à savoir que Posy a un lien avec la bouteille de poison ou la loupe sont nous trois, n'est-ce pas ?

— Et la personne qui les a placées là. »

La remarque de Rosalind était terriblement exacte.

« Ah, mais tout ce qu'elle peut faire, c'est dire à quelqu'un de venir les chercher ici.

— Et c'est alors que la police m'arrête, indiqua Posy.

— Pas si les objets ne sont pas ici quand ils viendront les chercher. » Caro fit un grand sourire. « Ensuite, ils devront se tourner vers la personne qui leur a donné le tuyau et lui demander comment elle savait.

— Donc, vous dites que nous devons les cacher ? »

L'espoir dans les yeux de Posy était encourageant. Elle avait besoin que quelqu'un lui dise quoi faire, c'était tout.

Caro avait toujours su qu'elle aurait dû faire plus de mise en scène. Elle avait clairement un talent inné pour ça.

« Je dis que nous devons les remettre à leur place. »

---

Caro laissa Rosalind distraire Hugh, et Posy monter la garde dans sa chambre avec la porte ouverte, gardant un œil sur les escaliers qui menaient au bureau de Lettice, pendant qu'elle rapportait les objets volés.

Elle gravit silencieusement l'escalier, priant pour qu'il ne grince pas trop, et tourna la poignée du bureau, entrouvrant la porte pour s'assurer avant d'entrer que la pièce était vide. La dernière chose dont elle avait besoin, c'était que quelqu'un la surprenne avec une loupe ornée de pierres précieuses hors de prix enfoncée dans son soutien-gorge et une bouteille de poison dans sa main.

La chance lui sourit; le bureau était vide. Elle referma la porte derrière elle puis s'adossa contre. C'était étrange de se dire que cet endroit était celui où Dahlia Lively avait pris vie. Lettice avait déménagé à Londres à l'approche de la vingtaine, fréquentant les cercles littéraires et vendant son premier roman à l'âge de dix-neuf ans. Mais son essence, ce personnage, lui était d'abord venue dans cette pièce sous les combles, à en croire ses dernières interviews.

Le regard de Caro tomba sur le bureau au milieu de la pièce, face à la fenêtre, tandis qu'elle s'imaginait Lettice assise là, inventant de nouveaux défis pour Dahlia Lively et ses amis.

« Vous auriez aimé celui-ci », murmura-t-elle à part elle, ou peut-être à l'intention de Lettice. Elle ne savait pas trop.

Elle reposa la bouteille de poison sur l'étagère, puis marcha rapidement jusqu'à la vitrine dans laquelle était conservée la loupe. Un contour sombre sur le feutre indiquait sa place, les objets qui restaient longtemps au même endroit laissant une empreinte même en leur absence.

Caro tira la loupe de son soutien-gorge et la remit en place. Puis elle regarda de nouveau en fronçant les sourcils.

Elle n'était pas à la bonne taille.

Elle semblait adaptée au feutre, mais sa forme ne correspondait pas tout à fait au contour laissé sur le tissu. Le manche était un poil trop court, et le verre trop gros de quelques millimètres. Ça pouvait être une bizarrerie liée à la manière dont elle était conservée, mais son instinct disait à Caro que ce n'était pas ça.

Le même instinct qui lui rappela qu'elle avait le livre de comptes de Marcus dans son autre poche.

Elle se laissa tomber sur la chaise de bureau, sortit le petit carnet relié de cuir et le feuilleta. Elle devait faire vite, mais avec un peu de chance Posy distrairait quiconque s'apprêterait à monter. Car Caro avait le sentiment que c'était important.

Elle ne mit pas longtemps à tomber sur ce qu'elle cherchait – ce que son intuition d'enquêtrice lui avait dit qu'elle trouverait certainement. Trois mois plus tôt, une entrée nommée « *Aldermere* », de l'écriture cursive de Marcus. « *Loupe de joaillier appartenant à Lettice Davenport* ». Et à côté se trouvait la somme – conséquente – pour laquelle elle avait été acquise, et la somme – encore plus conséquente – pour laquelle elle avait été revendue.

Marcus avait acheté la loupe originale, qui avait été remplacée par une réplique que quelqu'un avait ensuite volée en la croyant authentique.

C'était le côté le plus réglo des affaires de Marcus. Acheter à leur propriétaire des objets qui avaient une valeur significative, puis les revendre à des collectionneurs ou des fans. Il avait toutes les relations nécessaires grâce aux conventions qu'il organisait, et les ventes de souvenirs lui rapportaient probablement plus que les manifestations.

Parfois les objets étaient vendus au vu et au su de tous. Parfois ils l'étaient secrètement, comme la loupe. Mais ce dont Marcus ne se vantait pas, c'était que parfois, quand le propriétaire du moment ne voulait pas vendre ou qu'il prétendait qu'il n'avait aucune valeur, ou quand l'objet était caché, il s'arrangeait pour que quelqu'un le vole.

Ça ne semblait cependant pas être le cas ici. À côté de l'entrée de la vente se trouvait le nom « Davenport ». Ce qui signifiait qu'un membre de la famille avait dû vendre la loupe, puis la remplacer par une imitation… Une fraude à l'assurance, peut-être ? Aldermere commençait à paraître un peu vétuste. Mais dans ce cas, pourquoi la cacher, et dans la chambre de *Posy* par-dessus le marché ?

Encore une chose qu'elle devrait comprendre si elle voulait résoudre l'énigme avant que la police se rende même compte qu'il y en avait une.

Le seul problème était qu'elle ne résoudrait pas l'énigme seule. Même si elle détestait l'admettre, elle avait besoin de Rosalind et de Posy. Elles travaillaient mieux en équipe. Rosalind connaissait la famille, et ils auraient besoin de cette relation. Posy connaissait l'équipe du film, et ce meurtre avait suivi leur scénario. Mais, surtout, elles voyaient plus de choses ensemble – plus de liens, plus d'indices – que séparées.

Elle était peut-être la Dahlia en chef pour le moment, mais elle avait besoin de ses acolytes.

Ce qui signifiait qu'elle devait leur dire la vérité. Et entendre la leur.

Toute cette histoire avait commencé par des photos qu'on leur avait envoyées à chacune pour les faire chanter – l'indice qu'aucune d'entre elles n'avait été disposée à partager. Mais le moment était venu de le faire.

Si elle voulait laisser ses péchés derrière elle, elle devait commencer par les confesser. Dahlia était catholique, elle savait tout de la confession.

Mais en se repentant, elle redevenait Caro au lieu de Dahlia. Et *ça*, ça l'effrayait plus que l'idée de partager une maison avec un assassin.

Avec un soupir, Caro se repencha sur le livre de comptes et regarda les noms inscrits à côté de la loupe de joaillier. Les acheteurs : les délégués VIP Harry et Heather Wilson.

Caro endura en se tortillant avec gêne un autre buffet, consciente de ce qui devrait se passer ensuite. Il fallait qu'elle avoue – à Posy et à Rosalind au moins, à défaut de la police – ce qu'elle savait des activités criminelles de Marcus. Ce qui signifiait admettre le rôle qu'elle y avait tenu, chose qu'elle n'avait jusqu'alors faite qu'avec Annie.

Elle se changea les idées en observant les autres. Harry et Heather discutaient avec Felicity dans un coin, comme si de rien n'était. Rosalind et Hugh étaient invisibles, de même qu'Ashok, maintenant qu'elle le cherchait du regard. Posy, pendant ce temps, avait été interceptée par Juliette, qui avait abandonné pour un moment ses responsabilités liées à la convention.

Isobel tenait salon avec Anton, Libby et Kit dans un autre coin, les faisant rire et les charmant. Caro passa à côté d'eux en se rendant vers la table du buffet pour se resservir, ralentissant suffisamment pour percevoir quelques bribes de leur conversation.

« Bien sûr, si vous nous laissez filmer ici à Aldermere, le dérangement sera encore plus grand, disait Anton à Isobel.

— Anton ! Vous allez la décourager ! s'exclama Kit en riant. Et après, on fera quoi ?

— Je crois qu'il faut toujours annoncer franchement ce à quoi les gens peuvent s'attendre d'un de mes projets, déclara Anton d'un ton hautain. Ce n'est que justice. »

Ce qui aurait été juste c'est de donner un rôle à Caro dans le film aux côtés de Posy et de Rosalind, mais elle ne s'arrêta pas pour le dire.

Posy, cependant, interrompit sa conversation avec Juliette et lança à Anton un long regard lourd de sens. Un regard qui le fit détourner les yeux et ajouter : « Mais évidemment, l'authenticité d'un tournage ici à Aldermere serait difficile à battre. Et nous ferons tout notre possible pour que ça ne vous dérange pas trop. »

Hmm, apparemment la discussion de la mini-Dahlia avec son réalisateur la veille au soir lui avait donné l'avantage. Excellent.

« Évidemment nous serions plus qu'heureux que le tournage ait lieu à Aldermere, dit Isobel. Quand vous serez tombé d'accord sur un prix – et un scénario – avec Hugh. »

Alors qu'elle était désormais hors de portée de voix, Caro se rendit compte que Libby, la scénariste, s'était écartée du groupe et l'avait rejointe à la table du buffet.

« Je dirai une chose pour Isobel, elle sait trouver de bons traiteurs », dit Caro tandis qu'elles se resservaient toutes les deux. Elle était quasiment certaine qu'Isobel n'aurait jamais laissé une chose aussi importante que la nourriture à Marcus. « Avez-vous d'autres manifestations cet après-midi ? »

Libby secoua la tête. « J'avais seulement le débat d'hier. Normalement, je ne serais pas venue, mais Anton a insisté, même s'il n'y avait que quatre places et qu'il y avait plein d'autres personnes qu'il aurait pu amener. Je crois qu'il voulait que je sois ici au cas où la famille aurait des problèmes avec le scénario. Il veut en finir ce week-end – vous savez, avoir le feu vert pour continuer, ou... » Elle s'interrompit, comme si elle ne voulait pas tenter le diable.

« Ou le contraire, je suppose, termina Caro pour elle. Avez-vous des nouvelles ?

— Pas vraiment. » Comme on pouvait s'y attendre, Libby semblait abattue. « Hugh a lu le scénario, mais je crois qu'il évite Anton. Ce qui ne présage rien de bon. »

Ou ça suggérait simplement que Hugh avait d'autres chats à fouetter.

« J'aimerais voir ce que vous avez fait de l'histoire, dit Caro. Enfin, si vous avez le droit de me montrer ? »

Libby esquissa un sourire timide mais secoua la tête. « Désolée. Depuis que le premier scénario a fuité sur Internet, Anton n'autorise que de rares personnes à le voir. »

Caro réprima un ricanement. Comme Anton était celui qui avait fait fuiter le scénario original, faire des simagrées avec le nouveau semblait un peu gonflé.

« Je me posais une question après le dîner d'hier soir. J'ai remarqué quelques changements dans le menu par rapport au roman. Est-ce qu'il était basé sur le scénario ? » Caro tentait de paraître aussi innocente que possible. Comme la fois où Dahlia avait tenté d'infiltrer une séance d'entraînement pour le bal des débutantes.

Libby acquiesça. « Tout à fait ! Anton a laissé Marcus lire le scénario à l'avance pour arranger ça. Ensuite j'ai effectué quelques changements de dernière minute – comme ajouter les fleurs enrobées de sucre et supprimer l'un des plats pour que ça coule mieux –, et la pauvre Clementine a dû se démener avec les traiteurs vendredi soir pour préparer les violettes sucrées au dernier moment. » Elle esquissa une moue coupable.

« Quel dommage qu'elle n'ait pas été là pour en profiter, dit Caro d'un ton léger.

— Oui. Enfin bref, c'était agréable de… Je ferais mieux… »

Avec un sourire confus, elle s'éloigna et retourna vers Isobel, Anton et Kit.

Caro ne tenta pas de la retenir. Elle avait déjà appris ce qu'elle voulait savoir.

Les fleurs enrobées de sucre étaient un ajout tardif – et Clementine elle-même avait été impliquée dans leur préparation. Bien.

Elle leva les yeux et vit Rosalind et Hugh entrer dans la pièce, marchant trop près l'un de l'autre, puis se séparant dès qu'ils eurent franchi la porte. Hugh se dirigea tout droit vers Isobel – l'époux coupable typique, d'après Caro –, et Rosalind s'approcha de cette dernière et de la table du buffet. Au même moment, Posy abandonna ce qui semblait être un badinage léger avec Kit et les rejoignit.

« Comment ça s'est passé ? demanda Rosalind à voix basse tout en se servant à manger.

— Tout est de nouveau à sa place, répondit Caro. Et j'ai découvert une nouvelle information intéressante que je dois partager avec vous. Deux, à vrai dire. Mais pas ici. »

Posy, regardant par-dessus son épaule, acquiesça.

« En effet. Trop d'oreilles qui traînent. Où, alors ?

— Sortons, suggéra Caro. Peut-être qu'un peu d'air frais nous fera du bien. »

## Chapitre dix-huit

*« Je crois que tout le monde se sent mieux après une bonne confession, pas vous ? » demanda Dahlia.*
*Johnnie sembla sceptique. « Je crois que ça dépend si cette confession risque de vous voir finir au bout d'une corde. »*

Dahlia Lively dans *Un voyage très animé*
Par Lettice Davenport, 1942

La Spirale meurtrière n'était pas ce qu'elle avait à l'esprit, mais Caro supposait qu'elle était appropriée. Se méfiant des indiscrets, elle était assise sur le banc avec Rosalind pendant que Posy se tenait à proximité. Elle leur révéla tout ce qu'elle avait appris dans le bureau de Lettice – et sa découverte du livre de comptes de Marcus dans son bureau.

« Pourquoi ne nous avez-vous pas dit que vous l'aviez trouvé quand nous fouillions sa chambre ? » demanda Posy, le front plissé par la confusion tandis qu'elle regardait le petit carnet dans les mains de Caro.

Cette dernière baissa légèrement la tête.

« Eh bien, nous étions concentrées sur les lettres de chantage.

— Non, ce n'est pas ça. » Rosalind la regarda d'un air songeur. « Pensiez-vous qu'il risquait de vous compromettre ? »

Caro fit la grimace.

« Pas exactement. C'est juste que... je connais Marcus depuis longtemps. Et, eh bien, il savait des choses qui pouvaient me nuire – vous le savez grâce aux lettres de chantage. Je pensais qu'elles étaient de lui pour une bonne raison. Et j'avais besoin de savoir ce qu'il y avait dans son livre de comptes avant de le partager, c'est tout.

— Et que contient-il ? demanda Posy.

— Le registre de tous les souvenirs de l'âge d'or du roman policier qu'il a achetés et revendus au fil des années. Et aussi certains qu'il n'a pas achetés.

— Vous voulez dire qu'il a volés ? » Posy avait une expression de marbre et Caro se souvint, trop tard, qu'elle avait été plumée par des gens à qui elle avait fait confiance. « Avez-vous volé pour lui ? C'est pour ça que vous ne vouliez pas nous en parler ?

— Non. Enfin, pas récemment. » Rosalind haussa les sourcils et Caro soupira. « C'était juste après mon divorce, quand je tournais toujours le feuilleton télévisé. Marcus est apparu dans quelques épisodes en tant que personnage récurrent, et nous avons commencé à discuter. Nous allions au pub après la journée de tournage, nous buvions trop et...

— Vous vous réveilliez ensemble, devina Rosalind.

— Une ou deux fois. » Caro soupira. « C'était une erreur. Je savais que c'était une erreur sur le moment, mais j'ignorais à quel point. Parce qu'il m'a alors demandé "d'emprunter" quelques objets sur le plateau pour lui, une fois son rôle terminé. Des petites choses pour commencer, des choses qui ne manqueraient à personne mais qu'il pourrait revendre.

— Et on a mis ça sur le compte des figurants qui prenaient des souvenirs, dit Rosalind, faisant écho aux propos de Caro la veille.

— Exactement. Jusqu'à ce qu'il veuille que je prenne quelque chose de plus gros, et j'ai refusé. »

Posy grimaça.

« Laissez-moi deviner. Il vous a fait chanter ?

— Non, répondit lentement Caro. Il n'a pas fait ça. Il aurait pu, c'est sûr. Mais il ne l'a pas fait.

— Pourquoi ? demanda Rosalind.

— Je crois que… » Bon sang, comment était-il possible qu'elle ne le voie que maintenant, après tant d'années, alors qu'il était mort et qu'elle ne pouvait plus lui hurler dessus ? « Ça lui donnait plus de pouvoir comme ça. S'il m'avait fait chanter, j'aurais pu faire ce qu'il demandait, mais je l'aurais détesté, et j'aurais probablement fini par craquer s'il m'en avait trop demandé. Mais de la sorte… J'ai passé les sept dernières années à m'attendre au pire. À être gentille avec lui, à me mettre en quatre pour ses conventions, à garder ses secrets et ainsi de suite. Parce qu'il ne me laissait jamais oublier qu'il connaissait aussi les miens. Et il aurait pu les partager avec tout le monde à n'importe quel moment.

— Domination masculine typique, grommela Posy. Il est aussi ignoble qu'Anton. »

Sur le banc, Rosalind redressa le dos et regarda Caro dans les yeux.

« Alors. Moment de vérité. Avez-vous volé la loupe ?

— Non. Je n'avais pas besoin. Quelqu'un dans cette maison l'avait déjà vendue à Marcus et remplacée par une réplique bon marché. Tout est dans le livre de comptes – y compris le nom des personnes à qui il l'a revendue. »

Elle tendit le carnet à Rosalind, qui le saisit.

« Oooh, à qui ? demanda Posy.

— Heather et Harry – ce vieux couple en tweed avec les fausses loupes, répondit Caro. Ou, maintenant que j'y pense, peut-être pas toutes les deux fausses.

— Harry a bien dit que lui et Marcus se connaissaient depuis longtemps. » Rosalind feuilleta pensivement le livre de comptes. « De toute évidence, c'était ça qu'il voulait dire. Il semblerait qu'ils achètent des objets de collection à Marcus depuis des années.

— Difficile de voir pourquoi Harry et Heather voudraient le tuer, alors, observa Caro. S'il était leur fournisseur d'objets précieux. Et s'ils étaient de si bons acheteurs, il n'aurait probablement pas couru le risque de les faire chanter non plus. Pas quand il pouvait les plumer avec ses ventes.

— Et c'est assurément ce qu'il faisait. »

Posy désigna la différence entre le prix qu'avait payé Marcus pour la loupe et celui auquel il l'avait revendue.

Rosalind referma sèchement le livre de comptes.

« Alors. Qu'est-ce qu'on fait, maintenant ?

— Nous devons toujours parler à Ashok, leur rappela Posy. Il n'était pas là au déjeuner. Je crois qu'il nous évite peut-être.

— Un homme sensé, surtout s'il a quelque chose à cacher. »

Caro regarda les deux autres, tentant de deviner comment elles réagiraient à ce qu'elle était sur le point de dire, avant de décider que ça n'avait pas d'importance. Elle devait le dire, de toute manière.

« Avant de lui parler... je crois que nous devons être honnêtes les unes avec les autres.

— Vous voulez dire que vous avez d'autres activités illégales à partager avec nous ? demanda Rosalind en haussant les sourcils.

— Non. Je veux dire que nous devons partager ce qu'il y avait sur ces photos qu'on nous a adressées hier. » Elle pensait pouvoir faire confiance à Rosalind et à Posy – enfin, elle l'espérait –, mais une dose d'honnêteté de la part de chacune aiderait. « Elles constituent une autre pièce de ce puzzle et, sincèrement, je crois que nous avons besoin d'autant de pièces que possible. Je ne l'ai pas demandé jusqu'à présent parce que...

— Parce que vous ne vouliez pas non plus partager vos secrets, termina Rosalind à sa place. Je ne l'ai pas fait pour la même raison, et j'imagine que Posy également. Mais vous avez raison. Le moment est venu.

— Mais il n'y a pas que les photos. » La voix de Posy était basse et ferme, ses épaules raides tandis qu'elle les fixait du regard. « Vous avez toutes les deux une histoire avec cet endroit, avec ces gens. Je veux savoir tout ce que vous savez avant de continuer. J'en ai assez des secrets.

— Ma chérie, je vis depuis plus de soixante ans, déclara Rosalind d'une voix traînante. Même si je vivais jusqu'à cent ans, je n'aurais pas le temps de vous dire tout ce que je sais. »

Posy ne lâcha pas et Caro fut forcée d'admirer son attitude – même si ce qu'elle demandait ne lui plaisait pas.

« Tout ce qui est pertinent pour l'affaire, alors, répliqua Posy. C'est-à-dire tout ce qui est lié à Aldermere, à la victime ou aux suspects.

— Dans ce cas, vous allez devoir nous dire tout ce que vous savez sur le film et les personnes qui y sont mêlées », déclara sèchement Rosalind.

La mâchoire de Posy se crispa.

« Très bien. Caro, vous commencez. Puisque c'est votre idée.

— Je vous ai déjà révélé mes secrets, et je vous ai dit tout ce que je savais sur les activités de Marcus. » Caro se leva d'un bond et marcha jusqu'au bord du jardin secret de la Spirale meurtrière. « Les photos que j'ai reçues étaient de Marcus et moi. Au lit. Il y a maintenant sept ans. Et il y avait un mot sur l'une d'elles qui m'avertissait qu'il existait aussi une vidéo. »

Elle pivota pour leur faire face, tournant le dos aux fleurs violettes de l'aconit – mais prenant soin de ne pas les toucher –, et croisa les bras sur son buste, son sourcil droit arqué et les lèvres pincées. Sa posture de Dahlia préférée. Ah, c'était agréable d'être de retour.

« Ce qui signifie plutôt que c'est à votre tour, vous ne pensez pas ?

— Je vous ai déjà dit qu'Anton était derrière cette rumeur de malédiction planant sur le film. »

La voix de Posy semblait soudain plus faible. Elle s'était ratatinée sur elle-même, les bras enroulés autour de son abdomen, ses cheveux tombant devant son visage tandis qu'elle regardait le sol.

« Il a fait fuiter le scénario original, et je crois qu'il a révélé une information qui a déclenché une enquête pour fraude auprès d'un des investisseurs. Et, avant de me choisir pour le rôle de Dahlia, il a payé mon ex-petit ami pour qu'il m'invite chez lui et que je me soûle. Ce que j'ai fait, parce que j'étais idiote, et je pensais…

— Vous pensiez que votre ex voulait que vous vous remettiez ensemble ? » devina Caro.

Après tout, elle connaissait le comportement stupide qui suivait les ruptures. Marcus en était la preuve.

« Oui. » Posy poussa un soupir. « Apparemment, mon besoin désespéré d'être aimée était plus fort que deux cures de désintox, deux ans et demi de sobriété et un paquet de séances chez le psy.

— Peut-être pas, dit Rosalind. Enfin quoi, vous êtes ici, et sobre, n'est-ce pas ? Vous avez fait un écart. Ça nous est arrivé à tous. Il faut juste se relever et passer à autre chose. »

Caro la regarda. « C'est étonnamment généreux de votre part, Rosalind. Gentil, même. »

Cette dernière renifla.

« J'ai mes moments. Ils sont juste rares en votre présence.

— De fait, reprit Posy plus fort, les ramenant au sujet qui les occupait, je me relèverais et je repartirais de zéro, sauf que Marcus et Anton avaient un photographe qui attendait dehors quand je suis sortie. Donc, maintenant il y a des photos qui attendent d'être partagées avec le monde. » Posy se passa la main dans les cheveux, délogeant une barrette. « Il comptait faire fuiter les photos si je ne me ridiculisais pas bientôt toute seule. Il se disait que ce genre de scandale suffirait à pousser la famille à se retirer complètement du film.

— Il veut vraiment abandonner ce projet, n'est-ce pas ? » dit Caro.

Étrange, quand presque tout le monde voulait en être.

« C'étaient les photos qu'on vous a adressées hier ? » demanda Rosalind, et Posy acquiesça.

Caro vit presque immédiatement où Rosalind voulait en venir.

« Donc, c'est Clementine qui a dû les prendre à Marcus, comme les miennes. Et, probablement, comme celles de Rosalind.

— C'est ce que je me suis dit. » Posy releva enfin la tête et les regarda en ouvrant de larges yeux. « Marcus devait aussi prévoir de nous faire chanter, et Clementine a envoyé les mots en guise d'avertissement. Mais pourquoi ?

— Et à qui était destiné ce mot sur le Post-it ? demanda Rosalind. Certainement pas à Marcus.

— Ce qui signifie, si nous avons raison, que quelqu'un d'autre ici sait ce qui se passe, termina Caro. Mais qui ? » Rosalind et Posy lui retournèrent un regard vide, et Caro soupira. « Nous devons parler à Clementine, urgence familiale ou non. »

Elle soupçonnait vaguement que l'assistante de Marcus savait *exactement* ce qui se passait à Aldermere ce week-end-là. Et c'était probablement la raison pour laquelle elle était partie. « Je vais demander son numéro à Juliette et nous pourrons l'appeler depuis la ligne fixe de la maison. Mais d'abord… » Elle lança à Rosalind un regard entendu.

« D'accord, d'accord. » Rosalind tapota l'accoudoir du banc avec son doigt parfaitement verni, provoquant un rythme métallique irritant. Caro voulait lui demander d'arrêter, mais elle voulait encore plus entendre ses secrets, alors elle garda le silence. « J'ai eu une liaison avec Hugh pendant les trente dernières années. Les photos nous montraient ensemble à Londres, en train de nous embrasser, l'année dernière. C'est ce que vous voulez entendre ? »

*Oui!* Caro *savait* qu'ils devaient encore être ensemble. Ses talents de déduction étaient décidément hors pair.

« Il ne s'agit pas de vouloir savoir, déclara-t-elle sagement. Il s'agit d'avoir toutes les informations dont nous avons besoin pour notre enquête.

— Vous étiez ensemble avant qu'il épouse Isobel, n'est-ce pas? demanda Posy. Vous avez dit plus tôt qu'elle pense que Hugh a une liaison – est-ce qu'elle sait que c'est avec vous? »

Rosalind secoua la tête. « Je ne pense pas qu'elle m'en aurait parlé si c'était le cas. Mais Hugh nie qu'il se passe quoi que ce soit avec une autre femme. »

Caro émit un grognement moqueur. « Pas étonnant, n'est-ce pas? »

Ça lui valut un regard irrité de la part de Rosalind.

« Je ne crois pas qu'il me mente.

— Mais vous ne pouvez pas en être sûre. » Posy haussa les épaules comme pour s'excuser tandis que Rosalind tournait son regard noir vers elle. « Impossible. Personne ne peut vraiment être sûr que quelqu'un d'autre ne ment pas, pas vrai?

— Mais on peut être sûr quand il le fait, si on connaît la vérité, dit Caro, plongée dans ses réflexions. C'est ce que Dahlia fait toujours – elle devine par déduction ce qui doit être vrai, puis elle incite le menteur à avouer son mensonge.

— Comment, exactement, est-on censé prouver qu'une chose ne s'est pas produite? »

Rosalind arqua les sourcils d'une manière qui ressemblait presque à Dahlia, mais pas tout à fait.

« Je ne l'ai pas encore déterminé, admit Caro. Mais laissez-moi du temps.

— Quoi d'autre? »

Posy se concentra sur Rosalind, son regard insistant exigeant d'autres secrets, d'autres réponses.

Rosalind haussa les épaules.

« C'est mon grand secret. Celui qui ruinerait ma réputation, mes amitiés. Qu'est-ce que vous pouvez bien vouloir d'autre ?

— Leurs secrets à *eux*, répondit Caro. Ceux d'Isobel, de Hugh, de toute la famille. Que savez-vous à leur sujet qu'ils ne voudraient pas que les autres sachent ? Hugh était victime d'un chantage, vous vous souvenez ? Peut-être qu'il s'agissait d'une autre liaison, mais peut-être pas. Si vous dites vrai, il doit y avoir autre chose. »

Rosalind secoua la tête en ouvrant de grands yeux.

« Je ne sais sincèrement pas. Il y avait cette histoire avec Serena, la mère de Juliette… Mais Isobel n'a pas été en mesure de garder le secret, de toute manière.

— Qu'est-ce qui s'est passé ? demanda Posy.

— Serena s'est enfuie de chez elle quand elle avait dix-sept ans, répondit Rosalind. Elle s'est installée à Londres, a fréquenté les mauvaises personnes, tous les clichés habituels. Elle était… elle est toxicomane. Elle est tombée enceinte et a appelé Isobel. Ils l'ont mise en cure, l'ont ramenée à la maison, et ils élèvent Juliette depuis. Serena… a souffert, après avoir décroché. Dépression, principalement. Elle a rechuté à quelques reprises au cours des dix-sept dernières années et n'a jamais vraiment été capable de conserver un emploi ni quoi que ce soit d'autre. Elle est de nouveau en cure en ce moment même. »

Posy regarda ses mains ; Caro soupçonna qu'elle pensait à ses propres expériences de cures de désintoxication.

« Triste, dit-elle, si bien que Posy n'eut pas besoin de dire quoi que ce soit. Mais ce n'est pas un scandale. Pas quand c'est plus ou moins de notoriété publique. Quoi d'autre ?

— Je ne sais pas ! protesta Rosalind. Heu, il y a eu la grossesse nerveuse, mais c'était il y a près de quarante ans. Personne n'en aurait plus rien à faire aujourd'hui.

— Nous, si, déclara sèchement Posy. Dites-nous. »

Rosalind regarda derrière les deux autres femmes en se passant la main sur le cœur, avant de commencer à parler.

« Comme je l'ai dit, c'était il y a quarante ans. Hugh et moi étions fiancés et nous devions nous marier. Je tournais le deuxième film de la série *L'Enquêtrice*. Il… nous étions tous les deux jeunes. Je sais que sa famille pensait qu'il l'était trop pour se marier, même s'il avait cinq bonnes années de plus que moi. Peut-être que c'était une excuse. La seule personne qui m'appréciait à Aldermere était Letty, et c'était peut-être simplement parce qu'elle aimait faire le contraire des autres. Enfin bref, ça n'a pas eu beaucoup d'importance au bout du compte.

— Parce qu'il a épousé Isobel », avança Posy après un long moment de silence.

Caro avait l'impression que ce n'était pas un souvenir que Rosalind voulait revivre, même pour elles. « Parce qu'il a mis Isobel enceinte alors qu'il était fiancé à moi. Du moins, c'est ce qu'il croyait. » Caro n'avait jamais vu Rosalind avoir autre chose qu'une posture parfaite. Mais elle semblait désormais s'avachir sur le banc.

« Il s'avère qu'il me trompait depuis des mois. Isobel était ma partenaire dans les films – elle jouait Bess, la femme de chambre de Dahlia, ou l'assistante, plutôt. Elle avait deux ans de moins que moi, mais elle avait déjà Serena à l'époque, et une actrice mère célibataire était probablement encore moins acceptable que moi pour les Davenport. Mais elle a dit à Hugh qu'elle était enceinte, et ça a été fini.

— Elle mentait ? demanda Posy.

— Je ne l'ai jamais su avec certitude. » Rosalind releva les yeux, les mains jointes sur ses cuisses, souriant faiblement. « Les jours où je suis le plus charitable, je me dis qu'elle se trompait sincèrement. Certains jours je me dis qu'elle a dû perdre le bébé et tenter de s'attirer la compassion. Et d'autres jours... eh bien, Hugh ne l'aurait jamais épousée à ma place si elle n'avait pas été enceinte. Tout le monde le savait. »

Caro se laissa tomber sur le banc à côté d'elle, la mâchoire serrée tandis qu'elle digérait cette histoire.

« Comment pouvez-vous toujours être amie avec elle ? Et lui, comment pouvez-vous toujours l'aimer ? Quand mon mari m'a quittée...

— Vous avez mis le feu à sa cravate, dit Rosalind avec un petit rire larmoyant. Bon sang, je me rappelle avoir vu ça et avoir songé que j'aurais aimé avoir votre cran.

— Ou mon manque de sang-froid.

— L'avez-vous regretté par la suite ? demanda Rosalind.

— Pas vraiment », répondit Caro après réflexion.

Rosalind s'esclaffa, sincèrement cette fois. « Eh bien, dans ce cas. »

Posy s'accroupit devant le banc. « Caro a raison. Comment avez-vous pu rester amie avec eux ? Après ce qu'ils avaient fait ? »

Le rire de Rosalind s'évapora. « Hugh est venu me voir sur le plateau, et j'ai deviné que quelque chose de terrible s'était produit. Il n'était pas blanc, il était presque gris, mais il transpirait, et sa veste était froissée, comme s'il l'avait roulée en boule entre ses mains. »

Combien de fois Rosalind avait-elle revécu cette scène ? Des centaines de fois, aurait parié Caro, ou plus, au fil des ans.

Certains moments ne vous quittaient jamais.

« Il m'a dit que j'étais son âme sœur. Que je ferais toujours partie de sa vie. Mais qu'il ne pouvait pas m'épouser.

— Le salaud, marmonna Caro, suffisamment fort pour être entendue.

— Oui. Mais je l'aimais. En dépit de tout. » Rosalind haussa légèrement les épaules. « Il m'a suppliée de ne pas faire d'histoires, ni de scandale. Pas simplement pour lui. Pour la réputation de la famille. Et aussi pour les films que nous tournions. Après tout, qui m'engagerait de nouveau si j'avais la réputation de causer des problèmes sur le plateau ? »

L'amertume dans sa voix était évidente. Ça avait peut-être été un argument valable dans les années 1980, mais il ne valait plus rien aujourd'hui. Et pourtant, Caro pouvait imaginer que des hommes continuaient de l'utiliser.

« Je devais penser à ma réputation ; le succès des films de la série Dahlia déclinait, mais Hugh était toujours un personnage influent, et il avait noué une grande amitié avec le réalisateur. Je voulais travailler plus, ce qui signifiait que je devais m'assurer que les autres voudraient travailler avec moi.

— C'est juste... »

Posy secoua la tête, manifestement incrédule. Mais, en songeant à ce que Caro connaissait de sa carrière

– l'essor, la chute, le scandale et la disparition –, elle se demanda si le problème était en fait qu'elle n'y croyait que trop.

Rosalind avait été magnanime, ce que Caro elle-même avait été incapable d'être. Et qu'est-ce que ça lui avait rapporté ? Une histoire d'amour clandestine de trente ans ?

Et une carrière florissante, supposa Caro. Un statut de trésor national.

Est-ce que ça fonctionnait vraiment comme ça ? Les femmes pouvaient avoir leur part du gâteau tant qu'elles contenaient leur rage et leur douleur ?

Eh bien, Ça n'était pas satisfaisant.

« Il me semble que Hugh a bien profité de ce marché, déclara Caro.

— Sauf qu'il a dû passer le reste de sa vie marié à Isobel, indiqua Posy avec un sourire mauvais. Tous ces *twin-sets* parfaits et ces perles doivent sûrement rapidement devenir lassants ?

— Peut-être. Mais j'ai fait ma confession. » Rosalind redressa le dos et leva les yeux, les mains toujours jointes sur ses cuisses. « Alors. Nous connaissons désormais les secrets les unes des autres. Ceux de qui voulons-nous découvrir maintenant ? »

# Chapitre dix-neuf

*Dahlia fit claquer ses mains sur le bureau de Johnnie et le fixa durement par-dessus la surface en bois.*
*« Vous avez arrêté la mauvaise personne.*
*— Il a avoué », indiqua-t-il doucement.*
*Dahlia secoua la tête. « Peu importe. J'ai raison et il se trompe. Faites-moi confiance. »*
*Le pire, songea Johnnie en attrapant les dossiers pour les examiner de nouveau, était qu'il la croyait.*

Dahlia Lively dans *Attraper une mouche*
Par Lettice Davenport, 1970

Ashok était toujours en haut de leur liste de personnes à interroger, mais en retournant vers la maison elles trouvèrent Heather et Harry à l'un des stands de la pelouse ouest occupés à inspecter des bocaux de chutney.

« Tu sais que tu ne mangeras pas celui-là, sermonnait Heather. Il y a du piment dedans. Et tu sais comment tu le digères. Non, il restera dans le réfrigérateur à moisir, jusqu'à ce que je le jette ou que Jenson vienne le manger. »

Elle parlait tellement comme Annie, qui rappelait sans cesse à Caro qu'elle ne devrait *pas* manger des choses qui comportaient du poivron vert, que cette dernière eut l'envie soudaine d'être à la maison avec sa femme, à ne se soucier de nouveau que de meurtres fictifs. Ou, plutôt, du manque de rôles impliquant des meurtres fictifs.

Posy lui donna un petit coup de coude dans les côtes et Caro lui adressa un hochement de tête ainsi qu'à Rosalind. Elles devaient saisir les opportunités de jouer les détectives quand elles se présentaient – et ces deux-là étaient mûrs pour être questionnés.

Grommelant dans sa barbe, Harry reposa le bocal et le couple se détourna du stand – et tomba directement sur les trois Dahlia.

« Heather, Harry ! » Rosalind, avec son sourire le plus radieux, prit Heather par le bras avant qu'elle puisse protester.

« Juste les personnes que nous cherchions », ajouta Posy en saisissant le bras de Harry. Vu les taches roses sur ses joues, ça ne le dérangeait pas d'être escorté par une jolie actrice de vingt et quelques années.

Caro se retrouva donc à les suivre, mais ça lui allait. Le charme et le tact n'avaient jamais été son fort.

Alors que les enquêtes... eh bien, c'était là qu'elle allait montrer sa valeur.

Ils longèrent le sentier qui menait à la tourelle, s'arrêtant à un banc qui dominait la fausse ruine en pierres croulantes pour que Harry puisse reprendre son souffle.

« Vous avez dit que vous nous cherchiez. » Un pli soupçonneux barrait le front de Heather. « Pourquoi, exactement ? »

Rosalind et Posy se tournèrent vers Caro ; elle était l'enquêtrice en chef, c'était parfaitement naturel. Prenant une profonde inspiration, celle-ci se demanda ce que Dahlia ferait dans cette situation.

Brouillerait-elle les pistes, comme elle le faisait dans *Romarin et souvenir*, plaidant l'ignorance jusqu'à ce que le suspect ait confirmé tous ses soupçons en tentant de s'exonérer ? Ou bien irait-elle droit au but, comme dans *Le Marteau et l'Enclume* ?

Cette dernière option, décida Caro. Dahlia donnait toujours le meilleur d'elle-même quand elle était brutalement honnête avec les autres.

« Je vous explique, Heather. Harry. » Elle se jucha sur le chaud accoudoir en bois du banc, une main sur le bras de Harry qui était assis à côté d'elle. « Nous avons des raisons de croire que la mort de Marcus n'était peut-être pas totalement naturelle. »

Elle s'attendait à un cri horrifié, ou au moins un peu surpris. Mais Heather se contenta d'opiner sèchement du chef et déclara :

« C'est ce que je pensais. Aconit, vous croyez ? Comme dans le livre ? Probablement dans le café, je suppose.

— C'est notre hypothèse, répondit Posy en regardant tour à tour Rosalind et Caro, sans toutefois mentionner les fleurs enrobées de sucre. Nous ne le saurons avec certitude que quand l'autopsie aura été effectuée.

— S'ils prennent la peine d'en faire une, dit Harry. L'hypothèse que c'était son cœur semblait satisfaire ces policiers.

— Nous en avons parlé aux autres, poursuivit Heather. Vous savez, pour déterminer la chronologie, qui était où et quand, et le mobile, évidemment. Je suppose que c'est en *réalité* ce que vous faisiez toutes les trois pendant le débat ce matin.

— De fait, reprit Caro en se relevant et en faisant les cent pas devant le banc, quelqu'un devait vraiment souhaiter la mort de Marcus. Et vu certaines de ses activités, ce n'est pas vraiment étonnant. Bon, nous savons que vous étiez en affaires avec lui avant sa mort...

— Je ne dirais pas exactement que nous étions *en affaires*, interrompit Harry. Plutôt... parfois il avait des choses à vendre, et nous les achetions. C'était tout.

— Et vous n'avez jamais, disons, demandé à Marcus de vous procurer quelque chose en particulier ? » Rosalind haussa les sourcils d'incrédulité en fixant la loupe ornée de pierres précieuses accrochée à la taille de Heather. « Quelque chose qui n'aurait pas dû se trouver sur le marché ? »

Heather bougea pour dissimuler la loupe derrière sa veste. « Je ne sais pas de quoi vous parlez. »

Caro soupira. « Heather, nous avons le livre de comptes de Marcus. Nous savons tout ce qu'il vous a vendu – et aussi à qui il l'a acheté, et le prix qui a été payé. Y compris les fois où il n'a rien payé du tout. »

Le visage de Heather perdit sa teinte rose, passant à un blanc livide, tandis que les joues de Harry étaient devenues rouge vif, dénotant son assurance.

« Je suis un honnête homme d'affaires – un honnête homme d'affaires à la *retraite*. Il n'y a jamais eu le moindre soupçon de scandale dans mes transactions. Donc je ne sais pas ce que vous insinuez...

— Que vous avez demandé à Marcus de s'arranger pour que certains objets soient volés afin qu'ils vous soient donnés contre une certaine somme d'argent. »

Les intonations sèches de Rosalind rendaient la vérité tellement sordide.

« Nous n'avons certainement rien fait de tel, fulmina Heather. Je ne nierai pas que nous avons acheté de jolis objets de collection à Marcus au fil des ans, il n'y a rien de mal là-dedans. Ils constituent notre bas de laine, vous voyez. Ce qui nous permettra de vivre pendant notre retraite.

— Enfin, tant que votre nouveau film est un succès, ajouta Harry. Nous avons besoin que l'étoile de Lettice brille de nouveau afin de les revendre à bon prix. C'est juste un commerce honnête.

— Il y a de grands enjeux pour tout le monde avec ce film », observa doucement Posy. Caro se disait qu'ils feraient bien d'espérer qu'Anton s'en tiendrait au marché que Posy lui avait imposé pour en faire un succès. « Donc, vous affirmez que vous n'avez jamais demandé à Marcus de voler le moindre objet de collection pour vous ?

— Non », répondit Heather rapidement.

Trop rapidement.

« Ni acheté des objets dont vous saviez qu'ils avaient été volés ? » clarifia Rosalind. Pas de réponse rapide, cette fois. Harry et Heather échangèrent un regard qui en disait long.

Caro poussa un soupir impatient – son soupir « j'en-sais-plus-que-vous-ne-le-pensez » typique de Dahlia.

« Nous pourrions toujours demander à la police d'examiner cette loupe à votre taille, dit-elle en désignant l'abdomen de Heather. J'ai vu à quel point vous étiez tous les deux surpris de la voir dans son coffret, hier. » Un mensonge, mais un mensonge crédible. « Et sans le livre de comptes de Marcus, il est impossible de prouver que vous ne l'avez pas volée hier, comme Isobel croit que quelqu'un l'a fait. »

Posy secoua tristement la tête. « Ce serait un coup terrible pour votre réputation. »

Caro observa Heather et Harry tandis qu'ils prenaient conscience de la réalité de cette affirmation. Ils avaient une de ces conversations muettes de vieux couple, chacun avançant ses arguments avec rien de plus qu'un mouvement de sourcil ou une torsion de la lèvre.

Annie et elle commençaient à être douées pour communiquer de la sorte, alors qu'elle n'avait jamais eu ce genre de rapport avec son mari. Ça aurait dû être un signe que ça se terminerait avec des cravates en feu, non ?

Heather et Harry parvinrent à une conclusion silencieuse, et Heather esquissa un hochement de tête sec. « Bien. Qu'attendez-vous de nous ? »

Posy bondit par-dessus l'accoudoir du banc et s'assit à côté de Harry, un large sourire sur son visage.

« Nous voulons que vous nous disiez tout ce que vous savez sur Marcus. *Surtout* si ça peut nous éclairer sur pourquoi quelqu'un aurait voulu le tuer.

— Lui avez-vous parlé hier, par exemple ? demanda Caro. J'ai cru vous voir tous les deux ensemble dans la bibliothèque. Harry ? »

Ce dernier remua avec gêne sur le banc. « Eh bien. Oui. C'est un peu délicat, à vrai dire. J'avais besoin de lui parler d'une pièce qu'il nous avait procurée. Et il se trouve que je lui ai aussi parlé de la loupe de joaillier. »

Caro tenta d'attendre patiemment qu'il continue, et échoua. « Et ? »

Pour un homme qui avait parlé non-stop pendant quarante minutes de son dernier rendez-vous chez le dentiste lors du dîner de la veille, Harry était étrangement réticent. Caro se tourna vers sa femme en quête de collaboration.

Heather poussa un soupir sonore et se laissa tomber sur le banc de l'autre côté de Harry. Comme ils étaient trois assis là, c'était un peu exigu, mais Posy ne bougea pas.

« Marcus nous a vendu ce qui était censé être le seul scénario original dédicacé survivant de la pièce de Lettice, *Meurtre mal diagnostiqué*, déclara Heather. Il y avait eu un incendie au théâtre, vous voyez, avant la fin des représentations. Ce scénario a survécu uniquement parce que Lettice l'avait rapporté à Aldermere.

— J'en déduis qu'il y avait un problème ? dit Rosalind. Quel était-il ? Fausse signature ? Pages manquantes ?

— Rien de tel. » Harry secoua la tête. « De fait, tout était bon. Authentique, pour autant qu'on sache. »

Heather fit les gros yeux.

« Mais alors nous avons vu un autre exemplaire en vente sur un site Internet de vente aux enchères. Et encore un autre sur une page d'un réseau social dédié aux fans de Dahlia.

— Tous vendus par Marcus, je suppose », dit Caro.

Oh, Marcus. Ça semble un risque tellement idiot. Qu'est-ce qui l'avait poussé à faire ça ? La même chose que ce qui l'avait poussé au chantage, supposait-elle.

« Oui, dit Harry en hochant la tête. Donc, évidemment, je devais l'interroger à ce sujet. Et après avoir vu la loupe de joaillier dans le bureau pendant la visite de la maison, j'ai eu encore plus de doutes.

— Au moins nous pouvons confirmer que celle-là est fausse, si ça vous aide, déclara Rosalind d'un ton sec. Qu'a dit Marcus pour sa défense ?

— Que nous avions l'original. Qu'il avait dû y avoir une méprise. Vous savez comment il était, dit-il en se tournant vers Caro. Tout en charme et en promesses quand vous étiez avec lui, mais qui sait ce qu'il disait dans notre dos. Il nous a néanmoins assuré que le nôtre était authentique, et qu'il n'avait rien à voir avec les copies.

— Alors, c'était qui ? demanda Posy. Vous avez dit qu'elles étaient vendues sous son nom.

— Il a laissé entendre que ça pouvait être son assistante, répondit Heather. Cette Clementine. Elle se diversifiait de sa propre initiative, apparemment. »

Mais vu le ton de Heather, elle ne l'avait pas vraiment cru.

« Nous allions faire évaluer indépendamment nos objets après ce week-end, ajouta Harry. Juste pour être sûrs.

— Si vous pensiez que Marcus faisait quelque chose de louche, comme vendre des faux, pourquoi ne pas être allés à la police ? demanda Posy, avant de répondre à sa propre question. Oh, je vois, parce qu'ils étaient peut-être volés.

— Vous comprenez vite, lui murmura Caro avec un sourire.

— Et c'est tout ce que nous savons. » Heather se leva du banc et s'en écarta. « Donc, si ça ne vous ennuie pas, nous allons continuer de profiter de ce qui reste de cette désastreuse convention. Viens, Harry.

— Une dernière chose, avant que nous vous laissions retourner au stand de confitures. » Caro sourit intérieurement tandis que Heather et Harry obéissaient et s'arrêtaient sur le sentier. « Avez-vous entendu quelqu'un d'autre parler à Marcus ? De choses intéressantes, je veux dire. »

Harry fronça les sourcils d'un air pensif.

« Eh bien, quand je suis allé lui parler dans la bibliothèque, il était occupé à discuter avec Ashok, donc j'ai dû attendre une minute ou deux. Ashok semblait insister pour avoir une réponse à je ne sais quelle question – je n'étais pas assez près pour entendre laquelle. Et alors Marcus a fait son numéro habituel, il a beaucoup parlé sans rien dire du tout, puis il s'est éloigné à la hâte pour faire autre chose.

— Savez-vous de quoi il lui parlait ? demanda Posy.

— Aucune idée. Probablement quelque chose de lié à la convention, ou à Aldermere. Il a toujours des questions à poser, cet Ashok. Il a aussi rebattu les oreilles de Clementine pendant le déjeuner, hier. Il l'a repérée à travers la fenêtre et il est sorti lui courir après. Il a failli rater le dessert. » Harry leva les yeux au ciel. « Au moins, comme ça il a arrêté de raconter ses stupides blagues. »

Ashok, encore. Caro commençait à avoir des soupçons à propos de leur aspirant Johnnie en pull de Noël.

« Vous avez remarqué autre chose à propos d'Ashok ce week-end ?

— Je ne crois pas. » Harry fronça les sourcils. « Hormis le fait qu'il traînait devant votre chambre tout à l'heure. » Il désigna Posy tout en parlant. « Il a fait comme si c'était nous qu'il attendait, et il s'est joint à nous quand nous sommes passés.

— C'était quand ? demanda vivement Rosalind.

— Ça devait être avant le déjeuner, je crois. » Harry se tourna vers sa femme. « Avant le déjeuner, n'est-ce pas ?

— Oui. Avant le déjeuner. *Maintenant*, on peut y aller ? »

Heather transpirait l'impatience et l'irritation. Caro avait presque envie de trouver une autre question pour la retenir, mais elle soupçonnait qu'elles avaient déjà soutiré tout ce qu'elles pouvaient au couple. Elle acquiesça, et Harry se hâta de rattraper sa femme.

Lorsqu'ils atteignirent l'allée principale, Heather se retourna, tenant Harry par le bras, et leur lança un regard noir. « Vous voulez jouer à vraiment être Dahlia Lively, toutes les trois, au lieu de faire semblant pour les caméras ? Très bien. Mais n'espérez pas que nous oublierons que vous êtes une enfant star finie avec des problèmes, une vieille actrice fatiguée qui ne sait pas quand prendre sa retraite, et une ambitieuse à la noix qui n'a jamais joué qu'un seul rôle et qui ne peut même pas en avoir un dans le dernier film, quand toutes les autres personnes qui ont été liées à Dahlia font une apparition. » Avec un sourire cruellement compatissant, Heather secoua la tête. « Vraiment, Caro, que penserait Dahlia de *ça* ? »

Caro aurait voulu répondre, remettre Heather à sa place aussi complètement que celle-ci venait de les détruire toutes les trois. Mais les mots ne vinrent pas. Après toutes ces années à parfaire les piques et les répliques cinglantes de Dahlia devant le miroir, elles lui faisaient faux bond.

Parce que Heather avait raison. Dahlia ne se serait pas laissé utiliser par Marcus comme elle. Elle n'était *pas* Dahlia, ne ressemblait en rien à son héroïne. Pourquoi continuait-elle de faire comme si c'était le cas ?

« J'ai toujours trouvé que la pire espèce de fans est celle qui pense qu'on lui doit quelque chose. Pas vous, Posy ? demanda Rosalind d'une voix traînante.

— Vous voulez dire, le genre qui veut décider qui a le droit d'aimer un livre ou un film ? Qui se croit mieux que les autres fans, et qui mérite donc plus ? » répondit Posy.

Caro battit des paupières, détachant les yeux du sol tandis que leurs mots commençaient à pénétrer son cerveau. Elles la *soutenaient*. Presque comme des amies.

« Exactement. Ces fans vampires qui tuent le plaisir qu'il y a à aimer quelque chose. Qui tentent d'acheter tout ce qui est lié à un spectacle pour pouvoir le garder pour eux, juste pour frimer parce qu'ils en ont les moyens. Qui font du statut de fan une chose élitiste.

— Au lieu de la chose ouverte et inclusive qu'il est *censé* être, compléta Posy. Oui, c'est assurément la pire espèce de fans. »

Le visage de Heather était pourpre de rage, mais elle n'ajouta rien. Ses lèvres se serrèrent et formèrent une ligne fine, elle fit sèchement se retourner Harry et longea l'allée à la hâte, laissant les trois Dahlia seules.

« Ils n'ont pas tort, murmura Caro lorsqu'ils furent hors de portée de voix. Enfin quoi, j'ai volé pour Marcus. J'ai réellement trahi le personnage que Lettice a créé. Peut-être que je n'ai plus le droit de me considérer comme une Dahlia Lively.

— Vous avez commis une erreur, répliqua Posy avec un haussement d'épaules. Bon sang, on en a tous fait. Moi plus que la plupart des gens.

— Et vous ne les faites plus. C'est ce qui compte. »

La voix de Rosalind semblait un peu pensive tandis qu'elle regardait en direction d'Aldermere House, et Caro se demanda quelles erreurs elle songeait à laisser derrière elle.

« Eh bien, vous avez peut-être raison, mais nous avons toujours un meurtre à résoudre. »

Rosalind porta de nouveau son attention sur elles à ces mots. « Oui, tout à fait. Ce qui signifie que nous devons *vraiment* trouver Ashok. Où qu'il se cache. »

Elles le trouvèrent en train de questionner Anton et Kit dans le salon, accompagné de sa complice, Felicity.

« Et vous ne vous souvenez de rien d'autre ? » Felicity tapota la page de son carnet avec son stylo tandis qu'elle attendait la réponse d'Anton.

« N'importe quoi, aussi bénin que ça paraisse, ajouta Ashok.

— Comme disait toujours Dahlia, ce sont les petits détails que les autres négligent qui comptent souvent le plus. »

Felicity sourit d'un air entendu, tentant probablement de singer un des sourires de la Dahlia de Caro. Comme si Dahlia Lively aurait pu avoir les cheveux bleus.

Beurk, Caro commençait à parler comme Heather et Harry, même dans sa tête. La tendance à critiquer les autres était-elle un effet secondaire d'une préménopause précoce ?

Caro échangea un regard avec ses véritables sœurs Dahlia en espérant qu'elles comprenaient. Kit et Anton s'éloignèrent, en ayant clairement fini avec ces questions, et Caro s'approcha, tournant le dos à Felicity pour l'isoler d'Ashok. Ainsi qu'elle l'avait espéré, Rosalind et Posy entreprirent de la distraire avec des questions sur ses notes, laissant Caro aborder Ashok seule.

Parfait.

« Vous menez votre propre petite enquête, hein ? » demanda-t-elle en souriant tandis qu'Ashok fronçait les sourcils et parcourait la pièce du regard, ne comprenant pas ce qui venait de se passer. *Habitue-toi à cette sensation, mon petit.*

« Nous étions, heu, nous posions quelques questions importantes.

— D'accord. Il se trouve que j'en ai également. Si vous avez une minute. » Sans attendre de réponse, elle le guida vers la porte et l'entraîna dans le hall d'entrée. « Nous pourrions faire un petit tour. »

Ashok regarda par-dessus son épaule, mais Felicity était plongée dans le livre que Posy lui avait tendu, désignant quelque chose de notable. « Je suppose. »

Dehors, le soleil d'août réchauffait les allées qui serpentaient autour d'Aldermere Hall, même s'il y avait des nuages sombres à l'horizon. Ayant bien entamé sa deuxième journée, la convention semblait établie, et Caro avait du mal à imaginer le parc et les pelouses sans les chapiteaux blancs, les stands et la foule. Au-dessus d'eux, un Spitfire passa en vrombissant – un visiteur du musée de l'Air local, à en croire le programme de la convention –, descendant en piqué et poussant les gens à s'arrêter net, se protégeant les yeux tandis qu'ils fixaient le ciel.

« Vous avez dit que vous aviez des questions ? » Ashok enfonça les mains dans les poches de son pantalon en velours côtelé. « À quel sujet ?

— Principalement à propos de vous. »

Caro passa la main sous son bras, comme s'ils partaient faire une joyeuse petite promenade ensemble.

Exactement comme aurait fait Dahlia. Puis elle fut franche avec lui.

« Voici le problème, Ashok. Vous n'avez rien à faire ici.

— Parce que je ne suis pas un Britannique pur jus blanc et d'âge moyen ? »

Caro fut déçue d'entendre de la résignation dans sa voix plutôt que de la colère.

« Non, dit-elle avec fermeté. Ce n'est pas ça. Dahlia est pour tout le monde.

— Alors quoi ? »

Il semblait sincèrement perdu, et, l'espace d'une seconde, Caro commença à douter de ses déductions.

Puis elle se souvint qu'elle était Dahlia Lively – du moins pour le week-end – et qu'il n'y avait pas de place pour le doute quand il était question de meurtre.

« Vous avez admis que vous n'aviez jamais lu ses livres avant cette année, que vous n'aviez aucun lien avec qui que ce soit à la convention, et pourtant vous avez payé ce que je considère comme une somme d'argent conséquente pour avoir une place en tant que délégué VIP. »

Ashok haussa les épaules.

« Avec moi, c'est toujours tout ou rien. Quand je trouve un nouvel intérêt, je deviens obsessionnel pendant un moment. J'ai appris à faire avec et à apprécier l'expérience.

— Et ensuite, une fois à Aldermere, vous avez commencé à poser des questions, poursuivit Caro. On vous a vu interroger Marcus à propos de quelque chose avant sa mort, et aussi courir après Clementine pour lui poser des questions pendant le déjeuner.

— Il y a beaucoup à apprendre, en tant que nouveau fan, et Marcus et Clementine étaient les responsables.

Évidemment que je me suis adressé à eux. » Ashok s'écarta tandis qu'un autre fan approchait pour demander timidement à Caro s'il pourrait avoir une photo avec elle. « Laissez-moi la prendre pour vous », proposa Ashok avec un sourire.

Le pire, décida Caro, était qu'Ashok semblait être un type vraiment sympathique. Jeune, curieux, enthousiaste… et il cachait quelque chose. S'il n'y avait pas eu ce dernier point, elle était quasiment sûre qu'ils auraient pu bien s'entendre pendant ce week-end.

Le fan s'éloigna, et Caro asséna le coup de grâce.

« Et puis il y a le fait que vous traîniez devant la porte de Clementine le premier soir, alors que nous l'avions vue partir dans l'après-midi.

— J'ai expliqué ça à Posy sur le moment. J'espérais récupérer mon téléphone. » Il lui lança un regard de biais. « Et c'est *votre* amie qui s'est introduite dans la chambre pour les chercher. Peut-être que vous devriez lui demander ce qu'elle faisait réellement là-bas.

— Je sais ce qu'elle y faisait, répondit calmement Caro. Mais je ne sais pas pourquoi vous avez été vu en train de sortir de la chambre de Posy hier soir, ou de vous attarder encore devant aujourd'hui. Vous voulez me le dire ?

— Je ne sais pas de quoi vous parlez. »

Ah, la défense classique « je-n'ai-pas-de-défense ». Ça ne fonctionnait jamais avec Dahlia.

« Je crois que si, dit-elle, conservant une voix douce, de sorte qu'Ashok était obligé de rester à proximité pour l'entendre. Je crois que vous êtes venu à Aldermere ce week-end pour une raison précise. Je crois que vous êtes au courant des lettres de chantage que nous avons reçues le premier jour, et que c'est peut-être vous qui avez volé la loupe de joaillier et l'avez cachée dans la chambre de Posy, de même que la bouteille de poison qu'elle a trouvée cet après-midi. Ou que vous savez au moins qui *est* responsable. Et je crois que vous savez que Marcus a été assassiné, et peut-être même pourquoi. Peut-être parce que c'est vous qui l'avez tué. »

Comme elle observait attentivement son visage, elle perçut le moment où il décida de lui dire la vérité.

Il lui serra le bras étonnamment fort et l'entraîna hors de l'allée principale. Il la guida jusque derrière l'un des stands, où ils étaient abrités par des buissons sur deux côtés, et par la toile du stand sur l'autre.

« Écoutez, je ne sais rien sur la loupe de joaillier, ni sur la bouteille de poison. Et je ne suis même pas sûr pour ce qui est des lettres de chantage. Mais… »

Ashok lui lâcha le bras et se passa la main dans les cheveux, paraissant soudain plus âgé. Plus expérimenté, peut-être. Pendant tout le week-end, il avait semblé être un jeune chiot naïf et excitable, admirant avec de grands yeux toutes les merveilles d'Aldermere.

Désormais… désormais, ses yeux ressemblaient plus à ceux qu'elle voyait dans son propre miroir. Un peu blasés.

« Mais vous savez *quelque chose*, conjectura-t-elle. Sur la mort de Marcus? Vous pensez également que c'était un meurtre, n'est-ce pas?

— Je ne… je ne suis pas sûr. Il avait un problème au cœur. Ça pourrait être une coïncidence qu'il ait été terrassé à ce moment-là.

— Mais vous ne croyez pas que c'en soit une, devina Caro. Pourquoi? »

Il soupira. « Parce que je sais des choses. Sur Marcus. » Les mains dans les poches, le dos légèrement voûté, Ashok semblait être une personne différente.

Comme si tout ce qu'ils avaient vu jusqu'à présent de lui n'était qu'un personnage qu'il jouait.

« Je ne suis pas à Aldermere parce que je suis fan des livres de Lettice Davenport – même si je les ai tous lus en préparation de ce week-end. Je suis ici parce que j'ai été engagé pour enquêter sur Marcus Fisher par un de ses clients qui pense qu'il a commis une fraude.

— Vous êtes détective privé ? »

*Maintenant* les pièces du puzzle commençaient à trouver leur place.

« Oui. Et un bon, d'ordinaire. Mais Marcus... il était fuyant.

— Il faisait ça depuis longtemps ? »

Caro pensa à Harry et à Heather, et à leurs inquiétudes concernant les faux objets de collection. Manifestement, ils n'étaient pas les seuls à se faire arnaquer par Marcus. Elle regarda Ashok de la tête aux pieds.

« Et vous ? Première affaire, ou est-ce que vous faites ça aussi depuis un moment ?

— Ne vous laissez pas abuser par mon visage poupon. J'ai eu ma licence à vingt et un ans, et je sais ce que je fais. »

Caro avait la tête pleine de questions à propos de son choix de carrière, mais elles devraient attendre. Pour le moment, il n'y en avait qu'une qui comptait.

« Pour qui travaillez-vous ?

— Je ne peux pas vous le dire, répondit Ashok, suffisamment vite pour qu'elle devine qu'il était préparé à cette question. Clause de confidentialité.

— Hmm. »

Encore des secrets. Pile ce dont elles n'avaient pas besoin. « Pourquoi devrais-je vous faire confiance si vous ne me faites pas confiance ? »

Ashok soupira.

« Je peux vous dire que c'est un collectionneur étranger avec un intérêt personnel dans le film à venir. Est-ce que ça ira ?

— Je suppose. »

Pour le moment.

« La chose importante, c'est que j'avais presque convaincu son assistante, Clementine, de témoigner contre lui. » Ashok grimaça. « Avant qu'elle disparaisse pour cette urgence familiale qui tombait à point nommé.

— Vous pensez que Marcus était aussi derrière ça ? demanda Caro.

— Je crois qu'elle avait peur, et qu'il n'aurait pas fallu grand-chose. J'essaie de la contacter depuis – je n'ai pas abandonné mes *deux* téléphones en arrivant, évidemment –, mais elle ne répond pas à mes messages et ne prend pas mes appels. C'est pourquoi j'étais devant sa chambre ce premier soir ; je voulais voir si elle m'avait laissé un mot, ou quelque chose.

— Si vous étiez uniquement ici pour enquêter sur Marcus, pourquoi rester après sa mort ? demanda-t-elle. Pourquoi ne pas vous lancer à la recherche de Clementine, ou vous laver les mains de tout ça et faire votre rapport à votre client ?

— Parce que je n'enquêtais pas seulement sur la fraude, admit Ashok. Mon client était aussi victime d'un chantage de Marcus.

— Il n'était pas le seul, marmonna Caro.

— C'est ce que j'ai découvert. Et, oui, je ne serais pas étonné qu'une de ses victimes l'ait tué. Mais ce n'est pas sur ça que je suis venu enquêter. J'avais pour instruction de trouver les preuves que détenait

Marcus, ou d'en trouver suffisamment contre lui pour le discréditer complètement.

— Quelles preuves cherchiez-vous? demanda-t-elle. À propos de quoi faisait-il chanter votre client? »

Ashok lui lança un regard plein de pitié.

« Madame Hooper, vous savez que je ne peux pas vous le dire.

— Clause de confidentialité, lança-t-elle en chœur avec lui. Je sais, je sais. Mais vous ne pouvez pas m'en vouloir d'essayer. »

En tout cas, une autre partie du puzzle que constituait ce week-end prenait forme, du moins dans l'esprit de Caro. Si Ashok avait placé la loupe et la bouteille de poison dans la chambre de Posy, il avait été vu en sortir *après* que la première avait été cachée, et avant la seconde, et la loupe était restée à sa place les deux fois.

« Vous ne fouilliez pas la chambre de Posy ce soir-là, n'est-ce pas? Vous la traversiez pour fouiller celle de Marcus? » Comme elles l'avaient fait plus tôt dans la journée.

Ashok acquiesça.

« Le verrou sur sa porte était plus récent, plus solide. Mais je savais grâce au plan de l'étage que j'avais étudié avant de venir ici que les chambres étaient reliées par une salle de bains. Le verrou de Posy était bien plus facile à crocheter.

— Eh bien, vous n'avez pas très bien cherché, lui dit Caro. Il dissimulait toujours ses choses les plus importantes *sous* le tiroir du bureau de sa chambre.

— J'ai entendu un bruit dans le couloir avant d'avoir fini, admit Ashok. J'ai dû sortir rapidement.

— Ça devait être Juliette qui allait se changer. Elle vous a vu, au fait. »

Il grimaça.

« Bien la peine d'essayer d'être discret. J'étais certain que la personne qui était dehors était passée ; je suppose que je n'avais pas misé sur le fait qu'elle revienne si vite.

— C'est pour ça que vous y êtes retourné aujourd'hui ? Pour terminer le travail ? » Ashok sembla confus, alors elle expliqua. « Harry et Heather ont dit qu'ils vous avaient vu devant la chambre de Posy avant le déjeuner.

— Non. Non, j'attendais Felicity. Posy avait demandé à emprunter sa liseuse et laissé sa porte ouverte pour qu'elle puisse la laisser dans sa chambre sans que personne la voie. Felicity a expliqué que Posy était embarrassée d'en savoir si peu sur Dahlia, et qu'elle voulait faire des recherches sur les livres sans être forcée de demander à les emprunter à la bibliothèque de la maison.

— Je vois. »

C'était une bonne excuse, assurément plausible. Ashok l'avait certainement crue. Mais Caro savait également avec certitude que c'était un mensonge. *Et Felicity vient de prendre la place numéro deux sur ma liste des « personnes que j'aimerais le plus questionner ».* Comme Clementine était toujours absente, ça faisait d'elle la numéro un. À moins que Rosalind et Posy lui aient déjà soutiré la vérité.

« Elle est ressortie juste après le passage de Harry et Heather, je suppose, dit Ashok. Nous les avons rattrapés dans l'escalier. »

Ainsi que Caro l'avait vu. « Vous aimez bien Felicity. » Une affirmation, pas une question.

Les joues d'Ashok rougirent un peu.

« Oui. Elle est... intéressante. Différente. Avec ses tatouages et ses cheveux, il y a plein de gens qui disent qu'elle n'est pas non plus à sa place ici. Saviez-vous que ses parents sont tous les deux médecins, de même que ses deux frères ? Tous des pontes dans leur domaine. C'est le fait que nous sommes les vilains petits canards de nos familles qui nous a rapprochés…

— Vous lui avez dit que vous êtes détective privé ? demanda Caro, interrompant son éloge de Felicity.

— Non, non. Elle pense que je suis dans les assurances. » Ashok semblait sérieux. « Mais le fait d'apprendre à la connaître ne m'a pas détourné de mon enquête.

— C'est le plus important. » Caro lui tapota le bras d'un air rassurant et décida de ne pas encore percer cette bulle de confiance en soi. « Bon, une dernière question.

— Allez-y. »

Ashok croisa les bras et attendit.

« Vous êtes vraiment sûr que c'est Marcus qui était derrière les faux et le chantage ? Est-ce que ça pourrait être Clementine, se cachant derrière le nom de Marcus et sa réputation ? Parce que tout ça dépasse de loin ses activités habituelles. » Même si elles avaient trouvé la lettre de chantage dans sa chambre… Clementine avait peut-être pu la placer là ? Elle connaissait les habitudes de Marcus aussi bien que Caro après avoir travaillé six mois pour lui.

« Vous voulez dire qu'elle aurait envoyé les lettres en se faisant passer pour lui ? Et effectué les ventes en passant par son compte, avant de le tuer et de s'enfuir avec l'argent ? » Ashok fronça les sourcils. « Je ne sais pas. C'est possible, je suppose. Elle m'a dit qu'elle n'était pas impliquée. Qu'il prenait de plus en plus de risques depuis quelques mois, après que son médecin lui avait annoncé une mauvaise nouvelle à propos de son problème cardiaque. Comme s'il voulait profiter au maximum du temps qu'il lui restait, et qu'il avait besoin d'argent pour le faire.

— Et il aurait été mort avant d'avoir à se soucier des conséquences de ses actes. »

Eh bien, à cet égard, on lui avait donné raison.

« Mais la manière dont elle est partie... » Ashok secoua la tête. « Je ne sais pas. Je n'arrête pas d'avoir le sentiment que cette affaire est plus complexe que ce à quoi je m'attendais en arrivant ici. »

Caro lui fit un sourire compatissant. « Vous n'êtes pas le seul, mon petit. »

# Chapitre vingt

*La porte leur claqua au nez. « Bon, ça s'est bien passé », marmonna Johnnie d'un ton sarcastique.*
*Dahlia lui tapa sur le bras avec son sac. « Vraiment, Johnnie, ne savez-vous donc rien ? Si quelqu'un déteste autant être interrogé, ça signifie que nous sommes sur la bonne voie ! »*

Dahlia Lively dans *Meurtre à la maison*
Par Lettice Davenport, 1956

Caro regagna la maison et trouva le salon vide, à l'exception d'une serveuse obligeante qui débarrassait les tasses et l'informa que ses amies étaient montées se préparer pour le dîner.

Elle rattrapa Posy et Rosalind alors qu'elles atteignaient la Chambre des porcelaines.

« Qu'avez-vous appris de Felicity ? » demanda-t-elle sans préambule.

Posy fit la moue.

« Pas grand-chose. Elle s'est volatilisée presque aussi vite que vous – une histoire d'interview qu'elle était censée diriger pour la newsletter du fan-club.

— Ou alors elle esquivait vos questions, dit Caro.

— Très probable, convint Rosalind tandis que Posy ouvrait la porte. Je suppose que vous en avez appris plus d'Ashok, vu que vous vous êtes absentée longtemps. »

Caro jeta un coup d'œil par-dessus son épaule et, repérant Harry et Heather qui montaient l'escalier, se contenta d'acquiescer.

« Eh bien, au moins il n'y a plus de surprises qui m'attendent ici ce soir », dit Posy depuis l'intérieur de la chambre, parcourant la pièce des yeux à la recherche d'objets volés. Caro regarda à l'intérieur et frémit à la vue du papier peint. Sa fréquentation prolongée ne le rendait pas moins prompt à déclencher des migraines.

« Maintenant que vous vous en êtes assurées, puis-je suggérer que vous rassembliez toutes deux vos affaires et que nous nous retirions dans une pièce plus adaptée à la discussion et à la réflexion ? » Rosalind grimaça en regardant autour d'elle. « Par bonheur ma chambre ne comporte que peu de décorations. Nous pourrons nous y préparer ensemble pour le dîner.

— Comme si nous nous préparions pour une soirée entre filles », plaisanta Posy avec un sourire un peu triste. Caro se demanda à quand remontait la dernière fois qu'elle s'était vraiment amusée avec des amies. « Mais en discutant encore de meurtre. »

Un éclair soudain illumina la fenêtre qui donnait sur le parc, suivi par un grondement de tonnerre. La lumière baissa un moment tandis que la pluie commençait à tomber, fouettant la vitre comme si la parfaite journée d'été qui avait précédé n'avait jamais eu lieu.

« De mauvais augure, dit Caro. Venez. »

La chambre de Rosalind était située diagonalement dans le coin opposé de la maison par rapport à celles qui avaient été attribuées à Caro et à Posy, et elle donnait sur l'allée principale à l'endroit où celle-ci dessinait une courbe autour de la bâtisse.

« Il y avait donc bien un avantage à arriver avant les autres », déclara Caro en examinant la pièce.

Avec son grand bow-window sous lequel avait été installée une banquette, sans parler de l'énorme lit, du coin salon et du bureau, ça devait être la plus grande et la plus jolie des chambres d'amis.

Rosalind regarda autour d'elle comme si elle voyait la pièce pour la première fois. « Je suppose. C'est toujours ma chambre quand je loge à Aldermere. »

Posy laissa tomber un tas de vêtements et sa trousse à maquillage sur le divan moelleux du coin salon.

« Nous ferions bien de nous préparer pour le dîner. Je crois que nous devrions éviter d'être en retard – qui sait ce que nous pourrions rater ?

— Vrai, convint Rosalind. Caro, vous pourrez nous répéter ce que le jeune Ashok avait à dire pendant que nous nous changerons. »

Elle le fit avec plaisir, étirant les révélations pour obtenir les réactions qu'elle désirait de son public, qui fut formidablement impressionné et surpris.

À certains égards, c'était simplement une performance. S'habiller pour le dîner, se mettre du rouge à lèvres à côté de Rosalind devant le miroir de la salle de bains, aider Posy à remonter la fermeture éclair d'une nouvelle robe hideuse et la regarder grimacer face à son reflet... c'était presque comme être en coulisses lors d'une de ses premières incursions dans le monde du théâtre. Les loges partagées, le maquillage qu'elle appliquait elle-même et l'effervescence qu'elle ne ressentait que lors des représentations en public.

Bien sûr, quand elle était en coulisses les conversations tournaient autour de la présence de tel ou tel critique dans la salle, ou de l'acteur principal qui avait peut-être encore bu avant le lever de rideau, ce genre de choses.

Alors que ce soir-là, il était question de meurtre.

Du moins jusqu'à ce qu'elles s'écartent du miroir et examinent leur reflet ensemble. Caro croisa le regard de Rosalind et la vit secouer la tête.

« Vous avez raison, dit Caro. Ça ne va pas du tout. »

Posy les regarda tour à tour, le front plissé par l'incompréhension.

« De quoi ?

— Vous ne pouvez pas être Dahlia habillée de la sorte, expliqua Rosalind. C'est embarrassant.

— Surtout si vous espérez capter l'attention de votre Johnnie. » Elle déshabilla Posy du regard dans le miroir. « Votre Kit est tout à fait adorable. »

Elle était mariée à une femme, mais ça ne signifiait pas qu'elle ne pouvait pas apprécier un bel homme quand il y en avait un à proximité. Et l'apparence de Kit n'avait en rien gêné son ascension vers la célébrité.

« Ce n'est pas comme ça entre Kit et moi.

— Ça ne signifie pas que ça ne pourrait pas l'être. Leur idylle met longtemps à démarrer dans les livres…

— Mais elle pourrait ne jamais s'allumer si vous allez au dîner comme ça », ajouta Rosalind.

Posy regarda sa robe d'un œil noir.

« Eh bien, c'est tout ce que j'ai, à moins que vous vouliez que je mette un jean. Anton a délibérément omis de me dire que c'était un week-end habillé, afin de pouvoir me refourguer ces horribles robes dans le train. Ça faisait partie de son grand plan censé foutre en l'air mes chances de gagner le cœur des fans de Dahlia.

— L'imbécile, marmonna Rosalind, ce que Caro trouva un peu faible. Eh bien, nous allons juste devoir voir ce que nous pouvons faire, n'est-ce pas ?

— J'ai apporté deux hauts. » Posy attrapa un tissu doux sur le divan. « Je me disais que l'un d'eux par-dessus la robe serait peut-être moins affreux. »

Rosalind et Caro échangèrent un nouveau coup d'œil. « Oh, je crois que nous pouvons faire mieux que ça, pas vous, Rosalind ? »

Il fallut quelques tâtonnements et quelques épingles à nourrice – la silhouette élancée de Posy était moins large de quelques centimètres que les leurs –, mais elles finirent par obtenir quelque chose de convenable. La jupe de Rosalind, le haut de Posy et la veste à perles rétro de Caro par-dessus, qui paraissait légèrement plus grande sur Posy que sur elle. Ce qui signifiait que Caro devrait trouver autre chose à porter par-dessus sa robe pour le dîner, mais vu la mine ravie de Posy tandis qu'elle examinait son reflet, l'effort en valait la peine.

Elle fit bruisser la jupe plissée argentée qui lui descendait à mi-mollet, son haut noir soigneusement enfoncé dessous, et fit un grand sourire.

« C'est parfait. Et les chaussures que j'ai iront bien avec, je pense.

— À moins que vous souhaitiez vous comprimer les pieds dans une paire m'appartenant, je pense qu'elles devront faire l'affaire, dit Caro. Bon, maîtrisez-vous le haussement de sourcil ?

— Le haussement de sourcils ? » demanda Posy.

Caro lui montra dans le miroir, amusée de voir Rosalind faire la même chose.

« Seulement le sourcil droit, haussé d'un air sceptique, comme ceci.

— C'est l'expression caractéristique de Dahlia », ajouta Rosalind.

Posy haussa les deux sourcils. Puis elle les fronça à plusieurs reprises et l'un d'eux s'éleva légèrement avant de retomber.

« Nous allons nous entraîner, promit Caro.

— Plus tard. » Rosalind consulta la délicate montre en argent à son poignet. « Venez, nous devons aller dîner.

— Et questionner Felicity. » Posy attrapa son sac. « Allons-y.

— Je vous rejoindrai en bas, dit Caro. Je dois aller chercher une veste. »

Elle traversa rapidement le palier jusqu'à sa chambre, alluma la lumière et attrapa dans la penderie le premier vêtement convenable qu'elle pouvait porter par-dessus sa robe. Puis elle se hâta vers la porte et ses amies – et faillit ne pas voir la minuscule poupée posée sur sa table de chevet.

Elle se figea, sa respiration soudain sonore dans ses oreilles. Elle souleva la figurine à deux doigts, l'examina attentivement. Une femme, évidemment, vêtue d'un pantalon et d'un chemisier. Ça *pouvait* être elle, mais ça pouvait également être n'importe quelle femme présente à Aldermere ce week-end-là. Si l'on exceptait le filet de sang rouge qui s'écoulait de son visage miniature.

*Que ferait Dahlia ?*

Elle dirait que si quelqu'un était suffisamment effrayé par leur enquête pour tenter de la menacer en plaçant une poupée dans sa chambre, ça signifiait qu'elles devaient être sur la bonne voie.

Son cœur ayant presque retrouvé un rythme normal, Caro glissa la poupée dans la poche de sa veste et descendit dîner.

---

Cette fois, c'est Posy qui s'attela à distraire Ashok pendant que Caro et Rosalind fondaient sur Felicity.

« Qu'est-ce que vous en dites ? demanda Caro à Rosalind tandis qu'elles attendaient que Posy persuade Ashok de lui montrer une chose ou une autre de l'autre côté de la pièce. Charme ou force brute ?

— Ayons le respect de supposer qu'elle n'est pas idiote, répondit Rosalind après un moment. Elle a passé la journée à poser autant de questions que nous.

— Force brute, alors, déclara Caro en acquiesçant, et elles traversèrent la pièce d'un pas décidé jusqu'à l'endroit où Felicity se tenait seule.

– Nous espérions que vous pourriez vous joindre à nous un moment dans le petit salon, murmura doucement Rosalind tout en saisissant le bras gauche de Felicity.

— Nous avons besoin de vous parler d'une chose d'importance. »

Caro esquissa son plus beau sourire de Dahlia, soulagea Felicity de son verre de vin et lui attrapa l'autre bras.

« Il semblerait que vous ayez pris la décision pour moi. » Felicity semblait plus amusée qu'elles ne s'y étaient attendues, mais Caro ne laissa pas son sourire s'estomper tandis qu'elles se dirigeaient vers la porte.

Par chance, le petit salon était une fois de plus désert. Elles firent asseoir Felicity sur la chaise longue pendant que Rosalind préparait de nouveau les boissons, et Caro prit le siège qui faisait face à leur suspect.

« Alors, de quoi voulez-vous me parler ? »

Rosalind posa son verre sur la table d'appoint et se pencha en avant. Caro ne distingua son regard implacable de Dahlia que du coin de l'œil, mais elle devait admettre qu'elle le maîtrisait à la perfection. « Vous avez volé la loupe ornée de pierres précieuses de Lettice, ainsi qu'une bouteille de poison, et vous les avez placées dans la chambre de Posy pour lui faire porter le chapeau. Nous le *savons*. Ce que nous ignorons, et ce que vous êtes ici pour nous expliquer, c'est pourquoi. »

Ce n'était pas vraiment ce qu'Ashok avait dit, mais c'était l'explication la plus logique. Qu'aurait-elle pu faire d'autre dans la chambre de Posy ?

Felicity observa tour à tour le visage de marbre de Rosalind et de Caro, comme si elle tentait de déterminer laquelle jouait au flic gentil et laquelle au flic méchant.

*Ni l'une ni l'autre, ma petite. Nous sommes* toutes les deux *Dahlia, et vous êtes dans le pétrin.*

Il y eut un long silence, seul le bruit de l'orage d'été frappait les vitres à l'extérieur.

Finalement, Felicity se décida : « Je ne... Que vous a dit Ashok ? Je sais que vous lui avez parlé plus tôt. » Elle semblait ébranlée, et Caro se laissa aller à sourire. Elles la tenaient.

« Que vous lui avez dit que Posy vous avait demandé d'emprunter votre liseuse et qu'elle avait laissé sa porte ouverte pour que vous puissiez la déposer dans sa chambre, dit Caro. Sauf que nous savons qu'elle ne l'a pas fait. Donc, vous voulez bien nous expliquer ce que vous faisiez dans la chambre de Posy ?

— Je ne… Ça a commencé comme un jeu. Une manière de me venger de Marcus, vraiment. »

Rosalind cligna des yeux à deux reprises. « De Marcus ? Pourquoi ? »

Elle ne connaissait clairement pas aussi bien Marcus que Caro et Felicity.

« Pourquoi, je peux comprendre, dit Caro. C'est comment que je ne saisis pas. En quoi voler la loupe vous vengeait-il de Marcus ? »

Le sourire de Felicity devint un peu mauvais. Caro ne put s'empêcher d'approuver. Elle était quasiment certaine que Dahlia aurait également approuvé si elle avait connu Marcus.

« Il se trouvait tellement génial d'avoir imaginé le jeu de l'enquête – comme s'il n'en avait pas piqué la moitié directement dans les interviews de Lettice, où elle parlait d'en concevoir un pour la famille, ici, à Aldermere. Il n'arrêtait pas de bavasser à ce sujet, comme quoi c'était grâce à lui qu'il y avait encore des fans de Dahlia.

— Pendant que vous et Clementine faisiez le vrai travail, observa Rosalind.

— Exactement ! » Felicity était clairement ravie qu'on la comprenne. « Je savais qu'il voulait se vanter du succès que ce serait, et qu'il tiendrait salon pendant tout le week-end et en parlerait encore et encore. Et je voulais, eh bien, je voulais que les gens aient une autre énigme, plus conséquente, mieux conçue, à élucider.

— Parce qu'elle était *véritable*, dit Caro, et Felicity acquiesça.

— Je me suis dit que je prendrais la loupe et que je la cacherais, et qu'ensuite nous pourrions passer le week-end à enquêter sur le vol. Je croyais que ce serait amusant !

— Que comptiez-vous faire quand Isobel a appelé la police ? demanda doucement Rosalind.

— Je ne pensais pas qu'elle irait aussi loin, admit Felicity. Je ne sais pas. Peut-être que je ne réfléchissais pas. Mais je l'ai vue étincelante dans son coffret, et j'ai songé à la première nouvelle avec Dahlia – vous savez, celle avec les bijoux qui refont surface dans la soupe pendant le dîner.

— *Des saphirs au souper*, explicita obligeamment Caro.

— Oui. Et je suppose que je me disais que ce serait pareil. » Felicity soupira. « Que nous formerions des équipes de deux pour trouver les bijoux disparus et que ce serait un jeu génial. Mais de toute évidence, ça n'en était pas un.

— Donc vous avez caché la loupe dans la chambre de Posy pour éviter de vous faire prendre », devina Rosalind.

Felicity acquiesça.

« J'avais prévu de la remettre là où je l'avais prise, mais j'ai entendu Hugh descendre l'escalier du deuxième étage et j'ai paniqué. Les verrous sur ces portes sont si faibles, j'ai tourné le premier et suis entrée dans la pièce. Le fait que c'était la Chambre des porcelaines semblait assez approprié. Et quand je me suis rendu compte que c'était la chambre de Posy…

— Vous avez décidé de la piéger.

— Non ! Enfin, pas vraiment. Je… » Les sourcils de Felicity s'abaissèrent et dessinèrent une expression rageuse. « Elle n'est pas Dahlia. Impossible. Anton nous a promis qu'il n'engagerait que quelqu'un qui *comprendrait* vraiment les livres, et je crois qu'elle ne les a même pas lus !

— Elle y travaille, murmura Rosalind, mais Felicity était partie sur sa lancée et elle ne sembla pas l'entendre.

— Elle est complètement inappropriée pour le rôle ! Enfin quoi, son passé, les histoires à son sujet – et tout ce qu'elle a jamais joué, ce sont des stupides gamines geignardes dans des films américains pour ados. Elle est toutes les filles que je détestais quand j'étais jeune. Chaque petite amie parfaite que mes frères ramenaient à la maison. » Felicity prit une inspiration. « Elle est… l'anti-Dahlia ! »

Rosalind fixa avec un haussement de sourcil les cheveux bleu vif de Felicity. Cette dernière lui retourna son regard.

« L'apparence ne fait pas le caractère, vous savez.

— Elle n'a pas tort, convint Caro.

— Vous ne comprenez pas. » Felicity ôta le serre-tête en satin orné de brillants de ses cheveux et le posa sur ses cuisses, puis elle se massa les tempes. « Pour moi, Dahlia est plus qu'un simple personnage de fiction. Elle était mon échappatoire. Ma rébellion, même. » Elle lâcha un éclat de rire. « Mes parents se fichaient que je me teigne les cheveux ou que je me recouvre les bras de tatouages. Ils ne se souciaient que de la réussite scolaire.

— Mais pas vous, devina Caro, se souvenant qu'Ashok avait dit que tous les membres de sa famille étaient médecins, sauf elle.

— Non. Je voulais être libre de faire autre chose. Quelque chose qui serait à *moi*, vous voyez ? » Elle releva les yeux, cherchant de la compréhension dans leur expression. « J'avais toujours aimé les histoires de Dahlia Lively – je voulais être Dahlia quand j'étais enfant. Et quand j'ai vu le poste au sein du fan-club, pile au moment où je pensais que mon doctorat allait me briser, j'ai su que c'était un signe. J'ai abandonné mes études avant même que Marcus me propose officiellement le poste. »

C'était étrange, songea Caro, de considérer Dahlia comme une héroïne alternative pour le XXI$^e$ siècle, mais c'était ce qu'elle semblait être devenue – pour Felicity, du moins, et elle n'était probablement pas la seule.

Ce qui était plaisant chez Dahlia, c'était qu'elle ne se souciait jamais de ce que les autres, pas plus que la société, pensaient d'elle. Elle faisait ce qu'elle estimait juste. Elle se servait de son cerveau quand la moitié du monde dans lequel elle vivait semblait estimer qu'elle ne devait pas en avoir. Elle ne minimisait jamais son intelligence pour mettre les hommes à l'aise. Et elle ne faisait jamais semblant d'être moins que ce qu'elle était.

« Quand j'ai appris qu'il y aurait un nouveau film, que Dahlia allait être actualisée pour ma génération… j'étais tellement excitée. Mais alors Anton l'a engagée *elle*, et j'ai su qu'il ne comprenait pas du tout qui était Dahlia. »

Peut-être que Felicity avait raison. La Posy Starling que le monde pensait connaître à travers sa carrière d'actrice adolescente et ses exploits dans les pages people ne faisait *pas* une bonne Dahlia Lively.

Mais ce n'était pas la Posy que Caro avait appris à connaître au cours des deux derniers jours – même si c'était celle qu'elle s'était attendue à trouver.

« Je crois que vous vous trompez au sujet de Posy, dit-elle doucement. Mais continuez. Parlez-nous de la loupe. »

Felicity cligna des yeux, à deux reprises, puis elle attrapa le verre que Rosalind lui avait servi et but une gorgée, manifestement coupée dans son élan.

« Je me suis rendu compte de l'endroit où j'étais – la Chambre des porcelaines – et que c'était *elle* qui y logeait, alors que moi, j'étais dans les quartiers des domestiques, dans une chambre minuscule à côté des toilettes communes, et j'ai… j'ai voulu lui montrer qu'elle n'était pas ma Dahlia. Que le fait qu'une espèce de réalisateur nous dise qu'elle l'était ne signifiait pas que c'était vrai. Vous voyez ?

— Je peux comprendre ça, admit Caro. Donc vous avez laissé la loupe et le mot ? »

Felicity acquiesça. « Je n'essayais pas exactement de lui faire porter le chapeau. Je me disais qu'elle la trouverait, puis qu'elle ferait toute une scène, vous voyez ? Qu'elle piquerait une crise et s'enfuirait, ou je ne sais quoi. »

Rosalind esquissa lentement un sourire amusé.

« Sauf qu'elle ne l'a pas fait. Pas vrai ? À la place, elle a décidé de mener l'enquête. Et elle nous a demandé de l'aider.

— Donc vous avez doublé la mise en y plaçant la bouteille de poison, histoire de vraiment lui faire peur, supposa Caro. Infâme.

— C'était un *jeu*, insista Felicity. Un jeu que la *vraie* Dahlia aurait compris.

— La vraie Dahlia vous aurait déjà traînée devant la police. Ou au moins devant Isobel, indiqua Rosalind.

— Alors pourquoi ne l'avez-vous pas fait ? demanda Felicity. Enfin quoi, vous avez résolu votre énigme. Justifié le procès public du débat de ce matin. Vous auriez pu me livrer et tout le mérite vous serait revenu.

— Parce que le vol d'une loupe est le dernier de nos soucis, ce week-end. » Caro vida la fin du cocktail que Rosalind lui avait servi. « C'était une diversion. Nous nous soucions plus de résoudre un véritable meurtre qu'un prétendu vol. »

Les mains de Felicity tremblaient lorsqu'elle reposa son verre sur la table.

« Un meurtre ? Vous ne pensez pas vraiment…

— Que Marcus a été assassiné ? » Rosalind haussa son sourcil droit. « Bien sûr que si.

— Et vous aussi, sinon vous n'auriez pas passé la journée à enquêter avec autant d'acharnement, dit Caro. À moins que vous ayez pensé que c'était également un jeu ?

— Plus ou moins, admit Felicity. Enfin, pas le fait qu'il soit mort. Mais c'était une crise cardiaque, non ? Je me disais que c'était une coïncidence sinistre qu'il soit mort à ce moment-là. Je sais que ce n'est pas comme s'il n'y avait pas assez de personnes ici ce week-end qui auraient été heureuses de le voir partir. Mais tout le monde est au courant pour son pontage de l'année dernière, et il n'était pas l'image même de la vie saine, n'est-ce pas ? Alors, oui, Ashok et moi avons joué aux détectives, de même que Harry et Heather. Mais je ne crois pas qu'un seul d'entre nous ait cru que nous essayions d'élucider un véritable meurtre. »

Harry et Heather, si, pourtant. Ils l'avaient dit plus tôt. Et Ashok aussi. Mais ils connaissaient les activités louches de Marcus. Felicity n'aimait peut-être pas l'homme, mais elle n'avait probablement pas conscience de tous ses défauts et trafics.

« Vous avez tout de même enquêté comme si c'en était un. » Rosalind n'était pas prête à considérer ça comme un simple jeu. « Qu'avez-vous découvert ? Selon vous, qui était le coupable ?

— Clementine, répondit promptement Felicity. Enfin quoi, c'est évident. Elle disparaît et Marcus meurt ? C'est forcément elle.

— Sauf qu'elle a disparu. » Caro avait ses propres soupçons concernant Clementine, mais le fait qu'elle n'avait pas été vue depuis des heures *avant* le meurtre rendait la logistique un peu plus compliquée. « Elle a quitté Aldermere juste au moment où Isobel annonçait le vol. »

Felicity leva les yeux au ciel.

« Oui, elle est partie quand tout le monde regardait, parce que Marcus annonçait le nom de l'assassin du jeu de l'enquête, ce qu'elle devait savoir qu'il avait prévu de faire, n'est-ce pas ? Et *lui* ne savait pas qu'elle partait, pas vrai ? Et il ne croyait pas à cette histoire d'urgence familiale. Je l'ai vu entre deux plats pendant le dîner, ce soir-là, en train de l'appeler et de lui laisser un message lui demandant ce qui se passait.

— Vraiment ? »

*Ça*, c'était intéressant, étant donné qu'il avait déjà fait écouter le message de Clementine à Caro et à Posy avant le dîner.

« En plus, qui dit qu'elle n'est pas revenue ? » Quelque chose dans la manière confiante qu'eut Felicity de croiser les bras dit à Caro que ce n'était pas une supposition.

« Quand l'avez-vous vue ? demanda-t-elle. Et où ?

— Quand j'étais dans la Chambre des porcelaines, l'autre après-midi, admit Felicity. Je me suis éclipsée du débat pour cacher la loupe parce que je me disais que la maison serait déserte.

— Elle était dans la maison ? »

Rosalind se redressa et lança un regard étonné en direction de Caro. Felicity secoua la tête.

« Non. Je l'ai vue par la fenêtre. Elle marchait vers la loge du gardien depuis la rivière. Je me suis dit qu'elle devait s'être débarrassée de la voiture près des bois, puis avoir traversé la rivière pour aller se cacher dans la loge jusqu'à ce que le moment soit venu de revenir en douce et d'empoisonner le café de Marcus – probablement déguisée en serveuse. Enfin, si on l'a vraiment tué.

— Vous aviez élaboré un plan assez complexe pour quelqu'un qui ne croit pas qu'il a été assassiné », observa Rosalind.

Felicity haussa les épaules.

« J'aime les énigmes, et les résoudre.

— N'est-ce pas le cas de toutes les personnes présentes ici ce week-end ? » Caro se pencha en avant et regarda Felicity dans les yeux. « Mais je vais vous dire une chose. Dahlia Lively n'essaierait jamais de faire porter le chapeau à quelqu'un d'autre ni de l'humilier pour se divertir. Et je crois que vous le savez. »

Elle regarda le rouge monter de la gorge de Felicity à ses joues, puis elle se leva et se tourna vers la porte, consciente que Rosalind était juste derrière elle.

« Alors, on fait quoi, maintenant ? murmura cette dernière tandis qu'elles quittaient la pièce.

— Nous devons fouiller la loge du gardien. »

Si Clementine y était allée, elle aurait laissé un indice, ou quelque chose. Et Caro était la personne qui le découvrirait. « Venez. Allons trouver Posy. »

## Chapitre vingt et un

*« La chose à garder à l'esprit, Bess, c'est qu'un criminel acculé est dangereux », chuchota Dahlia tandis qu'elles approchaient du bâtiment, l'appréhension montant en elles.*

Dahlia Lively dans *Un point de vue sur la vie*
Par Lettice Davenport, 1931

Alors qu'elles avaient à peine eu le temps de résumer dans les grandes lignes ce qu'elles venaient d'apprendre à une Posy qui attendait, elles durent prendre part à un nouveau dîner.

« Si nous pouvions tous prendre place, s'il vous plaît ? » Le sourire habituellement enjoué d'Isobel était un peu morose, songea Caro tandis qu'elle et Rosalind se glissaient de nouveau dans la pièce. « Ça fait déjà assez longtemps que nous attendons que ce dîner débute. »

Caro se retrouva assise à côté de Harry et de Heather, qui l'ignorèrent ostensiblement et tentèrent de lancer une conversation avec Kit et Libby de l'autre côté de la table, ce qui allait très bien à Caro. Elle se détendit et décida d'observer les gens à la place.

Dahlia disait toujours – enfin, elle supposait que c'était Lettice qui le disait à travers son héroïne, mais l'idée était la même – elle disait qu'elle en apprenait plus sur les gens en les observant en société qu'au cours de cent interrogatoires. Caro n'y avait jamais cru, car en vérité c'étaient toujours les interrogatoires qui lui fournissaient les informations qui lui permettaient d'élucider le crime. Mais c'était généralement une bonne manière de faire en sorte que les gens la laissent tranquille et lui permettent de laisser libre cours à sa curiosité, ce qui semblait être plus un trait propre à Lettice qu'à Dahlia, d'après ce qu'elle avait appris de la romancière dans des documentaires et reportages.

Assise à la table du dîner, observant ses suspects tandis qu'ils attaquaient leur agneau et leur gratin dauphinois, Caro voyait ce que voulait dire Dahlia.

Les secrets et les peurs de toutes les personnes autour de la table étaient perceptibles dans leurs yeux. Même si la plupart de leurs cachotteries n'avaient probablement rien à voir avec le meurtre de Marcus, et tout avec leur propre petite vie, leurs propres petits mensonges.

Isobel tenait salon à l'autre bout de la grande table rectangulaire, près des portes qui menaient au vestibule et à l'escalier qui descendait aux cuisines. Hugh, qui était revenu de Dieu sait où, semblait heureux à l'autre extrémité, en pleine conversation avec Posy et Anton, même si le réalisateur paraissait moins à l'aise que son hôte. Hugh semblait également ne pas se rendre compte des regards inquiets que Rosalind lui lançait plusieurs sièges plus loin.

Celle-ci pensait-elle que son amant était impliqué dans le meurtre ? Caro ne pouvait l'exclure. Dans sa tête, les trois Dahlia formaient une équipe, mais

Rosalind et Posy voyaient-elles les choses de la même façon ? Ou bien jouaient-elles le jeu pour des raisons personnelles, pour protéger leurs propres secrets ? Comment Caro pouvait-elle le savoir ?

Dehors, il y eut un nouveau coup de tonnerre, et Caro regretta de ne pas avoir pris un parapluie pour l'aventure de la soirée. On ne pouvait jamais faire confiance à un été anglais.

« Dites, Hugh, est-ce votre voiture que j'ai vue de nouveau garée dans les écuries cet après-midi ? demanda Harry à travers la tablée.

— Celle que Clementine a empruntée ? » demanda Libby.

Kit siffla doucement.

« Ça, c'est un beau véhicule. Est-ce que je pourrais l'emprunter, à tout hasard ?

— Oui, eh bien, fit Hugh avec un petit rire embarrassé. Je, heu, il se trouve que je l'ai récupérée à la gare plus tôt dans la journée. Clementine m'a fait savoir qu'elle l'y avait laissée quand elle est allée voir sa famille.

— Vous lui avez parlé ? demanda Posy, avec un peu trop d'empressement, selon Caro.

— Oh, heu, non. Elle m'a envoyé un texto, répondit Hugh. Enfin bref, c'était une tellement belle journée que je suis allé la récupérer à pied. » Un nouveau coup de tonnerre ponctua sa phrase et il partit à rire, manifestement mal à l'aise. « Enfin, c'*était* une belle journée.

— Chaque fois que j'ai essayé de l'appeler, son téléphone était éteint, grommela Juliette. Et j'ai tellement de questions sur ce que Marcus avait prévu pour le bouquet final, demain.

— Le bouquet final ? s'étonna Isobel. Il ne m'en a pas parlé. Que dit le programme ? »

Juliette haussa les épaules. « Pas grand-chose. Juste qu'il doit y avoir une cérémonie de clôture, ou quelque chose comme ça. Mais certains volontaires m'ont confié qu'il disait depuis des jours que ça "en mettrait plein la vue à tout le monde", ou quelque chose de tout aussi stupide. Mais je ne trouve rien à ce sujet dans les notes de Clementine. »

Caro lança un coup d'œil à Rosalind par-dessus la table, puis à Posy. Encore une chose sur laquelle se pencher. Mais d'abord, la loge du gardien.

Dès que cet interminable dîner serait terminé.

Finalement, le groupe, misérable, se retira à la bibliothèque pour discuter autour des digestifs. Il fut facile pour Caro de se frayer un chemin jusqu'à Posy et à Rosalind et de décider par quelle issue dérobée sortir.

« Il y a une porte latérale au niveau inférieur, dans les cuisines, murmura Rosalind. Nous passerons par là.

— Nous ne pouvons pas partir toutes en même temps, argua Posy. Ce serait suspect.

— Je ne crois pas que quiconque va vouloir rester boire trop longtemps, ce soir », dit Caro. Mais Posy n'avait pas tort. « Nous nous excuserons et nous retirerons, puis nous nous retrouverons dans les cuisines, OK ? »

Toutes trois acquiescèrent et se séparèrent pour discuter brièvement avec les autres convives. Rosalind parla avec Hugh et Isobel, avant de se retirer avec un léger sourire – le genre de sourire qui suggérait qu'elle était une femme âgée qui avait besoin de se reposer après une journée éprouvante. C'était un mensonge, bien entendu, mais les gens le croyaient parce que c'était ce à quoi ils s'attendaient.

Il pouvait cependant y avoir un problème. Ceux qui connaissaient Caro s'attendaient à ce qu'elle soit la dernière à soutenir le bar par une telle soirée. Elle n'était pas du genre à refuser un verre gratuit, et encore moins un chariot à boissons bien achalandé.

Posy fut la suivante à disparaître, avec un mot murmuré à l'intention d'Anton, Libby et Kit, et un regard furtif en direction de Caro. Elles n'étaient pas les seules à partir, s'aperçut cette dernière tandis que Libby et Anton s'excusaient également.

« Un autre ? lui demanda Hugh en levant une bouteille.

— Vous savez, je crois que je ne pourrai pas, dit-elle avec un sourire confus. La journée m'a épuisée.

— Moi, j'en veux bien un, grand-père », dit Juliette en arrivant à côté d'eux avec un verre vide.

Ses joues étaient empourprées et ses yeux vitreux.

« Je crois que tu as déjà assez bu, répliqua Hugh. Et puis, tu sais que je ne gâche pas mon bon brandy en le donnant à des gens qui ne l'apprécient pas. »

Juliette leva les yeux au ciel. « Et comment suis-je censée apprendre à l'apprécier si tu ne me laisses jamais en boire ? »

Profitant de leur dispute, Caro recula et fila par la porte qui menait à l'entrée puis aux cuisines, où elle trouva Rosalind et Posy qui l'attendaient.

La pluie avait commencé à diminuer, mais elle était suffisante pour que ses cheveux se mettent à friser et pour lui mouiller la peau. Caro resserra sa veste autour de ses épaules, songeant qu'elle aurait aimé que les robustes bottes que Dahlia portait le plus souvent aillent avec sa robe de cocktail. Avec le recul, si la tenue qu'elle avait choisie pour la soirée était parfaite pour lui donner la confiance de Dahlia, elle était moins idéale pour mener une enquête.

« Qu'est-ce que vous dites du fait que Hugh a récupéré la voiture aujourd'hui ? demanda-t-elle tandis qu'elles se mettaient en marche sous la pluie.

— Au moins, ça explique où il était ce matin, dit Rosalind. La gare est à une petite trotte d'ici.

— Intéressant, cependant, que Clementine et lui soient autant en contact, observa Posy. C'est déjà lui qu'elle a appelé pour prévenir qu'elle partait…

— Parce qu'elle avait besoin d'emprunter une voiture, intervint Rosalind.

— Et il est la seule personne avec qui elle ait échangé depuis cet appel à Marcus le premier soir, termina Posy. Ça suggère assurément qu'il y a un lien entre eux, vous ne pensez pas ? »

Apparemment, Rosalind ne voulait pas penser à ça car elle accéléra le pas, laissant les autres la rattraper.

Elles empruntèrent la longue allée qui contournait l'arrière de la maison depuis la porte latérale, passèrent devant les écuries de la pelouse ouest, où les stands étaient toujours dressés, jusqu'à rejoindre l'allée principale près de la fontaine. Le chemin que Clementine avait emprunté pour partir la veille, s'aperçut Caro. Elles n'avaient pas trop à craindre que quelqu'un les cherche, que ce soit dans la maison principale *ou* dans la loge. Avec cette pluie et cette obscurité, Caro distinguait à peine sa main devant son visage, et elle était reconnaissante pour les lampes torches que Rosalind avait trouvées dans un tiroir des cuisines tandis qu'elles sortaient. Les lumières aux fenêtres de la maison principale n'atteindraient pas la loge, mais quelqu'un pourrait les remarquer si elles allumaient celles à l'intérieur. Et ce soir, elles ne voulaient pas être interrompues.

La loge du gardien se dressait, comme on pouvait s'y attendre, près de l'énorme portail en fer forgé qui formait l'entrée d'Aldermere. À côté, la rivière qui bordait le côté ouest de la propriété dessinait une courbe. La rive opposée était recouverte des aulnes qui avaient donné à la maison la moitié de son nom, alors qu'à partir de cet endroit la rivière devenait plutôt un étang paisible encombré de roseaux, qui avait donné l'autre moitié[1].

Si elles avaient été dans un livre de Lettice, Clementine aurait attendu à l'intérieur, prête à leur donner le cours d'histoire qui aurait expliqué tout ce qui s'était produit à Aldermere pendant le week-end. Même si Caro ne pensait pas qu'elles auraient cette chance, elle se contenterait de quelques indices utiles.

« Entrons jeter un coup d'œil, suggéra-t-elle en tendant la main vers la porte.

— Attendez! lança Posy d'une voix sifflante. Et s'il y a toujours quelqu'un à l'intérieur?

— Vous voulez dire Clementine? murmura Caro. Je pense qu'elle est partie depuis longtemps.

— Juste au cas où, cependant, dit Rosalind. Soyons prudentes. »

Caro, le souffle court, entrouvrit la porte. Rien.

Elle regarda la pièce obscure.

« Elle a l'air vide », dit-elle, et elle attrapa la lampe torche dans sa poche, appuyant sur le bouton pour l'allumer.

---

1. *Mere* signifie étang, lac. *(N.d.T.)*

Une lumière chaude emplit la pièce principale du petit pavillon en briques rouges. Il était meublé d'une petite table en bois avec des chaises, de deux fauteuils devant un poêle à bois et d'un plan de travail qui donnait sur une cuisine minuscule dotée d'un évier, un four, un réfrigérateur et un micro-ondes. Il régnait une atmosphère chaleureuse et accueillante, depuis la broderie en point de croix au mur jusqu'aux couvertures étalées sur les accoudoirs des fauteuils. Il y avait même des bocaux à rayures bleues et blanches sur le plan de travail de la cuisine, qui contenaient des ingrédients de base, même si Caro ne pouvait imaginer pourquoi quelqu'un déciderait de faire à manger ici plutôt que dans les cuisines principales.

Une autre porte semblait donner sur une petite chambre, avec une salle de bains contiguë. Ça ressemblait à une minuscule maison de vacances, idéale pour une ou deux nuits. Une chambre d'amis supplémentaire, supposa-t-elle – non qu'Aldermere, avec ses innombrables pièces, en ait eu besoin.

« Vous avez raison. Aucun signe de Clementine ici ce soir, commenta Rosalind. Pour autant qu'elle y soit même venue.

— Felicity semblait assez sûre d'elle. »

Caro passa la tête à l'intérieur de la chambre, mais ne trouva que l'obscurité.

« Felicity est une excellente menteuse. » Il y avait une amertume incontestable dans la voix de Posy.

« Venez, dit Caro. Nous devons fouiller cet endroit. Je prends la chambre, Posy ici, et Rosalind la cuisine. »

Dans la chambre, elle ouvrit la porte en grand et commença à fouiller dans les tiroirs, arracha les couvertures du lit, cherchant quelque chose qui expliquerait ce que Clementine faisait ici après qu'elle avait soi-disant quitté Aldermere.

Il y avait une petite penderie entre la fenêtre et la porte de la salle de bains, avec un profond tiroir à sa base. Elle l'ouvrit, son cœur battant à tout rompre. C'était ici, elle le savait, que se trouveraient les réponses qu'elle cherchait.

Elle battit des paupières. Au fond du tiroir il y avait un tas de vêtements enveloppés dans une écharpe jaune moutarde. Une écharpe qu'elle reconnut.

Une écharpe qu'elle avait vue pour la dernière fois autour du cou de Clementine alors qu'elle quittait Aldermere.

C'était ça, la preuve que Clementine n'était *pas* partie, finalement! Qu'elle pouvait toujours être ici, d'ailleurs...

Cette idée lui fit relever les yeux tandis qu'un souffle d'air provenant de la fenêtre ouverte lui effleurait la nuque.

Pourquoi la fenêtre était-elle ouverte? Et quand la porte de la chambre s'était-elle refermée?

Caro se retourna, trop lentement pour distinguer en détail la silhouette qui se tenait devant elle, tandis qu'un objet dur et lourd l'atteignait à la tempe, et la pièce devint noire.

## LUNDI
## 30 AOÛT

# ROSALIND

## Chapitre vingt-deux

*« Le problème avec vous autres policiers, c'est que vous avez tendance à faire obstacle à une bonne enquête. »*

Dahlia Lively dans *Ne sous-estimez jamais une femme*
Par Lettice Davenport, 1930

Elles n'entendirent pas de hurlement.

Plus tard, Rosalind se rappellerait la scène avec Caro hurlant, mais en vérité elle était restée silencieuse. Peut-être qu'elle avait été frappée trop rapidement, tombant inconsciente avant d'avoir eu le temps de réagir. Peut-être qu'elle était trop entêtée pour donner cette satisfaction à son assaillant. Ça lui aurait bien ressemblé.

Alors qu'elle inspectait la cuisine, Rosalind entendit un bruit sourd à travers le mur de la chambre, aussi clairement qu'elle entendit Posy arrêter de fouiller la pièce de vie et lancer : « Caro ? »

Rosalind songea que c'était l'heure tardive, l'obscurité autour des faisceaux de lumière des torches, l'étrangeté qu'il y avait à enquêter sur un vrai meurtre tant d'années après son dernier meurtre fictif. Telles étaient les seules raisons qui expliquaient la lourdeur qu'elle ressentait dans le ventre, sa conscience soudaine des battements de son propre cœur.

Elle posa la boîte à sucre sur le comptoir, au milieu d'un petit tas de cristaux blancs renversés, et se détourna de la cuisine, se dirigeant sans réfléchir vers la chambre et Caro.

Posy l'atteignit en premier, s'arrêtant à côté du corps de Caro étendu par terre, avant de se précipiter vers la fenêtre.

« La personne est sortie par là.

— C'était qui ? »

Rosalind se laissa tomber à genoux à côté de Caro, ignorant la pointe douloureuse qui traversait celui de gauche chaque fois qu'elle faisait un mouvement brusque. À la place, elle était subjuguée par le filet de sang qui s'écoulait lentement depuis la base des *victory rolls* de Caro, traversant sa tempe et descendant le long de sa joue, parfaitement assorti au rouge à lèvres qui se détachait sur son visage pâle et exsangue.

« Je n'ai pas eu le temps de voir. » Posy ouvrit plus grand la fenêtre et passa une jambe sur le rebord. « Je me lance à sa poursuite.

— Quoi ? Non ! » Tiraillée entre son désir d'aider Caro et celui d'empêcher Posy de faire une bêtise, Rosalind pivota la tête et croisa le regard de celle-ci. « C'est dangereux. Vous ne pouvez pas faire ça.

— Occupez-vous d'elle. »

Et elle disparut par la fenêtre pour s'enfoncer dans la nuit. Caro remua à côté d'elle. « Qu... Rosalind ?

— Je suis là. N'essayez pas de bouger. » Elle lui passa une main réconfortante sur le bras. « Avez-vous vu qui vous a attaquée ? »

Caro secoua la tête, le mouvement lui arrachant une grimace.

« Où est Posy ?

— Elle poursuit votre assaillant, répondit Rosalind. Non, n'essayez pas de vous asseoir. Restez comme ça. Je vais essayer de trouver un téléphone et de demander une ambulance. »

Caro l'ignora et se redressa péniblement en position assise.

« Il faut que vous la suiviez.

— Je ne peux pas vous laisser seule ici.

— Vous ne pouvez pas la laisser seule *là-bas*. »

Caro tenta de se rapprocher du mur, la douleur tordant son visage ensanglanté tandis qu'elle bougeait. Rosalind tendit la main pour l'aider, mais elle l'écarta. « Je suis sérieuse. *Allez-y !* »

Le temps où Rosalind passait par les fenêtres était depuis longtemps révolu, mais elle savait qu'elle n'avait pas besoin de le faire. Si l'assaillant de Caro s'éloignait d'Aldermere, il serait forcé de contourner la loge et de passer devant la porte d'entrée.

Elle se précipita vers celle-ci, ne regardant qu'une seule fois par-dessus son épaule en direction de Caro.

Dehors, le sol qui avait durci sous le soleil de l'après-midi était désormais rendu glissant par la boue. Il n'y avait aucun signe d'une personne courant sous la pluie sur l'allée principale qui menait à la maison, et, étant donné qu'il y avait des lumières aux fenêtres, Rosalind était presque certaine qu'elle aurait vu s'il y avait eu quelqu'un.

Elle se tourna dans la direction opposée, vers la route, et vit Posy qui filait vers le portail depuis l'arrière de la maison.

« Elle est passée où ? lança-t-elle à Rosalind. Je ne la vois pas ! »

Rosalind braqua le faisceau de sa lampe torche sur la route, mais il n'y avait aucun signe d'une personne s'échappant d'Aldermere.

Ça n'avait aucun sens. À moins que la personne ne se soit pas enfuie...

« La rivière, dit-elle. Elle a dû traverser le bois jusqu'au sentier qui mène à la rivière. »

À partir de là, elle pourrait longer le cours d'eau tandis qu'il sinuait autour d'Aldermere, passant devant le hangar à bateaux et la tourelle, avant de revenir au-dessus de la pelouse ouest et de traverser le parc. Il faisait suffisamment sombre pour qu'elle puisse atteindre la maison et entrer sans être vue par la porte latérale, si elle était intelligente.

Et qui que soit la personne qu'elles pourchassaient, elle semblait l'être.

« Caro s'est réveillée », dit-elle à Posy, tout en courant vers les arbres et le sentier de la rivière. Rosalind savait que Posy irait plus vite sans elle, mais elle ne voulait pas qu'elles se retrouvent chacune seule dans le noir avec l'assaillant qui rôdait dans les parages. « Elle n'a pas vu qui l'a attaquée.

— Felicity, déclara Posy, pantelante. Ou Clementine. C'est Felicity qui vous a dit qu'elle avait vu Clementine à la loge. Peut-être qu'elles sont de mèche et que c'était un piège depuis le début. Mais l'une d'elles devait être cachée là-bas et nous attendre.

— Peut-être. »

Rosalind n'arrivait pas à passer en revue les différentes options. Pas avec ses hanches qui la faisaient souffrir, et elle faisait son possible pour bien équilibrer son poids afin que son genou douloureux ne lâche pas. Pas avec Caro qui continuait de saigner dans la loge.

Elles avancèrent en direction de la rivière, heureuses d'avoir emporté les lampes torches. Celles-ci leur fournissaient suffisamment de lumière pour suivre les traces de pas dans la boue. Rosalind serra les dents et attrapa une branche d'arbre pour se soutenir tandis que son genou faiblissait.

Bon Dieu, qu'est-ce qu'elle faisait là ? Qu'est-ce qui lui avait pris de se joindre à cette étrange équipée nocturne ? Elle aurait dû rester dans la bibliothèque avec Hugh, boire un dernier verre avec lui après que tout le monde se serait couché. Comme ils l'avaient fait pendant des années.

« Je crois que la personne est partie par là », murmura Posy tout en se frayant agilement un chemin sur le sol boueux jonché de feuilles, tandis que Rosalind traînait la jambe derrière.

Le fait était, décida-t-elle tandis qu'elle avançait d'un pas lourd parmi les broussailles entre la loge et le sentier de la rivière, qu'elle n'était pas femme à se mettre dans ce genre de pétrin. Ça, c'était Caro, ou Posy – se précipitant sans réfléchir, ou se laissant égarer par leurs impulsions et leur incapacité à dire non.

*Elle*, elle était Rosalind King. Elle n'aurait pas dû être là.

Mais Caro avait raison. Elle ne pouvait pas laisser Posy seule avec un assassin.

La pluie avait repris, une bruine incessante dont Rosalind était certaine qu'elle s'estomperait avant le matin. Elle s'essuya les yeux, battant des paupières pour se débarrasser des gouttelettes, et elle tenta de se concentrer dans l'obscurité. Comment étaient-elles censées retrouver quelqu'un ici ?

Le sentier qui longeait la berge de la rivière semblait encore plus noir que les arbres et les broussailles tandis qu'elles peinaient à l'atteindre. Les mains sur les hanches, Rosalind scruta les deux côtés du chemin – celui qui s'éloignait de la propriété, suivant la rivière en direction du village le plus proche, et celui qui menait à la tourelle puis à la maison.

« De quel côté on va ? demanda Posy. On se sépare ?

— Non ! » Ce n'était assurément pas le plan. « Si la personne voulait quitter la propriété, elle aurait pris la route principale, ou se serait cachée en attendant que nous passions avant de la gagner en courant. » Auquel cas elles risquaient de ne poursuivre personne. « Si elle est toujours ici, elle est allée en direction de la maison. »

Si elles avaient raison, et si l'assassin était une des personnes qui logeaient à Aldermere, il faudrait qu'elles y retournent avant qu'on remarque leur absence, afin de faire comme si elles n'étaient jamais sorties. Sauf que Clementine n'était pas rentrée depuis samedi.

« Allez, venez. » Posy se mit à marcher sur le sentier en direction de la maison, laissant Rosalind, toujours perdue dans ses pensées, avancer péniblement derrière elle.

Il y avait du sucre sur le plan de travail dans la loge. Si Clementine s'y était cachée, elle avait pu préparer la fleur toxique enrobée de sucre, puis revenir en douce pendant le dîner et la placer sur la soucoupe de Marcus – déguisée en membre du personnel de service, ainsi que l'avait suggéré Felicity. Rosalind aurait parié que personne n'avait vraiment regardé leurs visages, et ils portaient tous ces petites coiffes qui recouvraient leurs cheveux.

Mais dans ce cas, elle ne retournerait pas à la maison maintenant, si? À moins qu'elle n'en ait pas fini. À moins qu'il y ait d'autres décès à venir…

Un frisson remonta le long de la colonne vertébrale de Rosalind. Elle s'arrêta sur le sentier, soudain certaine qu'on l'observait. Elle sentait le regard de quelqu'un sur elle, aussi clairement qu'elle savait quand elle tenait le public captif lorsqu'elle était sur scène.

*Clementine.*

Elle n'était pas retournée à la maison. Elle ne s'était pas échappée au village. Elle attendait, observait, pour voir ce qu'elles feraient ensuite.

Posy était à quelques mètres devant elle, mais Rosalind n'essaya pas de la rattraper.

Lentement, elle se retourna, les battements de son cœur cognant dans ses oreilles se mêlant à l'écoulement paisible de la rivière et le vent dans les roseaux. L'obscurité l'entourait, le clair de lune vacillant entre les branches des aulnes tandis que les nuages filaient au-dessus d'elle.

Elle était seule. Il n'y avait personne.

Son regard tomba sur ses mains qui se tordaient contre son ventre, d'une blancheur d'os dans la nuit.

Et alors elle vit les yeux qui l'observaient depuis les roseaux.

Rosalind hurla.

« On dirait qu'elle est morte depuis quelque temps. Au moins une journée ou plus, selon nous. Nous allons devoir parler à toutes les personnes qui logent dans la maison. »

Rosalind resserra la couverture autour de ses épaules et attrapa la tasse de thé chaud – avec un peu de whisky dedans – qu'Isobel lui avait donnée. Elle avait l'impression d'être éveillée depuis des jours, même si le soleil était encore loin de se lever. Son rythme cardiaque semblait revenir à la normale, et le sang qui palpitait dans ses oreilles n'étouffait plus tous les autres bruits et les conversations. C'était un progrès, supposait-elle.

Posy avait fait demi-tour et l'avait trouvée sur le sentier, fixant le corps nu, gonflé et gris de Clementine dans la rivière. À partir de ce moment, tout était flou, mais Rosalind se rappelait vaguement la voix de Posy tandis qu'elle composait le 999 sur le téléphone de la maison et demandait une ambulance et la police, puis le son des sirènes approchant dans l'allée.

Les policiers avaient pris le relais, et ils avaient été conduits à la bibliothèque d'Aldermere House pendant qu'on réveillait Hugh et Isobel.

Et ensuite il y avait eu le thé. Ils étaient toujours en Angleterre, après tout.

*Dahlia serait si fière.*

La blessure à la tête de Caro avait été inspectée par un secouriste et on leur avait conseillé de la surveiller pendant la nuit, mais il ne semblait pas y avoir de commotion cérébrale.

« Je suppose que ça signifie que nous savons désormais où est allée Clementine, murmura Caro en continuant de regarder le policier responsable tandis qu'il parlait à Hugh.

— Et pourquoi elle n'est pas revenue », ajouta Posy depuis l'autre côté de Rosalind.

Cette dernière appréciait le fait d'être flanquée de ses sœurs Dahlia. Comme si leur présence avait pu maintenir les fantômes à distance.

« Ça n'a donc pas pu être Clementine qui vous a attaquée dans la loge. » La voix de Rosalind était rauque, comme si elle ne s'en était pas servie depuis longtemps. Hormis pour hurler. Et elle était certaine d'avoir hurlé pendant un moment. « Elle est morte... depuis plus longtemps que ça. »

*Au moins une journée ou plus*, avait dit l'inspecteur chef à Hugh. L'inspecteur chef Larch, c'était son nom. Il s'était présenté en arrivant. Comme c'était un week-end prolongé, Rosalind était surprise que la police ait sécurisé les lieux si vite et envoyé un officier.

« Je l'ai entendu dire à l'un des agents en uniforme que c'était officiellement une "mort inexpliquée", dit Posy.

— Ça, c'est une certitude. »

Rosalind leva les yeux vers Larch et Hugh. Des hommes qui avaient une conversation d'hommes, même si Hugh n'avait probablement pas la moindre idée de ce qui s'était passé à Aldermere pendant le week-end.

Du moins, elle l'espérait. Parce que s'il savait...

« Nous devons devenir amies avec l'inspecteur », dit-elle doucement, consciente que Posy et Caro la regardaient comme si elle était un animal timoré attiré hors de son environnement sauvage. Hurlait-elle encore quand Posy l'avait trouvée ? Peut-être.

Caro acquiesça et son geste lui arracha une grimace.

« Bonne idée. Dahlia se mettait toujours dans la poche les agents qui enquêtaient sur les affaires.

— Oui, mais c'était généralement Johnnie, non ? » remarqua Posy.

Rosalind s'aperçut qu'elle observait la porte, attendant que quelqu'un d'autre arrive. Les policiers n'avaient pas exactement été silencieux, mais la maison était grande. Les personnes au deuxième étage avaient pu ne pas être dérangées.

« C'était aussi de la fiction. » Rosalind soupçonnait que ça ne faisait pas beaucoup de différence pour l'une ou pour l'autre, mais elle avait le sentiment que c'était un fait à souligner. « Nous allons devoir parler à l'inspecteur chef Larch plus tard parce que sinon personne ne nous dira rien.

— Est-ce que nous... enfin... » Posy ravala sa salive et recommença : « Nous pourrions laisser ça aux professionnels. Maintenant qu'ils sont ici. Leur dire ce que nous avons découvert et les laisser s'en occuper.

— Non. »

La réponse de Rosalind fut plus sonore qu'elle ne l'avait souhaité, et Hugh et l'inspecteur chef la regardèrent avec surprise. Elle baissa les yeux et attendit qu'ils l'oublient de nouveau.

« Nous ne pouvons pas arrêter maintenant, reprit-elle après un moment. La personne qui a attaqué Caro sait que nous sommes après elle, et la police ne va pas résoudre cette affaire assez vite pour nous mettre hors de danger.

— Mais nous ne sommes pas *après* elle, murmura Posy. N'est-ce pas ? Nous pensions que c'était Clementine qui se cachait dans la loge du gardien.

— Nous sommes plus proches que les policiers, même s'ils croyaient tous ce que nous pouvons leur dire, déclara Caro. Mais nous pourrions leur demander une protection. Rentrer chez nous et nous terrer, montrer clairement que nous ne sommes pas une menace. »

Rosalind savait cependant qu'elles ne le feraient pas. Elles étaient allées trop loin pour s'en aller maintenant.

« Il faut penser aux photos du chantage, déclara-t-elle. Si Clementine et Marcus étaient derrière, alors qui les a maintenant ? Trouver leur assassin – ou leurs assassins – pourrait être notre meilleure chance d'empêcher qu'elles soient révélées au grand jour. »

Elle ne mentionna pas l'autre raison qui faisait qu'elles devaient poursuivre l'enquête. Elle ne voulait pas leur mettre cette idée en tête. Mais si Hugh était d'une manière ou d'une autre impliqué… elle devait être la première à le savoir.

« Nous avons encore une journée ici, dit-elle. Si nous ne parvenons pas à trouver le meurtrier avant de quitter Aldermere, nous abandonnerons et nous nous cacherons. Mais nous restons une journée de plus. D'accord ? »

Elle regarda tour à tour Caro et Posy, qui acquiescèrent.

« Nous sommes les Dahlia, dit Caro d'une voix qui était plus résignée qu'heureuse à cette idée. Nous ne pouvons pas nous dégonfler maintenant.

— Qui va parler à Larch ? demanda Posy.

— Je m'en charge. » Rosalind laissa sa couverture tomber par terre et tendit son thé à Caro. « Après tout, c'est moi qui ai trouvé… le corps. »

Et elle n'irait pas se coucher sans avoir tous les faits.

Hugh s'était éloigné pour être aux côtés de sa femme, tout en parlant à l'un des agents de police autour d'autres tasses de thé, si bien que Rosalind prit sa place face à Larch en souriant.

« Monsieur l'inspecteur chef.

— Madame King. »

Ses yeux étaient circonspects et il regarda vivement vers l'endroit où Posy et Caro étaient assises, observant attentivement. Aucune d'entre elles ne connaissaient le sens du mot « subtil ». « Qu'est-ce qui me vaut le plaisir ? Je ne crois pas que vous ou l'une de vos amies vous soyez souvenues d'un fait d'une importance cruciale, concernant ce week-end, que vous aimeriez partager avec moi ? »

La raison de leur présence à la loge ce soir-là ne l'avait pas totalement satisfait. Évidemment, elles avaient menti, elle ne pouvait donc pas lui en vouloir. Même si « nous avons vu quelqu'un là-bas et nous sommes allées vérifier » était probablement le genre de bêtise à laquelle il s'attendrait de la part d'une actrice vieillissante comme elle.

Rosalind repoussa ses souvenirs de la soirée et offrit un sourire chaleureux. Son sourire *faites-moi confiance*. Le sourire de Dahlia. C'était agréable de se glisser de nouveau dans sa peau après si longtemps.

Les cadavres n'effrayaient pas Dahlia. Elle se fichait que les autres la jugent importune ou agressive. Se fichait que les journaux la qualifient de difficile. N'avait pas peur de causer des problèmes.

C'était libérateur.

Peut-être que Caro avait eu raison dès le début. Qui voulait être soi-même quand on pouvait être Dahlia ?

« J'espérais plutôt que c'était vous qui auriez peut-être quelque chose à partager avec moi, à vrai dire », répondit-elle.

Ses sourcils grisonnants s'élevèrent.

« Oh ? Et pourquoi ça ? Je suis sûr que vous, surtout vous, madame King, devez comprendre l'importance de la confidentialité dans une enquête en cours. Surtout à ses premiers stades.

— Je vous en prie, appelez-moi Rosalind. »

Elle buta sur son propre nom, très légèrement, mais elle vit que Larch s'en était rendu compte. C'était un malin, celui-là. Elle avait failli dire Dahlia. « Et, bien entendu, je comprends complètement. C'est juste que les événements de ce soir… » Elle frissonna, délicatement. « … ont sérieusement ébranlé mon amie Caro. Je crois que ça l'aiderait à dormir cette nuit si elle comprenait un peu ce qui s'est passé, et pourquoi. »

Larch semblait sceptique, mais ça faisait désormais des années que Rosalind jouait les pauvres vieilles femmes dociles et apeurées. Elle savait comment se montrer convaincante. Tant qu'il ne se retournait pas et ne voyait pas l'expression impatiente de Caro, qui était penchée en avant, tentant d'entendre leur conversation.

Il soupira. « Comme j'ai dit, je ne peux pas révéler grand-chose. Nous avons quelqu'un qui examine le corps en ce moment même, mais vous l'avez vu. »

En effet, elle l'avait vu. Et elle n'était pas près de l'oublier.

« Il était… gonflé. » Les mots qu'elle avait entendu un autre policier dire lui revinrent. « Comme s'il était dans l'eau depuis un moment puis s'était emmêlé dans les roseaux ? »

Les lèvres serrées, Larch acquiesça.

« Donc elle s'est noyée ? insista Rosalind. Parce que je croyais avoir vu… autre chose. L'arrière de sa tête… » Elle cligna des yeux pour tenter d'effacer l'image de son esprit. Ça ne fonctionna pas.

Le regard de Larch se détourna sur le côté, en direction de la fenêtre et de l'eau.

« Nous pensons qu'elle a été tuée par un coup à la tête avant de finir dans l'eau.

— Oh. Ça… ça ne rassurera probablement pas Caro, avec sa blessure à la tête.

— J'imagine que non. » Au moins il était direct et franc. « Et j'en ai déjà trop dit. Êtes-vous sûre qu'aucune d'entre vous n'a autre chose à me dire sur la raison de votre présence là-bas ce soir ? Avez-vous prévenu qui que ce soit que vous y alliez ? »

Rosalind secoua la tête. « Non. Nous avons… agi sur un coup de tête. »

Il lui adressa un long regard incrédule. « Écoutez, madame King, même si je comprends que vous et vos amies vous preniez pour des enquêtrices ce week-end, le fait est que mon équipe et moi sommes *formés* pour faire ce travail. Nous avons de l'expérience. Nous savons ce que nous faisons – et ce qu'il ne faut *pas* faire – en nous basant sur la loi plutôt que la fiction. Donc je vous le dis, ce sera mieux pour nous tous si vous nous dites ce que vous savez et nous laissez faire notre métier, au lieu de jouer les Miss Marple ou les Dahlia Lively ou je ne sais qui et de foutre mon enquête en l'air. OK ? »

Dieu merci, c'était à elle qu'il avait dit ça, pas à Caro. Mettre le feu à la cravate d'un inspecteur chef ne serait pas une bonne manière d'entamer une relation profitable.

Rosalind lui lança un regard de la plus grande froideur et déclara d'un ton glacial : « Croyez-le ou non, inspecteur chef Larch, même les *acteurs* sont capables de faire la différence entre la vraie vie et les rôles qu'ils interprètent. » Elle aurait voulu lui dire qu'elles avaient su que c'était un meurtre bien avant que son équipe le soupçonne. Mais elle ne le fit pas.

« Je suis sûre que vous et vos hommes êtes plus que capables d'élucider ce meurtre sans notre aide, donc nous allons vous laisser tranquilles. Je suppose que vous voudrez toutes nous interroger dans la matinée ?

— Vous supposez bien, répondit Larch. Maintenant, si vous voulez bien m'excuser…

— Une dernière chose. »

Rosalind tendit la main et la posa sur son bras. Il la regarda et elle vit dans ses yeux qu'il commençait à perdre patience. « Dites-moi juste… Clementine. Vous avez dit qu'elle avait reçu un coup à la tête, comme Caro, avant de finir dans l'eau. Combien de temps avant ? »

La mâchoire de Larch se contracta et elle sentit sa réticence à partager cette information.

« Votre équipe sécurisait déjà la zone de chaque côté de la rivière et en amont avant même que vous arriviez, insista-t-elle. Donc vous ne pensez pas qu'elle a été tuée à l'endroit où je l'ai trouvée, n'est-ce pas ? »

La frustration était visible sur son visage, mais elle devinait qu'il répondrait tout de même à sa question. Peut-être espérait-il qu'en confirmant ce qu'elle avait déjà compris il la persuaderait de lui dire tout ce qu'elle savait. Ou peut-être pensait-il qu'elle le traitait en ami parce qu'elle était d'une manière ou d'une autre responsable.

En tout cas, il répondit, après un long moment :

« Notre expert pense qu'elle était déjà morte samedi soir. Il semble qu'elle ait été dans l'eau pendant plus de vingt-quatre heures. Il n'y a aucun signe évident de sang hormis les quelques gouttes de celui de votre amie dans la loge du gardien, ni de lutte, donc il y a de fortes probabilités pour qu'elle ait été tuée ailleurs, puis déplacée de nuit, peut-être, quand la voie était libre.

— Sauf que nous sommes tous restés éveillés pendant des heures ce soir-là, répondit Rosalind. Parce que Marcus…

— Est également mort ce soir-là. Oui. Nous espérons obtenir bientôt plus d'informations à ce sujet. » Larch s'écarta et la main de Rosalind retomba sur le côté. « Je crains cependant que votre convention soit terminée.

— Vous me préviendrez si vous apprenez quoi que ce soit ?

— Pas à moins que je vous croie coupable », répondit-il avant de s'éloigner à grands pas vers la porte d'entrée, où il fut intercepté par Isobel.

Rosalind le regarda partir. Ça aurait pu plus mal se passer. Même si elle risquait d'être désormais plus suspecte qu'avant.

*Elle était déjà morte samedi soir.*

Avant que Marcus soit empoisonné. Ça devait signifier quelque chose.

# Chapitre vingt-trois

*« Parfois, Johnnie, nous devons revenir en arrière pour aller vers l'avant, dit Dahlia avec une moue inhabituellement songeuse. Parfois les réponses que nous cherchons sont dans les choses que nous avons déjà faites, ou vues. »*

Dahlia Lively dans *Le Délice de l'empoisonneur*
Par Lettice Davenport, 1986

Lorsqu'ils en eurent tous fini, le soleil était presque levé au-dessus de l'horizon. Rosalind et Posy suivirent Caro jusqu'à sa chambre, mais Rosalind se retourna et rebroussa chemin dans le couloir.

« Venez, dit-elle. Prenez ce dont vous avez besoin – la moitié de vos affaires sont dans ma chambre, de toute manière. *Et* elle n'a pas un papier peint qui aggrave le mal de tête », ajouta-t-elle avant que Posy puisse proposer sa propre chambre.

Celle de Rosalind était la plus jolie chambre d'amis d'Aldermere, et elle était suffisamment grande pour que les trois Dahlia y dorment confortablement tout en gardant un œil sur la blessure de Caro. C'était une décision logique, qui n'avait rien à voir avec le fait que chaque fois qu'elle clignait des yeux, elle voyait les orbites de Clementine fixées sur elle derrière ses propres paupières.

Elle ouvrit la porte, posa son sac sur la coiffeuse et se figea, le regard fixé droit devant elle. Il y avait une minuscule poupée vêtue d'une robe à manches courtes à fleurs appuyée contre le miroir.

« C'est censé être moi ? » Posy regarda l'objet en faisant la grimace et le souleva.

La jupe argentée que Rosalind lui avait prêtée était éclaboussée de boue, et la veste qu'elle avait empruntée à Caro avait perdu quelques perles, sans doute arrachées par les branches parmi lesquelles elles s'étaient frayé un chemin.

Caro lui prit calmement la poupée des mains. Apparemment, elles avaient épuisé leur capacité à la sidération. « Elle a les bons cheveux. Ainsi que la robe. » Elle la tendit à Rosalind pour qu'elle l'inspecte.

« Pensez-vous que ce soit un avertissement ?

— Je crois que l'objet lourd qui m'a frappée à la tête était un avertissement. » Caro toucha délicatement le pansement sur sa tempe. « Ça, je crois que c'est une provocation. »

Posy continuait de regarder en fronçant les sourcils la figurine dans la main de Rosalind.

« Mais pourquoi moi ? *Caro* n'a pas eu de poupée, et c'est pour le moment la seule à avoir été attaquée par un assassin.

— À vrai dire... » Caro fouilla dans sa poche de veste et en tira une autre petite figurine. « Elle m'attendait quand je suis retournée dans ma chambre chercher ma veste, avant le dîner. »

Il y eut un long silence durant lequel elles fixèrent toutes deux les poupées. Rosalind se demandait si elles pensaient la même chose qu'elle. *Pourquoi n'en ai-je pas encore eu une ?*

Ou peut-être qu'il y avait autre chose de prévu pour elle.

Elle ouvrit sèchement le tiroir de la table de chevet et jeta la Posy miniature dedans. Après un moment, Caro fit de même avec la sienne.

« Encore une chose dont nous nous occuperons demain, dit-elle.

— *C'est* demain, remarqua Posy.

— Après que nous aurons dormi un peu, alors. »

Les poupées pouvaient rejoindre la longue liste de questions auxquelles Rosalind espérait trouver les réponses avant la fin de la journée.

Avant qu'elles laissent Aldermere derrière elles.

« Attendez. Sommes-nous censées vous maintenir éveillée toute la nuit ? demanda Posy à Caro en bâillant.

— Bon Dieu, j'espère que non. » Caro se laissa tomber sur le lit, rebondissant légèrement. « J'ai beau adorer parler toute la nuit pendant les soirées pyjama entre filles, ce lit est trop confortable pour ne pas dormir dedans. »

Rosalind trouvait ça rassurant mais étrange d'avoir d'autres personnes dans sa chambre tandis qu'elle se préparait à se coucher. Elle ôta ses boucles d'oreilles, les posa sur la coiffeuse, puis leva les mains pour détacher son collier. Encore plus étrange que quand elles s'étaient habillées pour le dîner. Peut-être parce qu'il s'agissait d'une représentation, alors que là, c'était personnel.

Posy se pelotonna sur la banquette sous la fenêtre, serrant un coussin contre sa poitrine. « Je ne sais pas si j'arriverai à dormir. Je n'arrête pas de penser à Clementine. »

La peau blême dans le clair de lune. Ces yeux fixes exorbités. Rosalind ravala sa salive.

« Pensez-vous que la personne qui l'a tuée se trouvait dans la loge cette nuit ? continua Posy. Que la personne qui a attaqué Caro a aussi tué Clementine ? Et Marcus ? Mais pourquoi ? »

*Pourquoi ?*

N'était-ce pas toujours la question la plus importante et exaspérante ? Celle qui conditionnait tout le reste ? Rosalind avait demandé « *Pourquoi ?* » à Hugh toutes ces années, à de nombreuses reprises. Elle non plus n'avait jamais eu de réponse satisfaisante – pourquoi, s'il l'aimait, avait-il couché avec Isobel ? Pourquoi l'avait-il épousée et était-il resté avec elle quand il était devenu clair qu'elle n'était pas enceinte ?

Peut-être était-ce la raison pour laquelle elle ne cessait de revenir, la raison pour laquelle elle avait tant gravité autour de lui au fil des ans. Si elle avait eu une réponse à son pourquoi, elle serait peut-être passée à autre chose.

« Peut-être que c'était Clementine qui était derrière le chantage et les faux, après tout, suggéra Caro.

— Y avait-il quelque chose dans le livre de comptes de Marcus qui ait pu nous échapper ? Quelque chose concernant Clementine ? » demanda Rosalind.

Caro fronça les sourcils. « Je ne crois pas. Attendez un instant. » Elle tira le carnet relié de cuir brun du petit sac de voyage qu'elle avait rapporté de sa chambre et le feuilleta. « Je ne vois rien, mais si ça se trouve j'ai une commotion cérébrale. Essayez. » Elle lança le carnet à Posy, qui l'attrapa avec aisance, faisant tomber ce faisant son coussin.

Elle feuilleta le livre de comptes plus lentement, prenant le temps d'étudier chaque page. Rosalind retourna dans la salle de bains pour s'appliquer de la crème de nuit, et lorsqu'elle eut terminé, Posy en avait fini.

« Rien que je voie. Rien qui ait le moindre sens. »

Les trois femmes absorbèrent cette information en silence. Rosalind retournait les faits dans sa tête, mais elle n'arrivait toujours pas à composer une histoire cohérente.

Elles avaient besoin de trouver les chaînons manquants, sinon elles ne sauraient jamais pourquoi une personne présente ici ce week-end avait eu recours au poison. Et à la matraque.

Elle fronça les sourcils. Il y avait quelque chose qui n'avait pas de sens.

« Clementine a été frappée à la tête avant d'être jetée dans la rivière », dit-elle, réfléchissant à voix haute. Posy referma le livre de comptes et lui accorda toute son attention, ce qui était gratifiant. Caro était moins attentive, mais Rosalind lui pardonnait à cause de sa possible commotion cérébrale.

« Et le tueur a essayé de faire la même chose à Caro cette nuit.

— J'étais là », grommela celle-ci tout en se massant le côté de la tête. Un de ses *victory rolls* s'était défait et une longue mèche sombre tombait à côté de son visage, tandis que le reste de ses cheveux était toujours épinglé et impeccable. « Je m'en souviens.

— Ça ne semble pas être le même genre de mort que celle qu'a connue Marcus, n'est-ce pas ?

— Non, en effet. »

Posy s'était redressée sur la banquette, le dos droit, alerte et attentive malgré l'heure tardive – ou matinale. Elle rappelait à Rosalind un setter irlandais que son père avait particulièrement aimé pendant son enfance.

« Le meurtre de Marcus – il était prémédité. Coordonné, même. Quelqu'un a dû prendre le temps de se renseigner sur son thé particulier, de trouver la fleur toxique et de l'enrober de sucre… ce n'est pas comme frapper quelqu'un à la tête.

— Et la personne a profité de la configuration des événements », réfléchit Caro à voix haute. Elle s'était redressée pour s'appuyer à la tête de lit matelassée et ressemblait à une boutiquière des années 1930 lessivée après une sortie trop arrosée. « Le menu dégustation de plusieurs plats, comme dans le livre. C'était planifié.

— Mais ce n'est peut-être pas la même personne qui a attaqué Caro cette nuit. »

Ce n'était pas une question de la part de Posy, plus une confirmation qu'elles étaient toutes sur la même longueur d'onde.

« Qui que soit cette personne, elle a probablement tué Clementine, puisqu'on a retrouvé son corps près de l'endroit où elle m'a assommée, déclara Caro d'un ton détaché. Mais pas Marcus. Le mode opératoire est totalement différent. Pas vrai ?

— Si, convint Rosalind. Ce qui signifie que notre enquête n'est pas encore terminée, comme nous en sommes convenues. L'inspecteur chef Larch veut peut-être prendre cet imbroglio en main, mais je ne suis pas sûre de lui faire confiance pour l'élucider, et vous ? »

Posy secoua la tête.

« Dahlia ne le ferait pas, dit Caro.

— Donc les trois Dahlia non plus. »

Rosalind sourit, sentant les muscles de ses joues bouger tandis qu'ils s'étiraient largement et franchement sur son visage.

Trois Dahlia Lively. Collaborant.

C'était plus agréable qu'elle ne l'aurait imaginé. Comme si elle sortait de sa propre histoire à Aldermere et entrait dans quelque chose de nouveau et de grisant.

C'était dangereux, certes. Mais c'était quelque chose.

« Je suppose que nous ferions bien d'essayer de dormir un peu, alors, si nous devons résoudre un meurtre dans la matinée. » Posy passa de la banquette sous la fenêtre au divan et s'étendit sur les coussins. « Au moins le papier peint est plus reposant, ici. »

Elle s'endormit après quelques instants, le sommeil de la jeunesse dénuée de fardeau. Malgré tous les articles de tabloïdes à propos de ses frasques, elle semblait toujours incroyablement innocente à Rosalind.

« On lui met une couverture ? demanda Caro d'une voix étrangement maternelle. Elle va avoir froid. Elle n'a rien pour se réchauffer, n'est-ce pas ?

— En effet. » Rosalind attrapa le couvre-lit en satin au bout du lit et l'étendit sur Posy, puis elle se tourna vers Caro. « Je suppose que c'est trop espérer que vous demander de ne pas ronfler ?

— Une lady ne ronfle *jamais*. » Caro se dandina pour redescendre sur le matelas, tirant la moitié de la couette de son côté et s'enveloppant dedans. « Elle respire simplement un peu plus fort. »

Levant les yeux au ciel, Rosalind prit place de l'autre côté du lit. Elle ne s'attendait pas à beaucoup dormir, de toute manière. Elle devait réfléchir à un meurtre.

Et, pensa-t-elle tandis que le premier ronflement de Caro brisait le silence, au moins si elle ronflait, c'était que sa blessure à la tête ne devait pas être trop grave.

Et elles auraient besoin de sa connaissance encyclopédique de Dahlia si elles voulaient élucider ces meurtres. Car Rosalind avait le sentiment qu'ils étaient plus liés à Aldermere, et à Lettice, et aux Davenport, que les deux autres ne le supposaient.

---

Le lendemain matin, le petit déjeuner fut servi tard – très tard. Mais ce n'était pas comme s'ils étaient pressés. La police avait clairement fait savoir que les invités du moment et les occupants d'Aldermere House devaient rester sur place jusqu'à ce que chacun ait pu être questionné, et le domaine avait été complètement fermé. Un cordon extérieur au niveau du portail, et un à l'intérieur qui suivait le sentier de la rivière, entourant les rives des deux côtés.

Ce lundi férié avait été censé être le dernier jour de la convention. Le soleil était revenu, et le seul signe de l'orage de la nuit précédente était l'occasionnel pan d'herbe boueuse.

Mais tout le reste avait changé.

Les bus transportant les délégués de jour étaient déjà arrivés – et ils avaient été refoulés par le policier qui montait la garde à la loge du gardien. Depuis l'endroit où elles étaient assises, mangeant des viennoiseries sur la terrasse, Rosalind voyait les chapiteaux vides et les stands abandonnés, l'atmosphère festive des derniers jours balayée par la pluie de la nuit précédente.

Ça aurait dû être le triomphe de Marcus. L'apogée de trois journées excitantes de meurtre et de mystère, avec en plus un peu de chantage.

À la place, tout le monde était au courant du meurtre de Clementine lorsqu'ils prirent leur première tasse de café. Il y avait un agent posté dans la maison, ainsi que des équipes de spécialistes qui s'affairaient à la rivière, même si l'inspecteur chef Larch avait pour le moment disparu. Rosalind se demandait combien de temps il mettrait à comprendre ce qu'elle, Caro et Posy savaient déjà.

Elles feraient probablement bien de profiter de leur avance tant qu'elles en avaient. Surtout si elles ne voulaient pas que les photos de leurs indiscrétions se retrouvent exhibées en tant que pièces à conviction devant un tribunal.

Juliette s'assit lourdement sur le quatrième siège à leur table, l'air renfrogné.

« Je n'en reviens pas qu'ils aient annulé toute la manifestation, pile quand j'avais les choses en main ! » Elle fit la moue et attrapa un minipain au chocolat dans la corbeille.

Rosalind s'assit en dissimulant un sourire. Oui, c'était bien la petite-fille d'Isobel si un meurtre était plus un désagrément pour sa carrière naissante dans le milieu de l'événementiel qu'un terrible choc.

Mais elle regarda alors Rosalind, ouvrant de larges yeux.

« Désolée, tante Rosalind. Grand-mère m'a dit que c'était toi qui… eh bien… tu sais… qui l'avais trouvée.

— Oui, en effet. »

Elle devait faire en sorte de passer plus de temps avec Juliette. Elle avait lamentablement échoué en tant que marraine de Serena, mais peut-être qu'elle pourrait faire mieux avec sa fille. Quoi qu'il arrive ensuite, elles étaient sa famille – plus ou moins toute la famille qui lui restait, ces temps-ci.

« Au moins vous n'avez plus à vous demander quels étaient les grands projets de Marcus pour la cérémonie de clôture, dit Posy.

— C'est vrai. Mais dire que j'envoie des textos à une morte depuis un jour et demi ! » Juliette frissonna. « Au moins elle n'a jamais répondu. Ça aurait été tellement flippant. »

Mais Clementine avait envoyé un texto à Hugh, se souvint soudain Rosalind. Elle lui avait écrit à propos de la voiture, alors qu'elle devait être morte depuis un bon bout de temps. Alors, qui avait son téléphone ?

« Je ne sais pas ce que je suis censée faire, maintenant, reprit Juliette d'une voix un peu geignarde.

— Eh bien, il reste toujours le ménage. »

Caro désigna un volontaire avec un porte-bloc qui s'attardait au bord de la terrasse, attendant de toute évidence de poser une question.

Juliette soupira, mais se leva d'un bond.

« Nettoyer est toujours le moment que j'aime le moins. »

Tandis qu'elle descendait les marches de la terrasse pour aider les volontaires, Isobel apparut à sa place à côté de leur table, son beau visage paraissant plus vieux, dénué de ses couleurs habituelles.

« Rosalind, tu as un moment, s'il te plaît ? »

Celle-ci but une dernière gorgée de café puis descendit à la suite d'Isobel les marches jusqu'au sentier qui serpentait autour du parc.

« Au moins l'inspecteur chef Larch a annulé le reste de la convention », déclara Rosalind après quelques minutes de silence. Manifestement, Isobel devait trouver le courage de dire ce qu'elle voulait dire. « C'est la dernière chose dont tu as besoin aujourd'hui. »

C'était peut-être Rosalind qui avait découvert le corps, mais c'était Isobel qui devrait vivre ici, pour toujours, à l'endroit où la femme avait été tuée.

« Oui. Pas étonnant, vraiment. Mais il m'a aussi informée que j'ai toujours des invités chez moi, jusqu'à nouvel ordre. » Isobel poussa un soupir. « Il semble croire que ce sera une affaire facile à résoudre. Mais je ne peux pas imaginer pourquoi… » Elle n'acheva pas sa phrase, secouant la tête.

« Est-ce que je peux faire quelque chose pour t'aider ? »

Rosalind tenta de ne pas paraître réticente. L'amitié devait passer avant les enquêtes, supposait-elle. Mais si elle se retrouvait à devoir faire une sorte de sketch de Dahlia avec Posy et Caro pour divertir les invités, elle reconsidérerait peut-être la question.

Isobel jeta un coup d'œil par-dessus son épaule en direction de la terrasse, même si elles avaient suffisamment marché pour être sûres que personne ne les entendait. Ses mains étaient jointes devant son ventre, la peau, autour de son vernis à ongles rose pâle, rouge et à vif.

« J'ai besoin que tu… j'ai besoin que tu parles à Hugh. »

Une sensation glaciale s'éleva du ventre de Rosalind, se frayant un chemin jusqu'à sa gorge.

« De quoi ?
— Clementine. »

Son corps se figea. Rosalind chercha quelque chose à répondre, mais sa langue ne semblait pas coopérer. *Pourquoi suis-je surprise ? Je le savais déjà, non ?*

Mais le savoir et l'accepter étaient deux choses différentes. Tant que personne ne l'avait dit à haute voix, elle pouvait faire comme si ça n'existait pas.

*Quarante ans, et c'est la même fichue histoire qui recommence.*

Sauf que ça ne l'était pas. Car Clementine était morte.

Il ne s'agissait pas du fait que Hugh la trompait – les trompait. Il s'agissait de meurtre.

Isobel n'eut pas besoin d'une réponse pour poursuivre. Les vannes étaient désormais ouvertes.

« Je t'ai dit que je pensais qu'il avait une liaison. » Les mains d'Isobel se tordaient de nouveau, ses yeux bleu myosotis humides et inquiets. « Clementine… ils se sont rencontrés quand Marcus est venu pour la première fois parler de la convention. Hugh lui a fait visiter les lieux pendant que Marcus et moi discutions des menus, et ils ont été absents… eh bien… longtemps. Mais j'ai pensé… j'ai pensé qu'il se montrait poli.

— Peut-être que c'était le cas. »

Même si elle n'y croyait pas plus qu'Isobel.

« Ils sont en contact depuis, continua celle-ci, la détermination visible dans le contour de sa mâchoire tandis qu'elle forçait les mots à sortir. Je les ai entendus parler au téléphone, la semaine dernière. Et avant ça… il y a eu un message d'elle sur son portable. Je crois qu'il l'a retrouvée quand il est allé à Londres le mois dernier.

— Tu as regardé dans son téléphone ?

— Tu ne l'aurais pas fait ? »

Si, probablement, si elles avaient disposé de la technologie mobile moderne quarante ans plus tôt.

« Tu l'as questionné ?

— Indirectement. » Isobel haussa les épaules. « Tu sais comment c'est. »

Oui. Elle savait. Sauf que la dernière fois c'était avec Isobel que Hugh avait disparu dans le dos de Rosalind. Et ensuite dans l'autre sens. Et maintenant…

Maintenant une jeune femme était morte.

« Le problème… c'est que beaucoup de choses reposent sur ce film, reprit Isobel, et le changement de sujet soudain prit Rosalind de court. Financièrement, s'entend. Les choses sont… eh bien, les revenus de la location pour le film seraient certainement les bienvenus, non que Hugh soit prêt à l'admettre. Il refusait d'approuver le scénario parce qu'il estimait qu'il n'était pas fidèle à la vision de Letty, et maintenant il y a tout *ça*. » Isobel écarta les mains en grand, comme pour englober le meurtre, l'adultère, la ruine financière et tous les autres désastres que le monde avait à offrir. « Donc, tu vois, n'est-ce pas? Pourquoi j'ai besoin que tu lui parles?

— À propos de la liaison ou du film? demanda Rosalind, confuse.

— Les deux. » La férocité dans les yeux d'Isobel la surprit. « Ils sont liés, d'une manière ou d'une autre. Certes, le premier scénario était vraiment désastreux, mais la direction que prenait le second lui convenait jusqu'à ce que Clementine débarque. Alors, quelque chose a changé. *Il* a changé. »

Rosalind s'aperçut qu'elle avait également vécu ce moment. Avant. Quand elle avait su que quelque chose clochait sans toutefois parvenir à mettre le doigt dessus. Et alors il lui avait dit pour Isobel…

« Pourquoi moi? » Rosalind se passa la main sur le front, un piètre remède contre son mal de tête naissant.

« Tu es sa plus ancienne amie…

— Et toi, tu es sa femme! »

Isobel secoua la tête. « Oui. Mais tu es... tu as toujours été... davantage que ça. »

Une sensation de froid emplit les poumons de Rosalind, remplaçant le doux air d'été qu'elle avait respiré.

Elles n'en avaient jamais parlé. N'y avaient même jamais fait allusion. Si Isobel connaissait la relation entre Rosalind et Hugh et ne lui avait à aucun moment donné un indice qu'elle la soupçonnait... elle était meilleure actrice que ne l'avait cru Rosalind.

« Tu comptes, pour lui. Il te fait confiance, et il *t'écoute*. » Isobel avait un sourire triste. « Il faut que ce soit toi. Il te dira la vérité. »

*Mais peut-être que je n'ai pas envie de l'entendre ?*

Rosalind poussa un long soupir et acquiesça.

« Merci, dit Isobel d'un ton soulagé. Je sais... évidemment qu'il n'a rien à voir avec... eh bien... l'important est que tu t'assures qu'il n'y a rien que la police puisse découvrir. D'accord ? »

Les épaules d'Isobel se détendirent, remplaçant la posture crispée qu'elle avait eue jusqu'alors, et elle s'éloigna pour regagner la maison, les bras ballants contre ses flancs.

Rosalind hésita. « Isobel ? »

Celle-ci se retourna, son habituel sourire sur le visage, manifestement surprise qu'il y ait autre chose à dire.

« Est-ce que... est-ce que tu crois vraiment que Hugh pourrait savoir quelque chose sur la mort de Clementine ? » Même alors elle ne pouvait se résoudre à dire « mêlé à ». Et encore moins « à l'origine de ». « Ou est-ce que tu crains que la police puisse le penser ? »

Parce que c'était ça, le plus logique. L'attachement d'Isobel à la réputation de la famille, à leur statut social… la moindre suggestion que Hugh pouvait avoir eu une liaison avec une jeune victime de meurtre mettrait tout ça en danger. Elle se souciait peut-être plus de cela que du fait qu'il ait eu une maîtresse, maintenant qu'elle y pensait.

Mais la réponse d'Isobel alla un pas plus loin. « C'est important ? L'essentiel est que rien ne sorte. »

Rosalind la regarda s'éloigner, plus troublée que jamais.

*« Les meurtres rendent tout le monde égoïste. »* Les mots de Dahlia, mais elle les entendit prononcés de la voix de Caro, pas de la sienne, et elle vit les yeux mélancoliques de Posy tandis qu'elle les disait.

Mais alors les délégués VIP descendirent de la terrasse pour intercepter Isobel, et Rosalind se hâta de la rejoindre, à temps pour entendre Heather exiger : « Nous voulons récupérer nos téléphones. Tout de suite. »

## Chapitre vingt-quatre

*« Qu'est-ce que vous faites ? » demanda Johnnie.*
*Dahlia répondit sans ouvrir les yeux.*
*« J'enquête.*
*— Vous avez plutôt l'air de faire la sieste dans un fauteuil. »*
*Avec un soupir, Dahlia se redressa, ouvrit les yeux et attrapa son verre de whiskey. « Parfois, réfléchir à ce que vous savez déjà est la seule chose qui puisse vous aider à découvrir quelle est la chose que vous ne savez* pas. *»*

Dahlia Lively dans Douze joyeux suspects<br>Par Lettice Davenport, 1945

Les sourires et les flatteries d'Isobel n'étaient pas parvenus à leur faire oublier leurs exigences – notamment parce qu'elles étaient parfaitement raisonnables.

« À quoi que nous ayons consenti quand nous avons accepté de remettre nos téléphones, ce n'était assurément pas à ceci », déclara Felicity, et les autres acquiescèrent.

Isobel les avait conduites à la bibliothèque et au coffre-fort dissimulé derrière un des tableaux.

« Nous allons devoir attendre Hugh, cependant, dit-elle. C'est lui qui connaît la combinaison.

— Que voulait Isobel? murmura Caro à Rosalind tandis qu'elles patientaient près de la porte.

— Elle veut que je parle à Hugh. »

Posy haussa les sourcils.

« De quoi?

— De Clementine, et du film. » Rosalind repéra Hugh qui arrivait et attendit que son cœur fasse son habituel double battement à sa vue. « Je vous expliquerai plus tard. »

Les trois Dahlia examinèrent attentivement le visage de tout le monde tandis qu'ils récupéraient leur téléphone. La rumeur s'était rapidement propagée, et Kit, Anton et Libby n'avaient pas tardé à rejoindre la file.

Les délégués VIP semblaient soulagés d'avoir retrouvé le contact avec le monde extérieur et se hâtaient de vérifier leurs messages et leurs réseaux sociaux. En retrouvant son téléphone, Kit l'étreignit comme un vieil ami puis planta un baiser sonore sur l'écran. « Je ne te quitterai plus jamais! »

Anton, le front plissé, marmonnait dans sa barbe tandis qu'il regardait l'écran d'un œil noir. Pour sa part, Libby enfonça son appareil dans sa poche et quitta la pièce à la hâte. Soit elle ne s'attendait à avoir de nouvelles de personne, soit elle voulait consulter ses messages en privé. Rosalind se demanda laquelle des deux options était vraie.

Cette dernière s'assura qu'il n'y avait aucun motif d'inquiétude dans ses e-mails, puis elle rangea son téléphone. Caro marmonna qu'elle devait appeler Annie, et elle sortit.

Une fois les téléphones distribués, Hugh et Isobel quittèrent la pièce ensemble. Rosalind les regarda partir. Isobel évoquerait-elle certaines des choses dont elle lui avait parlé ce matin-là ? Elle en doutait. Isobel préférait sourire et faire comme si tout allait bien, pendant que quelqu'un d'autre s'occupait des questions plus difficiles. Elle avait toujours été comme ça.

Rosalind regarda par-dessus l'épaule de Posy tandis que celle-ci passait en revue ce qui semblait être une douzaine d'applications différentes en un temps record. Après quoi, elle sourit avec soulagement.

« Aucun signe que les photos aient été publiées où que ce soit.

— C'est bien. Ça signifie que nous avons encore un peu de temps.

— Alors, qu'est-ce qu'on fait, maintenant ? » demanda Caro en revenant dans la pièce et en glissant son téléphone dans sa poche.

Quelle qu'ait été la chose dont elle avait eu besoin de parler à sa femme, ça n'avait pas pris longtemps.

« Nous avons essayé de récapituler tout ce qui s'est passé hier soir pendant que vous parliez avec Isobel, dit Posy à Rosalind. Et ce que nous savons déjà.

— Vous avez bien avancé ? demanda Rosalind.

— Pas vraiment, admit Posy.

— C'est trop compliqué. » Caro se laissa tomber dans l'un des fauteuils en cuir. « Ça commence à ressembler à cet horrible livre des années 1950, celui en huit parties qui n'a aucun sens jusqu'à la dernière page.

— *L'Été éternel*, contribua Rosalind. Personne ne l'a aimé. C'était Letty qui devenait expérimentale.

— Je préfère celui qu'elle a écrit du point de vue de Johnnie, grommela Caro. *Attraper une mouche*. Ça, c'était de l'expérimental réussi.

— Revenons aux fondamentaux, dit Posy. Que ferait Dahlia ?

— Elle analyserait les faits disponibles, répondit Caro. C'est une chose que nous n'avons pas faite, examiner les faits de la mort de Clementine.

— Parce que nous ne les connaissons pas. » Caro fusilla Posy du regard, et cette dernière leva les yeux au ciel avant de continuer. « OK, bien. Nous savons qu'elle faisait semblant d'être morte dans les écuries avant quinze heures samedi, parce que je l'ai vue là-bas. Et nous savons qu'elle a quitté Aldermere en voiture juste après dix-sept heures, parce que nous l'avons *tous* vue faire. Et nous savons qu'elle a été retrouvée morte au milieu des roseaux à minuit le lendemain, et qu'elle l'était depuis plus de vingt-quatre heures, donc elle est probablement morte *avant* que Marcus soit assassiné.

— Nous pouvons aussi supposer qu'elle est revenue à un moment entre ces deux derniers événements, déclara Rosalind. Si Felicity dit la vérité quand elle affirme l'avoir vue cet après-midi-là.

— Et qu'elle a laissé ses vêtements dans la loge du gardien, où je les ai trouvés, ajouta Caro. Mais pourquoi faire semblant de partir puis revenir et les cacher si ce n'était pas pour tuer Marcus ? Et que sont devenus les vêtements qu'elle a mis à la place ? À moins que le tueur l'ait déshabillée *puis* ait caché ses vêtements là-bas ? »

Encore une chose qui n'avait aucun sens.

« Caro, dites-nous une fois de plus ce qui s'est passé dans la loge du gardien la nuit dernière. » Il devait y avoir un indice quelque part, mais Rosalind ne voyait absolument pas ce que c'était.

« Je vous l'ai dit. Je suis allée fouiller la chambre. J'ai ouvert le tiroir sous la penderie et j'ai vu les vêtements de Clementine.

— Comment avez-vous su que c'étaient les siens ? »

Posy avait un stylo à la main et griffonnait des notes. Caro haussa les épaules.

« J'ai reconnu l'écharpe jaune moutarde qu'elle portait quand nous l'avons rencontrée. Enfin bref, je m'apprêtais à les sortir quand quelqu'un m'a frappée sur la tête, et tout est devenu noir.

— Mais d'où venait l'assaillant ? se demanda Rosalind à voix haute. Il ne pouvait pas être dans la pièce quand vous êtes entrée, et personne n'est passé à côté de Posy et moi pour gagner la chambre. La fenêtre était ouverte ?

— Oui. Mais je ne crois pas qu'elle soit passée par là. » Caro fronça les sourcils tandis qu'elle essayait de se souvenir. « Je crois… qu'elle devait être derrière la porte quand je suis entrée.

— Ce qui signifie qu'elle était déjà dans la loge avant que nous y arrivions. » Posy lâcha son stylo et leva les yeux. « Attendez. C'était à coup sûr une femme ? »

Caro acquiesça lentement. « J'en suis quasiment certaine. Je n'ai pas bien pu la voir dans le noir – j'avais laissé tomber ma lampe torche. Mais elle donnait une impression de femme, vous savez ? On le sait, n'est-ce pas, quand la menace vient d'un homme. »

Le plus étrange était que Rosalind voyait exactement ce qu'elle voulait dire.

« Donc nous devons déterminer quelles femmes auraient pu se trouver dans la loge à minuit pour frapper Caro à la tête, et alors nous aurons notre tueuse. » Posy reprit son stylo. « Nous avons donc Heather, Libby, Isobel, Juliette et Felicity. Quelqu'un d'autre ? » Caro et Rosalind secouèrent la tête. « Ça fait cinq femmes à qui nous devons parler afin d'entendre leurs alibis pour la nuit dernière. »

Rosalind avait la bouche sèche. Même si c'était une femme qui se trouvait dans la loge du gardien, elle n'était pas encore disposée à exclure l'implication de tous les occupants masculins d'Aldermere.

« Vous deux, vous vous en occupez », dit-elle.

Isobel était toujours dans le hall d'entrée, en train de parler à sa gouvernante, mais elle s'interrompit pour dire à Rosalind : « Hugh est dans le bureau de Letty, si tu le cherches. »

Celle-ci acquiesça et fut récompensée par un sourire soulagé de son amie.

Elle s'attarda devant la maison de poupée au pied de l'escalier, repoussant le moment de le voir, douloureusement consciente du fait que les choses étaient si différentes de ne serait-ce que trois jours plus tôt. Quand elle l'y avait trouvé vendredi soir, même après ce qu'Isobel lui avait dit, elle avait voulu être dans ses bras.

Désormais, elle craignait presque ce qui allait arriver.

Elle regarda plus attentivement la réplique d'Aldermere et repéra une autre figurine, cette fois dans le bureau de Letty. Ses doigts s'en approchèrent mécaniquement, la soulevant et la tenant à la lumière.

À sa grande surprise, c'était un homme. *Pas moi.* Puis elle nota les cheveux gris, le pantalon en velours côtelé et la bouteille de poison qu'il serrait dans sa main.

*Hugh.*

Peut-être avait-elle été laissée à son intention à elle, après tout.

Tenant toujours la figurine dans sa main, Rosalind monta le premier escalier, puis le second, plus étroit, qui menait aux combles et au bureau de Letty. Elle sentait son cœur cogner trop rapidement dans sa poitrine, comme si son corps se préparait à un nouveau choc.

Elle ouvrit la porte et trouva Hugh avachi dans le fauteuil à côté de la bibliothèque, en train de lire un des premiers romans policiers de Letty. Il avait toujours affirmé que les livres de sa tante étaient des lectures réconfortantes pour lui. « J'ai l'impression qu'elle me parle, même maintenant qu'elle est partie », lui avait-il dit quand elle était venue pour l'enterrement de Letty et l'avait trouvé à la même place.

Rosalind se racla la gorge et Hugh leva les yeux, son visage s'illuminant sous le lampadaire d'architecte derrière lui.

« Tiens, c'est une agréable surprise. Tu as réussi à te séparer de tes groupies, c'est ça ?

— Mes quoi ? »

Rosalind haussa les sourcils tandis qu'elle se dirigeait vers la vitrine où se trouvait la loupe ornée de pierres précieuses. Hugh se redressa, refermant le livre sur ses genoux.

« Oh, tu sais. Chaque fois que je t'ai vue ce week-end, tu avais les deux autres qui te suivaient partout comme des petits chiens. Caro Hooper, évidemment, et l'Américaine. Posy. Je supposais qu'elles essayaient de tirer profit de ta popularité.

— Posy est britannique. Elle a simplement grandi en Amérique. Et je crois que Caro a toujours été la Dahlia la plus populaire, répliqua-t-elle en conservant une voix douce.

— Seulement pour les plébéiens sans goût. »

Elle détestait quand il était comme ça : froid et arrogant. Quand ils s'étaient rencontrés, il y avait désormais si longtemps, il avait semblé différent. Privilégié et riche, mais conscient de sa chance, peut-être. Comparé au milieu d'où venait Rosalind, il semblait débarqué d'un autre monde – mais un monde dans lequel il avait été heureux de l'accueillir.

À mesure que les années s'étaient écoulées, après qu'il y avait accepté *Isobel* à sa place, les choses avaient changé. La chance avait souri à Rosalind, elle s'était mariée et élevée dans le monde – financièrement et socialement. Et Hugh avait commencé à la traiter comme si elle avait toujours été là, disant à propos des moins fortunés le genre de choses qu'il n'aurait jamais dites quand ils s'étaient rencontrés.

Quand c'était *elle* la moins fortunée.

Ça ne l'aurait peut-être pas autant dérangée de l'entendre dénigrer Caro avant ce week-end. De fait, si elle était rigoureusement honnête, elle savait que ça lui aurait été égal. Elle avait entendu les mots qu'il disait et croyait que c'était sa manière de la défendre, de lui déclarer son amour sans le dire à voix haute devant les autres.

Mais désormais, ça semblait différent. Il paraissait sur la défensive. Jaloux. Comme si elle avait pris une part de l'héritage de sa tante qu'il n'était pas prêt à céder.

Pressée de changer de sujet, elle désigna de la tête la vitrine.

« Je vois que tu as retrouvé la loupe. »

Hugh regarda en direction de l'objet, plaçant le livre sur l'étagère à côté de lui puis se levant en s'appuyant sur les accoudoirs de son fauteuil pour traverser la pièce et la rejoindre.

« C'est tout à fait étonnant. Elle est juste réapparue ici hier – aucune idée d'où elle venait. Je me suis à moitié demandé si c'était Isobel qui avait caché ce maudit machin pour faire une scène.

— Pourquoi aurait-elle fait ça ? »

Hugh haussa les épaules. « Qui sait, avec Isobel. Probablement pour me punir d'avoir accepté cette fichue convention. Vu tout ce qui s'est passé depuis, elle s'est peut-être dit que j'avais été suffisamment puni. Ça vaut une fortune, ce truc. J'aurais pu faire jouer les assurances, je suppose, mais c'est juste de l'argent, pas vrai ? Et tante Letty l'avait toujours tellement aimée. »

L'original valait une fortune, évidemment. Mais ce n'était pas l'original. Hugh le savait-il ? L'avait-il lui-même vendu à Marcus ? Ou bien Isobel avait-elle raison quand elle affirmait qu'il refusait de reconnaître à quel point la situation financière d'Aldermere était vraiment désastreuse ?

« Pourquoi l'as-tu fait ? demanda Rosalind. Accepté que la convention se tienne ici, j'entends. »

Elle pensait le savoir mais voulait l'entendre de sa bouche. Si Marcus le faisait chanter, il voulait peut-être plus qu'une simple indemnisation. Aldermere House avait été sauvée par l'argent de Letty – le grand-père de Hugh avait été pratiquement ruiné avant que Letty devienne célèbre et fasse fortune. Comme elle ne s'était jamais mariée, tout son argent était allé à la propriété, même avant qu'elle meure et laisse tout ce qui restait à Hugh – le dernier des Davenport.

« Oh, je ne sais pas, répondit Hugh avec ce qui lui sembla être une fausse désinvolture. Marcus me le demandait depuis des années. Et cet endroit, Aldermere, *c'est* Letty, à tant d'égards. Je l'ai pour moi depuis des années; je suppose que j'ai décidé qu'il était temps de le partager avec les fans. Et avec le nouveau film qui arrive, la publicité ne fait pas de mal. Faire revivre Dahlia Lively pour une nouvelle génération de lecteurs et s'assurer que les royalties ne se tarissent jamais. »

C'était parfaitement raisonnable et raisonné. Parfaitement logique. Alors pourquoi Rosalind était-elle certaine qu'il mentait? *Parce que je le connais. Et je sais comment il parle quand il ment, puisque d'ordinaire il ment à sa femme à mon sujet.*

S'il pouvait faire comme s'il n'y avait pas de problème, elle aussi. Elle passa le bout du doigt sur les étagères et le glissa le long des rangées de livres et de souvenirs, observant chacun au passage, juste au cas où.

« On dit que Marcus a été tué parce qu'il faisait chanter des gens, tu sais? » Elle conservait une voix aussi légère et badine que possible, mais son regard était fermement rivé sur lui, si bien qu'elle vit sa mâchoire se contracter, ses épaules se raidir. « Clementine était sa complice, je suppose.

— Vraiment? Je n'étais pas au courant. Est-ce que tu as fait du charme à Larch pour avoir plus d'informations? Je vous ai vus parler tous les deux hier soir. » Hugh haussa un sourcil. « Je suppose que je devrais être reconnaissant que tu ne lui aies pas révélé tous mes secrets. »

Il s'esclaffa, mais c'était un rire dénué d'humour.

Rosalind se rendit compte qu'elle ne pouvait pas déballer les secrets de Hugh car elle ne les connaissait pas. Du moins, pas tous. Pas ceux qui comptaient à ce moment.

« Tu m'observais, n'est-ce pas ? » Elle s'efforça de sourire. « C'est agréable de savoir que j'ai encore ton attention.

— Toujours. Tu le sais. »

Il s'approcha d'elle, lui passant mécaniquement les bras autour de la taille. Ceux de Rosalind répondirent de la même manière, mais elle ne parvint pas à s'abandonner à l'étreinte. Elle avait l'esprit trop occupé, alors même que son regard balayait les étagères derrière lui.

Quelque chose manquait.

Elle cligna des yeux et se concentra de nouveau.

C'était comme le jeu de Kim, le jeu de mémoire auquel elle jouait dans son enfance. Rosalind parcourut des yeux les étagères, tentant de déterminer ce qui n'était pas là. Parce qu'il manquait réellement quelque chose, mais quoi ?

Les figurines de la maison de poupée. Le chapeau de Letty. La loupe. Ses récompenses. La bouteille de poison…

La bouteille de poison. Ce cadeau macabre d'un fan de Letty – du véritable poison dans une bouteille portant une étiquette ornée d'une tête de mort. Comme celle dans la main de la poupée qu'elle avait trouvée au rez-de-chaussée.

Où était-elle ? Caro l'avait rapportée en même temps que la loupe, non ?

Ce qui signifiait que quelqu'un d'autre l'avait prise.

Elle devait redescendre pour en informer Caro et Posy. Les prévenir. Prévenir également Larch pour que ses agents puissent protéger les gens…

L'étreinte de Hugh se resserra et il écarta sa tête de l'épaule de Rosalind pour la regarder dans les yeux, puis son menton se baissa lorsqu'il approcha sa bouche de la sienne.

Et tout en l'embrassant elle s'efforça de faire le point sur ce qu'elle savait.

Hugh avait parlé à Clementine dans la Spirale meurtrière avant la mort de celle-ci. Clementine travaillait pour Marcus, qui faisait chanter Hugh. Marcus, qui devait mourir. Clementine connaissait les secrets de tout le monde.

Et Isobel pensait que Hugh avait une liaison avec elle. Avait-elle raison ?

L'histoire était trop logique pour Rosalind. Elle la voyait qui se déroulait dans son cinéma mental.

Et elle ne voulait pas voir la fin.

Elle interrompit le baiser et s'écarta.

« Isobel est inquiète, tu sais ? Elle m'a demandé de te parler. »

Il sembla surpris.

« Isobel t'a demandé de me parler ?

— Parce que nous sommes amis depuis si longtemps. »

Elle songea à mentionner les inquiétudes d'Isobel relatives à l'argent, mais si elle l'agaçait à propos des finances, elle n'aurait peut-être jamais l'opportunité de poser les questions plus importantes. Elle prit une inspiration et se lança.

« Elle pense que tu as eu une liaison avec Clementine.

— Eh bien, tu sais qu'elle se trompe. »

Il lui lança un regard entendu et complice. Le même qu'il avait l'habitude de lui lancer par-dessus la table du dîner tandis que leurs époux respectifs n'avaient aucune idée de ce qu'il signifiait. *Retrouve-moi tout à l'heure.*

Sauf que désormais il avait une autre signification. Il voulait dire : *Je connais tes secrets, tu te souviens ? Entraîne ma chute et nous tomberons tous les deux.*

Elle s'efforça de rester calme malgré le frisson qui lui parcourut la colonne vertébrale.

« Vraiment ?

— Tu crois réellement que j'ai eu une liaison ? demanda Hugh, incrédule. Quand aurais-je eu le temps ? Entre toi et Isobel, j'ai suffisamment de femmes sur les bras, merci beaucoup.

— Tu ne serais pas le premier homme à vouloir quelqu'un de plus jeune, de plus joli, à ce stade de ta vie. »

Il leva les yeux au ciel. « Rosalind, je la connais à peine ! Isobel s'est occupée des traiteurs et tout, je suis resté à l'écart autant que possible. Je ne pense pas avoir partagé plus qu'une poignée de mots avec elle pendant tout ce temps. »

Il parlait avec légèreté, mais elle sentait l'anxiété que celle-ci cachait. Elle était presque certaine que ce n'était pas d'avoir eu une liaison qu'il craignait qu'on l'accuse. C'était d'un meurtre.

Elle l'avait aimé presque toute sa vie. Et maintenant elle ne pouvait même pas lui faire confiance.

« Sauf que je t'ai vu avec elle. Dans le jardin en spirale. Le jour de sa mort. »

Il haussa les épaules. « Je suis tombé sur elle dans le parc. Nous avons parlé des fleurs. Ça ne veut rien dire. »

Elle les avait observés, avait vu l'intensité de leur conversation. Mais même si elle ne l'avait pas fait, les gouttes de sueur qui se formaient sur le front de Hugh lui auraient dit tout ce qu'elle avait besoin de savoir.

« Rosalind King. Je n'ai jamais aimé une autre femme comme je t'aime. » Les yeux de Hugh étaient sombres et sérieux, ses épaules voûtées tandis qu'il tendait les mains vers elle.

Elle recula hors de sa portée.

« Je veux te croire. Mais, Hugh… si tu as quelque chose à dire à Isobel, tu devrais le faire. » Même si ça détruisait tout ce qu'elle avait passé des années à protéger.

« C'est un étonnamment bon conseil, monsieur Davenport. » Ils sursautèrent tous deux en entendant la voix de l'inspecteur chef Larch, sèche et dénuée d'humour, en provenance du couloir. Depuis combien de temps était-il là ? « Je vous conseillerais de le suivre. Et je vous demande également de partager avec moi et mon équipe le moindre secret que vous pourriez avoir. »

Le visage de Hugh devint blême, mais il demeura silencieux. Rosalind comptait sur son entraînement pour paraître assurée plutôt qu'ébranlée. Les épaules droites, le sourire en place, se retourner tout en semblant flotter au-dessus du sol…

« Monsieur l'inspecteur chef. Vous avez encore besoin de Hugh ? »

Il observa Rosalind avant de répondre, et elle conserva un visage aussi inexpressif que possible.

« À vrai dire, madame King, c'est avec vous que j'espérais m'entretenir. » Son regard se déporta vers Hugh. « En privé. »

Oh, bon sang. « Bien sûr. Allons-y. »

Parce que, vraiment, que pouvait-elle faire d'autre ?

## Chapitre vingt-cinq

*Le policier la lorgna par-dessus la table d'interrogatoire. « Beaucoup moins drôle quand on est de l'autre côté, n'est-ce pas, mademoiselle Lively ? »*

Dahlia Lively dans *Le Marteau et l'Enclume*
Par Lettice Davenport, 1940

Rosalind conduisit l'inspecteur à ses appartements, décidant que cette confrontation serait plus facile à domicile. Sauf qu'elle avait oublié que sa chambre était toujours jonchée des vestiges de leur « soirée entre filles » de la nuit précédente.

« Asseyez-vous. » Elle désigna le grand divan et fit la moue quand Larch souleva à deux doigts le soutien-gorge léopard de Posy et le posa délicatement sur la table basse devant lui.

Une chose qu'elle avait apprise d'Isobel était qu'il valait toujours mieux affronter effrontément ces situations. Même quand elles avaient partagé cet horrible appartement sur la *northern line* du métro, celui avec les limaces dans la salle de bains, Isobel recevait ses amis avec un plateau sur lequel se trouvaient un sucrier et des napperons, comme s'ils étaient accueillis au palais.

Rosalind ignora la lingerie de Posy et la trousse de maquillage de Caro dont le contenu se déversait sur la table basse, et elle prit place face au policier.

« Vous désiriez me parler ? » Elle haussa les sourcils pour suggérer qu'elle ne pouvait absolument pas imaginer à quel sujet.

« Oui. » Il remua avec gêne sur le divan et elle espéra qu'il ne s'était pas assis sur d'autres articles inavouables appartenant à ses amies. « Je sais que mes agents ont pris votre déposition la nuit dernière, à propos de la découverte du corps. Mais il me semble en la relisant qu'il y a eu quelques omissions notables, j'espérais donc que vous pourriez les combler.

— Oh ?

— Comme, tout d'abord, pourquoi vous êtes-vous rendues à la loge du gardien ? »

Il tira son carnet pour consulter ses gribouillis sur le sujet, qu'il n'avait pas regardés avant de poser sa question.

« Je vous l'ai dit la nuit dernière. Nous avons agi sur un coup de tête.

— Seulement, quand j'ai parlé à une autre personne qui loge dans la maison, Mlle Felicity Hill, elle a laissé entendre que c'était peut-être parce qu'elle vous avait dit avoir vu la victime se diriger vers la loge du gardien l'après-midi de son meurtre. »

Un nouveau long regard plein d'attente de l'inspecteur, ponctué par le bruit de son stylo qu'il tapotait sur le papier.

S'il s'attendait à ce qu'elle paraisse coupable, il avait assez mal jugé la situation.

« Elle nous l'a dit, oui, admit Rosalind. Et puisque nous nous inquiétions pour Clementine, nous en avons discuté toutes les trois et avons décidé – sur un coup de tête – d'aller voir si elle était toujours là-bas, et si elle avait besoin de quoi que ce soit.

— Vous vous inquiétiez pour elle ?

— Oui.

— Craigniez-vous qu'elle soit morte ?

— Non ! » Rosalind le fixa avec horreur. « Au pire, nous craignions qu'elle ait pu être mêlée à la mort de son patron.

— Donc, vous vous êtes rendues à la loge du gardien sur un coup de tête pour faire face à une femme que vous soupçonniez d'être une meurtrière. » Larch secoua la tête. « Vous comprenez que ça n'arrange rien.

— Oui, je le vois, maintenant, lâcha sèchement Rosalind. Avez-vous reçu les résultats de l'autopsie de Marcus ? »

Il releva le nez de ses notes et croisa son regard, comme s'il cherchait des secrets dans ses yeux.

« Oui.

— Poison ? Aconit, n'est-ce pas ? »

Il marqua une pause, son stylo en équilibre sur son carnet.

« Oui. Comment le savez-vous ? »

Pour la première fois depuis qu'ils s'étaient rencontrés, Larch arborait une expression autre que de la déception et de la lassitude. Ce n'était pas de la surprise, mais cela suffit à faire éprouver à Rosalind un petit sentiment de triomphe.

« Parce que c'est comme ça que ça se passe dans le scénario. Marcus avait reproduit une scène de *L'Enquêtrice*. Onze plats, puis le meurtre pendant le café. » Elle haussa les épaules. « Franchement pas original, à vrai dire.

— C'est pour *ça* que vous suspectiez un meurtre. À cause d'un film, dit Larch d'un ton plat et incrédule.

— Nous suspections un meurtre parce que nous comprenons le caractère. Le récit. L'occasion. Et parce que nous savons que quand il est question de meurtre, il n'y a pas de coïncidences. »

Larch se passa la main sur le front. Apparemment, cette conversation lui donnait mal à la tête. Tant mieux.

« Marcus n'était pas quelqu'un de bien. » Elle devait avancer avec prudence si elle voulait éviter de révéler tous leurs secrets. « Pas besoin d'aller chercher très loin pour deviner que quelqu'un avait utilisé le déroulement de la convention pour se débarrasser de lui.

— Comment ? demanda Larch.

— Je suppose que vous avez remarqué le sucre renversé dans la loge du gardien ? »

Il sembla confus, si bien que Rosalind lui parla des violettes enrobées de sucre ce soir-là – et du fait que l'une d'elles n'était pas une violette. Ce qui la mena à parler du thé de Marcus.

« Hmm, fit l'inspecteur chef Larch.

— C'est tout ce que vous avez à dire ?

— Vous préféreriez que je vous demande pourquoi vous n'avez pas partagé plus tôt cette théorie avec nous ?

— Ce n'est pas une théorie. C'est ce qui s'est passé.

— C'est ce que vous croyez. » Larch posa son carnet et se pencha en avant en plaçant les bras sur ses genoux. « Ou peut-être préféreriez-vous que je vous questionne sur votre relation avec M. Hugh Davenport ? »

Rosalind se figea. « Nous sommes amis depuis plus de quarante ans – je suis amie avec lui *et* sa femme.

Je suis la marraine de leur fille. Qu'y a-t-il d'autre à savoir ? »

Larch se leva, baissant les yeux vers l'endroit où elle était assise. S'il avait porté des lunettes, il aurait ressemblé à un bibliothécaire légèrement agacé.

« Je n'ai pas besoin de vous avertir à nouveau des risques qu'il y a à mentir à la police. Ou à mener votre propre enquête amateur, au lieu de nous aider avec la nôtre. N'est-ce pas, madame King ?

— Bien sûr que non, répondit-elle avec raideur. Je vous ai déjà dit tout ce que nous avons découvert à propos du poison, non ?

— Eh bien, si vous pensez à autre chose…

— Je vous le dirai. En attendant, puis-je demander… avez-vous trouvé l'arme du crime ? Je parle de ce que la personne a utilisé pour tuer Clementine ?

— Pas encore. » Il semblait presque autant irrité par ça que par les théories de Rosalind. « Mais nous continuons de chercher. Aldermere est vaste.

— En effet.

— Et nous sommes au moins parvenus à trouver une trace d'un parent proche – une cousine, je crois – grâce aux registres du personnel de Mlle Hill. »

Évidemment. En tant que secrétaire du fan-club, Felicity avait accès à tous les registres de Marcus. Pourquoi n'avaient-elles pas pensé à ça ?

Larch marqua une pause à la porte. « À vrai dire, vous pourriez m'aider à la localiser. J'ai cru comprendre qu'elle était ici ce week-end. Une certaine Mlle Libby McKinley. »

Après avoir assuré l'inspecteur chef qu'elle n'avait aucune idée de l'endroit où pouvait se trouver Libby à ce moment précis, Rosalind fila à la bibliothèque pour retrouver Posy et Caro.

« Vous voici ! s'exclama Posy avec un grand sourire lorsqu'elle se laissa tomber sur un des sièges vides.

— Où étiez-vous ? » demanda Caro.

Rosalind leva les yeux au ciel. « Où j'étais censée être. J'ai parlé à Hugh – et ensuite l'inspecteur Larch m'a mis le grappin dessus pour une séance de questions-réponses. Bon, qu'avez-vous appris, toutes les deux ? » Elle garderait sa grande révélation pour la fin. Elle était certaine que, quand elles auraient appris que Libby était une parente proche de Clementine, elles abandonneraient toutes les autres pistes, du moins pendant un moment.

« Isobel est restée ici, avec Hugh, Heather et Harry, jusque tard hier soir – ils venaient d'aller se coucher quand la police est arrivée. Donc ça ne peut pas être l'un d'eux qui a attaqué Caro dans la loge du gardien. »

Cette dernière acquiesça.

« Heather l'a confirmé. Et Juliette ?

— Pareil, répondit Posy. Elle est restée un moment avec eux, puis elle est allée se coucher pour appeler son petit ami, mais elle n'a pas pu aller à la loge avant nous.

— Et Felicity ? demanda Rosalind. Elle savait où nous allions. Aurait-elle pu y être avant nous ? »

En réalité, elle ne voyait pas qui d'autre aurait pu le faire, vu que Clementine était déjà morte. D'autant que c'était Felicity qui leur avait donné l'information qui les avait menées là-bas. Mais elle avait aussi confié à *Larch* qu'elle l'avait fait, ce qui aurait été risqué si c'était elle qui attendait en embuscade.

Caro fit un geste tremblotant de la main. « *Peut-être*. Mais elle aurait dû faire sacrément vite. Elle était avec Ashok et Kit quand nous sommes parties, et lorsqu'ils sont allés se coucher, ils se sont arrêtés tous les trois pour discuter sur le palier, semble-t-il, et Anton les a rejoints. Et j'ai eu la confirmation des deux garçons. »

Posy baissa les yeux vers ses notes.

« Libby est la seule que je ne suis pas parvenue à trouver. Mais je vais continuer de chercher.

— Vous n'êtes pas la seule à essayer de la localiser. » Rosalind attendit qu'elles la regardent avant de leur offrir le gros lot. « Larch veut lui parler. Apparemment, c'est une parente proche de Clementine. »

La stupéfaction les réduisit toutes deux au silence pendant quelques secondes. Mais rien ne faisait taire Caro bien longtemps.

« Peut-être qu'elle pourra répondre à la question de Posy, alors, quand nous l'aurons trouvée », déclara-t-elle d'un air de dire *nous-aussi-nous-savons-quelque-chose-que-vous-ignorez*.

Rosalind regarda Posy.

« C'est quoi, votre question ?

— Il y avait quelque chose qui me perturbait dans les vêtements que Caro a découverts dans la loge du gardien, expliqua cette dernière. Je les ai bien examinés pendant que nous attendions la police, et il manquait quelque chose. Son médaillon.

— Je peux répondre à ça. » Le souvenir du visage boursouflé de Clementine dodelinant à la limite des roseaux emplit l'esprit de Rosalind. « Il était toujours autour de son cou. Je l'ai vu. »

Il reposait sur la peau blanche et luisante de sa poitrine, scintillant au clair de lune. Même si elle avait essayé, elle n'aurait pas pu l'oublier.

« Est-ce qu'il ressemblait à ceci ? » Posy plaça le livre de poche qu'elle avait entre les mains sous le nez de Rosalind.

C'était la biographie de Lettice Davenport qu'elle lisait l'autre jour. Elle le tenait ouvert à une photo pleine page de Letty, portant le même chapeau que celui que Caro avait passé à la ronde dans le bureau tout juste deux jours plus tôt. Et à son cou était accroché un lourd médaillon en argent orné de fleurs gravées.

Rosalind ferma les yeux et ravala sa salive.

« C'est celui-ci.

— Donc, est-ce qu'on estime que c'est un faux – une autre réplique, comme la loupe ? demanda Caro.

— Difficile à dire, répondit Posy en fronçant les sourcils. Ça pourrait être possible, je suppose. Surtout si Clementine était mêlée aux magouilles de Marcus.

— Mais si nous supposons que ce n'en est pas un, et qu'il a quelque chose à voir avec sa mort, la question devient… Comment Clementine a-t-elle mis la main sur le médaillon de Letty ?

— Et quand ? » Posy se rendit à la section des photos au milieu du livre. « Elle le porte sur chaque cliché avant qu'elle ait environ quarante-cinq ans, mais jamais après. Alors, qu'est-il devenu ?

— Oohh, bonne question ! »

Caro semblait ravie d'avoir une autre énigme à résoudre. Mais Rosalind craignait de l'avoir déjà élucidée.

« Ses goûts ont pu changer, déclara Posy d'un air pensif. Ou peut-être qu'il lui rappelait une histoire d'amour qui a mal fini. Hugh en a évoqué pendant le dîner.

— Ou peut-être qu'elle l'a rangé et oublié, et que la famille l'a retrouvé après sa mort, suggéra Caro en lançant à Rosalind un regard lourd de sens, et celle-ci soupira.

— Vous voulez dire que vous pensez que c'est Hugh qui le lui a donné ? » Rosalind se mordit la lèvre avant de poursuivre. « Je vous ai dit qu'Isobel croit que Hugh et Clementine ont eu une liaison. Mais il y a autre chose. Elle a peur qu'il ait quelque chose à voir avec sa mort.

— C'est ce que vous ne vouliez pas nous dire ce matin. » Caro lui lança un regard rusé. « Vous avez parlé à Hugh. Qu'est-ce que vous en pensez ?

— Il cache quelque chose, convint Rosalind. Mais je ne sais pas quoi. Je l'ai cuisiné sur le fait que je les avais vus, Clementine et lui, dans la Spirale meurtrière, mais il prétend qu'ils sont juste tombés l'un sur l'autre par hasard. Et ensuite Larch est arrivé avant que je puisse lui en soutirer plus.

— Mais il aurait pu lui donner ce médaillon, dit Posy. Ça, c'est clair. »

Rosalind acquiesça.

« Isobel pense qu'ils se sont retrouvés à Londres, au moins une fois.

— Et qu'est-ce que ça vous inspire ? » demanda Caro, l'œil méfiant, comme si elle attendait que Rosalind explose.

Ou peut-être qu'elle brûle quelques ravissants articles de garde-robe, comme elle-même l'aurait fait.

Mais Rosalind ne semblait pas éprouver grand-chose.

Oh. Ça voulait probablement dire quelque chose, non ?

« Je crois que nous devrions trouver Libby, dit-elle, et Caro acquiesça.

— J'ai essayé ! intervint Posy. Elle n'est nulle part. Nous en avons parlé en vous attendant. Caro et moi, nous pensons qu'il faudrait revenir sur les deux derniers jours et isoler les mouvements de Clementine. »

Caro s'en mêla.

« Vous savez, déterminer où elle était, et quand, et espérer que ça nous fournira la piste dont nous avons besoin pour résoudre cette affaire.

— Ça semble un bon plan, convint Rosalind. Et avec un peu de chance, ça pourrait aussi nous mener à Libby. »

Préférablement avant que l'inspecteur chef Larch la trouve. Parce que Rosalind était presque certaine que quoi que Libby sache, c'était ce qu'*elles* avaient besoin de savoir pour que toute cette histoire prenne sens.

Après tout, Libby avait littéralement écrit le scénario du week-end.

« Alors, par où on commence ? » demanda Posy.

Rosalind se leva d'un bond. « Par la première page. Venez. »

« Nous devons entrer dans la tête de Clementine, déclara Caro tandis qu'elles observaient la façade d'Aldermere House. Imaginer chaque interaction qu'elle a eue avec les autres depuis son point de vue.

— Découvrir sa motivation. » La bouche de Posy dessina un demi-sourire. « Eh bien, au moins, nous sommes entraînées à ça.

— Je pense que toute l'affaire est d'une manière ou d'une autre centrée autour de Clementine, reprit Caro. Enfin quoi, elle a été la première à se faire tuer, non ? Elle connaissait nos secrets, et soit elle essayait de nous faire chanter, soit elle essayait de nous prévenir que quelqu'un d'autre prévoyait de le faire.

— Le Post-it sur le scénario. »

Posy farfouilla dans son sac et le sortit. « *Devons-nous les prévenir ?* »

« Vous pensez que Libby était l'autre moitié de ce *nous* ?

— C'était son scénario, dit Caro avec un haussement d'épaules.

— Nous ferions bien de commencer. » Avant que Larch les rattrape. « Donc, tout le monde est arrivé samedi matin et Clementine était là pour les accueillir. Qu'est-ce qui s'est passé ensuite ?

— Nous avons rencontré Marcus, répondit promptement Posy. Il était plutôt déplaisant avec Clementine, ce qui m'a rendu méfiante à son égard.

— Avez-vous remarqué quoi que ce soit entre Clementine et Libby ? demanda Rosalind.

— Non. Rien qui puisse suggérer qu'elles se connaissaient. Ensuite vous êtes sortie, et alors Caro est arrivée, et Clementine nous a tous entraînés à l'intérieur et m'a accompagnée à ma chambre. »

Posy s'avança, gravit les marches qui menaient à la maison et pénétra dans le hall d'entrée.

Caro la suivit. « A-t-elle dit quoi que ce soit d'étrange, ou de surprenant ? »

Posy secoua la tête. « Nous avons principalement parlé de mon téléphone. Du fait que la famille voulait que personne ne prenne de photos à l'intérieur, en conséquence de quoi Marcus avait concocté cette histoire d'expérience immersive. »

Elles montèrent l'escalier jusqu'à la Chambre des porcelaines, marchant toujours dans les pas de Clementine.

« Elle a dû glisser le mot sous votre porte après vous avoir laissée ici. » Caro désigna la porte de sa propre chambre, à côté de celle de Posy. « Elle était en train de glisser le mien quand je suis montée après avoir garé Susie aux écuries.

— Est-ce que Marcus l'a également vue ? demanda Rosalind en se souvenant que c'était lui qui avait montré à Caro où garer sa moto. Et est-ce qu'elle vous a vue ? »

Caro secoua la tête.

« Il n'était pas avec moi quand je suis montée, j'étais donc seule lorsque j'ai trouvé le mot. Et je me suis cachée afin que Clementine ne sache pas que je l'avais repérée. Et vous, Rosalind ?

— Je suis montée avant Posy. J'ai trouvé le mot par terre près de la porte en ressortant.

— Donc tout se tient. »

Posy prit une note dans son carnet et Rosalind tenta d'imaginer ce que les magazines people feraient d'elle maintenant, avec son crayon coincé derrière l'oreille, vêtue d'une nouvelle robe à manches courtes à fleurs hideuse, plus portée sur le meurtre que sur n'importe lequel des vices qui avaient tant fasciné ses fans pendant si longtemps.

Ils avaient probablement mis ça sur le compte de l'Actor's Studio, décida-t-elle. Mais Rosalind avait le sentiment que cette Posy-ci, celle qu'elle avait appris à connaître pendant le week-end, pourrait au bout du compte bien être la vraie. On ne lui avait auparavant jamais donné la chance de s'exprimer.

« Où, maintenant ? demanda Caro.

— Retour au rez-de-chaussée, répondit Posy. Après, il y a eu la visite de la maison. Clementine était là quand elle a débuté, mais ensuite elle a disparu. »

Son regard se tourna vers Rosalind.

« Pour rencontrer Hugh dans la Spirale meurtrière, compléta celle-ci. Venez, alors. »

Le parc semblait étrangement silencieux sans les fans qui grouillaient partout. Les stands abandonnés se dressaient toujours sur la pelouse, de même que l'énorme chapiteau blanc censé abriter les principales manifestations, un rappel de ce que ce week-end aurait dû être.

Depuis le centre de la Spirale meurtrière, elles levèrent les yeux vers la fenêtre du bureau de Letty, et Rosalind eut la sensation des plus bizarre d'être à deux endroits à la fois. Aussi bien ici au niveau du sol, que là-haut à la fenêtre en train de regarder de nouveau Hugh et Clementine.

Sauf que cette fois, il n'y avait personne à la fenêtre.

« De *quoi* parlaient-ils ici ? » Caro faisait les cent pas tout en réfléchissant.

« Pensez-vous que Libby le saurait ? demanda Posy. Enfin quoi, elles étaient forcément proches si elle figurait dans le registre du personnel de Clementine en tant que parente, pas vrai ? Mais je ne me rappelle pas les avoir vues se parler depuis notre arrivée. Et Libby ne l'a pas mentionnée dans le train non plus. Larch vous a-t-il dit quel était leur lien de parenté ? Pourraient-elles être sœurs ?

— Cousines, je crois, répondit Rosalind.

— Mais elles cachaient leur lien. » Caro tapota du doigt ses lèvres rouge vif. « C'est logique. Si elles étaient toutes deux ici pour faire quelque chose.

— Comme tuer Marcus ? demanda Posy.

— Je ne sais pas. » Rosalind secoua la tête. « Pourquoi Clementine finirait-elle morte dans la rivière si elle était la meurtrière de Marcus ?

— Vrai. » Posy feuilleta les pages de son carnet. « Mais Libby est la seule à avoir pu attaquer Caro dans la loge du gardien la nuit dernière. À moins que quelqu'un d'autre mente.

— Je suis presque certaine que la plupart d'entre eux mentent, déclara Rosalind. Peut-être qu'elles n'étaient pas complices, alors ?

— Vous voulez dire que Clementine aurait pu essayer d'empêcher sa cousine d'assassiner Marcus, et c'est pourquoi elle l'aurait tuée ? » demanda Caro en fronçant les sourcils.

Quelque chose dans cette possibilité ne collait pas, même si Rosalind n'arrivait pas à savoir quoi.

« Peut-être. Ou alors… » Elle essaya de nouveau. « Et si Libby était là pour la même raison que nous ? Non pas parce qu'elle est la meurtrière…

— Mais parce qu'elle essaie d'en attraper un ! Ou du moins de découvrir ce qui est arrivé à Clementine. » Posy tapa de la main sur le carnet. « Oui ! Ça collerait. Enfin quoi, si elles sont parentes et si Clementine avait une urgence familiale, n'aurait-il pas été logique qu'elle en parle d'abord à Libby ? Mais j'ai vu son visage quand elle a entendu le message de Clementine sur le téléphone de Marcus. Elle était… stupéfaite.

— Vous pensez qu'elle enquêtait sur ce qui a poussé Clementine à s'enfuir ? demanda Rosalind. Et si elle soupçonnait que la mort de Marcus était un meurtre, elle a pu craindre que quelque chose lui soit arrivé.

— Ça n'explique pas pourquoi elle a éprouvé le besoin de m'assommer, observa Caro en se massant le côté de la tête.

— Peut-être qu'elle croyait que vous étiez la meurtrière de Marcus venue dissimuler les indices que vous aviez laissés derrière vous, suggéra Rosalind, ce qui lui valut un regard noir de la part de Caro.

— Si nous nous dépêchons de la trouver, nous pourrons lui demander, dit Posy. Qu'est-ce qui s'est passé, ensuite ?

— Déjeuner, répondit promptement Caro. Je ne me rappelle pas y avoir vu Clementine, mais Libby était présente, n'est-ce pas ? »

Posy acquiesça.

« Elle a renversé son café, puis elle a disparu. Je pensais qu'elle était allée se changer, mais elle avait toujours des taches de café sur sa jupe pendant le débat de l'après-midi. » Elle tourna les pages de son carnet, marmonnant quelque chose à part elle à propos d'une appli avec des tags. « Ashok a dit qu'il avait parlé à Clementine à peu près au même moment. De Marcus. Elle devait être en route vers les écuries pour le jeu de l'enquête.

— C'est là que nous allons ensuite. »

Elles empruntèrent l'allée qui contournait la pelouse ouest en direction des écuries.

« Kit dit qu'il a vu Libby demander à Clementine de lui rendre son téléphone devant les écuries, déclara Posy tandis qu'elles marchaient.

— Il a aussi dit qu'il a vu un ours voler de la confiture, remarqua Caro.

— Oui, mais je crois que cette histoire de téléphone était plus probable. » Posy avait sur le visage un demi-sourire qui poussa Rosalind à se demander ce qu'elle pensait de l'acteur avec qui elle devait partager l'affiche. « Surtout que Heather et Harry nous ont également dit qu'ils avaient vu Clementine parler à une autre femme au même moment, quand Kit et moi les avons vus dans la Spirale meurtrière.

— Donc elle a parlé à Ashok et à Libby – et aux dizaines d'aspirants enquêteurs qui ont participé au jeu, observa Caro.

— Et elle était là quand nous sommes allées à la tourelle, mais pas quand nous en sommes revenues, ajouta Rosalind.

— Ensuite, elle a appelé Hugh et lui a demandé si elle pouvait emprunter une voiture afin de se rendre à la gare pour une urgence familiale, et elle a passé le portail au volant de l'un des véhicules anciens, compléta Posy. Et c'est la dernière fois que quelqu'un l'a vue.

— À part l'assassin. » Caro fronça les sourcils. « Et Felicity, qui l'a vue se diriger vers la loge du gardien cet après-midi-là. »

Ce n'est qu'alors qu'elles approchaient des écuries qu'elles repérèrent la présence policière à proximité du hangar à bateaux. Les agents avaient sécurisé une vaste zone de chaque côté de la rivière – depuis la loge du gardien jusqu'au hangar –, qui était désormais entourée de ruban de scène de crime.

« Oh, mon Dieu. Pensez-vous… » Caro n'acheva pas sa phrase.

« Quoi ? demanda Posy. Est-ce qu'il y a un autre corps ? »

Rosalind secoua la tête. « Je ne sais pas. Mais si je devais émettre une hypothèse… Larch a dit qu'ils cherchaient l'arme du crime. Il n'y en avait aucune trace, ni de lutte, dans la loge du gardien, ce n'est donc probablement pas là qu'elle a été tuée. »

Elles contournèrent les écuries et continuèrent sur l'allée.

Posy regardait le hangar à bateaux en ouvrant d'énormes yeux ronds. « Donc elle s'est débarrassée de la voiture après être partie, puis elle est revenue par le sentier de la rivière où elle a rencontré son assassin ? »

Le sentier qu'elles avaient emprunté la nuit précédente.

« Il y a une route privée – plutôt un chemin – de l'autre côté du coude de la rivière, qui franchit un pont de pierre, se rappela Rosalind. Elle a pu rouler jusque là-bas, puis traverser la passerelle pour retrouver quelqu'un au hangar.

— C'est ça, donc, dit Caro. Elle a fait mine de s'en aller, mais elle a emprunté le chemin jusqu'à l'autre rive, dissimulée par les aulnes. Elle a appelé Marcus et laissé ce message à propos d'une urgence familiale. Puis elle a retrouvé quelqu'un au hangar à bateaux, et ce quelqu'un l'a tuée.

— La personne a dû balancer le corps dans la rivière pour qu'il coule parmi les roseaux. » Rosalind avait la bouche sèche, comme si elle avait respiré des cendres. « Il aurait pu y rester pendant des jours. Des mois. Plus longtemps encore. Sauf que…

— Il pleuvait ce soir-là, compléta Posy, et soudain Rosalind sentit les gouttelettes d'eau qui frappaient sa peau tandis que les yeux morts de Clementine la fixaient. L'orage a dû déloger le corps. L'entraîner en aval de la rivière en direction de la loge du gardien.

— Et les vêtements ? demanda Caro. L'assassin a dû la déshabiller, prendre son téléphone, puis cacher ses vêtements dans la loge. Non, attendez. Felicity a dit qu'elle avait vu Clementine se diriger vers la loge après être partie. Donc elle y est allée et s'est changée ? Quand ? Et pourquoi ? C'est la partie qui n'a aucun sens.

— Pas la seule partie, observa Posy. Pourquoi ne pas nous avoir rencontrées à la tourelle quand elle s'était arrangée pour le faire ? Elle aurait eu tout le temps de venir *avant* de quitter Aldermere.

— Encore tant de questions. »

Rosalind tourna les yeux en direction de la tourelle, et elle aperçut un mouvement furtif.

*Libby.*

« Allons obtenir quelques réponses », dit-elle.

## Chapitre vingt-six

*« On dirait que son passé l'a rattrapé, dit Johnnie en baissant les yeux vers le corps.*
*— N'est-ce pas ce qui se passe chaque fois, au bout du compte ? » demanda Dahlia.*

Dahlia Lively dans *Meurtre à la violette*
Par Lettice Davenport, 1964

« Pourquoi Libby serait-elle à la tourelle ? demanda Caro en se frayant un chemin derrière Rosalind. Qu'est-ce qu'il y a là-bas ?
— Rien, répondit Posy. Nous avons cherché, vous vous souvenez ? À moins que vous pensiez que Clementine y a caché quelque chose que nous n'avons pas trouvé. »

Rosalind secoua la tête. « Ce n'est pas ce qu'il y a là-bas. C'est ce qu'on peut y voir. »

Elles prirent la dernière courbe et, en entendant les assentiments derrière, Rosalind sut que Posy et Caro avaient enfin saisi.

Depuis la position élevée de la tourelle, le nouveau cordon de police autour du hangar à bateaux était encore plus clairement visible. Des agents en uniforme s'affairaient, probablement en train de filmer la scène de crime ou de chercher des indices. Mais ils n'intéressaient pas Rosalind. Ce qui l'intéressait, c'était la femme qui les observait depuis la fenêtre de la tourelle.

« Venez », dit-elle.

Elle ouvrit la porte, et Libby, debout près de la fenêtre, se retourna à moitié, l'inquiétude faisant se crisper son corps.

Puis elle se détendit.

« Oh. C'est vous trois.

— À qui vous attendiez-vous ? demanda Rosalind.

— À un assassin, je suppose. » Libby esquissa un sourire sardonique. « Il semble y en avoir un paquet dans le coin, ce week-end. La personne qui a tué Marcus. Et celle qui a tué… »

Elle s'interrompit, regardant en direction du hangar à bateaux.

Rosalind n'était pas sûre en venant. Elle avait deux histoires en tête mais ne savait pas laquelle suivrait ce face-à-face. Libby serait-elle la tueuse victorieuse, se réjouissant de ses exploits ? Rosalind ne pensait pas, mais elle savait qu'il ne fallait pas s'en tenir à une seule vision de la scène tant qu'on n'était pas certain de ce que les autres acteurs, ou le réalisateur, voulaient.

Ou, dans ce cas, la scénariste.

Mais en voyant Libby regarder avec mélancolie l'endroit où sa cousine était morte, en voyant le regret et la douleur dans ses yeux, elle sut.

« L'inspecteur Larch vous cherche, dit-elle. Il semblerait qu'il veuille parler à une parente proche de Clementine. »

Le regard de Libby tomba sur ses mains.

« Oh.

— C'était votre cousine ?

— Oui. » Libby ne sembla pas surprise par la question. « Enfin, dans un sens. Elle était beaucoup plus jeune, mais nous avons tout de même grandi ensemble.

— Vous étiez proches, dit Caro. Vous saviez qu'elle serait ici ce week-end. »

Libby souffla un petit rire.

« À vrai dire, non. Pas jusqu'à ce qu'il soit trop tard. Si je l'avais su… je ne sais pas. Peut-être que j'aurais pu faire plus pour empêcher ça.

— Savait-elle que vous veniez ? demanda Caro.

— Non. Je n'étais pas censée venir, vous voyez. » Elle regarda Caro. « Je crains de vous avoir menti quand je vous ai dit qu'Anton voulait que je l'accompagne. C'est *moi* qui ai insisté pour venir à la place du responsable des relations publiques. Quand j'ai su que Clementine était ici… j'ai appelé Anton tard vendredi soir et je l'ai convaincu que j'étais la seule à pouvoir persuader Hugh d'accepter le scénario.

— Pourquoi vouliez-vous venir ? »

Les nerfs de Rosalind bourdonnaient d'anticipation.

« Parce que je pensais que Clementine était en danger. » Libby regarda de nouveau par la fenêtre. « Et j'avais raison. »

Caro fut aussi directe que d'habitude. « Savez-vous qui l'a tuée ? »

Libby secoua la tête.

« Pas avec certitude, en tout cas. Mais je crois… je crois savoir pourquoi.

— Pourquoi ? » demandèrent en chœur les trois Dahlia.

Libby les regarda tour à tour, ses yeux sautant d'une Dahlia à l'autre, comme si elle essayait de décider si elle pouvait leur dire la vérité.

Finalement, ses yeux se fermèrent et elle dit : « Parce que c'était la petite-fille de Lettice Davenport. »

Silence. Après un long moment, tout ce que Rosalind entendit fut le chant des oiseaux de l'autre côté de la fenêtre, et la rivière qui s'écoulait sur les pierres.

« Lettice ne s'est jamais mariée, déclara lentement Caro.

— Mais ça ne signifie pas qu'elle n'a pas pu avoir d'enfant », remarqua Posy.

Rosalind se jucha sur la table branlante sous la fenêtre. Elle avait le sentiment qu'elle aurait besoin de s'asseoir. « Je crois que vous feriez mieux de commencer par le commencement. »

Libby ravala sa salive, suffisamment fort pour que Rosalind voie sa gorge bouger. Elle acquiesça, et quand elle rouvrit les yeux, Rosalind y perçut une détermination d'acier.

Elles allaient finalement obtenir quelques réponses.

« Le père de Clementine était le fils de Lettice, commença Libby après une profonde inspiration. Mais elle l'a abandonné à la naissance et il a été adopté par ma grand-mère, Joy. Il ne l'a jamais dit à Clementine. Mais après sa mort, pendant la veillée, ma mère – la femme que nous prenions tous pour sa sœur – était un peu éméchée et elle nous a raconté toute l'histoire. »

Et elle n'était pas jolie. Libby leur expliqua que, pendant la guerre, Letty était rentrée de Londres, et qu'alors qu'elle était à Aldermere, elle avait développé de l'affection pour son cousin, Freddie.

« Elle pensait qu'ils allaient se marier. Mais quand elle est tombée enceinte... » Libby laissa sa phrase en suspens.

« Il a rompu ? » devina Rosalind.

Libby acquiesça.

« Apparemment, il avait un arrangement de longue date avec la fille d'un ami de son père. Elle était plus *convenable* pour Aldermere. Mais Lettice a tout de même eu le bébé.

— Ici, à Aldermere ? demanda Rosalind, surprise.

— Non, dit Posy en tirant une fois de plus son livre de son sac. Elle s'est enfuie en Écosse avec sa femme de chambre, Joy, n'est-ce pas ?

— Ma grand-mère Joy, confirma Libby avec un hochement de tête. Elle était écossaise, vous voyez, et prête à rentrer à la maison. Elle a accepté de prendre le bébé de Letty et fait comme si c'était le sien. Elle disait à tout le monde qu'elle avait épousé dans le Sud un homme qui était mort à la guerre. Son village n'y verrait que du feu. Donc, elles se sont enfuies en Écosse avant que la grossesse de Letty se voie, et elles se sont cachées dans un cottage de location non loin du village. Une fois l'oncle Ron né, Lettice a installé ma grand-mère dans une maison du village, puis elle lui a envoyé de l'argent tous les mois pour son éducation. Elle a donné son médaillon à grand-mère Joy, en guise de souvenir. Puis Lettice est rentrée attendre la fin de la guerre à Aldermere. À ce stade, Freddie était lui aussi parti combattre.

— Mais ensuite il y a eu toute cette histoire à propos de la femme de chambre disparue, se souvint Rosalind. Donc Joy a dû revenir pour prouver qu'elle était en vie. »

Libby sourit.

« Oui. Grand-mère Joy aimait toujours raconter qu'elle était revenue d'entre les morts. Mais elle ne nous a jamais révélé pourquoi elle était partie. Je ne crois pas qu'elle l'ait même dit à grand-père Jack

– elle s'est mariée quelques années plus tard, vous voyez, et elle a eu ma mère. Mais elle a gardé le secret de Lettice toute sa vie – la seule personne à qui elle l'a raconté était Ron, juste avant de mourir.

— Et il n'a jamais rien fait ? demanda Posy. Enfin quoi, c'était le *fils* de Lettice Davenport. Et d'après ce que j'ai entendu dire, l'argent de ses livres est la seule chose qui a permis de maintenir Aldermere au sein de la famille pendant les dernières décennies. »

Libby haussa les épaules.

« Clementine et moi ne l'avons jamais su, mais apparemment il est venu ici à un moment durant les années 1990, alors que grand-mère Joy et Lettice étaient toutes les deux mortes. Il a parlé à Hugh, mais, d'après maman, Hugh ne l'a pas cru. Il l'a mis à la porte.

— OK, passons à maintenant. Pourquoi vraiment Clementine était-elle ici ? demanda Posy.

— Elle avait pris contact avec Hugh il y a des mois, expliqua Libby. Elle a d'abord écrit, mais elle n'a pas reçu de réponse. Alors, Clemmie étant ce qu'elle était, elle l'a appelé. Elle lui a dit qui elle était et il ne l'a pas crue.

— Comme son père, dit Caro, et Libby acquiesça.

— Mais alors elle lui a dit qu'elle avait le médaillon de Lettice, et qu'elle était disposée à faire un test ADN. Elle a menacé de tout divulguer à la presse s'il refusait de la voir.

— Donc ils se sont rencontrés à Londres », devina Rosalind en se rappelant les inquiétudes d'Isobel.

Au moins, elle n'avait plus à craindre une liaison.

« Oui. Mais Hugh n'arrêtait pas de repousser l'échéance en lui disant qu'il avait besoin de temps pour mettre les choses en ordre. » Libby croisa les doigts, puis les sépara. « C'est vers cette période que j'ai été contactée pour revoir le scénario du nouveau film. Clementine a compris qu'il la faisait patienter en attendant que cette histoire soit réglée. Alors elle est allée chercher le testament de Lettice.

— Elle pouvait faire ça ? demanda Posy. Je veux dire, obtenir une copie de son testament ?

— Les testaments sont des documents publics après leur homologation, déclara Rosalind d'un air absent, se souvenant de ces conversations déroutantes avec les avocats après le décès de son mari.

— Le testament était… imprécis. L'avocat à qui Clemmie a parlé le mois dernier à Londres a dit qu'elle avait peut-être des raisons de le contester, même après tant d'années, si elle avait une preuve ADN de son identité.

— Et ça aurait mis Aldermere sur la paille. » Rosalind secoua la tête. « Oh, Hugh.

— Je ne vois toujours pas comment Marcus entre dans tout ça, dit Caro. Ni pourquoi il a été assassiné.

— Quand Clemmie s'est rendu compte que Hugh gagnait du temps, elle a voulu trouver un autre moyen d'accéder à Aldermere. Alors elle est allée voir Marcus et a demandé qu'il l'engage. »

Posy haussa les sourcils.

« Et il l'a fait ?

— C'est ce que je dis, répondit Libby avec un sourire triste. Clemmie ne l'aurait jamais admis, mais je crois qu'elle lui a donné quelque chose en échange du poste.

— Comme des faveurs sexuelles ? »

Le nez de Posy se plissa à cette idée.

« Non, intervint Caro. Elle lui a donné des informations, n'est-ce pas ? Elle lui a dit qui elle était. »

Libby acquiesça.

« Marcus a dit quelque chose quand elle est partie, dit Posy. Il a dit qu'il savait qu'elle avait de la famille dans le coin.

— Je crois que nous pouvons supposer qu'il savait qui elle était, déclara Caro avec un soupir. Se vanter de savoir quelque chose que les autres ne savaient pas aurait été le genre de Marcus, s'il avait eu connaissance d'un secret.

— Et Marcus s'est servi de cette information pour faire chanter Hugh. »

Une autre pièce du puzzle qui trouvait sa place dans la tête de Rosalind.

« Ce qui lui a valu de se faire empoisonner, murmura Posy.

— Je ne sais pas, admit Libby. Peut-être. Je sais que Marcus était mêlé à des choses louches. Clemmie ne m'a pas tout dit, mais… elle avait peur, je crois. »

Et elle avait eu raison, songea Rosalind.

« Donc elle a eu le job, et elle est venue à Aldermere – plus d'une fois, parce qu'elle était aussi présente aux réunions préparatoires. » Posy avait de nouveau son carnet et en feuilletait les pages. « Elle mettait la pression sur Hugh.

— Pas la pression, insista Libby. Elle… elle voulait juste tellement faire partie de la famille Davenport. Elle voulait qu'il la reconnaisse. Il n'était pas question d'argent pour elle, pas vraiment.

— Mais ça l'était pour Marcus. »

Rosalind voyait comment les choses s'étaient emballées à cause d'un unique secret.

« Ce qui nous amène à ce week-end, dit Caro. Clementine a envoyé à chacune de nous trois un mot sur une page de votre scénario, accompagné de photos qu'il serait... fâcheux que d'autres personnes voient. Pourquoi ?

— Je crois qu'elle savait qu'elle était dans de sales draps, et elle avait besoin d'aide. » Libby leva les yeux, les regardant tour à tour. « Le scénario, j'imagine que c'est celui que je lui ai donné. Les photos, elle les a volées à Marcus. Elle me l'a dit... Quand j'ai renversé mon café, pendant ce déjeuner, c'était parce qu'elle me faisait signe par la fenêtre de la rejoindre. J'avais besoin d'une excuse pour m'éclipser et lui parler à un endroit où personne ne nous verrait.

— Sauf que Kit vous a vues, dit Caro. Il nous a dit que vous vous disputiez à propos de votre téléphone.

— Il a surpris le début de la conversation, alors, dit Libby. Nous nous disputions à propos du fait qu'il n'était pas sûr pour Clementine de rester à Aldermere. Elle m'avait envoyé un message vendredi soir pour me dire qu'elle avait été contactée par un détective privé. Il lui avait dit que Marcus était un maître chanteur, et elle avait fouillé la chambre de ce dernier pour voir s'il disait la vérité. Elle avait trouvé des photos, des dossiers et d'autres choses encore – y compris sur vous trois. Alors elle m'a envoyé une photo de certains d'entre eux avec un message sur un Post-it.

— *Devons-nous les prévenir ?* dit Posy. Nous l'avons trouvé parmi les pages de son scénario.

— Mais pourquoi envoyer les mots sur des pages du scénario ? » demanda Caro.

Libby haussa les épaules.

« Afin que vous sachiez que c'était lié à Lettice et à Dahlia, évidemment. Qu'il ne s'agissait pas simplement des photos.

— Mais pourquoi ne nous a-t-elle pas rencontrées, alors ? »

Le front de Caro se plissa.

« Elle comptait vraiment le faire. » Libby semblait plus certaine de ce fait que d'une bonne partie de son histoire. « Elle me l'a dit pendant le déjeuner. Vous trois, vous étiez sa police d'assurance. »

Rosalind échangea un regard avec les deux autres Dahlia.

« Comment, exactement ?

— Elle allait partager ses secrets avec vous, consciente que vous seriez forcées de les garder, puisqu'elle connaissait aussi les vôtres, expliqua Libby. Marcus... il avait menacé Hugh de parler au monde entier de Clementine si lui et Isobel ne payaient pas la somme qu'il exigeait à la fin de la convention.

— Son bouquet final, murmura Posy. C'était *ça* qu'il planifiait.

— Elle voulait que nous l'aidions à l'en empêcher ? » devina Caro.

Libby acquiesça.

« Comme j'ai dit, elle voulait faire partie de la famille plus qu'elle ne voulait de l'argent. Et si Marcus ruinait Hugh...

— Elle n'aurait jamais vraiment été la bienvenue à Aldermere, compléta Rosalind.

— Je crois qu'elle espérait que le fait qu'elle vous avait donné les photos vous pousserait à la croire. » Libby regarda ses mains avec le soupçon d'un sourire sur le visage. « Elle a grandi en vous regardant. Moi aussi, dans un sens. Rosalind et Caro en tant que Dahlia, et Posy dans tous ces films pour adolescents. Je suppose qu'elle avait le sentiment de vous connaître. Elle vous faisait confiance. C'est étrange, n'est-ce pas ? Qu'on puisse avoir le sentiment de connaître une personne quand tout ce qu'on a vu, c'est cette personne faisant semblant d'être quelqu'un d'autre. »

Rosalind ressentit à nouveau ce frisson au bas du dos. Car n'avaient-ils pas tous joué un rôle, pendant toutes ces années ?

Elle et Hugh faisant comme s'ils étaient amoureux. Isobel faisant comme si elle était sa meilleure amie, puis lui volant son fiancé. Même la pauvre Letty, faisant comme si elle n'avait pas aimé son cousin, pas abandonné son bébé.

Et ce week-end ! Des hordes de gens faisant comme si c'étaient de nouveau les années 1930, comme si le meurtre était un jeu, comme si le passé valait mieux que le présent.

Aldermere n'était rien qu'un faux-semblant. Dahlia Lively était peut-être la chose la plus réelle qui l'habitait, et pourtant elle était totalement fictive.

Ou plutôt, elle l'avait été, jusqu'alors.

« Clementine allait vous rencontrer et tout vous dire. C'est ce qu'elle m'a promis quand nous nous sommes parlé dans les écuries. Et ensuite… j'ai voulu la faire quitter Aldermere, vite.

– Est-ce qu'elle a accepté ? demanda Caro.

— Clementine n'acceptait jamais rien qu'elle ne voulait pas faire, admit Libby. C'est pourquoi j'ai été inquiète quand elle est partie sans me prévenir – et surprise quand j'ai entendu ce message sur le téléphone de Marcus. S'il y avait *vraiment* eu une urgence familiale, je l'aurais su. Mais je ne m'attendais pas non plus à ce qu'elle fasse ce que je demandais. Je supposais que quelque chose avait dû se produire qui l'avait effrayée et poussée à suivre mon conseil. » Elle esquissa un rapide sourire. « Même si j'aurais dû deviner qu'elle le ferait de manière flamboyante, au volant de la vieille voiture de Hugh. »

Les rouages tournaient dans la tête de Rosalind, les pièces du puzzle s'assemblant plus rapidement qu'auparavant.

« Hugh a dit qu'elle avait appelé pour lui demander si elle pouvait l'emprunter.

— J'ai supposé qu'elle l'avait menacé pour qu'il accepte, dit Libby.

— Et c'était bien elle sur le message que Marcus a reçu ? Vous êtes certaine ?

— Absolument. »

Quelque chose clochait. Quelque chose lié aux téléphones…

Mais avant que Rosalind puisse remonter le fil d'une pensée qui commençait à prendre forme, Caro se lança :

« Donc Clementine est partie, vous avez continué comme d'habitude parce que vous pensiez qu'elle était à l'abri, et vous ne pouviez pas appeler parce que vous n'aviez pas votre téléphone. Jusqu'à – et ce n'est qu'une hypothèse –, jusqu'à ce que vous entendiez Felicity nous dire qu'elle avait vu votre cousine se diriger vers la loge du gardien *après* qu'elle était partie.

— C'est presque exact, dit Libby. C'est vous que j'ai entendue le dire à Posy, avant que nous nous asseyions pour le dîner. »

Les joues de Caro rosirent à ces mots, mais elle poursuivit.

« Vous y êtes allée la première et vous nous avez tendu une embuscade, puis vous m'avez frappée sur la tête avec un… avec quoi m'avez-vous frappée, d'ailleurs ?

— Lampe de chevet. Désolée. »

Elle semblait vraiment s'en vouloir, songea Rosalind. Mais que Caro s'en rende compte ou non était une autre question.

« Je ne vous ai pas tendu une embuscade – je cherchais Clemmie, ou un signe qu'elle était allée là-bas. J'ai trouvé ses vêtements, mais rien d'autre, et j'ai commencé à m'inquiéter. La malédiction de l'imagination de l'écrivain – toutes les possibilités tourbillonnaient dans ma tête. Et alors j'ai entendu la porte d'entrée s'ouvrir et… j'ai commencé à paniquer. Au début, je me suis cachée derrière la porte de la chambre, mais je me suis alors rendu compte que j'étais piégée dans la pièce avec vous. La dernière personne à qui ma cousine avait parlé à Aldermere, pour autant que je sache. Clemmie était partie et je ne savais ni où ni pourquoi et… je savais juste que je devais sortir de là. Je devais partir avant que quelqu'un me voie, je devais m'extraire de ce dans quoi Clemmie s'était fourrée, alors…

— Vous m'avez frappée sur la tête avec une lampe. »

Caro n'était pas près de laisser tomber.

Libby fit la moue et acquiesça. « Désolée, je n'avais pas les idées très claires. »

Posy fronça les sourcils.

« Où êtes-vous allée ? Je vous ai suivie par la fenêtre.

— Je sais. Je… eh bien, je me suis cachée derrière l'arbre le plus proche et j'ai attendu que vous partiez en courant. Puis je suis allée voir par la fenêtre comment se portait Caro, sans qu'elle me voie, et quand j'ai été sûre qu'elle allait bien, je suis rapidement retournée à la maison en empruntant l'allée principale. J'étais déjà couchée quand j'ai entendu les… les sirènes. »

La voix de Libby buta sur les deux derniers mots, et Rosalind sut qu'elles lui avaient soutiré tout ce qu'elles pouvaient pour le moment. Posy passa un bras autour de la scénariste et lui murmura des paroles compatissantes. Caro se posta de l'autre côté pour faire la même chose.

Mais Rosalind ne pouvait pas. Elle était trop occupée à réfléchir.

Et elle n'aimait aucune des réponses qui lui venaient à l'esprit.

« D'après vous, qui a tué votre cousine, Libby? demanda-t-elle après un moment.

— Hugh Davenport, répondit-elle immédiatement. C'est forcément lui. Il est celui qui… qui savait tout. Et qui avait le plus à perdre. »

Caro et Posy levèrent les yeux pour voir la réaction de Rosalind, alors celle-ci mit un point d'honneur à ne pas réagir du tout. Elle voulait leur dire qu'elles se trompaient. Que l'homme qu'elle aimait ne pouvait pas faire une telle chose.

Mais comment aurait-elle pu quand elle savait que dans un recoin de son cœur il y avait un doute?

*Pourquoi n'était-ce pas simplement une horrible, sordide aventure amoureuse?*

Dans sa poche, elle fit rouler entre ses doigts la poupée miniature avec la bouteille de poison. Si Letty avait écrit ce week-end, il y aurait encore un rebondissement. Elle aurait voulu qu'elles remontent toutes les pistes. Pour rendre honneur à l'esprit vif et imprévisible de Dahlia.

Mais, surtout, elle aurait voulu qu'elles attrapent la bonne personne.

Ce qui signifiait que Dahlia – ou trois Dahlia, pour être précis – devait résoudre un dernier meurtre.

## Chapitre vingt-sept

*« Le problème avec le passé, c'est qu'il veut rarement demeurer enterré.*
*— Comme les corps, répondit sombrement Johnnie. Ils semblent refaire surface partout cette semaine. »*

Dahlia Lively dans *Un meurtre plutôt gai*
Par Lettice Davenport, 1932

Le dîner était en train d'être servi quand elles regagnèrent la maison.

Elles n'avaient pas beaucoup parlé sur le chemin du retour, et lorsqu'elles prirent place à table, Rosalind vit que Libby ne s'était pas jointe à elles. Continuait-elle de chercher le fantôme de sa cousine ? Ou bien se cachait-elle de la famille de sa cousine qui ignorait son existence ?

Plus probablement, elle parlait à l'inspecteur chef Larch. Ce qui signifiait qu'il en saurait bientôt autant qu'elles.

Le repas de ce soir-là était l'ombre du banquet du premier soir, et n'était même pas à la hauteur du repas de traiteur de la veille. Avec le départ du personnel que Marcus avait engagé, mais des invités qui restaient une nuit de plus, moyennant quoi Isobel avait dû faire appel à des renforts pour assister ses employés de maison habituels et s'était arrangée pour proposer un simple ragoût qui ne semblait pas approprié à la douce soirée d'été.

Il n'y avait pas d'entrée, et seulement du café et des bonbons à la menthe en guise de dessert, mais personne ne sembla regretter de ne pas trop s'attarder à la table du dîner. Tout le monde savait que ce n'était pas encore fini. Rosalind n'avait pas revu Larch depuis qu'il l'avait questionnée dans l'après-midi, mais elle ne doutait pas qu'il était quelque part dans les parages, cherchant à faire parler les secrets.

De fait, tout le monde semblait regarder les autres avec suspicion. Quelqu'un autour de la table – plusieurs personnes, peut-être – était responsable de deux morts. Elle pensa aux poupées qu'elles avaient trouvées – Caro, Posy et Hugh. Étaient-ce vraiment des avertissements ? Quelqu'un planifiait-il un autre meurtre ?

Si l'assassin tuait pour que Clementine demeure un secret, trop de personnes étaient désormais au courant. Mais maintenant qu'elle était morte et incapable de se battre pour son héritage, risquait-il de tuer de nouveau pour éviter la justice ?

Rosalind laissa son regard se poser sur Hugh. Son sourire semblait forcé tandis qu'il racontait à un Ashok attentif une nouvelle anecdote amusante à propos de sa tante Letty. Était-elle censée le protéger, ou protéger ses amies de lui ?

Le nœud dans son ventre se resserra lorsqu'elle se rendit compte qu'elle n'en avait aucune idée.

La journée avait traîné dès le départ, et elle sembla encore plus interminable lorsque le dîner fut achevé.

Rosalind fit signe de la tête aux autres Dahlia de la suivre tandis que les gens se souhaitaient une bonne nuit et se dirigeaient vers leur chambre.

Par chance, le petit salon était vide lorsqu'elles y retournèrent.

« Alors, l'avons-nous résolu ? » Caro se laissa tomber dans le fauteuil le plus proche du feu. « Faut-il appeler Larch et lui dire tout ce que nous savons, le laisser arrêter le coupable ?

— Qui est ? » demanda Rosalind en prenant place sur la chaise longue.

Elle connaissait les conclusions qu'*elle* avait tirées de la confession de Libby, mais elle voulait savoir ce que les autres Dahlia pensaient avant de s'y tenir.

« Hugh, déclara promptement Caro. De toute évidence. »

Posy regarda Rosalind. « Ça pourrait être Isobel », dit-elle, mais Rosalind n'arriva pas à voir si elle disait ça pour la faire se sentir mieux.

Elle soupira. « Prenons les choses l'une après l'autre. Caro – présentez vos arguments. »

Cette dernière se leva d'un bond, faisant les cent pas tandis qu'elle parlait, comptant ses conclusions sur ses doigts tandis qu'elle les énonçait. Pendant ce temps, Posy lui vola son siège.

« Hugh savait que Clementine était la petite-fille de Lettice et avait potentiellement droit à une bonne partie de l'argent dont il a hérité, d'accord ? » Elle leva les yeux en attente de confirmation, et les deux autres acquiescèrent. « Il avait une copie du scénario, donc il était au courant pour les fleurs enrobées de sucre. Il semblerait qu'il tardait à donner à Clementine quoi que ce soit, et qu'il n'avait parlé d'elle à personne, pour autant que nous sachions, ce qui en soit est suspect, d'accord? Donc il a planifié de la tuer quand elle arriverait à la convention et qu'il y aurait beaucoup de monde et d'agitation pour couvrir son meurtre. Mais il a alors découvert que Marcus était également au courant, donc il devait le tuer lui aussi. Il avait accès aux fleurs dans la Spirale meurtrière – il y était ce matin-là avec Clementine – et à la loge du gardien, et au hangar à bateaux. Il connaît Aldermere mieux que personne, donc il savait que les roseaux dissimuleraient son corps, avec un peu de chance suffisamment longtemps pour que tout lien avec lui soit indétectable – même s'il a joué de malchance avec l'orage. Il est peut-être âgé, mais il a l'air suffisamment fort pour déplacer un corps – surtout un corps aussi léger que celui de Clementine. En plus, il possède toutes ces voitures – il aurait pu l'emmener dans l'une d'elles quand il a affirmé qu'il récupérait la voiture à la gare hier matin.

— Vous semblez avoir trouvé une solution à tout », dit Rosalind.

Elle aurait suffisamment de temps pour indiquer les défauts de l'argumentation de Caro après que Posy aurait présenté ses propres réflexions. « Posy ? Pourquoi soupçonnez-vous Isobel ? »

En s'apercevant que Posy avait pris son fauteuil, Caro s'assit sur l'autre, moins confortable, pour écouter.

« Isobel avait autant à perdre que Hugh, argua Posy. Elle savait qu'il avait été en contact avec Clementine, mais peut-être n'est-ce pas tout ce qu'elle avait découvert. Elle avait consulté une copie du scénario pour arranger le menu du dîner, et je parie qu'elle sait comment enrober de sucre une fleur mortelle. Tout ce qui concerne la connaissance d'Aldermere est aussi valable pour Isobel que pour Hugh. Et pour ce qui est de déplacer le corps, eh bien, peut-être qu'elle a dit à Hugh ce qu'elle avait fait et qu'il l'a aidée, ce qui fait de lui un complice, pas un assassin. »

Un complice. Une chose dont Rosalind était certaine était que la personne qui avait commis ces meurtres avait eu besoin d'aide. C'était forcé.

« D'ailleurs, combien de temps faut-il pour enrober une fleur de sucre ? demanda Posy.

— Aucune idée, admit Caro. Mais c'est une bonne question. Si c'était planifié depuis une éternité, la personne ne l'aurait-elle pas préparée à l'avance ? Enfin quoi, Isobel et Hugh avaient *tous deux* eu accès à la Spirale meurtrière et au scénario avant samedi. »

Posy secoua la tête.

« Libby n'a ajouté les fleurs que dans la dernière version.

— Ça aurait cependant *pu* être quelqu'un d'autre. Quelqu'un qui n'est arrivé à Aldermere que ce week-end, observa pensivement Caro. Mais en quoi le fait que Clementine était la petite-fille de Lettice aurait pu le gêner ? »

La conversation continua de faire des allers-retours entre les deux, et Rosalind ne prit même pas la peine de la suivre.

« Peut-être que la personne s'en moquait. Peut-être qu'elle a tué Marcus à cause du chantage, et que le fait qu'ils soient tous les deux morts ce week-end est juste une coïncidence.

— Il n'y a pas de coïncidences quand il est question de meurtre, cita Caro, et Posy leva les yeux au ciel.

— Vous en pensez quoi, Rosalind ? » demanda Posy.

*J'aurais voulu ne pas venir à Aldermere ce week-end.*

Mais était-ce vrai ? Dans un sens, c'était comme si elle y voyait clair pour la première fois de sa vie d'adulte. La première fois depuis qu'elle avait rencontré Hugh et s'était laissé subjuguer par le glamour de son monde. Le glamour d'être Dahlia Lively.

Elle gravitait autour de cet endroit depuis des décennies. Il était enfin temps de sortir de son ombre. Quand elle quitterait de nouveau Aldermere, ce serait la dernière fois. Cette partie de sa vie serait finalement, quoique tardivement, derrière elle.

Une fois que ce meurtre serait élucidé.

Tout commençait à trouver sa place dans son esprit. Toutes les petites choses que les gens avaient dites, ou qu'elle avait observées au cours du week-end, qui n'avaient rien signifié sur le moment, commençaient à prendre sens. Libby avait comblé de nombreux vides, mais pas assez pour tout expliquer. Même si quand elle assemblait les éléments, une image de la façon dont les événements s'étaient vraiment déroulés ces derniers jours commençait à se former.

Et ce n'était pas une image qui lui plaisait.

« Je pense que quelque chose continue de nous échapper. » Quelque chose qui lui dirait avec certitude si elle avait raison. Rosalind tira de sa poche la figurine représentant Hugh.

« J'ai trouvé ceci dans la maison de poupée cet après-midi, gisant mort dans les combles. Et la bouteille de poison a de nouveau disparu.

— Vous pensez que l'assassin va essayer de tuer Hugh ? demanda Caro. Pourquoi ?

— Pour l'argent. Et pour l'amour. Et peut-être aussi pour le pouvoir. » Rosalind esquissa un petit sourire dont elle eut l'impression qu'il lui tordait les lèvres. « Pour quelle autre raison ?

— Savez-vous qui c'est ? demanda Posy.
— J'espère que non. » Elle soupira. « En fait, j'espère vraiment me tromper. Mais si j'ai raison…
— Nous devons le dire à Larch, déclara Caro. Qui que soit la personne que vous suspectez, nous devons le dire à la police. » Rosalind la regarda avec surprise. « Je sais, je sais. C'est moi qui veux depuis le début jouer à l'Enquêtrice, admit Caro. Mais même Dahlia savait quand appeler Johnnie à la rescousse.
— Pas encore, répliqua Rosalind. Nous devons être certaines. J'ai besoin de parler de nouveau à Hugh. Et il y a autre chose que je veux vérifier dans le bureau de Letty. Mais je pense avoir un plan. »
Elle espérait qu'il fonctionnerait.

Il faisait nuit lorsque Rosalind monta l'escalier qui menait au bureau de Letty. Hugh s'y trouvait déjà, ainsi qu'elle s'y attendait. Ce qu'elle n'avait pas prévu, cependant, c'était son regard paniqué.

Ses cheveux argentés étaient en désordre, comme s'il s'était passé les mains dedans de frustration, et les cernes sous ses yeux étaient presque violets. Quand il tendit les mains vers elle, elles tremblaient.

« Rosalind. Dieu merci. Il faut que tu m'aides.
— Qu'est-ce qui se passe ? »
Sa main serrait la poupée dans sa poche.
« Cet inspecteur. Larch. Il était ici à me poser tout un tas de questions. » Le regard empli d'horreur de Hugh croisa le sien. « Il croit que c'est moi qui l'ai fait. Il croit que c'est moi qui ai tué cette fille. »

*Ta femme aussi.*

« C'est ce qu'il a dit ? »

Hugh lâcha un petit rire moqueur.

« Bien sûr que non. Ils ne le disent jamais, n'est-ce pas ? Pas dans les livres. Il cachera ses cartes jusqu'à ce qu'il ait la preuve...

— Comment peut-il trouver la preuve ? demanda Rosalind. Si tu n'as rien fait ? »

Il la fixa un long moment, et Rosalind fut reconnaissante qu'il y ait un bureau entre eux. Elle avait besoin de la distance.

« Toi aussi, tu crois que c'est moi, murmura Hugh. Comment peux-tu... *toi*, particulièrement. Tu me connais. Comment peux-tu penser ça ?

— Ce n'est pas ce que j'ai dit. Mais tu connaissais Clementine. Qui était-elle pour toi ? »

Une dernière chance pour lui de dire la vérité.

« Personne ! répondit Hugh. Je ne l'avais jamais rencontrée avant le début de cette fichue convention !

— Peut-être que c'est pour ça que Larch te soupçonne. Si tu lui as raconté le même mensonge qu'à moi. »

La tête de Hugh recula soudainement, comme si elle l'avait giflé. « Comment ça ? »

La surprise dans sa voix était-elle due au fait qu'elle savait qu'il mentait, ou au fait qu'elle lui avait mis son mensonge sous le nez ? Il y en avait tant eu au fil des ans qu'elle avait laissé passer. Chaque fois qu'il lui avait dit qu'il l'aimait plus que tout puis rentrait chez lui retrouver sa femme. Quand il l'avait demandée en mariage mais couchait déjà avec sa meilleure amie.

Tant de mensonges. Des mensonges qu'il lui avait dits et d'autres qu'elle s'était dits pour se permettre de continuer de faire ce qu'elle voulait sans être écrasée par le poids de sa conscience.

Mais elle avait désormais besoin qu'il lui dise la vérité. Cette fois au moins.

Rosalind se laissa tomber sur la chaise des visiteurs face au bureau.

« Tu avais été en contact avec Clementine avant que Marcus te parle de la convention. D'ailleurs, elle était probablement une des raisons qui t'ont poussé à accepter qu'elle se tienne ici, n'est-ce pas ?

— Rosalind, je… j'ignore ce que tu crois savoir. » Il se passa de nouveau la main dans les cheveux, jusqu'à avoir l'air encore plus hirsute. « Mais je n'ai rien à voir avec sa mort. Et le fait que tu penses que j'aie pu faire… »

Il semblait peiné, la regardait en secouant la tête, comme si c'était elle qui était en tort.

« Clementine était la petite-fille de Letty par le sang. Et tu le savais. »

Hugh se figea, ses mains à mi-chemin de sa tête, ses yeux exorbités tandis qu'il la regardait. « Comment l'as-tu découvert ? »

Rosalind eut un haussement d'épaules énigmatique à la Dahlia dont elle pensa que Caro aurait été fière. « Une meilleure question serait : pourquoi ne me l'as-tu pas dit ? »

Hugh s'enfonça en arrière sur sa chaise de bureau.

« Je ne… j'espérais que ce ne serait pas vrai. Qu'elle serait une croqueuse de diamants de plus qui tentait de tirer profit d'un lien ténu avec Letty.

— Mais ce n'était pas le cas.

— Non. » Il baissa les yeux vers ses mains. « Je pensais que le test ADN la découragerait. Mais… il a été concluant. Ou aussi concluant que peuvent l'être ces choses, je suppose. C'est – c'était – une Davenport.

— Mais tu l'évitais, n'est-ce pas ? Tu gagnais du temps, tentant d'avoir l'argent du film avant qu'elle puisse réclamer quoi que ce soit. As-tu ouvert un compte offshore ? Un endroit où le cacher et où les tribunaux ne pourraient pas y toucher ?

— J'allais agir comme il fallait ! » protesta Hugh, mais sa dénégation sembla faible aux oreilles de Rosalind. Elle avait entendu trop de promesses de cet homme au fil des années pour les croire, désormais. « Je… elle était de la famille, que ça me plaise ou non. C'était une vraie Davenport. Pas juste la petite-fille de Letty. Celle de mon père, aussi. C'était ma nièce.

— Et maintenant, elle est morte. » Rosalind se pencha en arrière et croisa les jambes. « Tu vois pourquoi l'inspecteur Larch pourrait trouver ça un peu suspect. »

Hugh pencha la tête en avant tandis qu'il la fixait. « Tu ne peux pas lui dire. Tu ne le *ferais* pas. N'est-ce pas ? »

Le ferait-elle ? Elle n'était pas sûre.

« Peu importe. Son ADN sera enregistré quelque part – s'ils fouillent son logement, ou s'ils consultent tes e-mails, je suis sûr qu'ils le trouveront. En plus, je ne suis pas la seule à savoir.

— Les deux autres. Les *Dahlia*. » Il cracha le nom et elle sursauta. « Vous êtes comme cul et chemise depuis que vous êtes arrivées. Je t'aurais peut-être dit ce qui se passait si tu n'avais pas été aussi distraite par tes nouvelles amies. »

Rosalind repoussa la colère qui montait en elle. Il essayait de déclencher une dispute, c'était tout. De la mettre en colère pour qu'il puisse s'excuser et qu'ils puissent se réconcilier afin qu'elle oublie ce dont ils avaient parlé.

C'était ainsi qu'il s'était sorti de toutes les conversations importantes au fil des années. Chaque fois qu'elle parlait de changer leur façon de vivre. De tout avouer. D'être ensemble.

Au bout d'un moment, elle avait cessé de le voir. Cessé de demander.

Mais désormais… tout semblait plus clair.

Y compris le fait qu'elle n'était plus forcée de jouer le jeu en fonction des règles qu'il imposait.

« Tu ne me l'as pas dit parce que tu savais que ça t'incriminerait si *qui que ce soit* savait. Et je suppose que c'est la raison pour laquelle tu ne l'as pas dit à Isobel, et celle pour laquelle elle croyait que tu avais une liaison avec Clementine.

— Je te l'ai dit, c'est faux, répliqua-t-il sèchement. Tu aurais dû me croire. »

Elle se leva.

« Je crois dans le fait de découvrir la vérité, répliqua-t-elle, se sentant plus semblable à Dahlia que jamais sur un plateau.

— Rosalind, attends. »

Hugh lui saisit la main par-dessus le bureau, toute sa colère amère évaporée, remplacée par un sourire sincère et affectueux. Un sourire auquel elle aurait pu croire, avant ce jour.

« Ça pourrait être ce que nous attendions. Une opportunité pour nous. » Son pouce effleurait le dos de la main de Rosalind, le caressant tandis qu'il parlait. « Enfin quoi, avec ce meurtre, tout va se savoir, tu as raison, c'est une évidence. Et tant que nous nous serrons les coudes, nous pouvons aider la police à trouver le vrai coupable, pas vrai ? Et alors, toi et moi… ça pourrait peut-être enfin être notre moment.

— Tu quitterais Isobel ? »

Jamais en quarante ans il ne l'avait dit. Oh, il y avait fait allusion, il lui avait donné de l'espoir, mais il ne l'avait jamais dit.

« Évidemment que je le ferais. Pour toi. Nous devons surmonter cette tempête ensemble, c'est tout. Nous assurer que Larch comprenne ce qui s'est réellement passé ici ce week-end.

— C'est aussi ce que je veux. »

Elle croisa son regard, le soutint un long moment, s'abreuvant du reste d'amour qu'elle y voyait.

Puis elle retira sa main.

« Je ne sais honnêtement pas si tu es mêlé à tout ça ou non, dit-elle en reculant. Je ne crois pas que tu aies toi-même tué Clementine ou Marcus. Je ne pense pas que tu pourrais. Mais je ne crois pas que tu les pleures non plus.

— Rosalind.

— Je ne veux pas que tu quittes ta femme. » Elle sentit la vérité de ses paroles en les prononçant. « Je veux découvrir la vérité. »

Le visage de Hugh s'assombrit, devint rouge d'une colère qu'elle n'était pas habituée à voir en lui. Tout son charme, son affection, s'étaient envolés, et elle parvenait à peine à regarder l'homme qui restait.

« Et tu te demandes pourquoi j'ai épousé Isobel plutôt que toi, dit-il d'une voix sourde et amère. Au moins, elle m'a soutenu pendant ces quarante années. Elle ne me trahirait jamais de la sorte. »

Rosalind l'examina pendant un moment, puis elle traversa la pièce jusqu'à la vitrine et l'ouvrit. « Tu devrais savoir que c'est une fausse. Et si tu ne le sais *pas* déjà, ça signifie que c'est Isobel qui a vendu la vraie. » Elle lui tendit la loupe ornée de pierres précieuses. « Tu voudras peut-être lui demander ce qu'elle a fait de l'argent. »

Hugh la fixa longuement comme s'il ne savait pas s'il devait la croire. Puis il lui prit la loupe miniature des mains et quitta la pièce d'un pas raide.

En laissant son téléphone sur le bureau, ainsi qu'elle l'avait espéré.

Elle attendit d'entendre le bruit de ses pas s'estomper dans l'escalier, puis elle le souleva. Le code était facile – il avait toujours utilisé le même pour tout. Elle espérait qu'il n'avait pas eu la présence d'esprit d'effacer ce qu'elle cherchait.

Elle fit défiler les messages et le trouva, son cœur cognant tandis qu'elle portait l'appareil à son oreille et écoutait.

Et alors elle sut avec certitude.

---

Au bout du compte, s'accorder sur un plan fut simple.

Caro demanda :

« Que ferait Dahlia ?

— Dahlia attraperait l'assassin, répondit Posy.

— Dahlia laisserait l'assassin s'incriminer tout seul, la corrigea Rosalind, songeant à toutes les fois où Dahlia avait traîné un tueur devant la justice. Elle le pousserait à tout avouer.

— Elle aurait aussi l'inspecteur principal Johnnie en état d'alerte, prêt à procéder à l'arrestation », remarqua Caro.

Rosalind soupira.

« Oui. C'est vrai.

— Vous allez parler à Larch ? demanda Posy. C'est vous qui avez noué le plus grand lien avec lui. »

Hormis le rapprochement qu'il avait eu avec le soutien-gorge de Posy, elle supposait que c'était vrai.

« Je vais lui parler. *Après* que nous aurons mis tout le reste en place.

— Qu'est-ce qu'on fait ? » demanda Caro.

Et ensemble elles débattirent des détails du plan.

« Le signal sera le gong, répéta Rosalind tandis qu'elles passaient une dernière fois les choses en revue.

— Juste après minuit, confirma Caro. Tout le monde l'entendra.

— Tant qu'ils voient ceci. »

Posy agita en l'air les enveloppes qu'elle venait de remplir. C'était agréable de savoir que le bureau du petit salon n'était pas simplement pour la galerie – il renfermait presque tout ce dont elles avaient besoin pour leur plan.

Comme si Lettice Davenport elle-même avait préparé le terrain pour ce qui allait suivre.

Rosalind supposait que, dans un sens, c'était le cas. Sans elle, rien de tout ça ne serait arrivé. Elle avait déclenché cette énigme, et maintenant elle allait y mettre un terme. Ce qui avait commencé par des pages du scénario de *L'Enquêtrice* et ce dîner funeste s'achèverait sur une variante du *J'accuse* de Dahlia à la fin du *Délice de l'empoisonneur*. Elles l'avaient juste suffisamment modifié pour que, avec un peu de chance, leur cible ne se rende pas compte de ce qu'elles faisaient avant qu'il soit trop tard.

« Nous sommes prêtes ? » demanda Rosalind. Caro et Posy échangèrent un regard et acquiescèrent. « Alors allons attraper un assassin. »

Posy partit la première, leur tendant les enveloppes avant de se diriger vers l'escalier principal. Il était tard, tout était sombre, et même si elles l'entendirent souhaiter une bonne nuit en passant au policier posté à la porte d'entrée, la maison était parfaitement silencieuse.

« Vous pensez qu'elle va y arriver ? demanda Caro. La patience n'est pas exactement une de ses vertus, n'est-ce pas ? Elle s'agite chaque fois qu'elle reste assise trop longtemps. Toujours à tapoter ce stylo ou à gribouiller ou je ne sais quoi. Probablement des activités de substitution pour pallier le manque de son téléphone. Elle n'a jamais vécu sans, n'est-ce pas ? »

Sauf qu'elle l'avait eu presque toute la journée mais semblait préférer son stylo et du papier.

« Et vous, vous vous souvenez de la vie avant les portables ? » Rosalind se demandait si Caro se rendait compte à quel point elle gigotait – et blablatait – quand elle était nerveuse. Elles avaient toutes leurs propres tics, supposait-elle.

« Vaguement, admit Caro avec un grand sourire. C'est juste que… nous lui en demandons beaucoup.

— Elle est à la hauteur, dit Rosalind. Tout ce qu'elle a à faire, c'est rester immobile et ne pas tout gâcher.

— Comme j'ai dit, c'est beaucoup.

— Et c'est pour ça que c'est elle qui le fait, et pas vous. »

Caro n'aurait jamais la patience de se retenir jusqu'au bon moment. Mais Rosalind avait le sentiment que Posy comprenait l'importance du timing. Après tout, elle avait parfaitement choisi le moment de son retour. « Venez. Nous avons à faire, et elle doit être arrivée là-haut. »

Caro acquiesça. Elles se partagèrent les enveloppes puis gravirent l'escalier ensemble.

Les couloirs et les paliers d'Aldermere étaient silencieux dans la pénombre, le visage des ancêtres Davenport sur les tableaux était invisible aux murs. Mais Rosalind savait qu'au moins une personne serait éveillée, à part elles.

Parce que si elles s'inspiraient des livres, le meurtrier aussi. Ce qui signifiait qu'elles pouvaient se servir des histoires de Letty pour prédire ce qu'il ferait ensuite.

Caro prit les chambres du premier étage, glissant la première enveloppe sous une porte tandis que Rosalind se dirigeait à pas feutrés vers l'escalier suivant. Aveugle dans l'obscurité, elle monta à tâtons en touchant le mur, cherchant la moindre lueur devant elle.

Rien.

Il y avait cinq chambres où distribuer ces enveloppes à cet étage, et elle glissa les mots sous chaque porte aussi rapidement que possible, avant de redescendre à la hâte et de regagner la sienne. En arrivant, elle aperçut une dernière fois Caro qui redescendait l'escalier principal, et elle se prépara à la suite des événements.

Rosalind retint son souffle.

Et le gong du dîner se mit à résonner.

# MARDI
# 31 AOÛT

# Chapitre vingt-huit

*« Pourquoi en faites-vous toujours tout un plat ? » Johnnie lui tendit sa cigarette tandis que, appuyé à la voiture, il regardait leurs suspects entrer l'un après l'autre dans le manoir, sur convocation de Dahlia. « Cette histoire de "Je vous ai tous réunis aujourd'hui". Ne pouvons-nous pas simplement arrêter le coupable et laisser les autres poursuivre leur vie ? »*
*Dahlia, élégamment juchée sur le capot, tira une longue bouffée sur la cigarette.*
*« Ça ne fonctionnerait pas. Les gens attendent un bouquet final de la part de Dahlia Lively. Et, en plus, ce n'est pas seulement pour moi. C'est pour eux tous.*
*— Comment ça ? demanda Johnnie.*
*— Eh bien... je suppose que... » Dahlia fronça les sourcils, cherchant le mot juste. « Je crois que c'est cathartique pour eux. Ils ont tous vécu sous le soupçon pendant des jours, des semaines, voire plus. Ils ont tous vu chacun des secrets de leur vie être exposé. Ils ont perdu confiance en leurs amis, leur famille. Ils ont peut-être même commencé à douter d'eux-mêmes. Il est juste qu'ils aient ce moment, une véritable fin, pour refermer le livre. Pour nommer le scélérat et le voir être soumis à la justice. C'est ça qui leur permet de poursuivre leur vie. »*

Dahlia Lively dans *Un mystère pour Dahlia*<br>Par Lettice Davenport, 1978

*Posy*

C'était un plan digne de Dahlia Lively – voire qui lui avait été volé.

Le cœur de Posy cognait tandis qu'elle montait discrètement l'escalier qui menait au bureau de Lettice. Tout baignait dans l'obscurité, et comme elle ne voulait pas trahir sa présence, elle prenait soin de se tenir sur le bord des marches pour qu'elles ne grincent pas. Rosalind avait insisté là-dessus.

Elle trouva le bureau lui aussi plongé dans la pénombre, mais ça faisait partie du plan, elle n'alluma donc pas la lumière. Le clair de lune qui filtrait par la fenêtre suffisait à éclairer les étagères, le bureau et le fauteuil dans le coin.

Mais désormais, seule dans l'obscurité, cachée derrière les longs rideaux de la dernière fenêtre, elle aurait aimé avoir plus de lumière, quelque chose qui aurait rendu la nuit moins oppressante. Le téléphone dans sa poche avait une lampe torche, mais elle ne pouvait pas courir ce risque. À tout moment les gens allaient commencer à arriver. Avec un peu de chance, une personne en particulier. Et elle devait être en mesure de la voir sans se faire repérer…

Dehors, Posy entendit l'horloge de la tour sonner minuit, avec quelques minutes de retard, comme d'habitude.

« Nous devons trouver une raison de rassembler nos suspects à un endroit où nous pourrons les mettre au pied du mur, avait dit Rosalind.

— Oh, facile, avait répondu Caro. Nous allons faire un classique de Dahlia – vous savez, un de ces "Je vous ai tous réunis ici aujourd'hui". Quand elle laisse penser à chacun qu'elle l'accuse, avant de se tourner au dernier moment vers le vrai coupable.

— Ça pourrait fonctionner. » Rosalind avait semblé pensive. « Mais comment le faire sans que la police s'en mêle ? Je ne veux pas qu'elle intervienne tant que je ne serai pas sûre. Et je ne veux certainement pas que Larch arrive avant que nous soyons prêtes pour lui. Il ne connaît pas ces gens aussi bien que nous. Il débarquera avec ses gros sabots et gâchera tout. »

Rosalind refusait de leur dire qui elle croyait responsable, ce qui ne plaisait pas à Posy. L'idée qu'elle risquait d'être coincée dans une pièce avec un assassin sans le savoir n'était pas exactement relaxante. Mais ceci dit, elle supposait qu'elle avait été dans cette position pendant tout le week-end.

Seulement cette fois elles y remédieraient.

« Nous le faisons ce soir, avait répondu Posy. Larch a dû rentrer chez lui pour la nuit à l'heure qu'il est, et il n'y a qu'un agent posté à la porte d'entrée. Nous rassemblons tout le monde ce soir, loin du hall d'entrée, et nous mettons un terme à tout ça. Nous pourrons envoyer un message à Larch au dernier moment, comme ça il n'aura pas le temps de nous mettre des bâtons dans les roues. »

Après ça, tout avait pris forme. À cet instant, Caro et Rosalind devaient être en train de laisser des mots avec de minuscules fleurs – non vénéneuses – semblables à celles qu'elles avaient mangées enrobées de sucre le premier soir. Sortir par la porte de derrière pour aller les cueillir pendant que les deux autres attendaient dans le petit salon avait été un peu terrifiant, étant donné les circonstances, mais Posy s'en était bien sortie.

Il était tard, mais les personnes à qui elles voulaient parler ne seraient pas en train de dormir, Posy en était certaine. Et si jamais elles l'étaient…

Un grand fracas métallique résonna à travers la maison, et Posy sourit. Pile au bon moment.

Elle n'entendait pas les conversations qui devaient se tenir en bas, mais elle pouvait les imaginer. Le policier se précipitant à l'intérieur et découvrant Caro titubant à côté du gong dans le hall d'entrée, s'excusant d'une voix ivre tout en se dirigeant vers l'escalier. La famille et les invités ouvrant leur porte et regardant dans le couloir pour voir ce qui se passait encore à Aldermere. Caro leur disant en bafouillant de ne pas s'inquiéter, qu'elle avait un peu forcé sur le brandy après le dîner, qu'elle regagnait sa chambre et que tout le monde ferait bien de se recoucher.

Et elle se les représentait fermant la porte de leur chambre – et trouvant l'enveloppe qui les attendait par terre, avec sa petite fleur bleue.

Ils devaient désormais savoir qu'ils étaient invités à une réunion, ce soir, dans cette même pièce. Moins d'une demi-heure plus tard.

Un « Je vous ai tous réunis ici aujourd'hui », ainsi que Caro l'avait décrit. Rosalind appelait ça un *J'accuse*, ce qui était plus concis.

Le moment du jugement, ainsi que l'appelait Posy dans sa tête.

Ce qui signifiait, à tout moment, maintenant…

La porte du bureau s'ouvrit en grinçant. Elle n'avait pas entendu le bruit des pas dans l'escalier, mais ce n'était pas étonnant. La personne qu'elle attendait connaissait Aldermere aussi bien que les autres, et cet escalier mieux que la plupart.

Dans sa cachette, Posy retint son souffle. Par le minuscule espace entre les rideaux, elle vit quelqu'un entrer dans la pièce et poser quelque chose – la bouteille de poison, si elles ne se trompaient pas – sur l'étagère. Puis la silhouette parcourut le bureau du regard, se retourna et repartit.

Mais pas avant que le clair de lune qui pénétrait par la fenêtre éclaire son visage, suffisamment pour que Posy détermine son identité.

Elle réprima une exclamation de surprise. Mais tandis que la personne s'en allait, les pièces du puzzle que Rosalind avait assemblées plus tôt trouvèrent également leur place pour Posy.

Elles avaient vu juste. Tout se passait comme prévu.

Rosalind serait ravie.

*Caro*

L'écho du gong résonnait toujours dans ses oreilles quand Caro monta à toute allure l'escalier en direction du bureau de Lettice. Tout le monde avait reçu son mot. La personne qui avait commis le meurtre devait savoir qu'elles étaient après elle. Mais avec Posy qui surveillait la porte de derrière depuis la fenêtre du bureau, et le policier à la porte d'entrée, où pouvait-elle aller ?

Dans le pire des cas, personne ne viendrait pour la grande révélation. Mais Caro ne pensait pas que ça arriverait.

Elle connaissait ces gens, ou connaissait des gens similaires. Le drame était trop grand pour qu'ils le ratent. Et même le coupable voudrait paraître innocent en jouant le jeu. La personne qui les avait narguées avec des poupées miniatures ne voudrait pas manquer cette occasion de les voir se tromper. Leur tueur était arrogant, convaincu d'être au-dessus de tout soupçon. C'était *ça* qui entraînerait sa perte.

Ça fonctionnait toujours pour Dahlia.

Caro se glissa silencieusement dans le bureau et alluma les lumières.

« Posy ? murmura-t-elle, et à l'autre bout de la pièce un rideau bougea. Vous l'avez vu ?

— Oui. » Sa voix était étouffée par le tissu. « Est-ce qu'il faut que je sorte ? »

Caro réfléchit. Instinctivement, elle aurait aimé avoir Posy à ses côtés quand les suspects arriveraient – pas en tant qu'acolyte, ni que second rôle, mais en tant que Dahlia.

Mais c'était pour Caro l'opportunité de se retrouver sous le feu des projecteurs, de montrer à tout le monde que c'était *elle* la véritable Dahlia Lively. Et maintenant elle voulait la partager ? Elle sourit intérieurement. Annie serait impressionnée. Elle lui raconterait tout quand elle rentrerait à la maison.

Pour le moment, cependant, elle avait besoin que Posy reste où elle était – principalement pour l'aspect dramatique, mais aussi pour des raisons pratiques.

« Non, restez là-bas – vous devez surveiller la porte de derrière, vous vous souvenez ? »

Le rideau acquiesça.

Des pas se firent entendre dans l'escalier et elles se figèrent toutes les deux. Rapidement, Caro prit sa place devant le bureau, s'appuyant dessus à deux mains, les chevilles croisées, son postérieur touchant tout juste le bord du bois. Consciente de ce qui l'attendait, elle avait pris un moment pour enfiler une robe-chemisier élégante aux allures militaires. Elle n'était pas *strictement* rétro, mais elle rappelait suffisamment la période pour évoquer Dahlia tout en lui donnant le sentiment d'être elle-même.

Elle-même. Un petit sourire lui chatouilla les lèvres. Pas Dahlia, mais Caro. Elles avaient beaucoup de choses en commun, certes, mais pour la première fois elle se rendait compte que ce soir elle ne jouerait pas un rôle – même si c'était l'impression qu'aurait son public de suspects.

Elle n'était pas là en tant que Dahlia.

Elle était là en tant que Caro Hooper. Car Caro Hooper était tout aussi fûtée que Dahlia, et elle avait l'avantage de ne pas être fictive.

La porte s'ouvrit et Libby apparut, le front plissé par l'inquiétude.

« J'ai eu votre mot. » Elle entra rapidement et referma la porte derrière elle. « Est-ce qu'il s'agit de Clementine ?

— Il s'agit de tout, répondit Caro d'un air mystérieux. Et vous n'êtes pas la seule à devoir entendre ce qui va être dit. Mais j'ai une question à vous poser. Quand Clementine a parlé à Hugh pour la première fois, comment a-t-il justifié le fait qu'il n'avait pas répondu à sa première lettre ? »

Libby cligna des yeux. « Heu, il a dit qu'il ne l'avait jamais reçue. »

Donc Rosalind avait encore raison. Caro sourit. « Vous feriez aussi bien de laisser la porte ouverte. D'autres personnes vont nous rejoindre. »

Et elles arrivèrent, une par une, deux à la fois tout au plus. Chacune jetant un coup d'œil derrière la porte d'un air hésitant, puis regardant avec confusion le groupe de plus en plus nombreux à l'intérieur.

Ashok, portant son pull de Noël par-dessus son pyjama. Heather et Harry dans des robes de chambre à motif écossais assorties. Anton, vêtu d'un sweat-shirt noir et d'un jean, Felicity en legging et tee-shirt, puis Kit, dans un pantalon d'intérieur gris taille basse et une chemise blanche.

« Eh bien, c'est la fête, pas vrai? » dit-il en arquant les sourcils tandis qu'il se laissait tomber dans le fauteuil le plus proche de la cachette de Posy. « J'aurais dû mettre un chapeau. Ah! » Il attrapa le chapeau cloche en feutre de Lettice sur l'étagère au-dessus de lui. « Problème résolu. »

Caro crut voir le rideau de Posy trembler de rire, mais aucun des invités ne sembla le remarquer.

Juliette arriva dans un short de nuit léger en satin et un caraco d'une charmante teinte rose. Isobel suivit, en chemise de nuit en soie plus substantielle et robe de chambre assortie. Et Hugh, toujours vêtu d'un pantalon et d'une chemise, mais sans sa sempiternelle veste.

Et tout le monde fut là. Les Dix d'Aldermere. Onze en incluant Rosalind, qui arriva à la suite de Hugh.

Caro s'écarta du bureau, tapa dans ses mains et sourit tandis que l'attention de l'assistance se tournait vers elle. « Je crois que nous sommes au complet. Juliette, vous voulez bien fermer la porte, s'il vous plaît? »

La porte se referma en produisant un bruit satisfaisant. Et c'était parti.

« Je vous ai tous convoqués ici ce soir… commença Caro, avant d'être immédiatement interrompue.

— C'est *vous* qui nous avez adressé ces mots? » Le visage de Hugh virait déjà au rouge. « Je vous ferai savoir que je n'apprécie guère qu'on me donne des ordres chez moi…

— Mais est-ce que c'est vraiment chez vous? demanda sèchement Caro, le réduisant au silence.

C'est une des choses à propos desquelles nous sommes tous ici pour discuter. Donc je vous suggère d'écouter attentivement. »

Hugh eut la sagesse de se taire.

« Oohh, est-ce que c'est un rassemblement des suspects, comme dans les livres ? demanda Kit avec excitation. Quand Dahlia accuse plus ou moins tout le monde avant de finalement s'en prendre au vrai coupable ? Nous devrions filmer, Anton. »

Caro sourit. « C'est exactement ça. »

Inutile de mentionner le fait que, pour le moment, elle ne savait pas avec certitude qui était le coupable. Rosalind n'avait pas encore partagé ses soupçons.

Il ne s'agissait pas d'accuser. Il s'agissait d'obtenir des aveux.

Des preuves.

Caro espérait de tout cœur que ça fonctionnerait.

Elle prit une profonde inspiration et s'emplit de la confiance de Dahlia. « Commençons. »

# Chapitre vingt-neuf

*« Bon sang, Dahlia. Vous ne vous rendez pas compte que les enquêtes comme celle-ci peuvent être dangereuses ? » Johnnie se passa la main dans les cheveux de frustration. Elle lui adressa un sourire malicieux. « Mais, Johnnie, n'est-ce pas ce qui les rend amusantes ? »*

Dahlia Lively dans *Un mystère pour Dahlia*
Par Lettice Davenport, 1978

*Rosalind*

Caro avait pris la parole à la perfection.

Elle était absolument Dahlia, sans ironie, sans prétention. Elle imposait à ses suspects l'intelligence féroce de la plus grande création de Lettice Davenport, laissant Rosalind libre d'observer leurs réactions – et de confirmer ses intuitions.

Si elle avait raison… eh bien, il était désormais trop tard, de toute façon. La machine était lancée. D'une manière ou d'une autre, tout serait bientôt terminé.

« Quand nous sommes arrivés à Aldermere ce week-end, on nous a dit de nous attendre à trois jours de meurtre, de mystère et d'amusement », annonça Caro, son regard vif passant d'un suspect à l'autre pendant qu'elle parlait. Ils étaient tous dans le même bain, tel était le message. Elle parvint même à ne pas sourire lorsqu'elle regarda Rosalind.

« Si nous avons eu droit aux deux premiers, le troisième a tristement fait défaut. » Il y eut quelques murmures d'approbation. « Depuis que nous sommes arrivés, deux personnes ont été assassinées – toutes deux par un individu présent dans cette pièce. »

Caro leva un doigt et le pointa en l'air sur une zone entre les suspects, qui se mirent à murmurer et à objecter plus fort. Elle attendit qu'ils se calment avant de continuer.

« Marcus a planté le décor de sa propre mort – ou plutôt, c'est le scénario de votre nouveau film qui l'a fait, n'est-ce pas, Anton ? » Elle désigna le réalisateur, qui recula contre la bibliothèque derrière lui. « Le scénario détaille parfaitement le premier meurtre du film, tel qu'il a été joué lors du dîner qu'Isobel avait si amoureusement reconstitué pour nous ce premier soir. » Son regard se tourna vers Isobel, qui le soutint fermement. « Jusqu'aux minuscules violettes bleues enrobées de sucre avec le café. Les violettes qui n'apparaissent pas dans le livre. N'est-ce pas, Libby ? »

Elle se tourna vers la scénariste, qui sursauta de surprise quand Caro lui demanda de contribuer à son monologue.

« Heu, non. Je crois que ce sont des dragées, dans le livre, et le poison est en fait dans le café. Mais j'ai pensé que les fleurs seraient plus jolies à l'écran, et puisque l'aconit est une fleur, eh bien, ça m'a semblé faire sens.

— Sauf que quelqu'un pendant le dîner, ce soir-là, a remplacé une de ces violettes par une fleur d'aconit provenant de la Spirale meurtrière et l'a placée sur la soucoupe de Marcus à côté du thé spécial que tout le monde savait qu'il buvait. »

En allant et venant dans l'espace étroit devant le bureau, les mains jointes dans son dos, Caro captait leur attention. C'était une bonne chose que toutes les personnes présentes ce week-end-là à Aldermere s'y connaissent en romans policiers. Quelle que soit la manière dont ces affaires étaient résolues dans le monde réel, personne ne remettait en cause le droit de Caro – ou de Dahlia – de mener sa propre enquête.

Même si Rosalind avait le sentiment que ça risquait de changer quand elles en viendraient aux accusations.

« Et donc le meurtre a eu lieu, exactement comme dans le scénario. Et pendant que la police attribuait le décès de Marcus à ses problèmes cardiaques, nous soupçonnions tous autre chose, n'est-ce pas ? Je vous ai tous questionnés, avec l'assistance de mes amies – certains d'entre vous si subtilement que vous ne vous en êtes peut-être pas rendu compte. »

Il y eut quelques regards sceptiques. Caro les ignora, et Rosalind ordonna à ses lèvres de ne pas sourire.

« J'ai appris qu'Anton tentait de se libérer d'un projet de film qui n'allait pas dans la direction qu'il souhaitait en tentant de propager une rumeur de malédiction. J'ai appris que la loupe volée n'avait en fait pas été volée – mais vendue, il y a quelques mois, à Marcus par une personne de cette maison, puis remplacée par une fausse afin que la vente ne soit pas soupçonnée par le reste de la famille. Cette découverte m'a amenée aux activités secondaires de Marcus, à savoir le chantage et le vol – et lesquels d'entre vous en avaient souffert ou bénéficié. » Le regard sévère qu'elle lança aux suspects les fit se tortiller sur place.

« Attendez. La loupe volée n'était même pas la vraie ? » Felicity semblait personnellement offensée qu'on lui ait présenté un faux.

« Non. » Caro croisa le regard d'Isobel. « Aimeriez-vous expliquer comment et pourquoi vous en êtes venue à vendre la loupe de joaillier de Lettice Davenport à Marcus ? »

Hugh croisa les bras. « Moi aussi, j'attends toujours cette explication. Ou peut-être seras-tu plus encline à répondre aux questions de la police quand je signalerai son vol. »

Finalement, le calme parfait et le sourire d'Isobel se fissurèrent.

« Nous sommes mariés, Hugh. Cette loupe m'appartenait autant qu'à toi. C'est *ça*, le mariage.

— Et c'est la seule raison pour laquelle tu m'as épousé, n'est-ce pas ? Pour ce que je pouvais t'apporter. Tu étais une actrice mère célibataire qui tirait le diable par la queue et je t'ai *sauvée*.

— Tu m'as sauvée ? » Isobel lâcha un rire moqueur. « Qui a géré cet endroit pendant toutes ces années ? Faisant durer les royalties de plus en plus maigres des livres de ta tante adorée pour que nous continuions d'avoir un toit au-dessus de la tête ?

— Tu veux dire pour payer une cure de désintox à ta camée de fille, répliqua Hugh, et Rosalind fit la moue lorsqu'elle vit Juliette porter les mains à sa bouche en entendant la description de sa mère. Cette loupe appartenait à ma tante Letty ! Un bien précieux ! »

Le visage de Hugh était rouge vif, sa rage évidente. Rosalind ne l'avait jamais vu comme ça. Avec elle, il n'était toujours que douceur et charme. Mais Isobel semblait rester de glace, lui tenant tête.

Était-elle habituée à ça ? Était-ce ainsi qu'était leur mariage, en coulisses ? Plein d'amertume, de trahison et de colère ?

Il semblait étonnant que, si tel était le cas, elle ne l'ait jamais remarqué. Peut-être Hugh et Isobel étaient-ils plus doués pour jouer les rôles qu'ils avaient endossés qu'elle ne l'avait imaginé.

« Parce que c'est tout ce qui t'intéresse ! Tout ce qui t'a jamais intéressé ! cracha Isobel à l'intention de son mari. L'héritage des foutus Davenport. Tu te soucies plus d'eux que de ta famille ! Comme si les gens auraient quoi que ce soit à faire de vous s'il n'y avait pas Dahlia Lively ! »

Il y eut un moment de silence tandis que les paroles d'Isobel étaient digérées.

« Et ça, dit Caro avec un timing parfait, c'est la raison pour laquelle Clementine et Marcus devaient mourir. »

Tous les yeux étaient de nouveau sur elle, nota Rosalind avec satisfaction. Certains d'entre eux avaient-ils remarqué l'absence de Posy ? La plus jeune des Dahlia, à certains égards la plus célèbre – ou tristement célèbre – de toutes, n'avait pas été à la hauteur de sa réputation de semeuse de chaos et de fauteuse de troubles. Elle avait été si docile et douce que Rosalind s'était demandé si Anton n'avait pas amené la mauvaise jeune femme.

Mais peut-être avait-elle commis l'erreur de croire que la manière qu'avait une personne de se présenter au monde reflétait ce qu'elle était à l'intérieur. Les histoires sur la jeunesse turbulente de Posy étaient anciennes, et les gens avaient le droit de changer.

Elle aurait dû le savoir mieux que n'importe qui. Car elle-même était en train de changer. Elle le sentait.

« Car ce que j'ai découvert durant mes investigations est un secret si explosif qu'il risquait de déchirer toute la famille Davenport. » Exagéré, peut-être, mais Caro semblait assumer ses propos, donc Rosalind ne l'interrompit pas. « Tout a commencé par le testament de Lettice. »

C'était faux, évidemment. Ça avait commencé avec Libby, et le médaillon, et la photo dans le livre de Posy. Mais ce n'était pas aussi spectaculaire.

Rosalind s'avança, quittant la foule des suspects, pour partager la narration de l'histoire.

« Lettice Davenport a laissé tout ce qu'elle possédait à son neveu Hugh – et n'a demandé qu'une chose en retour. Qu'il fasse en sorte qu'Aldermere House et son héritage restent au sein de la famille. Mais Hugh n'a pas d'enfant, pas de parents du même sang que lui. Il est le dernier de la lignée Davenport, le dernier nom inscrit sur cet arbre généalogique dans le hall d'entrée, qu'Isobel nous a montré le premier matin. Donc tout devait aller à Isobel, Serena et Juliette.

» Jusqu'à ce qu'une jeune femme arrive à Aldermere, des années après le décès de Lettice, et affirme être sa petite-fille. Et elle avait des preuves : un certificat de naissance et un médaillon. Et elle était prête à faire un test ADN. » Caro avait un sourire carnassier. « Si Clementine s'avérait être la petite-fille de Lettice, pour honorer les dernières volontés de sa tante, Hugh aurait été forcé de déshériter Isobel et les autres. »

Ce dernier fixa Caro avec horreur, et Rosalind vit presque les rouages qui tournaient dans son cerveau. Elle lui avait dit qu'elle n'était pas la seule à savoir, mais elle ne pensait pas qu'il avait compris ce que ça signifiait.

Jusqu'à cet instant.

« Mais personne n'était au courant. Personne. Clementine l'avait promis, déclara Hugh, manifestement désespéré, sa colère l'ayant quitté comme la couleur son visage.

— Clementine a menti, déclara succinctement Rosalind. Elle l'a dit à Marcus. Et elle l'a dit à une autre personne, qui nous l'a répété.

— Qui ? » demanda Hugh, mais Rosalind secoua la tête.

Ce n'était pas encore le moment.

« Clementine vous a écrit une lettre, n'est-ce pas ? demanda Caro à Hugh. Vous expliquant qui elle était et vous demandant d'entrer en contact avec elle. Mais vous avez affirmé ne l'avoir jamais reçue.

— C'est la vérité ! Si je l'avais reçue... » Hugh secoua tristement la tête. « J'ai regretté mon comportement avec son père. Pas immédiatement. Mais en vieillissant. À mesure qu'il devenait clair que, eh bien, qu'une famille du même sang que moi n'était pas à l'ordre du jour. »

Rosalind observa le visage de sa femme et de sa petite-fille tandis qu'il parlait, et elle nota le plissement des yeux d'Isobel, ainsi que la crispation de la mâchoire de Juliette alors qu'elle regardait en direction de la fenêtre. Qu'est-ce que ça leur faisait de savoir qu'il ne les avait jamais vraiment considérées comme sa famille, tout ça à cause d'un peu de sang ?

« Si j'avais été informé de l'existence de Clementine, et su qu'elle voulait me connaître, je serais entré en contact avec elle. Testament ou non, ajouta Hugh avec fermeté.

— Mais vous ne l'avez pas fait, dit Caro. Parce que quelqu'un a pris cette lettre. Quelqu'un qui avait de bonnes raisons de ne *pas* vouloir que vous contactiez Clementine.

— Cette personne a dû être horrifiée samedi matin en vous voyant – comme je vous ai vus –, toi et Clementine, dans la Spirale meurtrière, en train de discuter. » Rosalind désigna la fenêtre, se rappelant ce qu'elle avait éprouvé, après qu'Isobel avait évoqué une liaison, en voyant Hugh avec une si jolie jeune femme, au milieu de ce qui était clairement une conversation pleine d'émotion. « Et peut-être a-t-elle coincé Clementine plus tard ce même jour. Peut-être voulait-elle simplement parler. Ou peut-être y est-elle allée en sachant qu'elle voulait la tuer. Nous ne pouvons pas être sûrs. Mais nous savons que cette dernière a fini morte samedi avant le coucher du soleil et que l'un de vous a jeté son corps au milieu des roseaux en espérant qu'il coulerait.

— Et ça aurait pu en rester là, reprit Caro. Si Marcus n'avait pas dit une chose tandis que nous nous tenions tous sur les marches, regardant Clementine s'en aller dans cette voiture de collection. Il a dit qu'il savait qu'elle avait de la famille dans le coin. Car, Marcus étant ce qu'il était, il ne pouvait pas savoir une chose sans y faire allusion, afin de provoquer les autres – ou de s'en servir. Je soupçonne qu'il est venu vous voir ensuite – ou peut-être même est-ce vous qui l'avez abordé – et que vous lui avez demandé ce qu'il faudrait pour qu'il garde le silence sur l'existence de Clementine ? »

Elle fixa Isobel, et, après un moment, cette dernière flancha.

« Il voulait de l'argent pour garder le secret, admit-elle. J'ai dit que je devais en parler à Hugh. »

Son mari lui lança un regard étrange.

« Mais tu ne l'as pas fait. Tu ne m'en as jamais rien dit.

— Parce qu'il était mort avant que j'en aie eu l'opportunité ! » La frustration d'Isobel était perceptible dans ses paroles pleines de colère. « Il a eu une attaque cardiaque ! Il avait des problèmes de cœur ! Et, pour ma part, je n'apprécie pas cette parodie d'interrogatoire. Nous ne sommes pas des seconds rôles dans votre film, ni des imbéciles. Rien de ce que vous dites ici n'a le moindre poids, et aucune d'entre vous n'a la moindre preuve. J'ai presque envie d'aller chercher ce policier en bas et de vous faire mettre à la porte !

— Inutile, madame Davenport. »

L'inspecteur chef Larch attendait à la porte du bureau, invisible jusqu'à ce qu'il décide d'être vu. Cette fois-ci, Rosalind ne prit pas la peine d'essayer de dissimuler son sourire.

« Et j'aimerais entendre le reste de ce que nos enquêtrices ont à dire. » Isobel le regarda d'un œil mauvais mais demeura silencieuse. « De fait, vous aviez une femme qui pouvait vous voler votre héritage, et désormais un homme qui connaissait ce secret – et qui vous aurait fait chanter ou qui aurait révélé le scandale au grand jour. Dans un cas comme dans l'autre, vous deviez le faire taire. » Caro se remit à faire les cent pas. « Vous saviez tous, car ça avait été planifié par Isobel, que le banquet du premier soir était une réplique de celui dans le nouveau film. Le scénario était posé ici, sur le bureau de Hugh, donc vous étiez également au courant pour les fleurs enrobées de sucre – même si elles ne figuraient pas dans le livre original. Et, depuis ici, on peut voir les aconits en fleur dans la Spirale meurtrière, du même bleu foncé que les violettes que vous faisiez sécher en bas dans les cuisines. Il est aisé de comprendre comment le plan a pris forme.

— Et le sucre renversé dans la loge du gardien a confirmé nos soupçons, ajouta Rosalind. De toute évidence, vous avez préparé votre propre version mortelle – soigneusement, j'imagine – et l'avez placée sur la soucoupe de Marcus au dernier moment. Il dînait dans une pièce remplie de personnes qu'il faisait chanter, ou qu'il narguait, ou dont il connaissait les secrets. Il y avait plein de suspects derrière lesquels vous pouviez vous cacher – et l'aconit étant un poison à effet si rapide, sans parler de ses problèmes de santé bien connus, il est probable que sa mort aurait été attribuée à une attaque cardiaque, comme elle l'aurait été par le passé.

— Nos équipes médicales sont un peu plus accomplies qu'elles ne l'étaient dans les années 1930, déclara Larch d'une voix traînante depuis l'embrasure de la porte.

— Mais le meurtre a été repéré, poursuivit Caro, ignorant son intervention. Et l'orage la nuit suivante a mené à la découverte du corps de Clementine. Et quand nous avons débuté l'enquête sur sa mort à *elle*, les choses ont commencé à faire sens. »

Rosalind reprit la narration.

« Ce qui nous a le plus posé problème, c'étaient les coups de fil. Clementine avait appelé Hugh pour lui demander d'emprunter une voiture afin de partir pour une urgence familiale – une urgence dont sa famille n'avait aucune connaissance, soit dit en passant.

Et ensuite elle a appelé Marcus et lui a laissé un message expliquant la même chose, plus tard dans la soirée.

— Sauf que Clementine était déjà morte en fin d'après-midi, ajouta l'inspecteur chef Larch. À en croire mon expert. »

Rosalind acquiesça.

« Je l'avais deviné. Vous voyez, notre postulat était que Clementine avait fait semblant de quitter Aldermere mais avait roulé jusqu'au chemin de l'autre côté de la rivière, puis abandonné la voiture et traversé le pont pour rencontrer son tueur au hangar à bateaux.

— Mais Felicity nous a dit qu'elle l'avait vue traverser la pelouse en direction de la loge du gardien, plus tard cet après-midi-là, ajouta Caro. Et quand nous avons fouillé la loge hier soir, nous avons trouvé les vêtements qu'elle portait plus tôt dans la journée, mais aucun signe d'elle hormis le sucre renversé.

— Il m'a fallu du temps, admit Rosalind. Peut-être plus qu'il n'en aurait fallu à Dahlia. Mais au bout du compte, il n'y avait qu'une seule explication logique. Et quand j'ai consulté le téléphone de Hugh cet après-midi, mes soupçons ont été confirmés.

— Mon téléphone ? Quand as-tu… ? » La prise de conscience se vit sur le visage de Hugh, et il sembla exaspéré. « C'est pour ça que tu m'as dit pour la loupe de joaillier. Pour me mettre suffisamment en colère pour que je te laisse seule ici. Espèce de manipulatrice…

— Clementine ne t'a jamais appelé cet après-midi-là, l'interrompit Rosalind, ne voulant pas entendre la fin de sa phrase. J'imagine que quand tu l'as vue partir, tu as eu peur de ce qu'elle prévoyait de faire, ou des questions qui risquaient d'être posées à propos du fait qu'elle avait pris ta voiture, alors tu t'es couvert au pied levé du mieux que tu as pu. J'ai raison ? »

Hugh acquiesça avec raideur.

« Je l'ai appelée à plusieurs reprises, mais elle n'a jamais répondu.

— Parce qu'elle était déjà morte », dit Rosalind.

Des exclamations de surprise se firent entendre parmi l'assistance. Kit, remarqua-t-elle, était penché en avant, les coudes sur les genoux, absorbant chaque instant du drame qui se jouait. Libby, en revanche, semblait légèrement nauséeuse.

« Clementine n'a jamais quitté les écuries après le jeu de l'enquête, expliqua Caro. Du moins, pas vivante. La personne qui l'a tuée est allée la voir là-bas et, dans la dispute, elle l'a frappée à la tête et l'a tuée. Ensuite, elle l'a déshabillée, mise dans le coffre de la voiture de collection préférée de Hugh, a enfilé ses vêtements et a quitté Aldermere déguisée en Clementine pendant que nous nous tenions tous sur les marches de la maison pour la voir. Après quoi j'imagine qu'elle a laissé la voiture de l'autre côté de la rivière, a jeté son corps parmi les roseaux et s'est hâtée de franchir le pont et de regagner la loge du gardien pour se changer et enrober une fleur de sucre afin de tuer Marcus dans la soirée.

— Mais que faites-vous du message que Marcus a reçu de Clementine ? demanda Libby, le front plissé. C'était bien sa voix. J'en suis certaine.

— En effet, la rassura Rosalind. C'est une autre chose que j'ai découverte dans le téléphone de Hugh, un message de Clementine qui remontait à il y a quelques mois, après leur rencontre à Londres. Elle s'excusait d'avoir dû partir subitement. Apparemment, elle avait une urgence familiale.

— Les mots n'étaient pas exactement les mêmes, intervint Caro. Mais il était facile pour la personne qui l'a tuée de prendre un enregistrement du message sur son propre téléphone et de le modifier avec une application pour qu'il dise ce qu'elle avait besoin qu'il dise, puis d'appeler Marcus depuis le portable de Clementine quand elle savait qu'il ne pourrait pas répondre et de diffuser le message sur son répondeur.

— C'est la même chose avec les textos que les gens ont reçus de Clementine depuis, ajouta Rosalind. Ils ont tous été envoyés par la personne qui l'a assassinée.

— Donc, les deux principales menaces étaient mortes. Mais avec la découverte du corps de Clementine, et l'autopsie de Marcus qui aurait révélé le poison, le meurtrier avait un problème. Il devait détourner les soupçons et les reporter sur la seule personne qui avait l'opportunité, le mobile et les moyens. »

Caro brandit la minuscule figurine représentant Hugh, que Rosalind avait trouvée dans les combles de la maison de poupée.

« Quoi ? Non ! s'écria Isobel.

— Des petites poupées semblables sont apparues un peu partout ce week-end – afin, je suppose, de nous effrayer pour que nous abandonnions notre enquête. Mais celle-ci... celle-ci était un avertissement, n'est-ce pas ? »

Caro ne s'adressait à personne en particulier, son regard passant d'un visage à l'autre, mais l'atmosphère devint plus lourde.

L'assassin n'était plus abstrait. Le meurtrier était dans la pièce parmi eux.

« Vous aviez prévu de faire passer ça pour un suicide, j'imagine, déclara Rosalind. Peut-être même de rédiger un petit mot expliquant son sentiment de culpabilité, et le scandale familial. Mais une fois Hugh mort, ainsi que tous les autres qui connaissaient le secret de Clementine, tout aurait été réglé une bonne fois pour toutes – et tout l'argent vous serait revenu, n'est-ce pas? Vous avez même pris la bouteille de poison sur l'étagère en guise d'arme potentielle – pour faire croire que Hugh avait utilisé le poison de sa tante pour se suicider. »

Le regard de tout le monde se tourna vers la bouteille avec son étiquette ornée d'une tête de mort, qui avait de toute évidence retrouvé sa place.

« C'est pourquoi nous avons ajouté l'avertissement dans notre mot, vous demandant d'être présents et vous disant que la police fouillerait toutes les chambres ce soir pendant que nous serions ensemble, ajouta Caro. C'était un mensonge. Nous savions que, plus que tout, ça pousserait la personne qui a tué Clementine et Marcus à remettre la bouteille en place avant cette rencontre. Et elle l'a fait.

— Par chance, il y avait quelqu'un ici pour la voir faire. » Rosalind haussa un peu la voix, principalement pour produire un effet dramatique car elle imaginait que Posy l'entendait parfaitement depuis sa cachette. « Posy, très chère ? »

Celle-ci sortit de derrière le rideau et sourit – avec lenteur et assurance –, et Rosalind sut qu'elles avaient réellement résolu l'affaire.

Alors, avec un rugissement de frustration, Juliette se précipita en avant et attrapa la bouteille de poison sur l'étagère, arrachant le bouchon et jetant son contenu au visage de Rosalind.

## Chapitre trente

*« J'éprouve toujours un tel sentiment de triomphe quand nous attrapons le méchant, déclara Johnnie. Pas vous ? »*
*Dahlia, qui regardait le policier emmener un M. Jenkins menotté, soupira. « Honnêtement ? Ça me rend toujours un peu triste. »*

Dahlia Lively dans *L'Été éternel*
Par Lettice Davenport, 1952

*Posy*

Tout se déroula très vite après ça – si vite que, par la suite, Posy ne fut pas sûre de l'enchaînement des événements, ni de qui avait crié quoi.

Ce dont elle se souvenait, c'était de la sensation de torsion dans son épaule quand elle avait repoussé Rosalind, l'envoyant valser contre Caro et le bureau.

Elle se rappelait avoir fermé fort les yeux tandis que le contenu de la bouteille l'atteignait au visage. Elle se rappelait s'être préparée à la douleur brûlante de l'acide.

Et elle se rappelait avoir rouvert les yeux et vu des paillettes qui tombaient par terre tout autour d'elle, tandis que Juliette poussait un hurlement de rage.

*Des paillettes. Ce n'étaient que des paillettes.*

Il n'y avait pas de poison, juste une bouteille avec une étiquette mensongère. Encore une fiction, concoctée par l'auteur, qui rendait le meurtre inoffensif.

Cependant, le corps de Posy ne s'était pas encore rendu compte que le danger était passé, et son cœur cognait si fort contre sa cage thoracique qu'elle avait l'impression que ses os allaient se briser. Sa respiration était âpre et rapide tandis qu'autour d'elle l'assistance réunie comprenait pleinement ce qui venait de se passer.

« Tout est de ta faute ! » Juliette bondit de nouveau en direction de Rosalind, mais l'inspecteur chef Larch lui enlaça la taille et la retint.

« Juliette. » La voix de Hugh se brisa lorsqu'il prononça le nom de sa belle-petite-fille. « Qu'as-tu fait ? »

Elle tourna son joli visage enragé vers lui. « Ce que j'ai fait ? Et *toi*, qu'est-ce que tu as fait, *grand-père* ? »

Derrière elle, Isobel se tenait figée, regardant la scène qui se déroulait sous ses yeux.

« Je t'ai vu l'embrasser. » Juliette dégagea son bras de l'emprise de Larch pour pointer un doigt accusateur sur Rosalind. « Je vous ai vus tous les deux ensemble. Et j'ai essayé de le dire à grand-mère, mais elle refusait d'écouter, alors j'ai fouillé ton bureau – et c'est là que j'ai trouvé la lettre de chantage. Celle de Marcus. Elle m'a dit tout ce que j'avais besoin de savoir, de même que le message de Clementine sur ton téléphone. Et grand-mère continuait de ne pas vouloir écouter, alors quand je t'ai vu parler à Clementine, j'ai su que je devais faire *quelque chose*. Tu ne vois pas ? »

Posy ne voyait que trop bien. « Ils vous prenaient votre vie, dit-elle doucement. Tout ce que vous pensiez avoir, tout ce que vous aviez gagné. Votre place dans le monde. »

Posy savait ce que ça faisait. Quand ça lui était arrivé, elle avait fait de mauvais choix, s'était tournée vers les mauvaises personnes et avait adopté des mécanismes de défense autodestructeurs. Elle avait presque anéanti sa propre vie.

À la place, Juliette en avait anéanti deux autres pour essayer de garder ce qu'elle pensait être à elle.

« *Oui.* » Juliette lui adressa un sourire cinglant. « Vous comprenez. »

Posy secoua la tête.

« Non. Pas vraiment.

— Je sais, vous voyez, poursuivit Juliette. Je sais qu'il ne s'est jamais réellement soucié de moi, ni de ma mère. À ses yeux nous ne sommes pas sa vraie famille, parce que nous n'avons pas le même sang. "Pas du sang de Davenport", voilà ce qu'il dit. Je les ai entendus se disputer pour savoir s'ils devaient ou non payer la cure de désintoxication de ma mère – pour lui fournir l'aide dont elle avait besoin. Il avait tout ça ! » Elle écarta les bras en grand pour désigner le bureau, l'héritage de Lettice, la totalité d'Aldermere. « Et il ne pouvait pas en donner un peu pour aider quelqu'un qui en avait besoin – alors qu'il l'aurait donné à une totale inconnue. À une fille qui avait la chance d'avoir le bon sang. C'est pourquoi grand-mère a dû voler cette stupide loupe. Pour payer la cure de ma mère, parce que *lui* refusait de le faire. »

Posy songea qu'elle pouvait peut-être comprendre, un peu. « Qu'est-ce qui s'est passé ensuite ? »

L'inspecteur Larch lui adressa un regard approbateur. Ils auraient bientôt des aveux complets. Maintenant que Juliette s'était mise à parler, elle ne semblait pas vouloir s'arrêter.

Et ensuite ce serait à son équipe de trouver les preuves physiques pour étayer cette confession au tribunal.

« J'ai intercepté Clementine dans les écuries. Après ce jeu avec le faux meurtre. Mais elle n'arrêtait pas d'essayer de m'ignorer, prétendant qu'elle devait aller quelque part. Elle ne voulait pas *écouter*. Alors je l'ai forcée à s'arrêter. Je l'ai forcée à écouter.

— Vous l'avez poussée et elle s'est cogné la tête, c'est ça ? dit Caro. Vous avez rendu la fiction réelle.

— Oui ! Je... » Juliette bafouilla, la rage quittant son corps tandis qu'elle se détendait entre les bras de Larch. « Oui. Elle est tombée en arrière et s'est cognée contre le bord d'une des rampes en métal. Et après... elle ne bougeait plus.

— Donc vous avez enfilé ses vêtements et vous l'avez placée dans le coffre de la voiture de votre grand-père, n'est-ce pas ? suggéra Posy. Vous avez jeté son corps au milieu des roseaux, puis vous avez roulé jusqu'à la gare afin de pouvoir envoyer un texto depuis le téléphone de Clementine le lendemain matin, lui disant d'aller la récupérer. »

Juliette acquiesça, et toute l'incertitude et le regret qui avaient teinté son expression disparurent, remplacés par un lent sourire satisfait.

« Et pas un seul d'entre vous n'a remarqué quoi que ce soit. Je vous ai même salué de la main, et vous n'avez rien vu. J'avais réécrit toute l'histoire, et vous n'en aviez aucune idée.

— Je parie que c'était une sensation agréable. » Rosalind s'approcha de Juliette. « Et c'était assurément très astucieux. »

Diaboliquement astucieux, supposa Posy. Mais c'était ce qu'il fallait dire, et la jeune femme, cette *enfant*, tellement privée d'affection dans cette maison, but ses paroles.

« Je savais cependant qu'on poserait des questions, alors j'ai volé le téléphone de grand-père et fait une copie du message de Clementine. Ça a été si facile de trafiquer ce message pour Marcus. » Elle parcourut du regard l'assistance. « Enfin, facile pour moi, en tout cas.

— Et ensuite vous avez entrepris de tuer Marcus, dit Caro. Parce qu'il connaissait également le secret de Clementine. »

Juliette acquiesça.

« Je me disais, qu'est-ce que ça change un de plus, maintenant? Et toutes ces fleurs vénéneuses étaient *juste là*. Comme si elles attendaient que je les utilise. Il a juste fallu un peu d'œuf et du sucre pour qu'elle ressemble aux autres sur les soucoupes. Enfin, si vous n'y regardiez pas de trop près. Et comme Marcus avait bu pendant toute la soirée, je savais qu'il ne le ferait pas.

— Vous avez quitté le dîner de bonne heure, ce soir-là, dit Posy. Vous êtes allée chercher la fleur? Comment l'avez-vous mise sur la soucoupe de Marcus?

— Facile, répondit Juliette avec un haussement d'épaules. La fenêtre était ouverte. J'ai posé la fleur sur la bonne soucoupe puis je suis allée me coucher. »

Et en une journée elle avait tué deux personnes. La décontraction avec laquelle elle passait aux aveux arracha un frisson à Posy. Comme si la mort, et la vie, et les autres, étaient des personnages de livre qu'elle pouvait manipuler à sa guise.

« Et aucun de vous n'a compris ! » Les yeux de Juliette brillaient d'un éclat triomphal. « Même la police croyait que c'était une attaque cardiaque. J'avais tué deux personnes et nul ne l'avait remarqué.

— Mais tu voulais qu'on le sache, n'est-ce pas ? dit doucement Rosalind. C'est pour ça que tu as commencé à laisser les poupées. Pour nous narguer. Pour nous montrer à quel point tu étais plus intelligente que nous.

— Je voulais vous faire peur, déclara-t-elle sans détour. Marcus en avait placé dans la maison de poupée le premier jour. Donc, quand il n'a plus été là, j'ai continué. Vous vous prenez peut-être pour des *enquêtrices*. Mais vous n'en êtes pas. Vous êtes de vieilles actrices finies qui ne savent pas quand s'arrêter. J'étais là à vous aider, et vous ne vous êtes jamais rendu compte de rien. Sans cet orage qui a libéré le corps des roseaux, vous n'auriez jamais rien su.

— Je ne sais pas, répondit Caro d'un air pensif. Je crois qu'autre chose vous aurait trahie. C'est toujours comme ça dans les livres. Et c'était ce dont vous vous inspiriez, n'est-ce pas ? Les livres ? Enfin quoi, cette histoire de partir en voiture en se faisant passer pour la victime était tirée tout droit de *Mort au clair de lune*.

— C'est ça, l'âme de cet endroit, pas vrai ? » Elle lança un regard méprisant à son grand-père. « Les livres de Lettice. Eh bien, maintenant vous êtes tous les personnages de l'un d'eux. Exactement comme vous le vouliez. »

Posy regarda le visage des personnes qui l'entouraient, des personnes qu'elle en était venue à connaître au cours des derniers jours. Aucune n'avait l'air d'avoir voulu ça.

« Tu as tout combiné intelligemment, dit une fois de plus Rosalind. Mais il y a une chose que je ne saisis pas tout à fait. Peut-être que tu peux me l'expliquer.

— Peut-être. »

Le sourire supérieur de Juliette lorsqu'elle répéta ce mot suggérait que ça risquait de dépasser l'entendement d'une vieille femme comme Rosalind.

Posy dissimula un demi-sourire. Excès de confiance. C'était ce qui les perdait chaque fois.

« Les fleurs enrobées de sucre mettent des heures à sécher. Si tu n'as décidé de tuer Marcus qu'*après* avoir tué Clementine, comment as-tu pu avoir le temps de te débarrasser du corps et de la voiture *et* de préparer une fleur vénéneuse au sucre avant le dîner ? demanda Rosalind.

— Et vous aviez besoin que nous soyons sur les marches pour vous voir partir déguisée en Clementine, remarqua Caro. Comment pouviez-vous être certaine que nous regarderions ? S'il n'y avait pas eu la loupe volée – et nous savons que ce n'est pas vous qui l'avez volée –, Marcus aurait annoncé le nom du gagnant et les gens auraient repris le bus. Une voiture de plus serait passée inaperçue. »

Posy devina qu'elles avaient déjà toutes deux la réponse à leur question. Mais ce n'est que quand Isobel parla qu'elle comprit qu'elle aussi.

« Juliette. Tu ferais mieux de ne rien dire de plus. » Les mots d'Isobel étaient tranchants et froids. Peut-être désapprouvait-elle les actes meurtriers de sa petite-fille, mais Posy ne pensait pas.

« Nous allons appeler l'avocat de la famille. Tu ne dois plus rien dire tant qu'il ne sera pas ici.

— C'était vous, dit Posy, percevant la stupéfaction dans sa propre voix. Vous étiez sa complice. Vous l'avez aidée à déplacer le corps – elle n'y serait jamais parvenue toute seule, elle avait besoin d'une seconde personne, nous l'avons toujours su. »

Même quand elle avait présenté ses arguments aux autres Dahlia, elle ne croyait pas *vraiment* que cette extraordinaire hôtesse posée et souriante puisse être derrière les meurtres. Ça aurait *assurément* été à l'encontre des règles de la bienséance.

« Ensuite, elle vous a rejointe dans la loge du gardien pour planifier le meurtre de Marcus.

— Ne soyez pas ridicule, répliqua sèchement Isobel.

— Je ne crois pas que ce soit *si* ridicule que ça, madame Davenport. » L'inspecteur chef Larch leva un téléphone portable dont Posy aurait parié qu'il avait appartenu à Clementine. « Il s'avère que nous avons fouillé les chambres. Et nous avons trouvé ceci dans la vôtre. Bon, je pense que vous et votre petite-fille devriez toutes deux m'accompagner. Pas vous ?

— Isobel. »

Hugh posa la main contre le mur derrière lui pour se soutenir. Son visage était gris. « Tu n'as pas fait ça. Comment as-tu *pu* ? »

Les derniers vestiges du masque de civilité d'Isobel s'évanouirent. « Quoi ? Tu t'inquiètes pour la précieuse réputation de ta famille ? À ta place, je ne m'en ferais pas. Nous ne sommes pas du même *sang*, après tout, n'est-ce pas ? »

Elle se dégagea du policier qui tentait de lui saisir le bras et traversa la pièce d'un pas raide en direction de son mari. Les autres, remarqua Posy, s'écartaient sur son passage.

« Je t'ai tout donné – j'ai été l'épouse parfaite dont tu avais besoin en société, celle que *Rosalind* n'aurait jamais été. J'ai travaillé pendant toutes ces années pour être ce que tu voulais que je sois. Et tout ce que je demandais en retour, c'était la sécurité pour moi et mes filles. *Et tu allais me prendre ça.*

— Vous aviez déjà prévu de tuer Marcus, n'est-ce pas ? dit Caro. Cette fleur d'aconit enrobée de sucre était déjà prête depuis le moment où le menu a changé vendredi soir. Peut-être que vous en aviez aussi une pour Clementine, ou peut-être que vous aviez un autre plan pour elle. *Deux* crises cardiaques auraient pu être un peu suspectes, même pour Aldermere. Mais Juliette a résolu le problème pour vous, exact ?

— Résolu ? » Isobel lâcha un petit rire moqueur. « Elle a failli tout gâcher ! Tout ce que j'avais planifié depuis que j'avais découvert cette première lettre de Clementine et l'avais brûlée avant que Hugh puisse la lire. Mais heureusement pour elle, j'ai toujours été rapide à la réflexion. Et après quarante années entourée par l'héritage de Lettice Davenport, j'avais appris beaucoup de choses sur le meurtre. » Elle se tourna vers Rosalind, son visage arborant une expression amère. « Je suppose qu'il est à toi, maintenant, comme tu l'as toujours souhaité. »

Rosalind regarda sa meilleure amie dans les yeux. « Je n'ai jamais rien voulu de tout ça. »

Larch désigna Isobel de la tête, et un agent de police apparut depuis le couloir pour lui dire ses droits et l'emmener.

« Je crois que nous en avons assez entendu, dit Larch. Je vais emmener ces deux-là au poste, mais je vous suggère à tous de rester à Aldermere jusqu'à ce que j'aie l'opportunité de vous parler demain. Au cas où nous aurions besoin d'informations supplémentaires. »

Il lança un regard entendu à Posy, Caro, et finalement à Rosalind, avant de se retourner et de quitter la pièce avec Juliette. Posy soupçonnait que ça pouvait signifier qu'elles auraient quelques ennuis, mais à cet instant, elle ne pouvait se résoudre à s'en soucier.

Elles avaient élucidé l'énigme qui entourait deux décès et elles l'avaient fait ensemble. Les trois Dahlia.

Et finalement, tandis qu'un sentiment de satisfaction, de justice et d'horreur l'animait, Posy sut *exactement* comment interpréter Dahlia Lively. Il ne s'agissait pas simplement du meurtre, ni même de l'enquête.

Il s'agissait de rétablir l'équilibre du monde réel qui venait après.

Dahlia rendait de nouveau le monde vivable. Et c'était ce qu'elle devrait faire.

*Caro*

Hugh se laissa glisser le long du mur, s'affalant par terre tandis qu'Isobel et Juliette étaient entraînées hors de la pièce. La plupart des invités suivirent les policiers jusqu'au rez-de-chaussée, discutant à voix basse. Kit n'avait rien à dire, et il replaça solennellement le chapeau de Lettice sur l'étagère avant de partir. Le spectacle était terminé ; il n'y avait plus rien à voir hormis la destruction d'une famille.

Dehors, l'horloge sonna une heure. La dernière demi-heure tournait en boucle dans la tête de Caro, comme si son cerveau essayait encore de tout intégrer.

Juliette était leur tueuse. Juliette et Isobel. Aurait-elle dû le voir plus tôt ? Elle lui avait confié la gestion de la convention. Elle lui avait même demandé d'essayer de contacter Clementine... Bon sang, pas étonnant qu'elle les ait narguées avec ces poupées. Ça devait être hilarant pour elle de les voir patauger, essayant d'être Dahlia.

Non, essayant d'être des enquêtrices. Et réussissant. Parce qu'elles l'avaient attrapée, à la fin.

Mais rien de tout ça ne semblait amusant.

Hugh leva les yeux, se concentrant d'abord sur Rosalind, ce qui n'était peut-être pas surprenant.

« Tu savais, Rosa ? Tu savais tout ça... et tu ne m'en as pas d'abord parlé ? »

Caro sentit Rosalind se figer à côté d'elle.

« Je ne pouvais pas être sûre, dit-elle d'une voix forcée. Pas tant que Juliette n'avait pas avoué.

— Mais si tu soupçonnais...

— Ça aurait pu être vous, intervint Posy. Nous savions que deux personnes étaient impliquées, et vous auriez facilement pu être l'une d'elles. Nous ne pouvions pas courir le risque de vous montrer nos cartes tant que nous n'étions pas sûres. »

La tête de Hugh retomba, son menton de nouveau contre sa poitrine. « Comment ai-je pu ne pas voir ça ? Comment ai-je pu... Je ne suis peut-être pas le meilleur mari, mais ça... »

Aucun d'entre eux n'avait de réponse. Le regard de Caro passa d'un visage à l'autre, cherchant quelqu'un qui trouverait les bons mots, mais il n'y en avait pas. À la manière qu'avait Posy de se mordiller la lèvre, Caro soupçonnait qu'elle en retenait de mauvais. Peut-être des mots que Hugh n'était pas prêt à entendre.

Le regard de Caro se posa sur Libby, pâle mais déterminée, toujours là, presque comme si elle attendait quelque chose.

Comme si elle attendait d'en dire plus.

Et alors Caro sut qu'il y avait un dernier secret à révéler.

*Lettice a donné le médaillon à* Joy, *pas à son fils. Et Joy l'a donné à sa petite-fille.*

« Il y a autre chose, n'est-ce pas ? » dit-elle en regardant Libby. Elle *pensait* savoir quelle était la dernière pièce manquante du puzzle, mais, si elle avait raison, c'était à Libby de la partager.

Pendant un moment, elle crut que celle-ci allait nier. Qu'elle garderait son ultime secret et en resterait là.

Mais alors elle acquiesça. « Clementine mentait. »

Hugh releva les yeux en entendant les paroles de Libby, ses jambes tremblotant sous lui.

« Vous voulez dire que tout ça a été pour *rien* ?

— Pas rien. » La voix de Libby était douce mais puissante. « Ce n'était pas elle la petite-fille de Lettice. C'est *moi*. Clementine était ma cousine. C'est mon ADN qu'elle a pris pour le test.

— Pourquoi ? demanda Posy. Pourquoi faire semblant ? Et pourquoi l'avez-vous laissée faire ?

— Et pourquoi nous avez-vous menti dans la tourelle ? ajouta Caro.

— Je... Laissez-moi vous raconter toute l'histoire. La *véritable* histoire, cette fois. »

Libby prit place dans le fauteuil que Kit avait laissé libre, submergée par les événements des derniers jours. Rosalind ouvrit un placard sous une des étagères et en tira une bouteille de whisky et quatre verres.

Libby prit un moment pour se calmer, avant de commencer. Quand elle parla, sa voix était douce mais claire – et emplie de tristesse.

« Clemmie... elle était depuis toujours amoureuse des univers créés par Lettice Davenport. Quand nous étions petites, elle voulait toujours jouer à Dahlia et

Johnnie. Comme nous savions que grand-mère Joy *connaissait* Lettice, eh bien, nous avions l'impression d'être spéciales chaque fois qu'il y avait un nouveau Dahlia Lively à la télé et que les gens en parlaient. Nous avons grandi dans un petit village, et notre connexion à Lettice faisait que nous étions des célébrités de deuxième ordre.

— Je connais ce sentiment », murmura Caro, arrachant un petit sourire aux autres.

Mais pas à Hugh.

Rosalind servit le whisky et distribua les verres, passant Posy en lui adressant un sourire compréhensif.

Libby but une gorgée et poursuivit :

« Quand papa est mort et que nous avons découvert qui il était vraiment – qui j'étais *moi* –, Clementine est devenue obsédée. Elle faisait des recherches sur tout ce qui avait trait à la famille, à cet endroit, à Lettice elle-même. Et alors elle a écrit à Hugh.

— Est-ce qu'elle vous a prévenue qu'elle allait le faire ? » demanda Posy.

Libby ravala sa salive et secoua la tête.

« Nous nous étions déjà disputées à ce sujet. Elle voulait que je contacte la famille, que je leur dise qui j'étais. Mais ça ne m'intéressait pas. Il n'était pas question d'argent, ni pour l'une ni pour l'autre, vous comprenez. Pour Clemmie, c'était une opportunité de faire partie d'une chose qu'elle avait aimée de l'extérieur. Mais j'avais déjà une famille. Je n'en voulais pas une autre – une qui nous méprisait, mon père et moi, depuis le début.

— Mais Clementine l'a quand même fait, devina Caro. En se faisant passer pour vous.

— Oui. Ce que je vous ai dit dans la tourelle, à propos de ce qu'elle a fait, tout était vrai. C'est juste que je ne l'ai su que plus tard. Et quand je l'ai découvert, j'étais tellement en colère... mais à ce stade elle avait déjà rencontré Hugh. De fait, c'était moi l'urgence familiale qu'elle avait eue à Londres. Elle logeait chez moi, vous voyez, tout en travaillant pour Marcus. Ce matin-là, les résultats du test ADN sont arrivés – il s'avère qu'elle avait déjà envoyé l'échantillon, et c'est pour ça qu'elle rencontrait Hugh. Mais ils ont aussi envoyé une lettre, et dès que j'ai vu le nom de la compagnie sur l'enveloppe... j'ai su. Alors je l'ai ouverte, puis je l'ai appelée et lui ai demandé de me rencontrer.

— Est-ce qu'elle regrettait? demanda Posy. De vous avoir menti? De vous avoir volé votre vie?

— Elle disait que oui. » Libby avait l'air sceptique. « Elle disait qu'elle voulait dire la vérité, me présenter à la famille quand celle-ci se serait faite à l'idée, comme si ça n'aurait pas rendu les choses encore plus bizarres. Mais je ne sais pas si je l'ai crue. Elle était tellement obsédée par tout ça... Je crois qu'elle commençait à croire que c'était vraiment elle qui avait sa place ici, pas moi.

— Aldermere a le don d'attirer les gens, murmura doucement Rosalind, son regard posé sur Hugh plutôt que sur Libby.

— Elle avait des certificats de naissance, dit Hugh, manifestement confus. Le sien et celui de son père. Et le test ADN...

— Obtenir des échantillons de mon ADN était simple, déclara Libby avec un haussement d'épaules. Nous vivions ensemble, vous vous souvenez? Elle aurait pu prendre un cheveu sur ma brosse. Ou une rognure d'ongle après que nous avions fait une manucure ensemble un soir. Et les certificats étaient aisément falsifiables. Ça n'aurait jamais tenu devant un tribunal, mais s'il s'agissait juste de vous convaincre ? » Hugh sembla embarrassé de s'être laissé si facilement berner. « Je lui ai dit qu'elle devait arrêter, poursuivit Libby. Qu'elle devait laisser la famille tranquille ou lui dire que tout était un mensonge. Elle a répondu qu'elle le ferait, et je l'ai crue. Jusqu'à ce qu'elle m'envoie un texto depuis ici vendredi soir, me disant qu'elle avait peur de ce dans quoi l'avait embarquée Marcus, et je me suis rendu compte qu'elle n'avait pas du tout abandonné. C'est à ce moment que j'ai su que je devais également venir ce week-end.

— Pourquoi étiez-vous étonnée de la voir samedi matin si vous saviez déjà qu'elle était ici ? demanda Posy. Car c'est ça qui vous a surprise quand nous sommes arrivés, n'est-ce pas ? Pas la fontaine, mais votre cousine.

— Parce que je lui avais dit de s'en aller. Dès qu'elle m'a parlé du chantage de Marcus, et quand elle a admis qu'elle lui avait raconté qu'elle était la petite-fille de Lettice... je lui ai dit de s'éloigner le plus possible d'Aldermere et de me laisser gérer la situation. » Libby eut un petit haussement d'épaules. « C'était ma petite cousine. J'avais l'habitude de m'occuper d'elle. Je lui ai dit que je pouvais tout arranger – dire à Marcus que c'était un mensonge, le pousser à laisser tomber.

— Mais elle n'est pas partie, dit Rosalind. Pourquoi ?

— Elle était têtue. Et elle avait peur. Quand je lui ai parlé pendant le déjeuner, elle m'a dit qu'elle avait trouvé un autre moyen. Qu'elle vous avait envoyé un mot à toutes les trois, et qu'ensemble vous coinceriez Marcus et régleriez le problème. » Des larmes brillaient sur les joues de Libby. « C'était juste une nouvelle aventure de Dahlia Lively, pour elle, je crois. Et elle a disparu avant que je puisse la persuader du contraire.

— Aviez-vous l'intention de dire la vérité à la famille ? » demanda Caro.

Tous ces mensonges et ces subterfuges lui donnaient mal à la tête – ou peut-être étaient-ce les vestiges du coup qu'elle avait reçu.

Libby réfléchit un long moment avant de répondre.

« Je ne sais pas. Si j'avais su ce qui arriverait, jusqu'où les choses iraient... si j'avais pu sauver la vie de Clemmie en disant la vérité. Je regretterai toujours de ne pas l'avoir fait plus tôt. Mais... vous m'avez demandé pourquoi j'ai menti dans la tourelle.

— Vous pensiez pouvoir vous en sortir et recommencer à zéro, n'est-ce pas ? » devina Posy.

Libby acquiesça.

« Je savais que ma cousine était morte, et je ne savais pas à qui je pouvais faire confiance. Je ne savais pas si l'assassin serait identifié, et si la vérité était révélée... si les gens apprenaient que c'était moi, et non Clemmie, qui descendais de Lettice, alors j'aurais également été en danger, non ? Donc j'ai menti. Et j'en suis désolée.

— Vous ne devriez pas, dit Caro. Si les choses avaient été différentes, ce mensonge aurait pu vous sauver la vie. »

Elle avait vu la folie dans les yeux de Juliette ce soir-là. Si elle avait su que quelqu'un représentait un danger pour son avenir, Caro ne doutait pas qu'elle aurait réglé le problème de la même manière qu'avec les autres.

Rosalind resservit Libby, le gargouillis du whisky s'écoulant de la bouteille trop fort dans la pièce paisible. Caro ne pensait pas qu'un seul d'entre eux avait quoi que ce soit à dire pour combler le silence.

À part Hugh, apparemment.

Ce dernier s'écarta du mur et avança en titubant vers Libby, avant de s'agenouiller devant elle. « Mais maintenant la vérité a été dite et vous êtes ici. Vous êtes chez vous, avec votre *vraie* famille. Vous êtes mon héritière, mon unique parente. Ma nièce, en plus d'être la petite-fille de Lettice. Vous êtes la continuation de la lignée Davenport, quand je pensais qu'il n'y avait plus aucun espoir. »

Il tendit la main pour toucher celle de Libby, un profond respect émanant de son visage, mais elle la retira vivement.

« Non, dit-elle, doucement mais avec fermeté. Je vous l'ai dit, j'étais prête à laisser tomber tout ça. Je suis Libby McKinley, pas Davenport. Léguez-moi les livres de Lettice dans votre testament, si vous voulez, je serai fière de son héritage. Mais vous, cette famille, vous m'avez coûté ma cousine. Je ne veux plus jamais avoir affaire à vous. »

Elle vida son deuxième verre de whisky, le posa brutalement sur la table à côté d'elle et se leva. « Merci, mesdames, de m'avoir aidée à rendre justice à ma cousine. » Elle regarda Caro et fit la moue. « Et je suis encore désolée pour... » Elle agita la main près de sa tête pour désigner la douloureuse blessure de Caro.

Cette dernière haussa les épaules.

« Il n'y a pas de mal. Enfin, rien de permanent, en tout cas.

— Bonne chance, dit Posy. Pour tout.

— À vous aussi, répondit Libby. Et je vous verrai sur le plateau du film, j'en suis certaine. » Elle lança un regard à Hugh. « Je ne laisserai pas cette famille me voler mon *véritable* héritage. Le plaisir que Lettice Davenport a donné à des millions de personnes à travers les histoires de Dahlia.

— J'en suis heureuse », dit Rosalind.

Comme Libby quittait la pièce, les trois Dahlia se tournèrent vers Hugh, qui était de nouveau assis par terre. Caro ne se rappelait pas avoir déjà vu un homme aussi brisé.

Rosalind poussa un soupir puis s'approcha de lui et l'aida à s'asseoir sur une chaise. Elle lui parla doucement, et Caro ne put distinguer ses paroles. Mais elle n'était pas sûre de vouloir les entendre.

« On s'en va ? murmura Posy à côté d'elle. On les laisse tranquilles ? »

Caro s'essuya les mains sur sa robe pour en ôter ce qui restait de paillettes. Il y en avait partout. Comme les secrets.

Mais elle ne pouvait s'empêcher d'être impressionnée par le fait que Posy avait risqué sa vie pour Rosalind. Même si elle savait qu'elles la taquineraient probablement à ce sujet par la suite. C'était du pur Dahlia.

Mais seulement après que Caro aurait dormi un peu et que le souvenir de ce week-end ne serait plus si vif et terrifiant.

« Je crois que notre travail est terminé », dit-elle tandis qu'elle se dirigeait vers l'escalier. Une autre énigme de Dahlia Lively de résolue. Elle avait hâte de tout raconter à Annie.

# Épilogue

*« Qu'allez-vous faire, maintenant ? demanda Johnnie d'une voix inquiète. Où allez-vous aller ?*
*— Oh, j'imagine que j'irai là où on a besoin de moi, répondit Dahlia. Après tout, il y a des énigmes à résoudre dans chaque coin de ce monde. Et je crois que, du moins pour certaines d'entre elles, je suis exactement la bonne personne pour les résoudre. Vous ne pensez pas ? »*
*Johnnie sourit. « Si. »*

Dahlia Lively dans *Le Délice de l'empoisonneur*
Par Lettice Davenport, 1986

*Rosalind*

« Tu es sûre que tu ne veux pas rester ? » Les yeux bleus de Hugh semblaient fatigués et vieux dans la lumière de la fin d'après-midi. Comme s'il avait pris dix ans en une seule longue nuit effroyable. Il était avachi contre l'une des voitures anciennes, attendant de ramener les derniers invités à la gare, comme si ses os ne pouvaient plus soutenir son corps.

Depuis l'allée, Rosalind voyait le ruban bleu et blanc de la police voleter au loin, à proximité du hangar à bateaux. Au niveau de la loge du gardien, tout était plongé dans l'obscurité.

L'inspecteur chef Larch avait passé la matinée à parler à chacun des invités, épuisés, d'Aldermere, avant de les autoriser à partir. Caro était encore en train de faire sa valise, et Posy de régler avec Kit et Anton les derniers détails relatifs au programme de tournage, avant les au revoir. Ce qui permettait à Rosalind d'avoir un moment seule avec Hugh, ce dont elle était reconnaissante. La nuit précédente, il n'avait pas été en état de soutenir une conversation. Elle était tout juste parvenue à le mettre au lit – avec l'aide d'un autre whisky – avant de se laisser tomber, éreintée, sur le sien.

Mais ils avaient besoin de parler. Et elle ne voulait pas que quiconque entende cette conversation, si elle pouvait l'empêcher.

« Je ne peux pas rester, Hugh.

— À cause d'Isobel? Ou de Juliette? Parce que, pour être franc, quand on a à ce point perdu sa réputation, qu'est-ce qu'un scandale de plus? Tu sais que tout sera révélé pendant le procès. À propos de nous, s'entend. »

Rosalind ne voyait pas pourquoi Isobel ou Juliette garderaient le silence. Les journaux adoreraient ça, évidemment – ses fans dévoués mais prompts à juger, peut-être moins. Ils pourraient cependant probablement vivre ensemble, maintenant que la femme de Hugh s'avérait être complice d'un meurtre.

Mais ça n'était pas le sujet. Ça signifiait simplement qu'elle n'avait aucune excuse à laquelle se raccrocher.

Après quarante ans, elle lui devait la vérité, même s'il n'avait jamais eu cette courtoisie avec elle.

« Je ne reste pas, Hugh, parce que j'en ai fini avec tout ça. Avec Aldermere, avec nous – avec toi. » Oh, c'était agréable de prononcer ces mots. De sentir la liberté emplir les endroits où avait vécu la douleur.

« Tu ne m'aimes plus, déclara Hugh d'une voix lente mais assurée.

— Non. »

*Je suis désolée.* Elle se retint de prononcer ces derniers mots automatiques. Elle ne lui devait aucune excuse pour ce qu'elle ressentait. « Au revoir, Hugh. »

Il lui attrapa le bras.

« Quarante ans, et c'est tout ce à quoi j'ai droit ? Ma vie s'est désagrégée la nuit dernière, Rosalind ! Même en tant qu'amie, tu devrais rester à mes côtés.

— Nous n'avons jamais été amis, Hugh, répliqua-t-elle avec lassitude. Et, pour être honnête, après toutes ces années, j'en ai assez que tu me dises ce que je *dois* faire. »

En levant les yeux elle vit Caro et Posy franchir la porte d'Aldermere House et descendre les marches qui menaient à l'allée. Libby, ainsi que le lui avait dit l'inspecteur Larch, était depuis longtemps partie.

Elle se demanda ce que deviendrait l'héritage de Lettice Davenport, quand il serait entre les mains de cette dernière. Elle ne pouvait pas le savoir avec certitude, mais elle était optimiste.

Aldermere, les vieilles histoires tombaient en ruine. Dahlia Lively émergeait des décombres et entrait dans le XXI$^e$ siècle grâce au nouveau scénario de Libby, et au nouveau film de Posy.

« Vous êtes prête, Rosalind ? lança Posy. La voiture qui nous emmène à la gare est ici.

— Au revoir, Hugh », murmura-t-elle de nouveau, et il lui lâcha le bras.

Elle traversa l'allée en direction de Caro et de Posy.

« Tout va bien ? demanda la première avec un tact surprenant pour elle.

— Ça va aller, répondit Rosalind. Pour le moment, du moins. Mes secrets seront bientôt étalés dans les journaux, mais les vôtres sont toujours quelque part. »

Caro haussa les épaules avec fatalisme. « Maintenant que Marcus est mort, je soupçonne que le public s'intéressera moins à ma vie sexuelle qu'avant. »

Rosalind regarda en direction de Posy et repéra le petit froncement entre ses sourcils.

« Je ne crois pas qu'Anton rendra mes photos publiques, pas sans mettre en péril sa propre carrière. Mais même si elles sortaient... ce ne serait peut-être pas la fin du monde.

— Pas si nous gérons bien les choses », convint Caro.

Et Rosalind sourit en l'entendant suggérer qu'elles les géreraient ensemble. Les trois Dahlia.

« Ça pourrait être une opportunité, poursuivit Posy. Une chance de montrer aux gens que le changement est un processus, et que nous changeons constamment. Qu'un revers n'est pas un échec, et que ça ne signifie pas qu'on ne puisse pas continuer à avancer.

— Ça me semble un bon conseil, déclara Rosalind sans se retourner vers Hugh. Alors, laquelle est notre voiture ? Je suis prête à m'en aller d'ici. Pour de bon, cette fois.

— Je vais chercher Susie. » Caro agita le pouce en direction des écuries. « J'ai mon propre moyen de transport, vous vous souvenez ?

— Donc, je suppose que c'est le moment de se dire au revoir. »

Posy semblait si incertaine, si naïve, même vêtue de ce dont Rosalind supposait que c'étaient ses habits de choix – un jean, un haut qui ne couvrait qu'une épaule à la fois, et ses cheveux attachés en un chignon désordonné sur sa tête.

« Oh, je ne dirais pas ça, répliqua Rosalind. Enfin quoi, avec un peu de chance, nous avons toujours un film à tourner. »

Posy s'illumina.

« C'est vrai.

— Et je compte bien accompagner l'une de vous à la première, ajouta Caro.

— Rendez-vous pris, promit Posy.

— Et en plus, ajouta Rosalind en regardant Aldermere plutôt que ses amies, parce qu'il valait mieux garder pour soi certaines émotions, nous sommes les trois Dahlia. Les trois seules au monde. C'est un peu comme un club.

— Alors nous devrons organiser des réunions du club, n'est-ce pas ? dit Caro, un sourire entendu se formant sur ses lèvres. Bientôt.

— J'aimerais bien. »

Posy fit un grand sourire et le soleil sortit de derrière un nuage, illuminant les tuiles du toit et les cheminées d'Aldermere House.

Rosalind sourit. « Moi aussi. »

## Cinq mois plus tard

Caro Hooper se tenait en équilibre sur un tabouret de cuisine, tentant d'attraper un couvercle de Tupperware solitaire au-dessus de l'un des placards avec le plumeau préféré de sa femme, quand le téléphone sonna. Tenant le plumeau entre ses dents, elle tira l'appareil de sa poche, appuya sur le haut-parleur et le laissa tomber sur le plan de travail.

« Caro ? Caro ! Vous m'entendez ? Cette ligne est vraiment mauvaise. » La voix de Posy était parfaitement claire.

Caro leva les yeux au ciel et reprit son opération de récupération. « Je vous entends. Ça doit être tous les egos sur le plateau qui brouillent la réception de votre côté. » Non qu'elle n'aurait pas aimé être avec elles. Annie aurait dit que l'ego de Caro n'aurait rien eu à envier à celui de certains d'entre eux.

« Qu'est-ce qui se passe ?

— Nous avons besoin de vous. Vous pouvez venir au pays de Galles ? Nous tournons dans une espèce de site historique, puisque Aldermere a été mise en vente. »

Posy buta légèrement sur le mot Aldermere. Même Caro marqua une pause, oubliant les moutons de poussière sur les placards de cuisine.

« J'ai tourné un horrible film indépendant dans les marécages au cœur du pays de Galles au début des années 2000. Je me suis juré de ne jamais y retourner. » Même si elle devait bien admettre que le pays de Galles semblait plus amusant que le programme de ménage qu'Annie avait collé sur le réfrigérateur et qu'elle tenait à suivre dans les moindres détails. « À moins qu'Anton m'ait soudain trouvé un rôle dans le film…

— Pas que je sache, admit Posy. Mais, Caro, nous avons vraiment besoin de vous. Rosalind et moi.

— Pourquoi auriez-vous besoin de moi ? » demanda-t-elle.

Une actrice sans emploi d'une quarantaine d'années, qui n'avait pas été fichue de réussir l'audition pour le rôle de la mère dans une pub pour les céréales qu'elle avait passée la semaine précédente.

« Donnez-moi ça. » La voix de Rosalind se fit entendre à l'arrière-plan, de plus en plus forte à mesure qu'elle arrachait le téléphone des mains de Posy. « Caro Hooper, venez au pays de Galles. Immédiatement.

— Bonjour, Rosalind. C'est un plaisir de vous entendre. Comment ça se passe au milieu de nulle part ?

— Il y a eu un meurtre, répondit-elle de but en blanc. Enfin, une tentative de meurtre, en tout cas.

— Ne sommes-nous pas déjà passées par là ? » demanda Caro. Cependant, elle sentit son pouls enclencher la vitesse supérieure à l'idée d'une nouvelle enquête. « Nous ne voulons pas nous retrouver avec une étiquette sur le dos, n'est-ce pas ? »

Non qu'elle ait eu le choix jusqu'alors.

« Non, répondit Rosalind. Mais cette fois, nous pensons que c'est moi qu'on tente d'assassiner. »

## Remerciements

Bien qu'écrire soit un travail solitaire, transformer une idée en un livre fini et lisible nécessite beaucoup de monde. Et c'est pourquoi j'ai de très, très nombreux mercis à dire.

Merci à mon agent, l'inimitable Gemma Cooper, de m'avoir envoyé à trois heures du matin le germe d'une idée qui est finalement devenue *Les Trois Dahlia*. Et aussi pour les innombrables textos durant le confinement, qui nous permettaient de nous échapper du monde réel pendant un moment tandis que nous imaginions Aldermere et le monde de Dahlia Lively à la place.

Merci à Dave Carter de m'avoir conseillée sur toutes les choses relatives à la police – et de m'avoir autorisée un peu de liberté dramatique ! (Il va sans dire que toutes les erreurs ou mauvaises interprétations de la procédure policière, volontaires ou non, sont de mon fait.)

Merci à toute l'équipe de Constable d'avoir cru à mes Dahlia et de les avoir si magnifiquement imprimées. Surtout, merci à Krystyna Green d'avoir pris le risque de ce livre, à Martin Fletcher de l'avoir si habilement corrigé, et à Amanda Keats de l'avoir accompagné durant tout le processus de publication.

Merci à Hannah Wood d'avoir créé une couverture si magnifique pour mon histoire, et à Liane Payne d'avoir pris mes plans et mes cartes si grossiers et de les avoir transformés en quelque chose qui a du sens, et qui en plus est joli.

Merci, toujours, à ma famille. À Simon d'avoir discuté de poisons avec moi, et pour son soutien infaillible. À Holly et à Sam d'être tout simplement les meilleurs enfants que quiconque ait jamais eus. À mes parents, mes frères, mes cousins et mes oncles d'avoir été si encourageants et excités à l'idée que j'écrive un roman policier. (Mention spéciale à l'oncle Al, qui me demande d'en écrire un depuis une décennie, et qui voit celui-ci être publié juste à temps pour son anniversaire. Joyeux anniversaire, oncle Al!)

Et merci à mes amis, mes lecteurs, et à tous ceux qui – en ligne ou en personne – m'ont encouragée jusqu'à la ligne d'arrivée du jour de la publication.

Je n'aurais pas pu le faire, et je n'aurais pas voulu le faire, sans vous tous.

**10/18**

Qu'avez-vous pensé de ce livre ?

Partagez votre avis sur vos réseaux sociaux
avec les # suivants :

#passionlecture
#1andelecture1018
#éditions1018

et tentez de remporter **1 an de lecture***.

Retrouvez-nous sur les réseaux sociaux
et découvrez tous nos conseils de lecture :

editions1018    Editions 10-18    Editions 10/18

*voir modalités sur la page https://un-an-de-lecture-10-18.lisez.com/

10/18 – 92 avenue de France, 75013 PARIS

*Imprimé en France par*
CPI Brodard & Taupin

N° d'impression : 3057625
X08415/01